LE CHIOCCIOLE

Brenda Novak

Alaska
La resa dei conti

Traduzione di
Cristina Verrienti

GIUNTI

Titolo originale:
Face Off

www.giunti.it

Via Bolognese 165 – 50139 Firenze – Italia
Via G. B. Pirelli 30 – 20124 Milano – Italia

Prima edizione: ottobre 2019
Prima edizione collana "Le chiocciole": giugno 2022

A Lee Ann Capehart, utente della mia community online
e mia lettrice più fedele. Grazie per l'entusiasmo
che hai dimostrato negli anni per il mio lavoro.
È stato un vero piacere conoscerti!

L'unico modo per cambiare le persone è ucciderle.

Carl Panzram, serial killer americano,

stupratore e piromane.

PROLOGO

Anchorage, Alaska...

Lo scantinato era quasi pronto. C'erano voluti parecchi mesi per sistemare l'impianto elettrico, le tubature, il cartongesso, il pavimento e per completare l'insonorizzazione. Un operaio lo avrebbe fatto nel giro di qualche settimana, ma Jasper Moore, meglio noto come Andy Smith, non era così folle da chiamarne uno. Nessuno doveva venire a conoscenza di ciò che aveva creato. Aveva comprato i materiali in piccole quantità in tre diversi negozi, tanto per confondere un po' le acque, e aveva fatto il lavoro da solo, nei ritagli di tempo, quando non era in prigione.

Jasper provò le catene che aveva ordinato su un sito online di bondage. Aveva murato gli anelli di ferro nel pavimento solo da un giorno e non sembravano abbastanza resistenti. Meglio lasciar solidificare il cemento un'altra settimana. Nel frattempo avrebbe ordinato il resto dei suoi strumenti di tortura preferiti. Ormai quella roba era molto più facile da trovare. Dio, quanto adorava internet!

Jasper si fermò in fondo alle scale e si voltò a dare un'ultima occhiata di approvazione alla sua opera. Sì, aveva pensato proprio a tutto. Aveva perfino installato una grata per terra per pulire facilmente il sangue e gli altri fluidi organici con un semplice tubo di gomma da giardino. Non aveva mai avuto una simile sala giochi, visto che negli ultimi vent'anni era sempre stato sposato, o quasi. Lavorare era fuori questione, quindi aveva avuto bisogno di una moglie che lo mantenesse. In passato si era sempre dovuto accontentare di una baracca abbandonata da qualche parte, di una roulotte o di un granaio dove rinchiudere le sue vittime, ma era costantemente preoccupato di essere scoperto.

Questo posto invece era di gran lunga migliore: poteva andarci quando gli pareva senza correre il rischio che qualcuno lo disturbasse.

Quel miscuglio di eccitazione e consapevolezza, quella bramosia animalesca che sentiva quando pensava a Evelyn Talbot montarono dentro di lui più potenti che mai.

Ci aveva messo tutto se stesso, il lavoro era concluso e lui era quasi pronto per fare la sua mossa.

Adesso che aveva un posto solo per lei, un luogo di cui nessuno era a conoscenza, l'avrebbe tenuta prigioniera per sempre.

1

Il tempo stava cambiando.

Sierra Yerbowitz se ne stava alla finestra del piccolo chalet di montagna che aveva preso in affitto con il fratello e due suoi amici, quando sentì una morsa allo stomaco alla vista della coltre di nuvole nere che si allungava verso di lei. Aveva sempre desiderato andare in Alaska, vedere l'ultima frontiera del mondo. Per via del cambiamento climatico e della crescita della popolazione non sarebbe rimasta incontaminata ancora a lungo. L'Alaska era molto diversa dalla Louisiana, dove abitavano lei e la sua famiglia, per questo la intrigava. Quindi, non appena suo fratello l'aveva invitata a partecipare al piccolo viaggio che pianificava da tempo, non aveva esitato ad accettare.

Certo, avrebbe preferito andarci in estate, quando c'erano più ore di luce e il maltempo non rappresentava un problema. Ma Leland e i suoi amici Peter e Ted volevano a tutti i costi sparare a un alce e i loro permessi di caccia erano validi solo dal 15 settembre al 15 ottobre. L'idea iniziale era di intraprendere il viaggio a settembre, ma alcuni impegni li avevano costretti a partire solo dopo l'8 ottobre.

«Che fine avete fatto?» mormorò Sierra scrutando tra gli alberi, oltre la neve che copriva il bosco tutt'intorno, in cerca di un segnale qualunque della macchina dei ragazzi. Era sicura che anche Leland e gli altri si fossero accorti delle nuvole e stessero tornando indietro. Erano usciti con la Ford Expedition presa a noleggio ad Anchorage e i due QUAD sul carrello, lungo una strada dissestata in direzione del fiume. Sierra non ricordava il nome, l'Alaska era piena di fiumi e poi non era stata attenta mentre i ragazzi pianificavano il percorso. D'altronde non aveva la minima intenzione di andare a caccia, la cosa non le interessava. L'unica cosa che sapeva era che pensavano di lasciare il SUV da qualche parte e seguire gli alci ovunque andassero.

Sperava solo che non si fossero allontanati troppo. Altrimenti ci avrebbero messo una vita a tornare indietro e la bufera li avrebbe raggiunti di sicuro...

Sierra guardò l'orologio. Mezzogiorno. Quella mattina, quando Leland aveva detto che sarebbero stati di ritorno verso le quattro, le era sembrato presto. Ma adesso aveva cambiato idea.

«Muoviti, Leland.» Era tipico di suo fratello sottovalutare il tempo e sfidare la fortuna. Era sempre stato un amante del rischio e non si sarebbe arreso tanto facilmente, considerato fino a che punto si erano spinti e quanto gli era costato. Non avevano ancora preso niente e quella era la loro ultima occasione. Il giorno dopo dovevano partire per Juneau e visitare altre zone dello Stato.

L'Alaska era imprevedibile, Sierra lo aveva letto ovunque. E se Leland e gli altri si fossero persi e non riuscissero più a trovare il sentiero per tornare alla macchina? O se si fossero addirittura separati?

Se non fossero tornati, Sierra non avrebbe comunque potuto chiamare aiuto. L'area era completamente senza campo, niente connessione. E poi i ragazzi si erano presi l'unico mezzo che avevano a disposizione, quindi non poteva muoversi. La città più vicina, Hilltop, un pugno di edifici squadrati e cinquecento abitanti al massimo, non era molto distante in linea d'aria. Ma la strada era decisamente più lunga e Sierra anche senza la bufera non sarebbe riuscita a percorrerla.

Si allontanò dalla finestra: non era il momento di farsi prendere dal panico. Dopo tre giorni la legna nello chalet iniziava a scarseggiare. Doveva ingegnarsi per trovare il modo di entrare nel capanno sul retro, se ce ne fosse stato bisogno. Quando la sera precedente Leland era uscito a prenderla, era tornato a mani vuote. Aveva detto che la combinazione del lucchetto era sbagliata, pessima notizia. Lo chalet era dotato di un generatore autonomo di luce e di acqua calda, ma la stufa a legna era l'unica fonte di calore.

Ciononostante non si erano allarmati, tanto sarebbero ripartiti presto e la legna che avevano era sufficiente. Erano convinti di farcela. L'arrivo di una bufera però cambiava tutto, c'era il rischio che la neve li tenesse bloccati lì per giorni…

Sierra si buttò addosso il cappotto pesante, indossò gli stivali e chiuse la porta dello chalet dietro di sé perché si mantenesse il calore, prima di arrischiarsi sulla distesa di neve ghiacciata che si era formata all'ombra di una macchia di abeti canadesi e rossi. Se solo fosse riuscita a raggiungere il capanno prima che il vento che le soffiava alle spalle spirasse più forte e la neve iniziasse a cadere… Sapere che in quella situazione, da sola in mezzo a una bufera, aveva almeno a disposizione della legna l'avrebbe fatta sentire molto meglio.

Il lucchetto era uno di quelli semplici a combinazione. Inserì i numeri che l'agenzia le aveva dato, Leland aveva ragione.

Forse l'agenzia aveva confuso due cifre?

Per venti minuti provò diverse combinazioni, nella speranza di trovare quella giusta.

Non ci fu niente da fare.

«Accidenti!» gridò, ma non aveva alcuna intenzione di darsi per vinta.

La combinazione giusta doveva essere scritta da qualche parte, per sicurezza. In casa non c'era, l'avevano già cercata. Si mise a controllare fuori se ci fosse stato un bigliettino nascosto sotto le pietre vicino al capanno o sul piccolo portico dello chalet, nella speranza di trovarlo da qualche parte.

Ma niente.

Le fischiavano le orecchie per il freddo, per cui decise di tornare in casa a scaldarsi. Si accostò di nuovo alla finestra, soffiandosi sulle mani che erano diventate due pezzi di ghiaccio. Ancora nessun segno degli altri, e intanto il cielo si era fatto più buio.

Stava arrivando qualcosa di grosso, se lo sentiva nelle ossa. Nei giorni precedenti, mentre i ragazzi si stavano procurando l'attrezzatura per andare a caccia, la gente del posto aveva consigliato loro di fare attenzione perché l'inverno sarebbe arrivato prima del solito. La prima "spolverata", come chiamano in Alaska la prima neve che segna la fine della stagione estiva, era arrivata il dieci settembre, ben un mese prima del solito. Sierra sperava che suo fratello lo ricordasse e che stesse tornando alla macchina...

Non sapendo cosa fare, tirò fuori le scorte di cibo, acqua e candele rimaste, e le mise sul tavolo della cucina nel caso in cui il generatore fosse saltato o il propano finito. Non era rimasto granché, ma sarebbe comunque bastato per un altro paio di giorni.

Sempre che la bufera fosse passata in fretta.

Ad ogni modo una cosa era certa, avevano bisogno di altra legna. Ma come faceva a procurarsela?

L'unica possibilità era buttare giù la porta.

Sierra si piazzò davanti al capanno, spinse e tirò la porta con forza, poi le diede una spallata sperando che cedesse. Ma nulla, era troppo resistente. Stava facendo un giro intorno all'edificio in cerca di un'asse fuori posto, quando si ricordò dell'ascia appesa all'ingresso.

Avrebbe preferito non usarla per evitare danni, ma non aveva altre opzioni. Non era colpa sua se la combinazione del lucchetto era sbagliata! La legna era questione di vita o di morte e decise che aveva tutto il diritto di prenderla.

Sierra tornò in casa a prendere l'ascia e la fece oscillare con tutta la forza che aveva. Il vento la fece quasi cadere per terra: non era facile maneggiare un oggetto così pesante, soprattutto perché non ne aveva mai usato uno. L'arma si abbatté sulla porta con un sonoro *crack*, la lama si era conficcata così in profondità che nel tentativo di tirarla via Sierra si ruppe alcune unghie.

Per un momento pensò di non farcela, ma dopo numerosi sforzi riuscì a estrarre l'ascia e a scagliarla ripetutamente contro la porta fino a sfondarla.

Suo fratello non sarebbe stato felice di pagare i danni, se alla fine la tormenta non fosse arrivata e lei avesse fatto tutta quella fatica per niente. Ma non aveva la minima intenzione di correre il rischio di morire di freddo sapendo che il capanno era pieno di legna.

Sierra riuscì a creare un'apertura abbastanza grande, posò l'ascia ed entrò. Le nuvole oscuravano la luce che riusciva a malapena a filtrare tra le assi e l'apertura. Scorse la legna, un'enorme quantità di legna; anche se nel buio non riusciva a vederne bene la pila, ne sentiva l'odore.

«Grazie a Dio.» Sierra si rallegrò e si piegò a raccoglierla; solo quando si alzò, nel voltarsi per tornare in casa, si accorse di una sagoma. Urlando, lasciò cadere i ceppi.

Non era sola. Accoccolato in un angolo c'era qualcuno, completamente nudo. A meno che i suoi occhi non la stessero ingannando.

«È proprio sicura di volere un figlio?»

Il dottore aveva appena terminato la visita ginecologica ed Evelyn Talbot si mise a sedere sistemandosi il bordo del camice di carta che le era stato dato. Lei e il suo compagno Amarok, che nella lingua degli Inuit, tra i quali era nato e cresciuto, significava "lupo", ci provavano da otto mesi senza alcun risultato e lei stava iniziando a convincersi che non sarebbe mai successo.

«Ho quasi quarant'anni, dottor Fielding. Se voglio un bambino, non posso aspettare oltre, non trova?»

Il ginecologo si sfilò i guanti di lattice.

«Da un punto di vista delle tempistiche sono d'accordo.»

«Ma... non posso averne? È questo che mi vuole dire?» Nell'ora che aveva impiegato ad arrivare in macchina da Hilltop, dove abitava e lavorava, Evelyn non aveva fatto altro che pensare a cosa la aspettasse quel giorno. Ad Amarok non aveva detto niente dell'appuntamento. Se davvero non poteva avere figli, voleva almeno avere il tempo di metabolizzare la notizia prima di parlarne con lui. Certo, lui era al corrente del suo passato, sapeva che c'era la possibilità che lei fosse sterile. Da quando a sedici anni era stata rapita e seviziata dal fidanzato non aveva più avuto il ciclo regolare. Eppure lei e Amarok si erano illusi che ce l'avrebbero fatta. Gli specialisti ai quali si era rivolta a Boston, prima di partire, avevano lasciato intendere che ci fosse una chance.

«C'è ancora del tessuto cicatriziale da... da prima.» Il dottore premette il piede sul pedale del cestino e gettò i guanti. «Che potrebbe creare dei problemi.»

Evelyn fece un sospiro. «Non sembra molto ottimista al riguardo.»

Lui appoggiò una mano sulla scrivania.

«Non mi pronuncerei in tal senso, dottoressa Talbot. Anche lei ha frequentato medicina prima di scegliere psichiatria. Il corpo umano è molto forte, talvolta più forte della mente.»

«È vero, in alcune situazioni» ammise lei.

«Il suo corpo sembra essersi ripreso bene.»

Evelyn era confusa. «Ed è una buona cosa, no?»

«Forse. Posso essere sincero?»

«Certo.»

«Ammetto che se lei fosse una paziente qualunque non mi permetterei di dire certe cose. Potrei risultare troppo invadente, perfino per una collega. Ma io la rispetto come persona, per quello che ha subìto e per ciò che ha raggiunto. Proprio per questo le consiglio di pensarci seriamente. Lei ha a che fare tutti i giorni con degli psicopatici. E da ciò che ho sentito dire e ho visto in televisione nel periodo in cui combatteva per l'apertura del centro di Hanover House qualche anno fa, lei è molto dedita al lavoro.»

«Lo sono, infatti. Non posso negarlo.» E non poteva essere altrimenti. Il numero di psicopatici stava crescendo e qualcuno doveva capire perché e fermare quei predatori. Evelyn aveva fatto della sua esperienza di vita il suo lavoro.

«È così?» le chiese. «Nonostante le ultime vicende?»

Doveva riferirsi a quello che era accaduto con Lyman Bishop l'inverno passato, lo Stato intero ne era rimasto scosso. «Se si riferisce a Bishop, non succederà più. Ha avuto un'emorragia cerebrale mentre era in ospedale la notte che… Ormai è rinchiuso in un istituto, riesce a malapena a parlare.»

«Ma gli psicopatici con cui si misura sono centinaia e alcuni sono molto pericolosi. Uomini che uccidono per piacere. Tra loro potrebbe nascondersi un altro Lyman Bishop.»

O magari Jasper Moore potrebbe decidere di farsi vivo. Il dottor Fielding non aveva osato dirlo, ma lei non faceva che domandarsi quando il suo ex ragazzo del liceo avrebbe colpito ancora.

«Lei è una donna colta, attraente, una figura di riferimento per la prigione e per l'intera popolazione maschile…»

«Un sacco di persone finiscono per innamorarsi del proprio medico, parroco, insegnante e così via» lo interruppe. «Succede anche fuori dalla prigione. E poi, gli uomini oggetto dei miei studi tendono a essere più ossessionati che infatuati di me. Ad ogni modo capisco cosa intende.»

«Immagino di sì.» Il dottor Fielding si sistemò gli occhiali sul naso. «E se la prossima volta uno di loro dovesse aggredirla mentre è incinta? Ci ha pensato? Il dispiacere sarebbe davvero immenso. E non sarebbe l'unica a soffrirne. Pensi alla sua famiglia, al suo compagno.»

Avrebbe voluto rispondere che non c'era il rischio che venisse aggredita di nuovo. Quello di Bishop era stato un caso isolato. Il governo aveva istituito un apposito programma di protezione per la squadra di psicologi che si occupava dello studio di quegli uomini "malvagi". Non erano i detenuti di Hanover House a preoccuparla, ma Jasper Moore. Non era mai stato arrestato, se ne stava ancora in giro da qualche parte con l'unico desiderio di finire il lavoro che aveva iniziato al liceo, quando aveva ucciso tre delle sue migliori amiche ed era quasi riuscito a uccidere lei. Non aveva dubbi al riguardo. Il tentativo di rapimento che Evelyn aveva subìto appena due anni prima significava che non l'aveva dimenticata. Non era riuscita a vederne il volto quella notte. Portava una maschera, quindi non aveva idea di che faccia avesse adesso, dopo tanti anni. Nonostante ciò lui si era premurato di dirle chi era. *Voleva* che sapesse che era tornato.

A quest'ora sarebbe stata morta, se non fosse riuscita a scappare quasi subito.

E se fosse successo di nuovo mentre era incinta?

«La paura non può impedirmi di vivere la mia vita» si era detta a quel tempo. E lo aveva ripetuto anche alle altre vittime come lei: non dovevano lasciarsi paralizzare dalla paura. Ma lo stesso valeva anche quando c'era di mezzo un bambino innocente?

Il dottor Fielding si mise a tamburellare con le dita sul tavolo.

«È pronta ad accettare i rischi e le conseguenze di questa decisione?»

«Sì» disse, anche se dentro di lei non era così sicura come voleva dare a credere.

Ma lui accettò la risposta. «Va bene, allora. Da un punto di vista fisico non c'è niente che faccia supporre che non può avere figli. La prassi vuole che si aspettino dodici mesi prima di consigliare di intraprendere qualsiasi trattamento per la fertilità, ma considerato il suo trascorso e la sua età, prima iniziamo meglio è. Innanzi tutto è necessario fare degli esami ad Amarok, in modo da avere un quadro completo della situazione.»

Dopo ciò che Jasper le aveva fatto, era convinta di essere lei, tra i due, ad avere problemi di fertilità. Ma sapeva perché Amarok doveva fare delle analisi: anche se le possibilità erano scarse, poteva avere aveva un numero ridotto di spermatozoi, una bassa motilità o qualsiasi altra cosa potesse contribuire al problema. Non si era mai fatto controllare, non per quello almeno. Amarok le aveva confessato di essere stato dal dottore solo due volte in vita sua, e in entrambi i casi per delle ossa rotte.

Il dottor Fielding non le aveva chiesto niente, ma Evelyn sentiva che era curioso di sapere perché non ci fosse un matrimonio in vista, se avevano deciso di avere un bambino. Nessuno poteva capire quanto fosse complicata la situazione. Evelyn amava Amarok, su questo non c'erano dubbi, ma ancora non era certa di voler trascorrere il resto della sua vita in Alaska. A Boston, da dove veniva, aveva delle responsabilità, ma lui non sarebbe mai stato felice da nessun'altra parte. Era nato e cresciuto a Hilltop e dentro di lui scorreva sangue Inuit da parte di padre. Inoltre, era l'unico agente in città e adorava vivere in quell'angolo sperduto di mondo. L'Alaska era dentro di lui e trascinarlo nei "Lower 48", gli Stati americani a sud, sarebbe stato come chiudere in gabbia un animale selvatico.

Evelyn però era cosciente del suo orologio biologico. Era inchiodata a Hilltop per altri tre o quattro anni almeno. A quel punto sarebbe stato troppo tardi per avere un bambino, soprattutto perché avrebbe dovuto trovare un'altra relazione come quella che aveva con Amarok, cosa del tutto impossibile. Dopo Jasper, Amarok era stato l'unico che avesse mai amato davvero. Era anche l'unico uomo con cui era andata a letto. Dopo le sevizie subite a sedici anni aveva sofferto di gravi problemi di fiducia nel prossimo. Se davvero voleva diventare madre, questa era la sua unica occasione, qualora invece non avesse avuto figli avrebbe almeno voluto la possibilità di scegliere. Ma se alla fine fosse rimasta incinta? Sarebbe dovuta rimanere in Alaska.

«Gliene parlo io» disse lei, anche se non aveva idea di come affrontare l'argomento. Di sicuro Amarok avrebbe accennato al matrimonio e aveva tutto il diritto di chiederle un impegno formale, invece di continuare a giocare con il suo cuore.

2

Jasper era tentato di dare sottobanco un pugnale a uno dei detenuti. Se qualcuno fosse rimasto ferito, almeno ci sarebbe stato qualcosa di interessante da fare e da guardare. Ecco cosa gli passava per la testa quando si annoiava, e Jasper si annoiava sempre quando Evelyn non era ad Hanover House. Fare l'agente penitenziario a Florence, in Arizona, era stato terribile: aveva fatto tutto il possibile per alleviare le lunghe, tediose ore di quel lavoro ingrato, perfino spronare qualche criminale a prendersi a coltellate. Eppure, senza l'esperienza di Florence non sarebbe mai stato in grado di arrivare fino ad Hanover House; era una fortuna che non lo avessero beccato. Adesso invece non vedeva l'ora di andare al lavoro per incontrare la sua ex ragazza del liceo, o anche solo per vederla da lontano.

Ma non quel giorno. Aveva sentito dire che Evelyn non sarebbe venuta al lavoro, motivo che spiegava il suo bisogno di creare un diversivo, qualcosa che gli procurasse una piccola scossa. Ma non poteva permettersi di attirare l'attenzione, specialmente con azioni negative. Da quando, otto mesi prima, si era trasferito ad Anchorage e aveva iniziato a fare il pendolare fino a Hilltop, dove si trovava l'istituto di detenzione, si era sforzato di dare l'impressione di essere una guardia affidabile e innocua, un secondino qualunque insomma. Perfino Evelyn sembrava essersela bevuta. Ogni volta che si incrociavano in corridoio, lei gli sorrideva. Era convinta che lui le avesse salvato la vita quando Lyman Bishop l'aveva aggredita lo scorso inverno, perciò non poteva fare altrimenti. Eppure la sua fiducia non era tanto facile da conquistare. Per non parlare del fatto che il suo compagno, il sergente Benjamin Murphy, meglio conosciuto come Amarok dalla gente del posto, era molto circospetto. Anche se non lavorava alla prigione, Amarok passava spesso da Hanover House per portare il pranzo a Evelyn o per venire a prenderla quando era in arrivo una bufera.

Ma era questione di poco ormai. La pazienza e gli sforzi che Jasper aveva impiegato perché filasse tutto liscio avrebbero reso il rapimento di Evelyn ancor più gratificante. Grazie alla chirurgia plastica a cui si era sottoposto vent'anni prima, alla tintura per capelli e all'invecchiamento naturale, Evelyn non aveva idea di che aspetto avesse adesso. Da quando era arrivato a Hilltop si era perfino fatto crescere la barba. Nonostante questo giocasse a suo favore, doveva comunque trattenersi e fare attenzione per non rovinare ciò che aveva così faticosamente costruito. Se avesse fatto un minimo errore, Evelyn si sarebbe accorta che le stava con il fiato sul collo.

«Ehi, che fai lì impalato?»

Jasper serrò la mandibola appena vide avvicinarsi il tenente Dickey. Era l'ultima persona che avrebbe voluto incontrare mentre se ne stava appoggiato al muro di mattoni colorati della caffetteria a togliersi il sudicio da sotto le unghie aspettando l'ora di tornarsene a casa. «Niente. Perché?» chiese raddrizzando subito la schiena.

«Perché vorrei ricordarti che sei pagato per stare qui.»

«Abbiamo appena terminato il giro del settore B e il mio turno è quasi finito, signore. Stacco all'una.» Svegliarsi nel cuore della notte per andare al lavoro non era affatto semplice, ma a Jasper piaceva l'idea di avere tutta la giornata a disposizione. Anche se avrebbe preferito che i turni fossero fissi, invece di cambiare in continuazione.

«Non è una buona scusa per bighellonare in corridoio. Se hai finito con il B, controlla anche il settore A.»

Quasi tutte le guardie detestavano fare i controlli. Trascinare fuori dalla cella un detenuto aggressivo poteva essere pericoloso. La gente rinchiusa in quel luogo non aveva molto da perdere e questo la rendeva imprevedibile. E poi i controlli erano quasi sempre una perdita di tempo. A Florence saltava fuori di tutto: armi artigianali, droga, perfino cellulari. I detenuti ad Hanover House invece non ricevevano molte visite. Ciò lasciava alle guardie e agli impiegati del carcere la possibilità di dedicarsi al contrabbando, anche se in un istituto con soli trecentocinquanta letti il rischio di essere scoperti era molto alto.

Jasper si irrigidì, infastidito dal tono di Dickey, ma se c'era un aspetto della sua professione che gli piaceva era proprio frugare tra i pochi oggetti personali dei detenuti. Minacciare, invadere la loro privacy, umiliarli quando possibile... trovava il tutto molto piacevole. Come ogni sadico che si rispetti. «Con chi devo andare, signore?»

«Con i colleghi con cui hai controllato il settore B.»

«Nessun problema.» Prima iniziavano, meglio era per lui. Non voleva uscire tardi, aveva da fare dopo il lavoro. Doveva tornare allo chalet dove era stato l'ultima volta per finire di pulire.

«Allora alza il culo!» gridò Dickey, nonostante lui si fosse già incamminato.

Jasper represse la tentazione di lanciargli un'occhiataccia. Detestava prendere ordini da una persona così palesemente inferiore. Ma d'altra parte quasi tutti erano inferiori a lui, sia mentalmente che fisicamente, tranne forse il sergente Amarok. Era stata colpa di Amarok se aveva dovuto uccidere i propri genitori nonostante l'aiuto che gli avevano dato in tutti quegli anni. Erano stati loro ad aiutarlo a uscire dal paese dopo aver ucciso le amiche di Evelyn e aver tentato di uccidere anche lei. Gli avevano perfino pagato la chirurgia plastica al volto mentre era in Europa. Senza di loro sarebbe stato arrestato e processato.

Sì, Amarok aveva fatto una mossa eccellente l'inverno passato, senza alcun dubbio, e la Polizia di Stato dell'Alaska aveva costretto Jasper a un sacrificio notevole. Amarok era un nemico temibile, il tenente Dickey, invece, era solo uno stronzo.

Meglio lasciarlo perdere, si disse Jasper mentre chiamava a raccolta le altre guardie. Jasper aveva un motivo più importante per trovarsi ad Hanover House e per sopportare Dickey e qualunque altro coglione si divertisse a dirgli cosa fare e quando.

Poi la sua mente richiamò il pensiero di Evelyn, e sorrise. Una cosa era certa, non era per soldi che lavorava in quel posto.

Non appena vide il numero di casa tra le chiamate in entrata, Amarok sentì la tensione scivolare via. «Dov'eri finita?» disse sollevando la cornetta.

Evelyn non sapeva cosa dire. «Che intendi?»

«Ti ho chiamato al lavoro» rispose lui. «Ma mi hanno detto che non c'eri.»

«Be' potrei essere rimasta a casa...» ribatté lei titubante.

Infatti all'inizio non lo sapeva, visto che quella mattina era uscito prima di lei. Ecco perché era tornato indietro a controllare. «Non ti trovavo, quindi sono venuto a dare un'occhiata. Ti ho cercata dappertutto, ero nel panico. Ho allertato tutti quanti, il Moosehead, Garrett del Quigley's Quick Stop, le cameriere del Dinky Diner, perfino Margaret Seaver dello Shady Lady Motel; non che mi aspettassi di trovarti lì...»

«Credevi che avessi appuntamento con un altro?»

Amarok si accorse del tono divertito della voce di Evelyn. «No. Dopo ciò che hai passato, è poco probabile. Anche se in fin dei conti io sono andato *oltre* le tue mutandine.» Quella mattina avevano fatto l'amore. Era per questo che l'aveva cercata, non riusciva a togliersela dalla testa. «Se ci sono riuscito io, significa che le tue difese non sono impossibili da infrangere.»

«Nessuno ci è mai riuscito, non dopo Jasper.»

Evelyn non aveva avuto molte esperienze quando lei e Amarok si erano conosciuti, ma ormai erano finiti i tempi in cui lui doveva stare attento a non farla sentire sottomessa, soggiogata o minacciata. Adesso che Evelyn sapeva di potersi fidare di lui voleva sentirlo dentro di sé quasi tutti i giorni. Amarok da parte sua non poteva credere a quel cambiamento. Quando si era innamorato di lei pensava di doversi abituare all'idea di una vita sessuale difficile, ma alla fine si era rivelato l'esatto contrario. «È stato solo per eccesso di zelo se mi sono fermato al motel» disse lui. «Mi hai fatto prendere uno spavento.»

Amarok la sentì sospirare.

«Che succede?» insistette. «Non puoi scomparire in questo modo. Non sei una persona qualunque. Non posso permettermi di fare finta di niente, se c'è anche solo una remota possibilità che tu sia in pericolo. Jasper potrebbe colpire in qualunque momento. È già successo in passato e da quando ti sei trasferita qui ci sono state nuove avvisaglie.»

«Lo so» rispose lei. «È solo che... Non sono stata via molto. Pensavo di potermi ritagliare un paio d'ore da sola.»

«Per fare *cosa*?»

«Sono andata ad Anchorage.»

«Con una tormenta in arrivo?»

«Lo so, è orribile là fuori, ma ce l'ho fatta, sono a casa sana e salva.»

«Non dirmi che sei uscita a fare spese?»

«No, avevo una visita medica.»

Amarok strinse la cornetta. «Che tipo di visita?»

Calò un istante di silenzio.

«Evelyn?»

«Ginecologica» disse lei dopo un po'.

Una scarica di adrenalina lo fece scattare in piedi. «Sei incinta?»

«No.»

Amarok cercò di mascherare la delusione. «E allora?»

«Volevo controllare se… se fosse cambiato qualcosa dall'ultima volta, riguardo alle mie capacità di concepire.»

Era naturale che Evelyn volesse capire perché non era ancora rimasta incinta, visto che non avevano fatto niente per evitarlo. Anche lui si era interrogato sulla possibilità che non potessero avere un bambino insieme. «E…?»

«Il dottore pensa che una cura per la fertilità potrebbe aiutare. Ma prima ti devi fare uno spermiogramma.»

«Va bene, quando?»

«Lo devo richiamare per fissare un appuntamento.»

«Perfetto.»

«Okay.»

Calò di nuovo il silenzio, mentre lui cercava di immaginare cosa stesse provando lei.

«Evelyn?»

«Sì?»

«Perché non mi hai detto niente della visita?»

«Non lo so» disse lei. «Ma adesso ho un sacco di lavoro da sbrigare… Possiamo parlarne più tardi?»

«Certo, a stasera.»

Amarok rimase a fissare la cornetta muta. Evelyn lo amava e lui lo sapeva. Ma anche sua madre aveva amato suo padre e nonostante questo non era riuscita a resistere in Alaska. Odiava il buio, il freddo, l'isolamento. Aveva mandato in pezzi la famiglia andandosene a Seattle con il fratello gemello di Amarok quando aveva solo due anni e da allora non era mai più tornata indietro. Prima del suo diciottesimo compleanno, Amarok non sapeva nemmeno di avere un gemello. Da quando aveva ricevuto una sua chiamata però erano sempre rimasti in contatto, anche se Amarok si rifiutava di avere qualunque rapporto con la madre.

Innamorarsi di Evelyn, costruire una famiglia con lei, non significava in fondo esporsi al rischio di farsi spezzare il cuore come era accaduto a suo padre?

Il tempo era pessimo e Jasper era quasi sul punto di rinunciare all'idea di andare allo chalet. Dopo il controllo del settore A non era dell'umore migliore. Tex, la guardia con cui stava facendo il giro, lo aveva visto strappare in mille pezzi la foto della nonna di uno dei detenuti e lo aveva rimproverato.

Jasper aveva protestato, dicendo che non intendeva distruggerla, ma era risultata una pessima giustificazione. La foto non poteva certo essersi sgretolata per sbaglio e anche Tex lo sapeva. Era la prima volta da quando si era trasferito in Alaska che Jasper combinava qualcosa per cui rischiava di essere richiamato, un errore davvero stupido. C'era davvero bisogno di farne una questione? Aveva strappato una foto e allora? La nonna del detenuto era morta d'infarto mentre lui era dentro. Insomma se uno è morto, è morto. Perché quel maledetto idiota si era messo in testa di farle un ritratto a partire da quella foto, se non sapeva nemmeno tenere in mano una matita?

Era inutile fare i sentimentali per una fotografia.

Con un po' di fortuna Tex avrebbe lasciato correre e si sarebbe dimenticato dell'incidente.

«Sarà meglio per lui» borbottò Jasper sforzandosi di vedere la strada attraverso il movimento rapido e intermittente del tergicristallo. La neve era troppo fitta, non poteva andare veloce. Jasper pensò di tornare indietro, ma era stata una pessima giornata e gli sarebbe piaciuto concludere almeno una cosa che aveva in sospeso. Sbarazzarsi del corpo era sempre la parte peggiore. Questa volta non poteva seppellire Kat come avrebbe fatto nei Lower 48, perché il terreno era ghiacciato.

Avrebbe potuto aspettare un paio di giorni che passasse la bufera, ma c'era il rischio che un'altra ondata di maltempo arrivasse subito dopo e poi un'altra ancora e così fino alla primavera. Non poteva lasciare il corpo incustodito troppo a lungo. Se qualcuno l'avesse trovato prima di lui, l'intera Hilltop avrebbe dato l'allarme. Amarok avrebbe aperto un'indagine e la gente del posto, spaventata, avrebbe iniziato a sospettare di chiunque non conoscesse bene.

Questo avrebbe interferito con il suo piano per catturare Evelyn, proprio ora che era pronto.

A dire il vero non avrebbe dovuto divertirsi con Kat prima che fosse pronta la sua "sala giochi". Ma lei era proprio lì, camminava per Spenard Road, il quartiere a luci rosse di Anchorage a due passi da dove abitava lui: una preda facile a cui non aveva saputo resistere. E poi gli chalet in montagna erano quasi tutti chiusi dopo settembre. Era un'occasione da non perdere.

Jasper era convinto di potersela cavare in qualunque situazione. Niente di ciò che aveva fatto gli si era mai ritorto contro: uccideva da vent'anni ormai, ingannando i genitori, due mogli – entrambe ex ormai – e vari datori di lavoro.

Aveva ingannato tutti, in un modo o nell'altro, perfino Evelyn e Amarok l'inverno passato.

Ma lo scenario in cui agiva adesso era completamente diverso e non andava sottovalutato. L'Alaska gli garantiva molta libertà e spazio, e fuori da Anchorage la polizia aveva uno scarso raggio d'azione. Jasper aveva rapito Kat la settimana precedente e l'aveva rinchiusa in uno chalet non lontano da Hilltop per averla a portata di mano quando usciva dal lavoro. Tuttavia non si era ancora confrontato con le rigide temperature dell'Alaska, senza contare che quell'anno l'inverno era arrivato prima del solito. Forse aveva sottovalutato la difficoltà di raggiungere il suo nascondiglio.

Premette sull'acceleratore, ce la poteva fare. Almeno lo chalet lo aveva già ripulito, gli restava solo da caricare il corpo nel bagagliaio del suo fuoristrada e nasconderlo sotto la cerata che si era procurato al negozio di ferramenta la sera prima. Appena il tempo si fosse ristabilito, l'avrebbe scaricato in qualche zona isolata e selvaggia dall'altra parte della città, a un paio d'ore di viaggio. Con un po' di fortuna, il corpo non sarebbe stato ritrovato fino a primavera.

E se anche fosse stato scoperto prima, sarebbe stato così lontano da Hilltop che né Amarok né chiunque altro in città si sarebbe allarmato.

Le ruote slittarono, Jasper sterzò per evitare di andare a sbattere contro il versante della montagna e riuscì a riprendere il controllo dell'auto. Dover affrontare la strada in quelle condizioni lo mandava in bestia. Avrebbe fatto meglio a portar via il corpo di Kat il giorno che era morta, almeno si sarebbe risparmiato questo viaggio infernale. Ma lei era deceduta prima del previsto e lui era dovuto scappare alla prigione.

La radio aveva perso il segnale, così la spense. Se c'era una cosa che non sopportava dell'Alaska era proprio la scarsa ricezione radio. Tutto il resto rappresentava un vantaggio, soprattutto per un uomo come lui: lo scarso popolamento, le aree isolate, i lunghi mesi bui.

Evelyn…

Jasper riguadagnò subito il buon umore al pensiero della donna su cui fantasticava da anni. Questa volta aveva organizzato tutto alla perfezione e si era ripreso benissimo dal presunto disastro con

Bishop lo scorso inverno. Nessuno era alla sua altezza. Oltretutto era anche un eccellente guidatore, avrebbe superato la tormenta e risolto il contrattempo della foto strappata sotto gli occhi di Tex.

Non appena raggiunse lo chalet si sentì già molto meglio. Stava canticchiando *Heathens* dei Twenty One Pilots e mentre affrontava l'ultimo tornante vide qualcosa che gli provocò un brivido.

La luce della casa era accesa.

3

Sierra era scossa da fremiti. Non era una persona quella che aveva trovato, ma un corpo. Un corpo al quale mancavano alcune dita, ricoperto di contusioni, con le ossa rotte e segni di legature.

Sierra cadde in ginocchio e vomitò tutto quello che aveva nello stomaco. Non riusciva a fermare i conati, si sentiva le gambe molli e non riusciva a rimettersi in piedi. Quando si fu ripresa, si fece forza e decise di avvicinarsi. Sperava di essere ancora in tempo per salvare la donna, nonostante fosse improbabile vista la temperatura esterna e le condizioni del corpo. Aveva letto di persone miracolate, persone ritenute morte che poi erano sopravvissute, ma non era questo il caso.

Quella povera donna non soltanto era morta, ma anche congelata. Ecco perché Sierra non aveva sentito odore di decomposizione, ed era quello il motivo per cui, con molta probabilità, la combinazione del lucchetto non funzionava. Chiunque l'avesse uccisa doveva aver trovato il biglietto dell'agenzia con la combinazione sul tavolo e l'aveva cambiata. Probabilmente non si aspettava che lo chalet fosse affittato in quel periodo dell'anno, ma aveva comunque preso una piccola precauzione, non si sa mai. La persona che aveva commesso l'omicidio doveva essere la stessa che aveva accatastato sul retro la legna con cui si erano scaldati fino a quel momento.

«Oh, mio Dio» mormorò Sierra indietreggiando e rischiando di inciampare mentre si precipitava alla fenditura che aveva aperto nella porta. Non sarebbero mai dovuti venire in Alaska, non a ottobre, si disse correndo in casa e chiudendo a chiave la porta dietro di sé. Erano stati troppo avventati, troppo impazienti di fare quel viaggio a ogni costo, nonostante l'arrivo anticipato dell'inverno. E adesso suo fratello e i suoi amici erano là fuori da qualche parte in balia della peggior tormenta di neve che avesse mai visto, e lei era sola nello chalet dove una donna era stata assassinata e il suo corpo scaricato nel capanno della legna; oltretutto non poteva né uscire né chiamare aiuto. Se si fosse allontanata dalla casa sarebbe morta di freddo… e comunque non aveva intenzione di lasciare lì suo fratello.

«E adesso che faccio?» si chiese a voce alta mentre tendeva l'orecchio per sentire se arrivava la Ford Expedition. Leland, Peter e Ted sarebbero tornati presto, non potevano restare in giro ancora a lungo con una bufera in arrivo. A quel punto lei sarebbe corsa fuori e sarebbe salita subito in macchina, pregandoli di andare via immediatamente. Non voleva restare in quel posto un minuto di più, sentiva che sarebbe impazzita se non fossero arrivati subito.

Eppure i minuti passavano e non si sentiva altro che il lieve scricchiolio delle finestre e un martellare sul tetto, come se fosse battuto da una pioggia torrenziale.

Tranquilla, Sierra, mantieni la calma. Devi cercare di essere paziente. L'unica cosa che puoi fare è aspettare e stare al caldo.

Sierra aggiunse un po' di legna nel camino e si sedette di fronte al fuoco a osservare le braci ardenti, dondolandosi avanti e indietro. Stava cercando di riprendersi dallo shock, ma nonostante il caldo della stanza, era ancora congelata. Nemmeno fare le valigie, la sua e quella degli altri, sembrò aiutarla a scaldarsi un po'. Ogni volta che si affacciava alla finestra, la bufera sembrava peggiorare.

Sperava che i ragazzi fossero riusciti a raggiungere la macchina. Forse si erano riparati nell'auto in attesa che il peggio passasse prima di ripartire…

Se non si sbrigavano, rischiavano di restare bloccati. Sierra non aveva mai visto un vento e una neve simili. Poteva essere troppo tardi per raggiungere i sentieri che conducevano al bosco.

Forse era per questo che non erano ancora tornati: non potevano.

Però anche se la Expedition fosse rimasta bloccata, c'erano sempre i due QUAD. Dovevano tornare per forza, altrimenti...

Sierra non ci voleva nemmeno pensare; avrebbe dovuto trovare un modo per chiedere aiuto, ne andava della loro vita. E poi avrebbe riferito alle autorità del corpo che aveva trovato nel capanno della legna. Quella donna non era morta per cause naturali. I segni delle legature e le ferite spaventose facevano pensare a un omicidio. E questo poteva significare solo una cosa: c'era un assassino in libertà, un assassino folle. Nessuna persona normale avrebbe potuto fare una cosa simile, nemmeno in preda a un accesso di rabbia.

Proprio quando pensava di non sopportare più la tensione dell'attesa, con quel cadavere flagellato e congelato a pochi metri da lei, Sierra scorse un fascio di luce nell'oscurità.

Che cos'era? Un faro? Forse Leland, Peter e Ted ce l'avevano fatta.

Il cuore le batteva forte, premette i palmi contro il vetro e rimase a fissare il buio.

La luce era sparita con la stessa velocità con cui era apparsa. Non c'era rumore di motori. Forse se l'era immaginato? E se fosse stato solo un lampo? O magari il sole che per una frazione di secondo aveva attraversato le nuvole?

«E dài...» Sierra rimase immobile come pietrificata per quasi quindici minuti, pregando che la sua costanza e perseveranza venissero infine ricompensate. Ma non ci furono altri bagliori di luce e Sierra non vide più niente.

Cos'era successo? Se fossero stati Leland e gli altri, a quest'ora avrebbero già varcato la soglia di casa.

Solo quando sentì la maniglia della porta sul retro girare, capì che non si era sbagliata, c'era qualcuno là fuori. Non poteva essere il vento, solo un uomo era in grado di produrre un suono simile. Ma Leland e i ragazzi non sarebbero mai passati dal retro. Non ne avevano motivo.

Allora, chi altri stava cercando di entrare?

«Che fai?»

Evelyn inclinò la testa da un lato mentre Amarok abbracciandola da dietro le dava un bacio sul collo. Era stato al telefono con Phil Robbins, un abitante del posto di mezza età che lo aveva assistito nella funzione di pubblica sicurezza durante l'estate. Phil guidava uno spazzaneve e dava una mano a rimuovere la neve in bassa stagione, quando la maggior parte dei cacciatori e dei pescatori erano già andati via. La priorità del sergente era assicurarsi che le strade fossero pulite e che tutti potessero tornare a casa dal lavoro, per questo aveva chiesto il suo aiuto. Mentre Amarok se ne stava a parlare in cucina, Evelyn prese un libro di psicologia e si mise comoda con i piedi appoggiati sul tavolino da caffè del salotto. Makita, l'alaskan malamute di Amarok, si avvicinò nella speranza di ricevere qualche carezza mentre Sigmund, il gatto, giocava con le tende della finestra da cui si intravedeva solo il buio della tormenta. Non era da lei prendersi un giorno libero. Appena tornata dalla visita medica si era messa a sbrigare un po' di lavoro da casa, ma non aveva messo piede alla prigione. Non si era azzardata a sfidare il tempo, preferiva restarsene al caldo ora che anche Amarok era tornato.

«Niente di che, do un'occhiata a questo libro che volevo leggere» disse.

Lui le ruotò leggermente il polso per leggere il titolo dalla copertina. «*La maschera della normalità*?»

«Sì, è un volume un po' vecchio, ma mi piace comparare le mie ricerche con quelle del passato; alcuni studiosi sono stati dei veri pionieri del settore e avevano ragione su molte cose.»

«Anche questo Hervey M. Cleckley? Pure lui era un pioniere?»

«Sì. Bob Hare, il tizio di cui ti ho parlato, che ha sviluppato il test sui livelli di psicopatia PCL-R che usiamo anche noi, ha basato molte delle sue teorie sul lavoro di Cleckley.»

Amarok indicò un altro libro appoggiato sul tavolino accanto ai piedi di Evelyn, *Il sociopatico della porta accanto* di Martha Stout. «A quanto pare starai in piedi fino a tardi.»

«Ma no… do solo un'occhiata.» L'équipe di ricercatori di salute mentale di Hanover House, di cui faceva parte insieme a cinque psicologi e un neurologo, disponeva di una selezione dei titoli più diffusi sulla psicopatia nella sala conferenze dove si incontravano una volta a settimana per fare il punto della situazione. Evelyn aveva preso un paio di libri da portarsi a casa, anche se non sapeva di preciso perché. «A essere sincera, ultimamente mi sto interessando agli psicopatici primari…»

«Primari?»

«Intendo quelli subclinici, che sottomettono gli amici, mentono senza scrupoli, si approfittano delle altre persone, cose così. Non quelli che stuprano e uccidono.»

Amarok diede un colpetto a Makita per farlo spostare e si sedette accanto a lei. «Mi piace la piega che sta prendendo questa conversazione. Questo tipo di psicopatici mi sembra meno pericoloso. Anche se la ragione per cui hai aperto Hanover House è fermare i criminali. A cosa è dovuto questo nuovo interesse?»

«Trovo sorprendente come ci siano così tante persone prive di coscienza, mentre la maggior parte delle persone è convinta che tutti, in fin dei conti, siano empatici come loro. Ecco perché quando incappiamo in questo tipo di psicopatici non ce ne accorgiamo.

Eppure siamo tutti destinati a incontrarne uno, prima o poi, perché la nostra società ne è letteralmente invasa. Il tasso d'incidenza dell'anoressia è più basso di quello della psicopatia!»

«Che si aggira intorno al quattro percento.»

«Secondo i nostri ultimi calcoli. *Wow*, ma allora mi ascolti quando parlo di lavoro.»

Amarok sorrise. «È un bene che non tutti gli psicopatici siano del tipo che uccide, non trovi?»

«Anche i primari sono pericolosi. Rapinano le banche, spezzano il cuore alla gente, mentono, rubano, truffano, abusano. Possono rendere impossibile la vita delle persone in cui si imbattono, e il tutto senza il minimo rimorso.» Evelyn tirò giù i piedi dal tavolo e si sporse in avanti. «Le statistiche sono scioccanti: la percentuale di psicopatici negli Stati Uniti è cento volte superiore a quella dei malati di cancro al colon. Eppure di cancro ne sentiamo parlare in continuazione, mentre di psicopatia no, tranne quando si tratta dei serial killer, che non rappresentano l'intera categoria.»

«È per questo che hai fatto trasferire quei duecento psicopatici primari ad Hanover House insieme agli altri?»

«Esatto. Alan Harrington sostiene...»

Amarok la interruppe sollevando una mano. «Chi è Alan Harrington?»

«Ha scritto un libro intitolato *Psicopatici*, non l'ho qui stasera. Nonostante le sue idee siano state molto criticate, si tratta comunque di importanti spunti di riflessione. Per lui gli psicopatici sono frutto dell'evoluzione della vita moderna.»

Amarok scosse la testa. «Questa non me la bevo.»

In fatto di psicopatia, erano molte le cose che lui non si beveva, e non si peritava a dirlo.

«Non nego che ci siano dei mostri là fuori, ma in linea di massima l'umanità sta diventando più gentile e meno violenta» continuò.

«Un tempo la gente veniva impiccata tra le grida d'incitamento della folla, alla presenza anche di bambini. Si inventavano nuovi modi per torturare gli "eretici" per via del loro credo religioso.»

«In alcune parti del mondo è ancora così» rispose lei asciutta.

«Mi riferisco alla tortura sistematica che è stata portata avanti per cinquecento anni. L'Inquisizione cercava di controllare i *pensieri* della gente. Guarda quanti progressi abbiamo raggiunto nell'ambito dei diritti delle donne, delle minoranze e addirittura degli animali.»

«Forse l'impressione generale è che ci stiamo evolvendo, sviluppando una coscienza superiore, eppure certe persone sembrano averla persa del tutto.»

«Tu ne sai qualcosa.» Amarok iniziò a giocherellare con una ciocca dei suoi capelli. «Ciò che non capisco è perché alcuni psicopatici debbano uccidere e mutilare mentre altri no. Sei stata tu a dirmi che molti di loro sono medici, agenti di polizia, avvocati, uomini d'affari e politici. Come fanno a vivere la loro vita normalmente?»

Non era la prima volta che affrontavano l'argomento: ogni tanto tornava nelle loro discussioni perché delle risposte "definitive" non esistevano. «Per quello che ne sappiamo, ogni persona è a sé. La gente si emoziona per cose diverse, ha obiettivi diversi, gusti diversi, inibizioni e talenti diversi. Lo stesso si può dire degli psicopatici: magari a uno piace uccidere, mentre un altro farebbe qualunque cosa, perfino calpestare gli altri, pur di diventare il numero uno dell'azienda in cui lavora. A un altro ancora invece basta vivere alle spalle degli altri per essere felice. È questo che rende difficile mettere tutti d'accordo su come identificare uno psicopatico, su come trattarlo e addirittura su come definirlo. Ci sono così tante variabili...»

Amarok si alzò e andò in cucina per aprire del vino. «Ti va?» le chiese mostrandole la bottiglia.

«Certo.»

Lei rimase a guardarlo mentre versava due bicchieri e tornava sul divano.

«Li hai visti anche tu i detenuti di Hanover House» disse lei prendendo il bicchiere. «Lyman Bishop era molto diverso da Anthony Garza, non trovi?»

Amarok bevve un sorso di vino. «Sì, e Jasper lo è ancora di più, almeno da ciò che mi hai raccontato.»

Il volto di Evelyn si contorse in una smorfia involontaria. «Jasper è lo psicopatico più pericoloso che abbia mai conosciuto.»

«È il tipo di psicopatico che si definisce "carismatico".» Amarok le diede un colpetto. «Vedi che ti ascolto?»

Evelyn chiuse il libro che stava leggendo. «Cleckley usa parole come "amabile", "affascinante", "intelligente", "sveglio" e "sorprendente" per descrivere uno degli psicopatici della sua ricerca.»

«Le usi spesso anche tu.»

«Sì, infatti calzano a pennello a Jasper. Era il ragazzo più popolare della scuola, ammaliava chiunque volesse. Mi sentivo così fortunata che avesse scelto proprio me.» Un moto di rancore crebbe dentro di lei al ricordo del momento in cui aveva trovato le sue tre migliori amiche morte, abbandonate nella piccola capanna in cui lei e Jasper si rifugiavano quando volevano stare da soli. Le aveva attirate in quel luogo e le aveva uccise per aver rivelato a Evelyn di averlo visto flirtare con un'altra. Una punizione orribile per un'accusa insulsa, soprattutto perché probabilmente era vero.

Amarok le prese la mano, non c'era bisogno di dire niente, lui era lì per lei, pronto a rassicurarla, ad aiutarla a dimenticare e ad andare avanti. Forse era grazie a lui se ultimamente riusciva a parlare del suo passato con più facilità. Anche se le cicatrici, quelle che portava dentro così come quelle sul collo, non sarebbero mai andate via del tutto.

«Non avevo idea di che razza di persona fosse finché non ha

gettato la maschera» disse Evelyn, mentre i ricordi peggiori, quelli che di solito cercava di sopprimere, si affastellavano davanti ai suoi occhi. «Gli psicopatici sono dei veri manipolatori.»

«Ma guardati, finalmente sei in grado di parlare dell'accaduto con oggettività.»

A Evelyn sfuggì un sorriso. «Mi sto riprendendo, da molti punti di vista.» Appoggiò il bicchiere sul tavolino e gli prese il viso tra le mani. «Ed è tutto merito tuo.» Poi gli premette le labbra sulla bocca e avvertì che quel bacio stava per diventare qualcosa di più. Lo sentì gemere e avvertì le sue braccia che la circondavano, stringendola.

Proprio in quel momento il telefono iniziò a squillare e Evelyn si scostò.

«È Phil?»

«Non lo so. Lascialo suonare» rispose lui tirandola a sé per baciarla ancora.

Ma il telefono riprese subito a squillare. Qualcuno aveva bisogno di lui, o forse di lei.

Amarok sollevò la testa riluttante. «Non scappare però» le disse mentre andava a rispondere, ma il modo in cui aggrottò la fronte le lasciò intuire che la telefonata non portava buone notizie. «Proprio adesso?... Cosa?... Quando è successo?... Va bene, arrivo subito.»

«Che succede?» chiese Evelyn appena riattaccò.

«Devo andare.»

«Perché?»

«Sono arrivati dei cacciatori alla stazione, uno di loro afferma che la sorella sia scomparsa.»

«Scomparsa da dove?»

«Da uno chalet in montagna. Non so quale. Non mi ha dato dettagli. Phil era passato a bere qualcosa di caldo in ufficio prima di riprendere a spazzare Main Street e ha trovato questi tre ragazzi sulla porta. Erano in preda al panico, soprattutto un certo Leland. La bufera li ha sorpresi mentre erano a caccia e quando sono tornati alla macchina hanno visto che era bloccata. Appena liberate le ruote sono tornati allo chalet dove la sorella li stava aspettando, ma di lei non c'era traccia.»

Evelyn raddrizzò la schiena. «Dove può essere andata?»

«È quello che devo scoprire» disse lui buttandosi il pesante cappotto sulle spalle.

Evelyn si alzò in piedi, fece il giro del divano e lo accompagnò alla porta. «Forse è uscita a cercarli e si è persa...»

«Con una bufera simile? Spero proprio di no. Altrimenti potrebbe essere troppo tardi per lei.»

Amarok era riuscito a convincere due dei cacciatori a prendere una camera allo Shady Lady Motel invece di tornare allo chalet, ma Leland Yerbowitz non ne volle sapere. Voleva a tutti i costi dare una mano a trovare sua sorella, nonostante Amarok gli avesse detto di restare con i suoi amici. Con quel tempo, preferiva non avere tra i piedi un *cheechako*, un forestiero che non conosceva l'Alaska e non sapeva come muoversi. A dire la verità nemmeno lui avrebbe dovuto arrischiarsi a uscire. Si stava facendo buio e la bufera non accennava a placarsi. Ma non aveva scelta, doveva fare il possibile per ritrovare la sorella di Leland prima che le temperature scendessero drasticamente.

«Mi può descrivere sua sorella?» chiese mentre era al volante. Voleva distrarre Leland, certo, ma anche sapere che tipo era Sierra, se era abituata a viaggiare, se era avventurosa o magari emotivamente fragile e incline a scappare.

Leland fissava la cascata di neve che ostacolava la visuale dal parabrezza. «Conosce questa strada, vero?» chiese invece.

Di solito Amarok non andava agli chalet, a meno che non fossero i proprietari a chiederglielo, e comunque non in inverno. La maggior parte era disabitata nei mesi freddi. «Sì, mi è capitato di farla.»

Quel "mi è capitato" non sembrava aver rassicurato Leland, che si aggrappò alla cintura di sicurezza. «Come pensa di fare per non finire fuori strada?»

Amarok aveva montato le catene, anche se il suo pickup era quattro per quattro e dotato di pala anteriore. «Basta andare piano.»

A giudicare dall'espressione di Leland, Amarok non stava andando abbastanza piano per i suoi gusti, ma entrambi sapevano di dover arrivare allo chalet il prima possibile, quindi tenne la bocca chiusa e lo lasciò guidare.

«Mi può raccontare qualcosa di sua sorella?» lo incalzò di nuovo Amarok.

«Che vuole sapere?» rispose lui sulla difensiva. «Ha ventotto anni e si sta per sposare. Dobbiamo trovarla. Non riesco… non riesco a immaginare che le possa essere capitato qualcosa. Cosa dico ai miei? Mia madre, mio padre, l'altra sorella è perfino incinta. E il suo fidanzato? Mi sentirei talmente in colpa. Sono io che volevo andare a caccia, lei avrebbe preferito i soliti giri turistici.»

«La troveremo» disse Amarok.

«Non capisco dove possa essere andata.»

«Perché il suo fidanzato non è venuto con voi?»

«Non poteva. Lavora come camionista e aveva una consegna improrogabile.»

«Capisco. Sua sorella conosce l'Alaska?»

Leland non rispose, come era facile intuire il suo unico obiettivo era trovare la sorella e finché questo non fosse accaduto non aveva voglia di fare conversazione.

«Leland?»

«Per niente» rispose. «È la prima volta che veniamo, sono mesi che programmiamo questo viaggio.»

Non era la risposta che Amarok sperava di sentire. Non solo Sierra non conosceva la zona, ma era anche giovane e inesperta al punto di essere in pericolo in quelle condizioni ambientali. «Le piace andare in giro da sola, che lei sappia?»

«No. È proprio questo il punto: Sierra è molto responsabile, ha la testa sulle spalle. Era la più preoccupata tra noi all'idea di venire in Alaska in questa stagione...» Leland scosse la testa, entrare troppo nel dettaglio gli metteva ansia. «Ma eravamo vincolati ai permessi di caccia.»

Le ruote slittarono, si stava rapidamente formando uno strato di ghiaccio e le catene riuscivano a malapena a fare presa sulla strada. Avrebbero dovuto fermarsi a quel punto, ma per il momento Amarok aveva ancora il controllo del veicolo e proseguì. «Cosa indossava l'ultima volta che l'ha vista?»

Leland si aggrappò alla maniglia della portiera, sentendo scivolare la macchina. «Era a letto, dormiva.»

«Non voleva venire a caccia con voi?»

«No. Era felice di starsene a casa. Prima che ce ne andassimo ci ha salutati e ci ha raccomandato di fare attenzione. Nient'altro. Cosa può esserle successo? Dove si è infilata? Intorno allo chalet non c'è niente per chilometri e chilometri.»

«Magari la bufera l'ha spaventata. Forse temeva che foste in pericolo e aveste bisogno di aiuto.»

«Non può essere.»

Leland sembrava molto sicuro.

«Cosa intende dire?» gli chiese Amarok.

«Deve esserle successo qualcosa.»

«Come fa a dirlo?»

«L'ascia nel capanno della legna.»

Era la prima volta che Amarok ne sentiva parlare. «Potrebbe spiegarsi meglio?»

«Non saprei da dove iniziare. Appena arriviamo lo vedrà.»

Amarok si domandò perché non glielo avesse menzionato prima e gli lanciò un'occhiata eloquente. «Ci vorrà ancora un po' prima di arrivare, perché non me lo racconta?»

Leland fece un sospiro. «Qualcuno ha buttato giù la porta del capanno con un'ascia.»

«*Qualcuno*? Intende sua sorella, giusto? Non c'era nessun altro insieme a lei.»

«Sì, forse è stata lei. La combinazione del lucchetto non funzionava, quindi non sapevamo come prendere la legna.»

«Deve essere entrata abbattendo la porta.»

«A meno che...»

«Cosa?»

Una ruga di preoccupazione gli comparve sulla fronte. «Anche la porta sul retro dello chalet era rotta.»

Amarok rallentò in un punto particolarmente pericoloso. I fari erano inutili, vedeva a malapena a un metro di distanza. «In che modo? Anche quella è stata presa a colpi d'ascia?»

«No, non come quella del capanno. È strano, è come se qualcuno ci avesse trafficato. La porta del capanno invece sembra essere stata aperta con l'ascia, perché l'ho trovata per terra sul portico, anziché al suo posto nell'ingresso.»

Amarok spingeva la macchina in salita, ma le gomme slittarono di nuovo nel tentativo di aggredire la strada ghiacciata. «Forse è stata lei a sfondare la porta per prendere la legna, e quando è tornata indietro si è accorta di essersi chiusa fuori.»

«Potrebbe essere.» Leland sembrava volerci credere. «C'era della legna fresca nello chalet.»

«Okay, continui.»

«Ma le nostre valigie erano pronte all'ingresso. Perché ha fatto una cosa simile? Sapeva che dovevamo restare ancora una notte e poi siamo tutti adulti, non abbiamo bisogno che qualcuno ci metta a posto la roba. Le valigie ce le siamo fatte da soli sia a casa che ad Anchorage, per la miseria.»

«Ha detto che erano pronte all'ingresso?»

«Tutto quanto, incluse le carte e i giochi da tavola che abbiamo fatto ieri sera. Non credo che avesse intenzione di andarsene da sola.»

«Forse è uscita a cercarvi perché era spaventata.»

«Se fosse uscita a cercarci avrebbe usato la porta davanti invece di quella sul retro. Altrimenti avrebbe dovuto fare il giro della casa. E poi la porta era spalancata. Chi lascerebbe la porta aperta nel bel mezzo di una tormenta?»

«Forse non l'ha chiusa bene. Magari è stato il vento.»

La disperazione deformò i lineamenti spigolosi di Leland. «Non può essere, okay? Non ha nemmeno preso il cappotto!»

Amarok sentì un brivido corrergli lungo la schiena. Aveva dato per scontato che un *cheechako* avesse fatto qualche stupidaggine e si fosse messo nei guai. Ma forse era saltato alle conclusioni troppo in fretta. Nessuno uscirebbe da un'abitazione riscaldata e sicura per andare a cercare il fratello senza nemmeno coprirsi.

«I tizi che sono qui con voi sono vostri amici?»

Leland fece segno di sì. «Siamo solo noi quattro.»

«E avete avuto problemi da quando siete arrivati? Magari qualcuno vi ha seguiti fino allo chalet?»

«No. Siamo qui da tre giorni e non abbiamo avuto alcun problema. Non c'era anima viva in giro.»

Amarok era più determinato che mai a raggiungere lo chalet, scalò la marcia e si lanciò su per il tratto più ripido della salita. Aveva un pessimo presentimento.

4

Leland Yerbowitz non aveva esagerato. Sua sorella era sparita e non c'erano indizi che spiegassero cosa le fosse successo. La bufera di neve aveva cancellato qualsiasi impronta di piedi o pneumatici. Non c'era verso di capire quante macchine fossero arrivate fino allo chalet, né quante persone fossero entrate o da che direzione. Il pavimento era bagnato, soprattutto in prossimità delle porte, ma questo non provava niente visto che Leland e i suoi amici dovevano essere entrati in casa bagnati fradici.

Amarok era sorpreso dal fatto che Sierra avesse messo tutto in ordine e preparato le valige davanti all'ingresso. Quel gesto indicava che non aveva intenzione di passare un'altra notte in quel posto. Ma perché aveva deciso di andarsene prima? Forse aveva paura di restare bloccata dalla neve?

Era una possibilità...

Il cappotto e gli stivali di Sierra erano umidi, il che indicava che doveva essere uscita, ma poi aveva lasciato tutto da una parte. Aveva perfino ravvivato il fuoco. Leland continuava a ripetere che non avevano toccato il camino, eppure la brace continuava ad ardere. A giudicare dalla legna che aveva usato, Sierra non doveva essere scomparsa da più di tre o quattro ore.

Cosa aveva fatto dopo aver sistemato i bagagli? Perché era uscita senza il cappotto?

Non ne aveva motivo, nessuno con un briciolo di buon senso lo avrebbe fatto. Amarok doveva trovare una spiegazione diversa.

Aprì la valigia di Sierra, alcuni indumenti erano piegati con cura, altri erano semplicemente stati infilati nella sacca alla rinfusa.

Amarok controllò il beauty case. Non aveva idea di cosa si fosse portata, ovviamente, ma era certo che non mancasse niente. C'erano solo trucchi, shampoo, lacca, deodorante e altre cose simili. Lo spazzolino era asciutto, ma in effetti era passato un sacco di tempo. La borsa di Sierra giaceva sul pavimento accanto alla valigia e sembrava intatta.

Di qualsiasi cosa si trattasse, di sicuro non era una rapina.

Leland lo seguiva dappertutto, da una stanza all'altra, ma si fermò in fondo alle scale in salotto mentre Amarok si arrampicava sul soppalco e con la torcia controllava la camera.

Niente. Solo un letto rifatto e un armadio.

«Non ci siamo nemmeno saliti, lassù» disse Leland. «Nessuno di noi voleva fare le scale. Io ho dormito con Peter nel letto a castello e Ted ha dormito sul divano.»

Dunque Sierra aveva una camera tutta per sé: un gesto gentile, ma che non significava niente. Era lecito sospettare che suo fratello o uno dei loro amici le avesse fatto del male e che adesso stessero mettendo in scena la sua scomparsa per coprirsi a vicenda. In fin dei conti erano stati gli ultimi a vederla e i primi a denunciarne la scomparsa. Eppure Leland sembrava sinceramente sconvolto. Da quando erano arrivati era rimasto quasi tutto il tempo in silenzio e Amarok lo aveva visto asciugarsi gli occhi un paio di volte. La sua non sembrava affatto una messa in scena, di questo Amarok era certo.

«È proprio sicuro di non aver visto nessuno qui in zona da quando siete arrivati?» gli chiese.

Leland si schiarì la voce. «Sì, gliel'ho già detto in macchina. Anche se qualcuno che abbiamo incontrato ad Anchorage potrebbe averci seguiti fin quassù.»

Se così fosse, dove poteva essersi rifugiato negli ultimi tre giorni? Lo chalet più vicino distava otto chilometri. Possibile che avesse fatto avanti e indietro?

Amarok scese le scale. «Ha notato qualche macchina dietro di voi?»

«No, nessuna, e comunque non da quando siamo usciti da Hilltop. Ce ne saremmo accorti.»

Vero, ma Amarok doveva vagliare tutte le possibilità. «Dove siete stati ad Anchorage?»

«In nessun posto in particolare, volevamo vedere le solite cose da turisti, il Monte Denali e i ghiacciai, ma i tour guidati finiscono a metà settembre e ce li siamo persi. Allora, mentre ci preparavamo per andare a caccia, abbiamo deciso di vivere Anchorage da locali per un giorno e mezzo, il tempo di preparare la battuta di caccia. Poi siamo venuti qui. Il piano era di andare a Juneau domani mattina.»

Probabilmente il loro viaggio sarebbe sfumato, ma Amarok non lo disse a voce alta. «Se qualcuno vi avesse seguiti, avrebbe dovuto muoversi molto prima. Perché aspettare l'ultimo giorno?»

«Esatto. Qui intorno è un deserto, non c'è un posto dove rifugiarsi per tenere sotto controllo lo chalet. Un giorno vale l'altro per colpire. E poi non era la prima volta che Sierra restava da sola.»

«Sua sorella ha problemi di droga o alcol?»

Leland sembrava frustrato dalle proprie emozioni e si asciugò un'altra volta le lacrime. «No. Di solito non beve più di una birra o un bicchiere di vino. Non è molto festaiola, se è questo che intende. È più un'intellettuale. Ama leggere, ogni volta che uscivamo lei restava a casa con i suoi libri e ne era ben felice.»

«Quindi non crede che possa essersi fatta del male *di proposito*?»

«Assolutamente no! Vuole sapere davvero che tipo è? Glielo dico subito: una con la testa sulle spalle, intelligente, gentile. Lei...» le parole gli morirono in gola e si interruppe.

Non era stato lui a fare del male alla sorella, le voleva troppo bene.

Amarok posò una mano sul braccio di Leland. «Farò tutto il possibile per ritrovarla.»

Leland annuì in silenzio, afflitto.

«Com'erano i rapporti con i suoi amici?» chiese Amarok mentre frugava negli armadi, nei cassetti e sotto i letti, senza però trovare niente di rilevante.

«Buoni. Peter lo conosciamo da quando siamo piccoli, viveva in fondo alla nostra strada. Ted invece lo ha conosciuto poco prima di partire, ma andavano d'accordo» disse senza esitazione.

«Ha avvertito un altro tipo di interesse tra loro?»

«No. Sia Peter che Ted sono sposati e mia sorella è fidanzata.»

Leland ne sembrava convinto, anche se questo non dimostrava un bel niente. «Voi tre siete rimasti insieme tutto il giorno? C'è stato un momento in cui vi siete persi di vista?»

Leland fece una smorfia. «Non mi piacciono le sue insinuazioni, loro sono i miei migliori amici. Non le farebbero mai del male.»

«Meglio così» disse Amarok. «Ma le ripeto la domanda: c'è stato un momento in cui vi siete separati?»

Leland si passò una mano tra i capelli biondi. «No. Siamo rimasti insieme tutto il tempo. È impossibile che uno di loro sia tornato indietro di nascosto.»

«Okay. Diamo un'occhiata alla porta sul retro e al capanno della legna.» Doveva per forza esserci qualcosa, un indizio che spiegasse come erano andate le cose. Amarok era nella polizia da dieci anni, non molto, ma abbastanza da aver visto cose davvero pazzesche, soprattutto quando c'era di mezzo qualcuno dei Lower 48. Stupidi ubriachi che per colpa di una pagliacciata mettevano in pericolo se stessi e gli altri. Ma una situazione inspiegabile come questa non l'aveva mai affrontata…

Leland si incamminò, si vedeva che aveva ripreso il controllo, mentre Amarok studiava il legno scheggiato della porta sul retro, che era stata forzata. Le parole del ragazzo suonarono salde e prive ormai di qualsiasi titubanza. «Ci vuole parecchia forza per sfondarla.»

Più di quanta ne avesse sua sorella?

Amarok alzò la voce, come aveva fatto Leland, per farsi sentire sopra la tormenta. «Dov'era l'ascia quando l'ha trovata?» Adesso se ne stava appoggiata contro il muro, sul retro, nella tenue luce del portico, ma non era lo stesso punto dove Leland sosteneva di averla trovata. Per cui doveva essere stata spostata.

Amarok si morse la lingua per non lanciare una bestemmia. Se si trattava davvero di una scena del crimine, il fatto che tre persone fossero entrate in casa toccando, spostando e gocciolando dappertutto non gli facilitava certo le cose.

«Laggiù.» Leland indicò le ruvide assi del pavimento del portico un metro e mezzo più in là.

Amarok si accarezzò la barba. Sperava di sbagliarsi. Due anni prima il proprietario del Moosehead aveva scoperto una testa mozzata dietro il bancone del suo locale e lui si era ritrovato a capo della sua prima indagine per omicidio: non ci teneva a farlo di nuovo. «Le sembrava appoggiata o lasciata cadere?» gridò per sovrastare gli ululati del vento.

«Era caduta, sembrava essere stata lasciata lì in fretta e furia» rispose Leland.

Amarok prese la torcia dalla cintura e si accovacciò per dare un'occhiata più attenta. Sulla lama non c'erano tracce di sangue o di tessuto umano. *Grazie a Dio.* Neanche in casa sembrava esserci sangue. Questo da un lato lo portava a credere che Sierra non fosse stata vittima di un delitto, ma dall'altro infittiva il mistero. Se qualcuno era entrato in casa con l'intenzione di farle del male, che fine avevano fatto gli indizi delle ferite? Il sangue, il corpo?

Oppure era stata portata da un'altra parte?

Era una possibilità, anche se non c'erano segni di lotta. Ma come faceva il criminale a sapere che era il momento giusto per colpire? Perché si era preso la briga di uscire con un tempo simile, quando Leland, Peter e Ted sarebbero potuti tornare da un momento all'altro? E poi perché far del male a Sierra?

Alcuni assassini si divertono a procurare dolore, uccidono per il piacere di farlo, come la maggior parte degli psicopatici che trattava Evelyn. Amarok si sforzò di non lasciarsi trascinare subito in quella direzione, nonostante Hanover House ospitasse, a pochi chilometri da lì, trecento psicopatici tra cui molti serial killer.

Ma erano tutti sotto chiave, o almeno così sperava.

Doveva subito imbustare le prove e vedere se riusciva a trovare qualche impronta sull'ascia, ma l'attrezzatura della scientifica era rimasta in macchina, per cui decise di fare prima un giro intorno allo chalet per farsi un'idea generale.

Sfortunatamente, vi trovò meno di quanto aveva sperato. «Sa se sua sorella aveva dei nemici?»

Leland si soffiò sulle mani. Non indossava né guanti né berretto ma non sembrava curarsi del freddo: era troppo angosciato per la scomparsa della sorella per preoccuparsi di se stesso.

Amarok invece portava il berretto che faceva parte della sua uniforme invernale, quello che si legava sotto il mento per tenere il volto al caldo, ma per le mani non c'era stato niente da fare. Trovandosi su una scena del crimine era stato costretto a indossare i guanti in lattice, anziché quelli impermeabili in goretex, e i proteggi scarpe.

«In Louisiana forse, non certo qui» rispose Leland. «Questo è il posto più lontano da casa dove sia mai stata. Non riesco a immaginare che qualcuno ci abbia seguiti fin qui per rapirla. Sarebbe stato molto più semplice farle un'imboscata sotto casa, tornata dal lavoro, visto che abita da sola.»

Per quanto sembrasse improbabile, l'assassino poteva aver deciso di ucciderla in Alaska per farla franca più facilmente: gli sarebbe bastato salire su un aereo. Se era stata rapita, doveva trattarsi di qualcuno a cui aveva raccontato i particolari del viaggio.

Un bel pezzo di strada divideva la Louisiana dall'Alaska, ma Amarok aveva sentito storie ben peggiori, e poi da qualche parte doveva pur iniziare. Hilltop era la città più vicina, ma lui conosceva bene la gente del posto e la gente conosceva lui. Nessuno di loro avrebbe fatto del male a una donna. Nei mesi estivi aveva a che fare per lo più con infrazioni di caccia e pesca, oltre a qualche rissa da bar, piccoli furti e abusi domestici. Le cose peggiori giungevano sempre dai forestieri.

O da Hanover House...

Amarok odiava saltare alle conclusioni, aveva già commesso quell'errore una volta. Ma se uno dei criminali di Evelyn fosse scappato?

Altrimenti non si spiegava come e perché Sierra fosse scomparsa.

Sfidando il vento, Amarok puntò la torcia direttamente verso il portico. Niente di rilevante. Niente vestiti, niente sangue. Niente che a prima vista sembrasse fuori posto. Eppure la neve era talmente alta che avrebbe potuto coprire perfino un cadavere.

Amarok scrutò la tormenta che non smetteva di sferzare lo chalet e la montagna che lo sovrastava, e aggrottò la fronte. Dovevano andarsene subito, altrimenti sarebbero rimasti bloccati lassù. Ma prima doveva controllare il capanno della legna, magari lì avrebbe scoperto qualcosa in grado di spiegare cosa era successo.

«Dove si trova il capanno?» Amarok non riusciva a vederlo, il buio era completo e il fascio di luce della torcia non riusciva a fendere la neve per più di un metro.

Invece di indicarglielo, Leland gli fece strada, finché Amarok non lo afferrò per un braccio. «L'ho visto, adesso torni dentro prima di congelare» gli ordinò, ma Leland non voleva ascoltarlo. Si liberò dalla presa e sollevò l'altro braccio per proteggersi dalla bufera, continuando ad avanzare con la neve fino alle ginocchia.

Appena il cono di luce della torcia illuminò la piccola struttura di due metri per tre poco distante dal portico, Amarok spinse Leland da parte. Chiunque fosse entrato in quel capanno, non aveva idea di come si maneggia un'ascia, ma era comunque riuscito a usarla per aprirsi un varco. Questo elemento, unito a ciò che aveva visto fino a quel momento, lo faceva supporre che fosse opera di Sierra. Doveva essere uscita, aver abbattuto la porta e trasportato la legna in casa.

«Non le sembra vomito questo?» chiese mentre Leland si stringeva accanto a lui nel minuscolo capanno per ripararsi dalla neve e riuscire a sentire la sua voce.

Osservò la pozza che Amarok aveva trovato. «Sì, anche la puzza è di vomito.»

«Si è sentita male. Era malata?»

«Se lo era, non ci ha detto niente.»

Amarok non sapeva bene come interpretare la cosa, per cui decise di concentrarsi su altro. «Ha detto che la combinazione del lucchetto che vi ha dato l'agenzia era sbagliata?»

«Esatto, altrimenti non avrebbe mai distrutto la porta. La stufa si alimenta solo a legna. Quando siamo partiti credevo che ne avesse a sufficienza per l'intera giornata, ma poi è scoppiata la tormenta.»

Amarok uscì dalla fenditura nella porta e prese il lucchetto che era ancora attaccato al chiavistello. «Com'era la combinazione?» gridò. «Ce l'ha?»

«Sì.»

Lo chalet emanava un leggero bagliore, per cui Leland poté correre dentro senza bisogno della torcia. Qualche minuto dopo tornò indietro con in mano un foglietto accartocciato.

Leland, cercando di tenere il pezzo di carta al riparo e facendosi luce con la torcia, lesse a voce alta i numeri mentre Amarok inseriva la combinazione nel lucchetto, che si aprì senza problemi.

Leland rimase a bocca aperta. «Come ci è riuscito? Io ci ho provato almeno dieci volte, e anche Peter. Nessuno dei due ce l'ha fatta.»

Allora perché adesso funzionava? Amarok richiuse il lucchetto e provò ancora, stesso risultato.

«Non ha senso!» gridò Leland. «È assurdo!»

Era meglio aggiungere anche il lucchetto alle prove. «È *proprio* sicuro di aver messo le cifre giuste?»

«Al cento per cento. È un banale lucchetto a combinazione, Cristo Santo! Anche Sierra deve averci provato. Perché avrebbe buttato giù la porta, altrimenti?»

Forse perché era in pericolo e si stava nascondendo, mentre l'ascia l'aveva usata *lui*. Magari è per questo che aveva vomitato: era in preda al panico.

Leland doveva aver intuito i pensieri di Amarok e sollevò le mani in aria. «So cosa sta pensando, ma io non le ho fatto niente. Lo giuro! Voglio bene a mia sorella!» Poi indicò il danno alla porta. «E poi so maneggiare un'ascia molto meglio di così.»

Nonostante tutto, Amarok gli credeva; Leland gli era sembrato sincero sin dal primo momento. E poi c'erano altri due testimoni che confermavano che quella mattina Sierra stava bene e non si erano mai separati per tutta la durata della battuta di caccia.

Leland era bianco come un lenzuolo alla luce della torcia. Amarok era preoccupato 1che oltre allo shock per la scomparsa di Sierra, potesse risentire anche delle condizioni atmosferiche estreme. «Vada in macchina» gli ordinò. «Devo fare qualche foto e rilevare le prove. Poi ce ne possiamo andare.» Voleva prendere anche un campione del vomito, nel caso ci fosse stato bisogno di fare un test del DNA.

«Che vuol dire?» gridò Leland. «Non possiamo andarcene senza Sierra!»

Amarok detestava dirlo, ma non c'era più niente da fare in quel momento. Almeno fintanto che la bufera non fosse passata. «Non abbiamo scelta.»

«Sì, invece!» gridò Leland cercando di fermarlo. «Dobbiamo continuare a cercarla. Potrebbe aver bisogno di aiuto!»

Questo *cheechako* non riusciva proprio a capire. L'Alaska non era la Louisiana. Se non alzavano i tacchi subito, rischiavano di infilarsi in un mare di guai.

Amarok agguantò Leland per il giubbotto e lo strattonò con forza. «Se vuole sopravvivere il tempo necessario a trovare sua sorella, farà *esattamente* ciò che le dico. Ci siamo capiti?»

Gli occhi del ragazzo si riempirono di lacrime. D'un tratto la realtà dei fatti ebbe il sopravvento sul senso di panico: riprese il controllo e annuì.

Non c'era campo, *di nuovo*. Essendo nata e cresciuta a Boston, dove ancora si trovavano i suoi genitori e sua sorella, Evelyn era abituata a comunicare, a spostarsi e a interagire facilmente con un gran numero di persone. Odiava sentirsi emarginata per colpa delle dimensioni della città, della distanza dal primo centro urbano, del meteo o di tutte e tre queste cose insieme. Non era pronta ad affrontare un altro inverno. Non avere il cellulare era già abbastanza dura. Da quando si era trasferita a Hilltop, due anni prima, non aveva più avuto uno smartphone e quella comodità le mancava. Poteva succedere che una tempesta interrompesse addirittura la linea fissa, come quella notte.

«Ma perché il Governo non ha costruito Hanover House in Texas, invece che in Alaska?» mormorò. Il Texas era una delle opzioni che la commissione aveva preso in esame. Nella parte ovest del Texas la cosa peggiore che avrebbe dovuto affrontare era l'estate. E magari un po' di polvere e vento, e qualche insetto più grande del normale.

Ma in quel caso non avrebbe mai conosciuto Amarok...

Evelyn si morse il labbro a quel pensiero. Forse un giorno sarebbe arrivata a desiderare di non averlo mai incontrato. Lo amava, certo, ma per quanto gli fosse grata per averle fatto riacquistare fiducia nell'amore e nell'intimità, certe volte si sentiva sopraffare da una specie... di irrequietezza soffocante. In quei momenti sentiva di non poter rimanere in Alaska per sempre, perché non sarebbe mai stata del tutto appagata. Ma se non fosse rimasta, lei e Amarok sarebbero andati alla deriva... Certe volte si rendeva conto della follia del progetto di avere un figlio con lui.

Eppure in altri momenti si sentiva fortunata per averlo incontrato e, stretta in un abbraccio incredibilmente forte e tenero, si domandava perché mai una donna non avrebbe dovuto volere un figlio da lui. Anche se questo significava abitare in un luogo gelido e selvaggio per il resto della vita.

Sovrappensiero, Evelyn fece una carezza a Sigmund che se ne stava accoccolato sulle sue ginocchia, mentre Makita dormiva in fondo alla stanza, il più lontano possibile dal fuoco. Quando Amarok usciva, Makita lo accompagnava quasi sempre, odiava stare lontano dal padrone. A ogni rumore, un ramo che sfregava contro la casa, un pezzo di ghiaccio che si spezzava e cadeva dalla grondaia, il sibilo del vento che frustava la neve, lui alzava la testa e fissava la porta con le orecchie dritte nella speranza che Amarok fosse tornato indietro a prenderlo.

«Hai intenzione di tenere il broncio tutta la sera?» gli chiese Evelyn.

Quando Makita si accorse che stava parlando con lui abbaiò e lei scoppiò a ridere. «Tornerà presto» gli disse, ma il sorriso svanì presto dalle sue labbra. In realtà anche lei stava cercando di convincersi che Amarok sarebbe rientrato a breve. Uscire con un tempo simile era pericoloso e lui lo sapeva, altrimenti avrebbe portato il cane con sé: il fatto che avesse lasciato Makita a casa la preoccupava ancora di più.

Per distrarsi, Evelyn si concentrò sui fogli sparsi sul tavolo di cucina. In passato, mentre lei era al lavoro, Amarok impiegava gran parte del suo tempo a cercare di stanare Jasper. All'inizio aveva tenuto segreti i suoi sforzi per proteggerla dalle inevitabili frustrazioni di un'indagine così lunga e faticosa. Evelyn aveva già sofferto abbastanza per il mancato arresto di Jasper.

L'inverno passato, però, Amarok aveva trovato una pista. Cercando tra gli omicidi che portavano la firma di Jasper era incappato in un caso che riguardava la morte di cinque donne a Peoria, in Arizona, ritrovate in una remota zona desertica. Tutte quante erano state prima torturate e poi uccise e tutte somigliavano paurosamente a Evelyn. Amarok pensò di avere finalmente in mano qualcosa di concreto, motivo per cui ne aveva parlato a Evelyn e aveva iniziato a lavorarci apertamente. Si era perfino recato a San Diego per parlare con la madre di Jasper. Sebbene i genitori di Jasper non si fossero mai dimostrati collaborativi, Amarok era riuscito a far confessare a Maureen Moore, la madre, di sapere più di quanto avesse mai lasciato intendere. Ovviamente poi si era rimangiata tutto, ma Amarok era convinto che se avesse avuto un'altra occasione sarebbe riuscito a tirarle fuori di più. Purtroppo non poté mai dimostrarlo, perché Jasper uccise entrambi i genitori e diede fuoco alla casa.

Per Evelyn era stato un duro colpo, giunto proprio nel momento in cui aveva iniziato a crederci davvero. L'uccisione delle uniche due persone che avevano rischiato tutto per aiutarlo era la dimostrazione del narcisismo di Jasper. E del fatto che pur di non farsi arrestare era disposto a qualsiasi cosa. Erano passati otto mesi da allora. Jasper era sempre un passo avanti a loro, ma Evelyn sapeva che Amarok non avrebbe mollato, e nemmeno lei. Se voleva sentirsi al sicuro, davvero al sicuro, dovevano trovarlo e sbatterlo dentro prima che cercasse di rapirla di nuovo, proprio come aveva fatto poco prima che si trasferisse in Alaska.

Per fortuna le indagini a Peoria erano andate avanti. Confrontando il DNA dei genitori di Jasper e quello rinvenuto sotto le unghie di una delle vittime, la polizia era riuscita a confermare che l'assassino delle cinque donne ritrovate fuori Phoenix era proprio lui. Gli agenti erano perfino riusciti a ricollegarlo a un altro caso di tentato rapimento in Arizona, nel quale una donna era riuscita a fuggire dal veicolo mentre lui guidava.

La notizia della corrispondenza del DNA tra i genitori, gli omicidi di Peoria – che avevano fornito una volta per tutte un campione genetico di Jasper – e il tentato rapimento di Casa Grande, a circa un'ora da lì, era fresca di quella settimana. Per colpa dei ritardi al laboratorio ci erano voluti otto mesi per verificare i campioni di Stanley e Maureen Moore, ma almeno adesso sapevano per certo che Jasper era stato in Arizona e che forse si trovava ancora lì. Tra le conferme che avevano ottenuto, ce n'era una che disturbava Evelyn più di tutte le altre: Jasper non aveva smesso di uccidere, proprio come lei aveva previsto. Uccidere era una cosa che gli procurava troppo piacere. Quel genere di assassini non si fermava mai e continuava a uccidere finché qualcuno o qualcosa non glielo impediva.

«Ti prenderemo» mormorò Evelyn tra sé, anche se ormai erano più di venti anni che lo ripeteva. Era difficile non cedere alla frustrazione, soprattutto dopo ciò che era accaduto a Maureen e Stanley a febbraio. Maureen aveva detto ad Amarok che Jasper era diventato un "padre di famiglia", come a dire che non costituiva più un pericolo per la società. Ecco perché Amarok aveva iniziato a sospettare che sapesse più di quanto dava a credere. I genitori di Jasper avevano sempre sostenuto che fossero state le droghe a spingere il figlio a fare quelle cose. Ma ormai ne era fuori, era maturato ed era diventato un cittadino modello. Ma dentro di lei Evelyn sapeva che Jasper non sarebbe mai stato niente di diverso da ciò che era: un predatore sessuale feroce. La tortura e l'omicidio gli procuravano piacere. Evelyn sperava solo che, essendo sposato, fosse costretto a vivere in un luogo ben definito, in modo che lei e Amarok, con l'aiuto degli agenti impegnati sui casi di Peoria e Casa Grande, avrebbero potuto restringere la ricerca e scovarlo.

Eppure nemmeno restringere il campo a una o due contee era semplice. L'area metropolitana di Phoenix era enorme. Dove cercare? Evelyn era convinta che Jasper lavorasse a Casa Grande, visto che gli omicidi di Peoria risalivano a tempi più remoti mentre il tentato rapimento era avvenuto nello stesso periodo in cui Jasper aveva ucciso i genitori. Ma non c'erano conferme di alcun tipo.

Evelyn sospirò appoggiando sul tavolo il rapporto degli interrogatori agli abitanti della zona dove erano state rinvenute le cinque vittime di Peoria, poi controllò l'orologio. Ormai Amarok avrebbe dovuto essere a casa. Era uscito da ore e si stava facendo tardi.

Non riusciva più a stare seduta, aveva bisogno di camminare. Scostò Sigmund dalle ginocchia. Makita guaì come per condividere la preoccupazione per il ritardo del padrone. Evelyn si accovacciò per fargli una carezza. «È un tipo tosto» disse al cane. «L'Alaska è la sua casa, sa come affrontare le intemperie.»

Era tutto vero, ma restava il fatto che una semplice frenata o un ostacolo qualsiasi sulla strada poteva costarti la vita, e Amarok avrebbe fatto l'impossibile pur di salvare una donna scomparsa.

Evelyn si posò una mano sul ventre: un gesto simbolico, si disse, visto che stavano cercando di avere un bambino. Era in momenti come quello che odiava l'Alaska. Ma erano gli stessi in cui sentiva di non poter vivere senza Amarok.

5

Jasper era infuriato. Aveva avuto una pessima giornata e, come se non bastasse, non poteva tornare a casa. Era costretto a rimanere a Hilltop con due cadaveri di cui disfarsi nel retro dell'auto. La situazione non gli piaceva per niente, soprattutto perché sarebbe bastata una semplice occhiata sotto la tela cerata della sua nuova Ford F-250 per incastrarlo. L'unico scopo nella vita di Amarok era quello di arrestarlo, perciò con lui Jasper era costretto a essere molto più cauto che con qualunque altro agente coinvolto nei casi di Boston, Peoria o San Diego. Oltretutto era più intelligente di tutti loro messi insieme. Quelli non erano neanche in grado di comunicare tra loro o di coordinarsi. Si mettevano in tasca le otto ore di servizio e se ne tornavano a casa felici e contenti, fregandosene di non aver svolto il proprio lavoro.

Amarok invece... Quel bastardo era diverso, il compagno di Evelyn era un rivale di tutto rispetto e Jasper doveva stare attento. L'idea di andare in giro per la città con due donne morte in macchina non lo entusiasmava, soprattutto perché la seconda aveva gridato il nome di un certo Leland appena prima di morire soffocata. Se quel Leland fosse tornato allo chalet, avrebbe di certo denunciato la scomparsa della donna. Sempre che fosse riuscito a riscendere dalla montagna. Jasper sperava che Leland fosse rimasto bloccato e che non potesse dare l'allarme prima che lui fosse riuscito a disfarsi del carico in un posto sicuro. La strada per Anchorage era stata chiusa, motivo per cui aveva dovuto rimandare. Lo avevano fermato a metà strada ed era dovuto tornare indietro. Passare dalle vie secondarie era fuori discussione, almeno finché infuriava quella bufera. Solo il trenta percento delle strade statali era asfaltato, il che equivaleva a meno di millecinquecento chilometri. Non gli era sembrato affatto poco, prima di trasferirsi in Alaska, ma una volta arrivato si era accorto della sconfinata grandezza dello Stato.

Per fortuna la proprietaria dello Shady Lady Motel, una minuta eschimese di nome Margaret Seaver, stando alla placchetta accanto al suo gomito, aveva una camera libera. Jasper non ci sperava, era il solo e unico motel in città e contava dodici stanze striminzite e tutte appiccicate tra loro. La maggior parte delle guardie della prigione faceva il pendolare, come lui. Se, come spesso accadeva, qualcuno di loro si era fermato a bere qualcosa al Moosehead o si era trattenuto alla prigione prima di tornare a casa, probabilmente era rimasto bloccato lì per la notte.

Margaret, in piedi dall'altra parte del bancone, strisciò la carta di credito di Jasper nel lettore. «Questo tempo è davvero incredibile» disse mentre aspettava che la transazione venisse approvata.

Jasper, ancora arrabbiato per la donna che aveva scoperto il suo segreto nel capanno della legna, fece qualche respiro profondo, cercando di dominare le emozioni e controllare il tono della voce. Doveva sembrare gentile e non troppo dispiaciuto. Non voleva che Margaret avesse qualcosa da raccontare su di lui. Doveva solo resistere finché non fossero state riaperte le strade, poi avrebbe potuto tornarsene a casa.

Il problema era se questo avesse richiesto più tempo del previsto senza dargli modo di tornare a casa prima del turno successivo. Arrivare ad Anchorage e sistemare i due corpi richiedeva alcune ore e non poteva permettersi di fare tardi al lavoro: chi entra in ritardo riceve un richiamo e lui probabilmente ne aveva già uno per aver distrutto la fotografia della nonna di quel detenuto. In quel caso ne avrebbe collezionati due in due giorni.

Il modo in cui Margaret Seaver lo stava guardando lasciava intuire che aspettava una risposta.

«Un tempo da lupi, sì.» Jasper non voleva perdere tempo con una persona così insignificante, non sarebbe nemmeno valso la pena ucciderla. Era troppo vecchia e non somigliava per niente a Evelyn. Eppure Jasper era un maestro nell'interpretare il suo ruolo. Lo aveva imparato da piccolo, non appena aveva capito di essere diverso dagli altri.

La donna gli porse la ricevuta da firmare. «Lavora alla prigione, eh?»

Jasper indossava ancora l'uniforme. Kat, la donna nel capanno, l'aveva strangolata, per cui non aveva motivo di preoccuparsi che qualcuno scoprisse macchie di sangue sui suoi indumenti. L'altra, anche se uccisa allo stesso modo, aveva urinato appena prima di morire e lui si era allontanato giusto in tempo per non sporcarsi. «Sì, da febbraio» rispose. In realtà non era la prima volta che alloggiava al motel, c'era già stato due anni prima, quando era venuto a controllare il progetto a cui stava lavorando Evelyn. Ma Margaret non poteva saperlo, dato che a quel tempo era stata la figlia, o la sorella, o qualcuno del genere a fargli il check in e il check out. Si erano incontrati solo un paio di volte, di sfuggita, fuori dal motel. All'epoca Jasper trascorreva un bel po' di tempo al Moosehead, cercando di fare amicizia con qualche locale per non dare nell'occhio quando andava e veniva. E poi gli piaceva osservare Evelyn di nascosto. Lei e Amarok ci andavano un paio di volte a settimana, dato che spesso era richiesta la presenza di lui per sedare le risse.

«Dove abita? Ad Anchorage?» gli chiese Margaret.

Jasper scarabocchiò la firma falsa che usava in quel periodo sullo scontrino. «Sì.»

«Ma non è di queste parti.»

«No, sono della Florida.» Jasper non aveva mai vissuto in Florida, ma mentire gli veniva facile. Era un'abilità imprescindibile per il suo hobby e lui la prendeva sul serio. Quello che era e ogni cosa che faceva dipendevano dalla sua capacità di raggirare gli altri.

«Florida, eh? Il freddo delle nostre zone deve essere un bello shock per lei.»

«Infatti. Spero che non sia sempre così a ottobre.»

La donna guardò accigliata lo scroscio fuori dalla finestra. «Non così presto, di solito.»

Poi concentrò la sua attenzione sulla carta di credito che riportava il nome "Andy Smith". Ormai era Andy da qualche anno, anche se prima aveva usato altri nomi. «Allora sono sfigato io, mi sa.»

«Be', almeno ha trovato una stanza. È l'ultima, se fosse arrivato più tardi non avrebbe avuto un posto dove stare.»

Se non fosse stato per i cadaveri in macchina, sarebbe tornato alla prigione. C'era un piccolo dormitorio pensato proprio per situazioni come quella. Ma non poteva passare il posto di blocco con due donne nel retro del pickup.

Jasper sorrise e la donna gli porse una vecchia chiave, niente a che vedere con le tessere degli hotel moderni.

«Ha bisogno di acqua o di cibo?» gli chiese. «Ho fatto un po' di scorta appena ho sentito che c'era una tormenta in arrivo.»

Jasper era affamato, non toccava cibo dall'ora di pranzo. Con un tempo simile sia il Dinky Diner che il Moosehead, ovvero gli unici due posti dove si poteva trovare del cibo in questo sputo di città, dovevano essere chiusi. «Quanto vuole?» chiese lui.

«Niente» rispose lei. «Buon vicinato e basta.»

«È gentile da parte sua.»

Lei gli fece l'occhiolino. «Qui in Alaska ci piace prenderci cura del prossimo.»

Non troppo, sperò lui. «È per questo che mi piace stare qui.»

La donna si illuminò per il complimento. «Be' non permetterei mai che uno dei nostri ospiti morisse di fame, soprattutto una delle coraggiose guardie di Hanover House.»

In realtà non le importava che fosse una guardia della prigione, ciò che contava era il suo aspetto e lui lo sapeva. Lei era troppo vecchia per provarci, ma il bel volto di Jasper e il suo corpo atletico gli spianavano la strada con qualsiasi donna. Sfruttava il suo aspetto per adescarle, sebbene la cosa avrebbe anche potuto ritorcerglisi contro: le donne non mancavano mai di notarlo, quindi era spesso al centro della loro attenzione. Non era uno di quegli assassini anonimi che passavano inosservati: era un uomo attraente e la gente si ricordava di lui. Per questo Jasper doveva essere più intelligente e più bravo degli altri assassini nell'abbindolare le persone.

«Che cos'ha?»

«Panini al prosciutto o al tacchino, patatine, soda o acqua, se preferisce. Ho fatto rifornimento al Quick Stop lungo la strada.»

«Prendo quello che le avanza.»

La donna scomparve nella stanza dietro al bancone e tornò con un sacchetto e una bottiglia d'acqua. «Ecco qua.»

«La ringrazio» disse Jasper con un sorriso a fior di labbra prima di prepararsi ad affrontare di nuovo il freddo.

La sua stanza era l'ultima in fondo e a lui andava bene così. Preferiva starsene per conto suo. Parcheggiò davanti alla porta e diede un'occhiata al retro. I due corpi erano ancora legati insieme sotto la tela che la neve stava rapidamente coprendo.

Il vento gli sferzava la faccia e Jasper si riparò con una mano dai fiocchi di neve, poi fece un giro intorno al veicolo.

Nessuno aveva fatto caso a lui. Erano tutti troppo preoccupati per il tempo.

Sarebbe andato tutto bene, sempre che fosse riuscito a lasciare la città prima che qualcuno desse l'allarme per la ragazza scomparsa.

Evelyn non riusciva a dormire. Ci aveva provato, ma l'elettricità era saltata appena si era infilata a letto e ora si ritrovava senza telefono né luce. Rimase sdraiata al buio, la casa si raffreddava lentamente, senza radio o televisione per distrarsi, solo il sibilo del vento.

Amarok aveva installato un generatore di emergenza proprio quell'estate. Sarebbe potuta uscire con una torcia e provare a farlo partire come lui le aveva insegnato.

Evelyn ci pensò su, odiava stare al buio, ma dopo ciò che era successo in quella stessa casa l'inverno passato, l'idea di lasciare quel nido sicuro la spaventava troppo. Anche se aveva fatto finta di niente, l'incidente con Bishop le aveva fatto fare dei passi indietro, complicando ulteriormente la gestione delle sue paure. Dal giorno dell'aggressione non sopportava più la completa oscurità, proprio come era successo per i tre o quattro anni successivi all'episodio con Jasper. Nonostante l'aiuto di Amarok, soprattutto per quel che riguardava il sesso, il recente trauma provocato da Bishop l'aveva turbata sotto altri aspetti: era tesa, ogni ombra o rumore la faceva trasalire, si guardava le spalle di continuo. C'erano volte in cui si sentiva osservata pur essendo consapevole che non fosse vero.

Vai ad accendere il generatore. Valeva la pena prendersi un po' di neve per avere la luce in corridoio. Eppure Evelyn non riusciva a convincersi a scendere dal letto nemmeno per andare ad aggiungere legna nel camino in salotto. Era come paralizzata sotto quelle pesanti coperte, si sentiva il cuore battere forte nelle orecchie e la sua immaginazione iniziava a prendere il sopravvento, mostrandole volti affacciati alla finestra o facendole sentire rumore di passi nell'ingresso.

Perché permetteva che accadesse una cosa simile? Stava andando tutto così bene! Evelyn era convinta di riuscire a superare qualsiasi cosa e fino ad allora se l'era cavata. Ma non aveva messo in conto una notte come quella. Il pensiero della donna scomparsa riportò la sua mente a quando era successo a lei, per ben tre giorni.

Finiscila! Se non la smetteva subito, le sarebbe preso un attacco di panico. Era sudata e infreddolita, cominciò a tremare. La paura cresceva dentro di lei e si sentiva mancare il respiro. Senza Amarok lì a rassicurarla era come se avesse perso ogni risorsa.

Chiuse gli occhi e li riaprì, poi li richiuse di nuovo. Buio completo. Proprio come la sera che Jasper le aveva messo la benda per non farle vedere dove la stava portando. Lui adorava l'idea che fosse spaventata, il modo in cui tremava e lo supplicava ogni volta che le faceva credere che era giunto il momento in cui l'avrebbe uccisa.

Ciò che le aveva fatto era stato umiliante, disgustoso e atroce, ma per fortuna il suo cervello era riuscito a rimuovere la parte peggiore.

Eppure certe volte bastava un'immagine, un odore o un suono a riportare a galla quei ricordi, nonostante la sua ragione si rifiutasse di collaborare. Quelli erano i momenti peggiori.

«Non vincerai, non mi sconfiggerai mai» disse a denti stretti. Non poteva permettergli di imprigionare la sua mente come un tempo aveva fatto con il suo corpo. Essere Evelyn Talbot significava saper fuggire da quella capanna giorno dopo giorno. Doveva farlo, non aveva altra scelta.

Evelyn si raggomitolò su se stessa, fece dei respiri profondi e si sforzò di ritrovare la calma. Erano anni che non aveva un attacco così forte, era giunta l'ora di tornare in analisi. Negli ultimi tempi si sentiva scivolare di nuovo nell'ansia e nella paura rimaste ai margini della sua mente. I suoi genitori l'avevano avvisata che sarebbe successo, soprattutto se avesse continuato a studiare così da vicino il comportamento di quegli uomini violenti. Era solo grazie ad Amarok e alla felicità che aveva portato nella sua vita se era riuscita ad andare avanti e tenere duro. Anche le lunghe giornate primaverili ed estive, piene di luce e di bellezza, l'avevano aiutata a ignorare e a nascondere il danno che Bishop le aveva procurato.

Ma adesso non c'erano più né Amarok né tantomeno l'estate: era da sola, al freddo e al buio, isolata da tutti e con il generatore in un luogo che le sembrava lontano e irraggiungibile. Oltre a tutto il resto, c'era il fatto che non poteva tornare in analisi. Se il suo capo al dipartimento carcerario e gli altri colleghi dell'équipe di psicologi avessero scoperto che era in difficoltà, avrebbero perso la fiducia in lei. L'impressione che dava significava tutto per lei, Evelyn non poteva permettersi di intaccare la sua credibilità se non voleva che le togliessero tutto ciò per cui aveva lavorato così duramente. Altrimenti come avrebbe potuto risolvere i misteri delle menti psicopatiche e salvare le loro potenziali vittime?

«Tieni duro. Amarok sta per arrivare. Devi solo aspettare Amarok.»

Evelyn si sforzò di controllare il respiro, ma le sensazioni del passato la trafiggevano come un nugolo di frecce. La granulosità del pavimento lurido della capanna dove Jasper l'aveva rinchiusa. L'odore del fuoco che aveva appiccato dopo averle tagliato la gola. La confusione e il dolore mentre si trascinava a fatica tra gli alberi. Il frastuono del clacson quando aveva finalmente raggiunto la strada e l'uomo che poi l'avrebbe soccorsa stava per metterla sotto. Il rumore dei suoi tacchi sull'asfalto, mentre un uomo mascherato la trascinava nel proprio veicolo, solo due anni prima. E la voce squillante, quasi femminile di Lyman Bishop che le diceva di essersela cercata, che ciò che le stava per fare era stata lei stessa a chiederglielo, in piedi davanti a casa sua.

Aveva il volto rigato di lacrime quando sentì un rumore proprio fuori dalla finestra. Non poteva essere la tempesta, era un rumore provocato da un movimento preciso.

Anche Makita se n'era accorto. Di solito dormiva ai piedi del loro letto e anche quella volta aveva seguito Evelyn fino in camera. Il cane corse alla porta d'ingresso e iniziò ad abbaiare all'impazzata.

C'era qualcuno fuori.

Ma *chi*?

Davanti agli occhi le comparve il volto di Jasper, insieme a quello di molti altri psicopatici con cui negli anni aveva avuto a che fare. Evelyn stava per lanciare un grido quando il ronzio del generatore acceso coprì quello del vento e in casa tornò la luce.

Amarok. Era tornato. Chi altri si sarebbe preso la briga di accendere il generatore? Chi altri poteva anche solo sapere dove si trovava?

Evelyn si rilassò, si asciugò le lacrime e si mise a sedere con le braccia intorno alle ginocchia.

Era proprio lui, riconobbe la sua voce mentre zittiva il cane all'ingresso.

Era a casa sano e salvo, e anche lei.

Evelyn si coricò di nuovo, cercando di ricomporsi prima che lui si rendesse conto dello stato in cui era, di quanto fosse arrivata vicina a dare di matto.

Per fortuna Amarok era così stanco e preoccupato che sembrò non accorgersi nemmeno che era ancora sveglia e si sfilò gli stivali senza fare rumore.

Lei rimase immobile finché lui non ebbe finito di spogliarsi e fu sotto le coperte. La voce non le tremava più; gli chiese: «L'hai trovata?».

«No.»

«Cosa credi sia successo?»

«Non lo so. Ma non ho voglia di pensarci adesso. Rimettiti a dormire. Ne parliamo domattina.»

Evelyn evitò di rivelargli che non era riuscita a chiudere occhio. «Tu stai bene?»

«Sì, sto bene.»

Era angosciato, si vedeva. Se avesse saputo come si sentiva Evelyn, si sarebbe preoccupato ancora di più.

Ecco perché non aveva alcuna intenzione di dirglielo.

«Ma... cosa pensi che le sia successo?» insistette.

«Non lo so» rispose ancora. «Non voglio trarre conclusioni affrettate.» Amarok la tirò a sé. «Vieni qui, ho bisogno di sentirti addosso a me» disse ed Evelyn non se lo fece ripetere.

Il tepore del suo corpo, i muscoli tesi sotto la pelle liscia mentre premeva il petto contro la sua schiena e la stringeva in un abbraccio, rasserenarono la mente di Evelyn e riportarono il battito del suo cuore alla normalità. Fare l'amore era l'ultima cosa a cui Evelyn avrebbe dovuto pensare. Non immaginava che Amarok potesse averne voglia dopo la serata che doveva aver passato, anche se sperava di sì, perché lei aveva bisogno di sentirlo dentro di sé.

Evelyn si voltò per baciarlo, per vedere se rispondeva al suo desiderio. Lui le passò le dita tra i capelli e fece scivolare la lingua nella sua bocca. Forse anche lui aveva bisogno di scaricare le emozioni negative della giornata, di essere rassicurato con l'amore che lei poteva offrirgli. Mentre Evelyn abbassava una mano per sentire la sua erezione, lui la voltò di schiena.

Jasper si svegliò parecchie ore dopo, c'era silenzio. Non sapeva cosa lo avesse disturbato, il vento era calato e fuori il rumore era diminuito. Poi udì delle voci proprio davanti alla sua stanza e si alzò allarmato.

«Leland, no! Non puoi tornare lassù da solo.»

«Non ho altra scelta! Non avrei mai dovuto lasciarmi convincere ad andare via. Sierra è là fuori da qualche parte. Ha bisogno di me!»

Per una frazione di secondo Jasper pensò di sognare. Non aveva mai conosciuto nessuno di nome Leland prima. L'unica volta che aveva sentito pronunciare quel nome era stato dalle labbra della donna che aveva strangolato.

Non poteva trattarsi della stessa persona. Oppure sì?

Poteva essere così. Se Leland era riuscito a tornare in città, dove altro sarebbe potuto andare se non lì? Anche lui doveva essere rimasto bloccato a Hilltop, proprio come Jasper che, ironia della sorte, aveva nascosto il corpo della donna che quel tizio cercava così disperatamente nella sua macchina, a tre metri da lui.

Rendersi conto della situazione gli procurò una scarica di adrenalina che lo rese improvvisamente vigile e attivo. Jasper scese dal letto e si accostò alla finestra, ma il vetro era troppo appannato per vedere qualcosa.

Che ore erano? Fuori era ancora buio, ma non significava nulla. La durata delle giornate variava moltissimo in Alaska, si passava dalle diciannove ore di luce in pieno giugno alle cinque scarse a dicembre, durante il solstizio d'inverno. Certe volte la mattina sembrava notte fonda come adesso.

Sperava che non fosse troppo tardi. Aveva impostato la sveglia alle quattro, ma sullo schermo lampeggiava una fila di zero. Doveva essere saltata la corrente dopo che si era addormentato.

Controllò l'orologio e si tranquillizzò, erano ancora le tre. Se avevano riaperto la strada, aveva tutto il tempo di scaricare i corpi e arrivare al lavoro per l'una.

Quei cinquanta dollari che gli aveva allungato il collega per scambiare il turno con lui erano stati un bel colpo di fortuna! Altrimenti avrebbe avuto a malapena il tempo di tornare da Hanover House, visto che gli sarebbe toccato il primo turno.

Socchiuse la porta per sentire cosa si stessero dicendo fuori. Un terzo tipo uscì dalla stanza accanto alla sua e si mise a discutere con

Leland per farlo ragionare. «Hai sentito cosa ha detto il sergente Murphy. Se ne occuperà lui, farà tutto il possibile per trovare tua sorella.»

Quindi era così che stavano le cose: Leland era il fratello. Almeno non erano marito e moglie, pensò Jasper, Leland avrebbe dovuto essere grato per questo.

«Potrebbe essere troppo tardi» replicò Leland cercando di liberarsi dagli altri due.

Era già troppo tardi. Leland era uno sciocco, ma a Jasper non importava affatto che mettesse a rischio la sua vita tornando sulla montagna. L'unica cosa che voleva era che si levassero di mezzo e lo facessero uscire. Preferiva non essere visto insieme a loro, né che quei tizi lo vedessero andare via a quell'ora. Certo, chiunque poteva essere rimasto bloccato dalla neve e il motel era pieno, ma era meglio non attirare l'attenzione di Amarok in nessun modo. Non aveva alibi per giustificare il tempo trascorso da quando era uscito di prigione fino alla chiusura delle strade, non poteva dire di essere stato al Moosehead e neppure al Quick Stop o al Dinky Diner. La città era talmente piccola che qualcuno avrebbe potuto smentire subito la sua versione.

Meglio tenere un profilo basso e aspettare un altro po'.

Jasper richiuse la porta, mentre i due tizi che stavano cercando di convincere Leland a restare gli strappavano le chiavi di mano. Leland scoppiò a piangere. Il suono di quel lamento lo incuriosì e lo affacciare di nuovo alla porta. Non aveva mai provato un sentimento come quello del fratello di Sierra, non riusciva nemmeno a immaginare cosa significasse, eppure non si stancava mai di osservarlo.

Anche il terrore era un'emozione che riteneva interessante.

6

Harold Childress. Seduta alla sua scrivania, Evelyn fissava il nome del suo vecchio terapista sul biglietto da visita che lui le aveva dato l'ultima volta che si erano visti, circa sei anni prima. Aveva quarant'anni più di lei ed era andato in pensione nove mesi prima del loro ultimo incontro, quindi Evelyn non era più una sua paziente. Erano rimasti in contatto, si vedevano qualche volta a pranzo, da amici.

Evelyn desiderò di potergli parlare di nuovo. Pur non avendo mai vissuto niente di lontanamente assimilabile al trauma che aveva sofferto lei, era un uomo saggio e di buon cuore. Nessun altro era in grado di placare le sue paure come lui. Solo lui era riuscito a indicarle la via per la normalità con altrettanta chiarezza. Il suo modo razionale di pensare era esattamente ciò di cui aveva bisogno.

Ma non poteva chiamarlo più. Era morto di infarto poco dopo l'ultima volta che erano usciti a pranzo. Il tentativo di rapimento da parte di Jasper due anni prima, la battaglia contro la corruzione per riuscire ad aprire il centro di Hanover House, l'atteggiamento da stalker dello psichiatra che l'aveva aiutata a mettere in piedi la clinica, i recenti omicidi di due delle sue più care amiche di Boston, per non parlare della vendetta che aveva messo in atto Lyman Bishop, tutto questo le aveva riaperto vecchie ferite.

Evelyn ripose il biglietto da visita nel cassetto e guardò il modellino della Enterprise sulla scrivania. Brianne, sua sorella, gliel'aveva regalata alla festa d'addio, a pochi giorni dalla sua partenza. Sulla targhetta alla base c'era scritto: "Dove nessun uomo o donna è mai stato prima". Il senso era chiaro: all'epoca Evelyn era convinta che avrebbe fatto grandi passi avanti nello studio di un ambito della psicopatia del tutto inesplorato. E poi si stava trasferendo nel posto più remoto della terra. In quel momento, però, si sentiva malconcia come l'astronave dopo essere stata colpita da una tempesta di asteroidi. Non solo gli scudi si erano disattivati, ma non riusciva più nemmeno a sfuggire alla forza di gravità del mondo alieno, abitato da mostri che stava studiando, che la teneva prigioniera.

Forse coloro che all'inizio avevano cercato di dissuaderla, i suoi genitori, molti dei suoi colleghi e delle persone che si erano opposte all'apertura di Hanover House, avevano ragione. Forse non era in grado di gestire tutto ciò che aveva messo in piedi.

Evelyn fece scorrere i contatti del vecchio portabiglietti che usava da quando non aveva più uno smartphone. Aveva bisogno di trovare un altro Harold, e alla svelta. Ma chi avrebbe potuto prendere il suo posto? Di certo non poteva rivolgersi a nessuno dei cinque psicologi con cui lavorava. Aveva pensato a Stacy Wilheim, l'unica altra donna del gruppo, ma non poteva confessare le sue debolezze nemmeno a lei. Non dal momento in cui Stacy e gli altri membri dell'équipe di psicologi che aveva assunto per il suo progetto si erano trasferiti in quel gelido pezzo di terra brulla per lei, trascinandosi dietro le proprie famiglie e i propri animali, chi li aveva, con l'aspettativa che lei, salda e coraggiosa come il Capitano Kirk, li avrebbe condotti verso il successo.

Forse c'era un terapista che faceva al caso suo ad Anchorage.

Evelyn digitò "psicologo Anchorage" sul computer e lo schermo le restituì alcuni nomi. Scorse gli indirizzi, sembravano tutti troppo vicini a Hilltop. Durante la campagna per aprire la struttura, Evelyn era comparsa spesso in televisione e chiunque avrebbe potuto riconoscerla mentre entrava o usciva da uno qualunque di quegli studi.

Doveva resistere, doveva andare avanti nonostante la paura che la paralizzava, nonostante gli incubi, le pressioni sul lavoro e il clima di quel posto.

E ce l'avrebbe fatta, si disse. Stava solo attraversando un periodo di insicurezza. Da quando si era trasferita a Hilltop le cose non erano andate poi tanto male, nonostante ciò che era successo. Non riusciva a capire perché proprio adesso che gli eventi stavano procedendo bene si trovasse in maggiore difficoltà… Per fortuna almeno era giovedì. Bastava superare i prossimi due giorni e avrebbe avuto un po' di riposo. «Dottoressa Talbot?»

Evelyn chiuse il browser e guardò Penny Singh, la sua assistente, che se ne stava in piedi sulla porta con il suo metro e cinquanta di altezza.

«Sì?»

Penny sembrava confusa. «È in ritardo per la seduta con Bobby Knox.»

Evelyn guardò l'orologio stupita. I venti minuti di pausa erano volati e lei non aveva nemmeno toccato il pranzo che le aveva preparato Amarok. Era rimasto intatto sulla scrivania. «Certo, arrivo subito.»

«C'è un'altra cosa…»

Evelyn chiuse il fascicolo aperto sul tavolo, lo prese e si alzò. «Che c'è?»

Penny fece una smorfia mentre le porgeva la busta. «È arrivata un'altra lettera dal dottor Fitzpatrick.»

Evelyn sollevò un sopracciglio. «Intendi il detenuto Fitzpatrick?»

«Sì. Devo… buttarla? Non riesco ancora a credere di averla spinta a rispondere alle sue chiamate e di essere arrivata a dispiacermi per lui. Eppure lei mi aveva avvertita che gli psicopatici sono degli ammaliatori. Ma io non ci volevo credere. Lui era dalla nostra parte, uno dei buoni.»

Evelyn aveva voluto tenere Tim Fitzpatrick fuori dalla sua vita fin dal momento in cui avevano aperto insieme Hanover House. Aveva quasi vent'anni più di lei e una carriera illustre alle spalle, motivo per cui, essendo lei relativamente nuova, si era avvalsa della sua credibilità e del suo supporto. Da quando si erano trasferiti in Alaska, però, Evelyn si era accorta che lui desiderava molto più di una semplice relazione professionale e quando lei aveva espresso chiaramente il suo rifiuto, lui aveva cambiato atteggiamento fino a rendersi quasi intollerabile.

Nonostante ciò, le era difficile credere che quell'uomo avesse ucciso Mandy Walker e Charlotte Zimmerman Pine, due sue amiche del liceo. Fitzpatrick non le piaceva, questo era vero, e non era stato semplice perdonargli tutto ciò che le aveva fatto prima di scappare di nuovo nei Lower 48, un anno e mezzo prima. Ma davvero era stato capace di uccidere due persone con l'unico scopo di farle credere che Jasper fosse tornato a perseguitare le sue amiche d'infanzia?

Non poteva esserne certa. Però, adesso che avevano il DNA di Jasper avrebbe potuto confrontarlo con quello rinvenuto sulla scena del crimine di Charlotte. Se coincideva, Fitzpatrick era scagionato. Invece di dire a Penny di buttare via la lettera, la prese. «No, dammela. La guardo dopo, grazie.» Pensò che forse avrebbe anche potuto comunicargli la novità.

Evelyn fece scivolare la busta nel cassetto, oltrepassò l'assistente e uscì dalle porte a vetri che separavano gli uffici dal resto della prigione.

Il telefono iniziò a squillare e Penny la richiamò un secondo prima che fosse uscita. «Dottoressa Talbot?»

«Sì?» disse lei voltandosi.

«Janice sulla linea uno.»

Janice Holt, il suo capo al dipartimento carcerario. Evelyn esitò, non voleva fare tardi alla seduta con Bobby Knox, ma aspettava quella chiamata da parecchio tempo e comunque Bobby non sarebbe andato da nessuna parte. «Di' alla guardia con il signor Knox che sono un po' in ritardo, ma che arrivo il prima possibile» ordinò a Penny.

«Subito.»

Evelyn tornò alla scrivania e chiuse la porta dietro di sé prima di rispondere al telefono. «Sono la dottoressa Talbot.»

«Evelyn, scusi se ci ho messo una vita a richiamarla.»

«Nessun problema.» Evelyn rimase in piedi, non aveva intenzione di tirare quella conversazione per le lunghe e si avvicinò alla finestra. La bufera era passata e il paesaggio fuori era ricoperto da uno spesso strato di neve. Era ancora buio, il buio tipico dell'inverno. «Spero che abbia buone notizie per me.»

«Infatti è così. Lunedì è previsto il trasferimento della sua prima detenuta donna.»

Il dipartimento avrebbe voluto espandersi trasferendo altri uomini ad Hanover House, ma Evelyn aveva fatto l'impossibile per spingere quell'ampliamento in un'altra direzione e farvi portare delle detenute donne.

Per fortuna, a Janice l'idea era piaciuta subito. Entrambe la vedevano allo stesso modo: perché non studiare entrambi i sessi? Soprattutto adesso, con l'aggiunta del nuovo settore. «*Wow!* Ce l'ha fatta! Non ci posso credere.»

«Aveva dubbi?» la incalzò Janice.

«Non avrei dovuto. Lei è una forza della natura.»

«C'erano parecchie persone contrarie, non lo nego, persone che temono i cambiamenti o che vogliono che tutto proceda sempre uguale. Ma ho fatto notare che il suo lavoro può fare la differenza. Beth Bishop è solo il primo esempio. Se non fosse stato per lei, vivrebbe ancora con suo fratello e probabilmente Lyman avrebbe continuato a rapire donne e a lobotomizzarle con un punteruolo da ghiaccio. Sta facendo un ottimo lavoro. Sono fiera di lei.»

Evelyn strinse forte la cornetta. Janice non era al corrente della ragazza scomparsa la notte prima. Non poteva sapere che la sola notizia di una persona scomparsa, dispersa o ferita in quel posto dimenticato da Dio le faceva temere immediatamente il peggio. Non riusciva a togliersi dalla testa che il responsabile potesse essere qualcuno di Hanover House. Infatti, come prima cosa quella mattina aveva fatto controllare i detenuti, ovviamente, ma questo non voleva dire che l'incidente non potesse essere collegato a uno di loro in qualunque altro modo.

«Grazie» disse, sperando che Janice non si stesse sbagliando.

Dopo un complimento simile, Evelyn sapeva che tornare in analisi era fuori questione. Un segnale di incertezza qualunque e la sua capa non si sarebbe più battuta per lei per ottenere ciò che voleva o di cui aveva bisogno.

Doveva stringere i denti e sperare che la scomparsa della donna non avesse niente a che fare con Hanover House e che le sue ferite psicologiche non interferissero con tutto ciò per cui aveva lavorato fino a quel momento.

Di solito Jasper smaniava per intravedere Evelyn anche solo di sfuggita, come un alcolizzato che agogna la bottiglia. Non faceva che pensare a lei, sbirciava dietro gli angoli e girellava per gli uffici nella speranza di trovare una scusa per entrare. Era ironico che proprio il giorno che sperava di non incontrarla e che si era tenuto alla larga da quella zona della prigione si fossero trovati in ascensore insieme.

Evelyn non indossava il camice e la targhetta come i suoi colleghi. Ma tutti, dentro e fuori la struttura, sapevano chi era. Era merito suo se era diventata famosa, l'aveva resa una persona *importante*, una *Persona* con la P maiuscola. Il mondo intero era in attesa di vedere cosa avrebbe scoperto la «bella e brava psichiatra» nella sua «lotta contro il male». E ne avrebbe fatte, di scoperte, su questo garantiva lui: se ne sarebbe occupato non appena sistemato il casino che aveva combinato la settimana prima. Non poteva rischiare che lei si accorgesse di averlo alle calcagna.

Evelyn portava i lunghi capelli castani raccolti in una coda e stringeva un fascicolo sotto il braccio. A giudicare dalla piega sulla fronte, era talmente immersa nei suoi pensieri da non accorgersi di cosa stava succedendo intorno a lei. Jasper sapeva che non lo avrebbe salutato e la cosa lo innervosiva. Detestava essere ignorato da Evelyn, in fin dei conti era stato una delle persone più importanti della sua vita.

E presto sarebbe tornato a esserlo.

Le porte dell'ascensore si chiusero e lo sguardo di Evelyn si posò su di lui. «Andy, scusi. Ero sovrappensiero, non l'avevo riconosciuta.»

Ed era proprio quello il punto: nonostante tutto, lei non lo riconosceva. Il chirurgo plastico al quale si era affidato era tra i migliori al mondo. Perfino i suoi genitori, che avevano pagato l'intervento a peso d'oro, non lo avevano riconosciuto quando era tornato negli Stati Uniti. E da allora erano passati vent'anni.

E poi chi poteva immaginare che Jasper avrebbe avuto il fegato di andare a lavorare proprio ad Hanover House. Evelyn no di certo, e nemmeno Amarok. L'uniforme che indossava gli conferiva credibilità, per non parlare del fatto che era stato lui a salvare Evelyn da Lyman Bishop.

Era in una botte di ferro.

Jasper trattenne un sorriso al pensiero di trovarsi da solo in ascensore con la donna a cui aveva tagliato la gola senza che lei lo sapesse. Era certo che Evelyn avesse bisogno di una risoluzione definiva, che ciò che desiderava di più al mondo fosse vederlo dietro le sbarre. Lui lo sapeva. Eppure, eccoli qui.

Alla faccia dell'istinto per il pericolo.

«Nessun problema.» Jasper restò immobile con le mani incrociate dietro la schiena e lo sguardo fisso davanti a sé, come faceva la maggior parte della gente in ascensore, anche se non era facile far finta di niente. La semplice vista di Evelyn, il modo in cui si vestiva, la donna che era diventata, elegante, raffinata e intelligentissima, lo faceva eccitare. Nessuna delle sue ex mogli poteva reggere il confronto. E nemmeno le sue vittime.

Ma doveva fare attenzione, non voleva che si accorgesse del suo interesse per lei.

Jasper aveva fatto del suo meglio per mantenere un atteggiamento professionale ed era convinto che la conversazione fosse terminata lì, ma Evelyn lo sorprese.

«Come sta?»

«Bene» mormorò lui, anche se era stato decisamente meglio di così. Aveva dovuto scaricare i due corpi dalla macchina in un campo abbandonato non molto lontano dalla prigione. La strada per Anchorage non era stata riaperta in tempo e lui non era potuto tornare a casa. Per quanto ne sapeva, le comunicazioni erano ancora interrotte. In un primo momento aveva pensato di darsi malato per poter concludere il lavoro con calma, ma il rischio era troppo alto. Si era impegnato per presentarsi in tempo alla clinica per evitare di dare nell'occhio, ed era stata la scelta giusta. Tex, la guardia che lo aveva visto strappare la foto del detenuto, aveva già fatto la spia e il capo gli stava addosso. Prendersi un giorno di malattia avrebbe solo fatto innervosire i suoi superiori.

Il pensiero di Tex lo distrasse dalla presenza di Evelyn. Lui e Tex avevano un conto in sospeso, ma presto si sarebbe occupato anche di quello.

«Mi fa piacere» disse lei.

Jasper le lanciò un'occhiata di sfuggita; adorava i suoi occhi, erano della più bella tonalità di nocciola che avesse mai visto. Nessuna delle donne che aveva ucciso potevano uguagliare la sua bellezza e il suo portamento. Nessuna di loro possedeva la sua intelligenza e la sua tenacia. Erano state un diversivo, nient'altro. Ma presto Jasper non avrebbe più dovuto accontentarsi di una sostituta qualunque.

«Come si trova in Alaska?» gli chiese. «Le piace?»

L'ascensore si arrestò con un "ding" e le porte si aprirono. «Bene, mi piace molto. E a lei?»

«Ci sono cose che mi piacciono di più e altre meno» rispose Evelyn mentre uscivano. «Dove ha detto che viveva, prima di trasferirsi qui?»

Jasper riconobbe l'accento di Boston di Evelyn, mentre lui aveva lavorato duro per cancellare il proprio, aiutato dai lunghi anni passati lontano dalla sua città. «Sono nato in Florida.» Non era esattamente ciò che lei gli aveva chiesto, ma Amarok sapeva che Jasper era responsabile degli omicidi di Peoria e anche se apprendere la provenienza di Andy Smith, la nuova guardia, dalla zona di Phoenix non avrebbe per forza attivato un campanello d'allarme, Jasper preferiva non destare sospetti. I suoi dati personali erano sul suo curriculum, se voleva sapere qualcosa poteva andare a controllare il suo fascicolo. Ma sperava che non si sarebbe spinta a tanto.

«Non la conosco bene» disse lei. «È lì che lavorava prima?»

Non poteva mentirle. Se la verità fosse saltata fuori, la menzogna avrebbe destato ancora più sospetti che rivelare da dove veniva realmente. Doveva risponderle, non aveva altra scelta. In quel momento corse verso di loro Chad Peirano, una delle guardie.

«Dottoressa Talbot, finalmente! La stavo cercando. Bobby Knox è in preda a una crisi isterica. Dice che se non ha tempo per lui, allora non vuole più parlarle. Dobbiamo riportarlo in cella?»

Evelyn scosse la testa. «No, sto arrivando. Vediamo se riesco a cavargli qualcosa di buono, nonostante tutto.»

Lanciò un'occhiata a Jasper, che se ne stava andando. «Non voglio trattenerla» le disse lui salutandola con la mano, mentre Chad la trascinava in direzione opposta.

Il fidanzato di Sierra Yerbowitz era un violento. Ad Amarok la notizia non fece piacere, ma in un certo senso lo rassicurava. Forse il caso non era poi così complesso. Magari ciò che era accaduto nello chalet non aveva niente a che fare con Hanover House, o con Hilltop in genere. Dopo i casini degli ultimi due anni, Amarok sentiva il bisogno di una pausa. Almeno tanto quanto Evelyn. Trovare una spiegazione plausibile, una conclusione che non le desse motivo di avere paura, sarebbe stato un bel sollievo. Amarok sperava che, assicurandole un mondo stabile e tenendola lontana dai drammi, lei avrebbe acconsentito a sposarlo.

Anche Leland sarebbe stato felice di sapere cos'era successo, nonostante fosse tutt'altro da ciò che aveva sperato di sentire. La soluzione del caso sembrava sempre più vicina. Amarok era al telefono con una delle colleghe di Sierra, Loni Loose, che aveva immediatamente puntato il dito contro il fidanzato dell'amica, il camionista di cui anche Leland gli aveva parlato. Secondo Loni, se era successo qualcosa a Sierra non poteva che essere stato Allen Call.

«Leland mi ha detto che Allen è un bravo ragazzo.» Amarok, nel suo ufficio alla centrale, teneva la cornetta vicino all'orecchio mentre si dondolava avanti e indietro sulla sedia; era il primo momento di riposo da quando Leland e i suoi amici erano comparsi in città, la notte prima.

Aveva evitato di interrogare Leland a fondo sulla relazione tra Sierra e il fidanzato, ma solo perché il ragazzo aveva detto che, se le fosse successo qualcosa, Allen sarebbe stato devastato proprio come il resto della famiglia e degli amici.

Ma Loni sembrava avere un'opinione del tutto diversa. «Ma è

ovvio. Sierra non poteva mica raccontargli di tutte le angherie che era costretta a sopportare, altrimenti Leland si sarebbe opposto al matrimonio. Si sarebbe intromessa tutta la sua famiglia.»

«Con lei ha parlato del comportamento di Allen?»

«Ne ha parlato con tutti quanti, qui al salone.»

Amarok appoggiò i piedi sul tavolo. «Quanto male andavano le cose tra loro?»

«Lui ogni tanto la picchiava. Una volta si è spezzata tre unghie cercando di chiuderlo fuori dalla camera e ha dovuto rifarsele tutte.»

«Si è mai presentata al lavoro con tagli, lividi o cose simili?»

«Niente di troppo grave. Ma è innegabile che Allen abbia un pessimo carattere.»

Amarok sperava in qualcosa di più... «Ha mai chiamato la polizia, che lei sappia? Sporto denuncia contro di lui?»

«Non credo. Ma hanno avuto una discussione qualche settimana fa, lui stava guidando e l'ha letteralmente sbattuta fuori dalla macchina. Si è sbucciata le ginocchia. Tutti quanti abbiamo cercato di convincerla a lasciarlo, a tagliarlo fuori dalla sua vita. Ma lei ha risposto che non si era fatta niente, che lui si era scusato e le aveva promesso che non sarebbe accaduto mai più.»

Amarok tirò giù i piedi dalla scrivania e si alzò. Due ginocchia sbucciate non erano sufficienti per accusare qualcuno di omicidio, ma forse valeva la pena scavare un po' più a fondo. «Sa se ha mai fatto qualcosa di peggio?»

«Non ho idea di cosa possa averci tenuto nascosto. Non faceva altro che lamentarsi del suo caratteraccio. Il solo pensiero che lui potesse arrabbiarsi con lei la mandava in paranoia. Tutti qui al salone lo odiamo.»

«Lo ritiene capace di commettere un omicidio, signorina Loose? Non che questo sia il caso, ben intesi. Pensa che Allen sarebbe capace di volare fino in Alaska per ucciderla?»

Loni restò in silenzio, esitante. «Spero di no. Vogliamo molto bene a Sierra e preghiamo perché torni a casa sana e salva. Ma credo che lui potrebbe essere coinvolto. Non voleva che partisse, non vuole che vada mai da nessuna parte, senza di lui.»

«Forse Sierra si era stufata e voleva lasciarlo.» Questa idea rendeva l'ipotesi di omicidio molto più plausibile, ma Loni lo disilluse subito.

«No, ce l'avrebbe detto. Sierra stava continuando a organizzare il matrimonio.»

Amarok non voleva rinunciare alla sua ondata di ottimismo.

«Ritiene che ci sia qualcun altro nella vita di Sierra che potrebbe avere qualche motivo per farle del male?»

«Il suo ex la chiama ancora. Voleva rimettersi con lei. Forse...» la voce di Loni tremò. «Forse preferiva vederla morta che sposata con un altro.»

Amarok prese in mano la penna con cui aveva scritto il nome del salone di bellezza, si avvicinò con la sedia alla scrivania e rimase in silenzio per dare il tempo a Loni di riprendersi.

«Come fa a sapere che voleva rimettersi con lei?»

«Ci ha fatto vedere i suoi messaggi» rispose Loni tirando su con il naso. «Diceva che l'avrebbe amata fino alla morte. All'inizio pensavamo che fosse romantico, ma... forse era solo ossessionato.»

Anche Amarok ne sapeva qualcosa di ex che non ti lasciano in pace. Non faceva altro che imbattersi *dappertutto* in Samantha Boyce, la sua ex fidanzata che si era trasferita di nuovo in città l'inverno passato. Da un lato non c'era niente di strano, considerando che la città era minuscola. Ma lei si presentava continuamente in centrale, una volta per portargli il suo frullato preferito, un'altra per fargli un saluto o per aggiornarlo su qualche membro della sua famiglia che lui aveva conosciuto, come sua madre che non stava bene di salute o il fratello che aveva una mezza idea di entrare in polizia.

Lo tampinava perfino al Moosehead per chiedergli di ballare. «Sa per caso come si chiama?» domandò a Loni.

«Ward qualcosa.» Loni mise una mano sulla cornetta e si rivolse a qualcun altro che era con lei. «Ehi, come si chiamava l'ex di Sierra? Il tipo che le ha mandato dei messaggi per rimettersi con lei?»

Loni tirò sul con il naso un'altra volta e poi si rivolse di nuovo ad Amarok.

«Brothers» disse. «Ward Brothers.»

«Come si sono conosciuti?»

«Non mi ricordo.»

«Per quanto tempo sono stati insieme?»

«Mi dispiace, ma non lo so. Vorrei essere di maggior aiuto. So solo che lavora in un call center e vive a un'ora dall'appartamento di Sierra. So che si sono incontrati per caso una settimana prima che lei partisse e che gli aveva accennato del viaggio.»

«Da quanto tempo si sono lasciati?»

«Tre anni. Lo so perché è quando ho iniziato a lavorare al salone e Sierra aveva già conosciuto Allen.»

«Questo è già un inizio» disse Amarok. «Grazie mille per il suo tempo.»

«Mi fa piacere dare una mano. La troverete, vero?»

Loni sembrava preoccupata, e ne aveva tutte le ragioni. Se anche Amarok fosse venuto a capo della vicenda, di certo l'avrebbe ritrovata senza vita. Ma anche quest'ipotesi era poco probabile: considerando la fauna selvatica dell'Alaska, sarebbe stata una bella fortuna ritrovare anche solo le ossa. Se non altro, né Hilltop, né Hanover House erano coinvolte. Almeno non stavolta.

«Sì, la troveremo» rispose pregando dentro di sé di poter mantenere la promessa.

7

Le sedute con i detenuti più pericolosi, quelli che avevano commesso crimini violenti, si tenevano in una stanza divisa da una parete di plexiglass. Questa precauzione nei confronti dei soggetti che riportavano un certo codice nel proprio fascicolo era stata imposta da un'ordinanza federale. Anche se questa norma sollevava delle perplessità tra alcuni degli psicologi, che ritenevano impossibile che un paziente potesse parlare liberamente in condizioni tanto ostili e innaturali, Evelyn preferiva arrecare un po' di disagio ai pazienti piuttosto che rischiare la vita.

Avrebbero potuto lanciarle degli escrementi in ogni momento, o urinarle addosso, o attaccarle l'AIDS o l'epatite sparando aghi con una cerbottana di fortuna. Per non parlare di quelli che avrebbero potuto aggredirla direttamente. Non era saggio correre certi rischi con detenuti simili, nemmeno in nome della scienza.

Bobby Knox non richiedeva un tale livello di sicurezza, per cui Evelyn lo incontrò in una delle tre stanze senza il plexiglass, seduti allo stesso tavolo. Non era un assassino, era un semplice truffatore. Aveva imbrogliato centinaia di investitori intascandosi diversi milioni sostenendo di voler costruire una fattoria didattica per ragazzi in difficoltà. Aveva fatto credere agli investitori che avrebbero ricevuto indietro i loro soldi con gli interessi, perché una volta acquistata la terra e costruita la scuola lo Stato avrebbe pagato una somma per ogni bambino che partecipava.

In effetti esistevano progetti simili finanziati dallo Stato, motivo per cui la sua truffa era in parte plausibile, se non fosse stato per il fatto che Bobby non aveva niente a che fare con le istituzioni né tantomeno intenzione di costruire qualcosa. Ai suoi investitori aveva mostrato un insospettabile documento falso.

Le più sensibili al suo fascino erano le signore anziane. Con i suoi quarantasei anni, i folti capelli castani e gli occhi marroni, Bobby risultava piuttosto attraente e degno di fiducia. Le signore erano entusiaste all'idea di aiutare adolescenti in difficoltà con la possibilità inoltre di rimpinguare i propri fondi pensionistici. Ma alla fine non accadeva niente di tutto ciò. Bobby se le teneva buone per tre o quattro anni rifilandogli delle scuse qualsiasi per giustificare il ritardo dei lavori. C'era sempre un permesso che non riusciva a ottenere, qualche appaltatore che scappava con una grossa somma o un nuovo terreno da trovare perché i rilevamenti sui rifiuti tossici dimostravano che quello che aveva scelto non andava bene. Se le inventava tutte per tenere buoni gli investitori e, all'occorrenza, strappargli un nuovo assegno. Poi, non appena qualcuno iniziava a fare domande, Bobby scompariva per ricominciare da un'altra parte.

Stando al suo fascicolo, si era dato alla truffa cinque anni dopo aver lasciato il college, a un semestre dalla laurea, e prima che la polizia lo beccasse aveva già rubato circa cinque milioni di dollari, per lo più a pensionati.

«Qui dice che è cresciuto con sua nonna.» Evelyn e Bobby si erano visti solo una volta, in un breve incontro per presentarsi e dargli il benvenuto ad Hanover House. Era arrivato la settimana prima da un istituto di correzione federale in California, dove stava perpetrando la sua ultima truffa.

«Sul serio?» le chiese. «È per questo che mi ha fatto venire qui? Vuole ripercorrere tutto il mio fascicolo?»

«C'è qualche problema al riguardo?» domandò lei.

«No. A parte che non c'era bisogno di farmi venire fino in Alaska per confermare che sono cresciuto con mia nonna. Avremmo fatto prima per telefono.»

Evelyn posò la penna sul tavolo, accanto al blocco per gli appunti. Il suo scopo era quello di dare avvio alla conversazione, e a quanto pareva c'era riuscita. Per quel giorno voleva solo farsi un'idea del suo modo di pensare per capire come inserirlo nella ricerca. «Crede che questo posto non sia adatto a lei?»

«Sta scherzando, vero? Io non ho *niente* a che fare con gli stronzi malati di mente che tenete qui dentro. Come posso essere di qualche interesse per voi?»

Bobby Knox era molto più simile a quegli «stronzi malati di mente» di quanto non credesse. La carneficina che si era lasciato alle spalle era di un tipo diverso, certo, ma ai test aveva dimostrato gli stessi livelli di psicopatia di un detenuto ritenuto responsabile dell'omicidio di venticinque prostitute. Ed era stato proprio questo ad attirare l'attenzione di Evelyn. Quando Janice le aveva mostrato il risultato, 36 su 40, Evelyn aveva emesso subito una richiesta di trasferimento.

«Cosa sa di me e delle mie ricerche?» chiese lei invece di rispondere.

«So che è stata seviziata dal suo fidanzato mille anni fa e che non riesce a superarla.»

«È così che stanno le cose secondo lei?»

«Direi di sì.»

Bobby Knox faceva lo spaccone, la provocava per farla arrabbiare. Evelyn rimase impassibile. «Allora credo che lei abbia risposto da solo alla sua domanda.»

L'uomo si alzò in piedi di scatto facendo tintinnare le sue catene. «Non dica cazzate! Non merito di stare qui.»

Evelyn congiunse le mani davanti a sé. «E cosa pensa di meritare invece, Mr. Knox?»

L'uomo, colto di sorpresa, si avvicinò al tavolo. «Mi hanno dato vent'anni! È più di quanto avrebbero dato a uno stupratore qualunque! Non dovrei trovarmi in questo posto dimenticato da Dio.»

«Si tratta di un centro nuovo di zecca, una struttura all'avanguardia in cui non ci sono problemi di sovraffollamento come altrove.»

«E allora? Quanti amici e parenti mi vengono a trovare quassù?»

Evelyn si tolse gli occhiali che usava ogni tanto per non affaticare la vista e li posò sul tavolo. «Quante visite riceveva in California?» Quell'uomo era un manipolatore, uno che si approfitta degli altri, pensava Evelyn, perciò non doveva suscitare tutta questa gran fiducia negli amici; ma forse la sua famiglia gli voleva bene o magari aveva una donna.

«Non voglio parlarne.»

Questo poteva significare solo che non lo andava a trovare nessuno nemmeno in California, ma in fin dei conti era stato lui a tirare fuori l'argomento.

«Perché non iniziamo da questo, allora. Quando è stata l'ultima volta che ha visto i suoi genitori?»

«Non ho dei genitori. Non mi ha appena chiesto se sono cresciuto con mia nonna?»

«Be', ma questo potrebbe dipendere da un sacco di cose. Non significa per forza che sua madre non fosse presente nella sua vita.»

Bobby Knox si lasciò andare sulla sedia. «Sì, be', a quanto pare lo era, presente. Mia madre abitava con noi.»

«Allora perché dice che è stata sua nonna a prendersi cura di lei?»

«Non è nel mio fascicolo? Strano. Eppure c'è scritto di tutto, lì dentro. Mia madre era affetta dalla sindrome di Down, va bene? Non riusciva nemmeno a prendersi cura di se stessa. Contenta adesso?»

«E suo padre?»

«E che ne so?» rispose scrollando le spalle. «Non ho idea di chi sia. Mia madre è stata stuprata. La nonna era convinta che fosse stato il tizio strano che abitava in fondo alla strada. Ma la polizia non è mai riuscita a incriminarlo.»

Evelyn non poteva fare a meno di provare simpatia per lui. È vero, i soggetti della sua ricerca erano autori di crimini efferati, ma spesso erano loro i primi a trascinarsi dietro storie di vita tragiche. «Quanti anni aveva quando è successo?» chiese con gentilezza.

«Sedici.»

«Quindi si può dire che sua madre fosse più una sorella per lei.»

«Sì.»

«Vive ancora con sua nonna?»

«No. È morta alcuni anni fa. In caso non lo sappia, le persone affette da sindrome di Down non hanno una lunga aspettativa di vita.»

Evelyn ignorò il suo tono altezzoso. Sapeva che le persone con sindrome di Down non vivevano a lungo, ma la loro aspettativa di vita variava comunque da caso a caso. «Le manca sua madre?»

«No. È stato un sollievo. Era fonte di grande imbarazzo per me.»

«Una risposta spudoratamente sincera...»

Bobby Knox sorrise. «Niente male per un bugiardo nato, eh?»

Evelyn prese in mano la penna. «Come chiama sua nonna?»

Il sorriso morì sulle labbra di Bobby. «Anche mia nonna è morta.»

«Allora come *chiamava* sua nonna?»

«Che importanza ha?»

Aveva una discreta importanza, considerato che le sue truffe avevano come vittime persone molto simili a sua nonna. Lo faceva nonostante le volesse bene, oppure perché la odiava? Se la chiamava per nome, probabilmente non avevano un rapporto molto stretto. Se invece la chiamava nonna o con un nomignolo forse c'era qualche speranza che avessero condiviso un vero legame affettivo. La battaglia tra legame biologico e legame affettivo è un punto cruciale del comportamento dell'essere umano, per cui era fondamentale ottenere un quadro preciso della sua infanzia. «Bobby, lei è appena arrivato nella nostra struttura, sto solo cercando di conoscerla meglio. Questa domanda la disturba?»

L'uomo rimase in silenzio, pensando in che modo quella domanda avrebbe potuto incastrarlo. «La chiamavo "mamma". Ma questo non c'entra un bel niente.» Bobby alzò gli occhi al cielo. «A lei, dottoressa, non importa nulla di me.»

Ed era vero, l'unica cosa che le importava erano le vittime innocenti che finivano costantemente tra le grinfie di gente come lui. Evelyn era lì per loro, non per lui. Ma lui questo non riusciva a capirlo, guardava il mondo solo dal proprio punto di vista. Il narcisismo assoluto era un aspetto comune a tutti quei detenuti. «C'è qualcos'altro che preferirebbe fare invece di parlare con me?»

«Tornare a guardare la TV, magari.»

Evelyn chiuse il fascicolo e si alzò in piedi. «Allora la lascio ai suoi impegni.» Col tempo forse si sarebbe deciso a parlare. In fin dei conti quelle sedute erano una scusa come un'altra per uscire dalla cella. La maggior parte dei detenuti erano felici di poter interrompere la routine. Quindi non c'era motivo di fargli pressioni in quel momento. Evelyn preferiva aspettare che si sentisse pronto.

Bobby Knox sembrò sorpreso dalla rapidità con la quale lei aveva rinunciato.

«Tutto qui?»

«Tutto qui. Nella nostra struttura nessuno è costretto a parlare, signor Knox. Cerchiamo di mantenere i rapporti il più distesi possibile.»

«*Distesi*?» ripeté lui. «E rientra nei *rapporti distesi* che una stupida guardia strappi la foto di mia nonna mentre perquisisce la mia cella alla mia prima settimana di permanenza?»

Evelyn aggrottò la fronte. «A cosa si riferisce? Gli agenti penitenziari non hanno il permesso di distruggere i vostri effetti personali.»

«E lo sanno?»

«Senz'altro. Di chi sta parlando di preciso?»

«E come faccio a saperlo io? Però sulla sua targhetta c'era scritto A. Smith.»

«Andy.» La guardia che aveva appena incrociato in ascensore e che le aveva salvato la vita l'inverno passato. «E perché lo avrebbe fatto?» chiese lei. «Gli aveva risposto male? Stava opponendo resistenza o causando problemi?»

«No! Stavo facendo un ritratto. Lui ha preso la foto, gli ho chiesto di ridarmela, ma lui l'ha strappata in mille pezzi. L'ha fatto solo per dispetto, solo per mostrarmi che aveva il potere di farlo.»

«C'era qualcun altro con voi?»

«C'era un'altra guardia, non sembrava affatto contenta dell'accaduto. Da come borbottava pareva arrabbiato. Ma ormai era troppo tardi.»

«Chi era la seconda guardia?»

«Il tizio nell'altra cella lo ha chiamato Tex, ma sull'uniforme c'era un nome diverso. Ha un cognome lunghissimo, non saprei nemmeno come pronunciarlo.»

«Tex Wojciechowski.»

«Sì, deve essere lui. Dubito che ci siano due tizi con lo stesso nome in questo posto.»

«Quindi lei sostiene di non aver provocato l'agente Smith in alcun modo…»

«Non ho fatto niente, chieda a Tex.»

«Lo farò» rispose Evelyn. Poi premette il campanello per far entrare le guardie che dovevano scortare Bobby Knox fino alla cella. Gli agenti vennero a prenderlo, mentre lei rimase seduta al tavolo con lo sguardo perso nel vuoto.

L'agente Smith non le era mai piaciuto, anche se non avrebbe saputo dire perché. Fin dall'inizio si era dimostrato amichevole e alla ricerca di approvazione. Prima di allora non aveva mai sentito qualcuno parlar male di lui. Senza contare il fatto che Evelyn gli doveva la vita! Chi poteva dire cosa sarebbe successo se non fosse arrivato a casa di Amarok proprio in quel momento? Bishop le avrebbe fatto la lobotomia frontale e lei non sarebbe stata lì a raccontarlo. Avrebbe fatto la fine di Beth, la sorella di Bishop, rinchiusa in una clinica e incapace di prendersi cura di sé, o addirittura peggio. Bishop l'avrebbe portata chissà dove e sarebbe rimasta una sua vittima per sempre. Ecco perché non aveva mai affrontato la questione Andy Smith con Amarok, né con nessun altro. Evelyn non aveva un motivo reale per giustificare quella sensazione negativa. La sua presenza la faceva sentire a disagio, nonostante le sembrasse una cosa ingiusta e ingrata.

Dopo tutte le cose buone che Andy aveva fatto, poteva anche soprassedere sull'incidente con Bobby Knox. Neanche Bobby era un santo, altrimenti non si sarebbe trovato lì. Però quella foto doveva avere un grande valore per lui, forse la nonna era l'unica persona al mondo di cui gli fosse mai importato davvero. E forse lei era la sola a cui fosse importato di lui. Era stato spietato e crudele da parte di Andy farla in mille pezzi. Cosa lo aveva spinto ad agire in quel modo?

Evelyn doveva scoprirlo. Appena fu di nuovo nel suo ufficio, ordinò a Penny di convocare Tex Wojciechowski. Se le cose stavano davvero come affermava Knox, Andy Smith doveva essere avvertito che se voleva mantenere il posto avrebbe fatto meglio a non comportarsi mai più in quel modo.

Amarok era preoccupato all'idea di tornare al motel. Gli amici di Leland gli avevano fatto sapere che erano finalmente riusciti a sedare il ragazzo con del sonnifero dopo che aveva trascorso tutta la notte in piedi. Ma Amarok sapeva che ben presto avrebbe ricominciato a fare domande e lui non aveva un granché da dire. Le indagini richiedevano tempo e quella era appena agli inizi. Grazie a Loni aveva già una pista, ma avrebbe dovuto affrontare Leland comunque.

Inoltre, aveva bisogno della lista completa degli ospiti del motel degli ultimi giorni. Se Allen Call o Ward Brothers erano in città, forse avevano lasciato qualche traccia del loro passaggio.

Entrando, Amarok lanciò un'occhiata al SUV parcheggiato davanti alla stanza di Leland e dei suoi amici.

Alla reception c'era Margaret, come al solito. Sua figlia si era trasferita nei Lower 48 ad agosto per frequentare il college, perciò non c'era più nessuno a darle una mano.

«Ehilà, sergente. Bella tormenta ieri sera, eh?»

«Niente male, direi. Almeno è passata veloce.»

«Finché non arriva la prossima. Al meteo dicono che sarà un inverno difficile.»

«Gli inverni qui sono sempre difficili.»

«In effetti è vero» commentò Margaret. Poi abbassò la voce nonostante fossero le uniche due persone nella stanza. «Che succede con il tizio della camera otto?»

Amarok inarcò le sopracciglia in un'espressione interrogativa, anche se sapeva benissimo dove voleva andare a parare Margaret.

«Ti ho visto nel parcheggio con quei ragazzi, prima che entrassero a prendere una stanza. Erano parecchio giù di corda ieri sera. Sono andata a chiedergli se volevano qualcosa da mangiare o da bere e... Be', non capita tutti i giorni di vedere un uomo adulto piangere.»

Amarok non voleva gettare la città nel panico. Di certo avrebbero puntato il dito contro Hanover House e Evelyn ne avrebbe risentito. L'omicidio di Sandy Ledstetter, otto mesi prima, non era ancora stato dimenticato e sarebbe rimasto impresso nella mente della gente ancora un bel po'. Certo, la comunità aveva dovuto affrontare altre tragedie in passato, ma quella di Sandy era l'unica che aveva davvero toccato il cuore di tutti e da quel momento Evelyn non aveva avuto vita facile.

Amarok voleva che Evelyn si sentisse benvoluta, ma non poteva fare a meno di parlare con gli abitanti, aveva bisogno degli occhi e delle orecchie di tutti. Non poteva certo tenere per sé la notizia di una ragazza scomparsa. Magari c'era qualcuno che aveva visto qualcosa e dando la notizia si sarebbe fatto avanti. Era così che si facevano le indagini in Alaska: con gli informatori.

«Abbiamo un problema» confessò alla fine.

«Me l'ero immaginato. Non dirmi che si tratta di un altro omicidio, ti prego.»

«Non lo so. Leland, il tipo che stava piangendo ieri notte, non trova più sua sorella. Era andato a caccia con i suoi amici e la ragazza era rimasta nello chalet che avevano affittato. Quando è tornato, lei era sparita.»

Margaret sgranò gli occhi. «Che pensi le sia successo?»

«Difficile a dirsi. Non sono riuscito a cercarla come si deve, con quella tormenta.»

«E adesso perché sei qui?»

Amarok estrasse un foglio dalla tasca. «Riconosci uno di questi uomini?»

Margaret osservò accigliata le foto che l'agente aveva scaricato da Facebook. «No.»

«E che mi dici di questi nomi? Allen Call o Ward Brothers? Hanno preso in affitto una stanza qui nell'ultima settimana?»

«Non credo, altrimenti me ne ricorderei. Non ci sono stati molti clienti prima di ieri notte. Comunque controllo, giusto per essere sicura...» Margaret sfogliò velocemente il registro e scosse la testa. «No, nessuno registrato a quel nome.»

Merda. «Immaginavo che non sarebbe stato così semplice.» Amarok fece un sospiro. «Puoi farmi una copia del registro? Ho bisogno di controllare tutte le persone che hanno preso una stanza nelle ultime due settimane.»

«Certo, te la faccio subito. Ma chi sono i tizi che mi hai fatto vedere?»

«Intrighi amorosi della ragazza scomparsa.»

«Non penserai mica che... Cioè, insomma, non voglio essere io a insinuarlo, ma...»

«Non è stato il fratello. Lui e i suoi amici sono stati insieme tutto il giorno, il loro alibi regge.»

«Non è questo che volevo dire. Mi riferivo ad Hanover House. Hai controllato che tutti quegli psicopatici siano ancora chiusi là dentro?»

Amarok le lanciò un'occhiata torva. «Non dirlo neanche» le ordinò, poi uscì dalla reception, si incamminò verso la stanza di Leland e bussò alla porta.

Peter andò ad aprire, la tenue luce del sole che in qualche modo era riuscita a fendere le nuvole lo colpì in volto facendogli sbattere le palpebre. «Che bello vederla. L'ha trovata?»

«No, devo farvi delle...»

«È il sergente?» Leland saltò giù dal letto senza maglietta e si precipitò alla porta scansando l'amico. «Cosa ha scoperto?»

Ad Amarok dispiaceva per lui e per i suoi amici. Li aveva costretti a lasciare tutti i bagagli allo chalet per non contaminare la scena del crimine. Tranne per gli spazzolini e qualche prodotto per l'igiene che avevano comprato al Quick Stop, avevano solo i vestiti che indossavano durante la caccia. «Mi hanno riferito che il suo ragazzo la maltrattava» disse. «Ne era al corrente?»

Leland corrugò la fronte e si passò una mano tra i capelli arruffati, un altro segnale del fatto che doveva aver passato una nottataccia. «No, cosa intende? Mi piace Allen, è un ragazzo per bene.»
«A quanto pare non era così per bene con sua sorella.»
Leland rimase a bocca aperta. «*Chi glielo ha detto*?»
«La ragazza che lavora con lei al salone di bellezza.»
«Be' non ha un bel carattere e non dev'essere facile averci a che fare. Ma non le farebbe mai del male.»
«Ne è sicuro?»
Leland aprì la bocca per rispondere, poi scosse la testa. «No, in questo momento non sono sicuro di niente. L'unica cosa che so è che lei è sparita e io la devo ritrovare. Ho promesso ai nostri genitori e a tutti gli altri che...» le parole gli morirono in gola.
Che la situazione non era disperata come poteva sembrare, intuì Amarok. «Lo capisco.»
Leland alzò gli occhi al cielo. «La bufera è passata.»
«Per il momento.»
«Non mi importa, devo tornare allo chalet a cercarla.»
Amarok lo prese per un braccio prima che potesse fare qualsiasi cosa. «Mi dispiace, ma le devo chiedere di stare alla larga dallo chalet. Forse ieri non se n'è accorto, ma ho messo i sigilli. Non può entrare. Ho anche contattato l'agenzia, che ha avvisato i proprietari. Se lassù c'è qualcosa che può costituire una prova, non voglio che vada perso.»
«Questo significa che è diventata la scena di un crimine...»
Amarok sentì una morsa allo stomaco. Accidenti, ecco che ricominciava. «Sì, almeno per i prossimi giorni.»
«Quindi noi cosa dovremmo fare nel frattempo?» chiese Leland indicando i suoi amici. «Starcene qui seduti ad aspettare?»
«È l'unica cosa che potete fare.»

8

«Riesci a crederci?» Tex le aveva confermato che Andy aveva effettivamente strappato la foto della nonna di Bobby Knox senza una ragione particolare ed Evelyn era stata abbastanza fortunata da beccare Amarok al telefono della centrale per raccontarglielo.

«E Tex ha visto tutto?» chiese lui. «Ha confermato che non c'è stata colluttazione?»

«Sì! Mi ha detto che era bloccato a terra. Ha provato a fermare Andy, ma ormai era troppo tardi. Allora Tex si è arrabbiato e Andy invece di sdrammatizzare sembrava irritato. Ha detto qualcosa come: "Che problema c'è? È solo una stupida fotografia!"»

«Eppure avrebbe dovuto sapere che per Knox non era solo una stupida foto.»

«A quanto pare non gli importava! È questo che ha dato fastidio a Tex. Non riesce a credere che Andy sia uno stronzo simile.»

«Pensi di parlare con Andy dell'accaduto?»

«Non riesco a decidere. Tex ha già fatto rapporto, quindi se n'è già occupato Warden Ferris. Forse dovrei lasciar stare.»

Amarok non rispose e Evelyn sapeva che qualcosa doveva aver attirato la sua attenzione. «Amarok?»

«Scusa, mi sono appena accorto di una cosa sulla mia scrivania.»

«Qualcosa a che fare con l'indagine?»

«No, penso che Samantha sia passata di qui mentre non c'ero.»

«*Di nuovo*?»

Da quando era tornata in città, Samantha non aveva fatto altro che cercare di riprendersi Amarok. Per non parlare del fatto che qualcuno, presumibilmente lei, aveva iniziato a lasciare biglietti ostili sul parabrezza della macchina di Evelyn, con scritto che non era la benvenuta, che doveva tornarsene a Boston e quel genere di cose. Ne aveva già trovati due, il primo una sera che stava uscendo dal Moosehead e un altro una mattina andando al lavoro, un paio di settimane prima.

«A quanto pare» disse Amarok.

«Di cosa si tratta?»

«Un biglietto.»

«E cosa dice?»

«Niente di speciale.»

«Leggimelo.»

«"Peccato che non ci sei. Ho fatto i tuoi brownies preferiti. Occhiolino. Ripasso più tardi."»

Non li aveva lasciati sul tavolo solo perché voleva una scusa per vederlo.

«Cosa crede di fare?» chiese Evelyn. «Lo sa che stiamo insieme!»

«Non mi importa niente di lei, lo sai, quindi qualsiasi cosa faccia non ha importanza» disse lui. «Tornando all'agente che ha strappato la foto. Se ha già avuto il richiamo, la questione sembra risolta, a meno che non combini qualcos'altro.»

Evelyn non apprezzò la disinvoltura con cui Amarok aveva cambiato argomento. Le trovate di Samantha stavano iniziando a darle davvero sui nervi. Non che lui la incoraggiasse in alcun modo. Quando si incontravano al Moosehead, Amarok non lasciava spazio ad ambiguità: lui stava con Evelyn. Non aveva mai degnato Samantha di un secondo sguardo, quindi non aveva motivo di rimproverargli niente. Era solo snervante l'assiduità con cui lei lo tampinava. «Ma è proprio questo il punto: Andy non ha subito un richiamo» spiegò lei. Avevano già abbastanza di cui parlare senza aggiungere una discussione su Samantha. «Subito dopo aver parlato con Tex, ho chiamato Ferris. Lui dice che avrebbe voluto prendere dei provvedimenti più severi e riportare l'accaduto sul fascicolo di Andy, ma non vuole danneggiare la sua carriera per un gesto stupido e sconsiderato come quello. Magari è sotto stress per il lavoro. Andy non ha mai creato problemi, non ha altri richiami per comportamenti inappropriati. E poi Ferris ha detto che Andy era dispiaciutissimo per l'incidente, si è scusato fino allo sfinimento, non capiva proprio cosa gli fosse preso e ha promesso che non sarebbe più capitato.»

Calò un altro breve silenzio prima che Amarok rispondesse. «Credi che sia sufficiente?»

Forse, ma non del tutto, anche se Evelyn non sapeva dire perché. «Non proprio.»

«Vorresti punirlo? Essere ripreso dal direttore non basta?»

«Immagino di sì, anche se... Non lo so, vorrei solo capire cosa gli è preso. Dal mio punto di vista il comportamento di Andy è stato crudele e questo mi fa arrabbiare. Doveva mostrare un po' più di compassione!»

«Per un assassino? Credi che Knox provi compassione per Andy o per qualsiasi altra persona?»

«Bobby Knox non è un assassino.»

«Ma se è in prigione ci sarà un motivo.»

«È un truffatore» ammise lei riluttante.

«Il che significa...»

Evelyn, sconfitta, si lasciò andare sulla sedia del suo ufficio. «Ha derubato molte signore anziane dei risparmi di una vita.»

«E questo non lo chiami crudele?»

«Lo è. Soprattutto se consideri che è cresciuto con sua nonna. Ma dalle mie guardie mi aspetto di più che dai detenuti!»

«Allora non ti resta che parlare con Andy e dirglielo.»

Evelyn si sporse in avanti. «Non ti pare un po' meschino da parte mia dopo che mi ha salvato la vita? Se non fosse per lui non sarei nemmeno qui. Me la sono vista brutta, sono in debito con lui.»

«E non ti dimenticare che il lavoro di agente penitenziario non è affatto facile. I detenuti sono aggressivi, farebbero e direbbero di tutto pur di fare del male alle persone intorno a loro, specialmente a chi è al potere. Per quanto ne sappiamo, Bobby Knox potrebbe aver detto ad Andy qualcosa sottovoce che lo ha fatto arrabbiare senza che Tex se ne accorgesse.»

«Meglio lasciar stare.»

«Lasciagli il beneficio del dubbio per stavolta, ma tienilo d'occhio. Se dovesse combinare qualcos'altro, sarai giustificata ad andarci giù pesante.»

Evelyn arricciò le labbra e si passò una mano sulla cicatrice sul collo.

«Se non fosse per lui, ti avrei persa per sempre» aggiunse Amarok. «Non potrò mai dimenticarlo.»

«Nemmeno io» disse lei. «Ecco perché mi sento un'ingrata ogni volta che penso che Andy non mi piace.»

«In che senso non ti piace? In generale? Incidente a parte?»

«Sì, in generale. Sempre. Quando posso, cambio strada per non incontrarlo.»

«Un po' eccessivo, non trovi?»

«Forse, ma mi fa venire la pelle d'oca. È una cosa terribile, vero?»

«Più che altro assurda, direi… C'è una ragione precisa?»

«Nessuna. Niente che riesca a spiegare a parole, comunque.»

«Non me l'avevi mai detto.»

«Perché è una cosa bruttissima da dire dell'uomo che mi ha salvato la vita! E poi non ci penso spesso.»

«Non vi incontrate mai al lavoro? Ogni tanto lo vediamo al Moosehead, ma non si è mai fermato a parlare con noi, tranne che per un saluto.»

Evelyn si massaggiò in mezzo agli occhi con due dita. Erano state ventiquattro ore faticose. Forse aveva solo lavorato troppo. «Hai ragione, non so cosa c'è che non va. Non ha senso che parli con Andy della questione, visto che ci ha già pensato Ferris. Ma sarà meglio per lui che non riaccada niente di simile.»

«Sei unica» disse Amarok.

Evelyn percepì il suo sorriso dall'altra parte del ricevitore. «Che vuoi dire?»

«Nessuno combatte le ingiustizie come te.»

«Ma tu odi questo aspetto di me. È il motivo per cui non riesco a lasciare Hanover House. Non voglio cedere ad altri la battaglia.»

«Non c'è proprio niente che odi di te e non è vero che voglio che lasci Hanover House.»

«Ma se continui a dirmi di aprire uno studio privato!»

«Perché è più sicuro. Ma temo che se dovessi farlo non sarebbe qui in Alaska.»

E aveva ragione: Evelyn non aveva mai nascosto il suo progetto di tornare a Boston e nonostante l'amore che provava per lui, non era certa di voler rinunciare a quel sogno. Evelyn decise che era il caso di cambiare argomento. Detestava il fatto di non sentirsi pronta a prendere un impegno serio con lui mentre Samantha Boyce se ne stava in agguato. «Novità su Sierra Yerbowitz?»

«A quanto mi dicono, il suo fidanzato non è proprio un santo. Ho provato a chiamarlo, ma mi ha risposto la segreteria, quindi non mi sono ancora fatto un'idea precisa. Ma ho scoperto che aveva anche un ex fidanzato che la stava importunando. Sto aspettando una sua chiamata. Spero che il colpevole sia uno di loro.»

«Questo renderebbe tutto più semplice. Perché non ti fai dare la lista dei passeggeri di tutti i voli atterrati ad Anchorage nell'ultima settimana?»

«Ci sto già lavorando. Sono anche passato dallo Shady Lady Motel. Il nostro amico Andy e alcuni altri agenti penitenziari hanno passato la notte lì perché la strada era chiusa. Nelle altre stanze c'erano gli operai che stanno lavorando alle finiture nella parte nuova di Hanover House. Nessun forestiero.»

«È così assurdo...»

«È tutto regolare alla prigione?»

Evelyn si irrigidì, nonostante Amarok lo avesse chiesto senza cattive intenzioni.

«Sì. Contiamo i detenuti tutte le mattine e tutte le sere. Oggi li ho fatti controllare due volte. Non abbiamo avuto problemi, la scomparsa di quella ragazza non ha niente a che fare con la prigione, Amarok.»

«Bene. Perché se a Hilltop si fa male qualcun altro, sarò costretto a mettere in allerta la cittadinanza e tutti chiederanno la chiusura della prigione. Dubito che il governo vorrà ascoltare un centinaio di persone, ma se venisse coinvolta la stampa... potrebbe anche darsi. Ad ogni modo non sarebbe una buona pubblicità per la tua ricerca.»

«Giusto. I rapporti tra Hanover e la comunità locale sono già molto tesi e dal momento che sono io a capo della struttura anche le relazioni con me lo sono. La madre di Sandy non mi rivolge parola.»

«Non prenderla sul personale» disse lui. «Non capisce che il rilascio di Bishop non è stata una tua scelta e che in realtà sei stata l'unica a lottare perché restasse dietro le sbarre.»

A dire il vero questo lo sapeva, solo che non le importava. La famiglia della ragazza e le altre della zona incolpavano Evelyn per la morte di Sandy, dandole un motivo in più per sentirsi sotto pressione. Ignorare l'energia negativa era impossibile. E i bigliettini che Samantha le lasciava sulla macchina, sempre che fosse lei, non erano di aiuto.

«Mi dispiace di non essere riuscita a tenerlo dentro.»

«È acqua passata, non pensarci più.»

«Giusto. Abbiamo già un sacco di cose di cui preoccuparci.»

«Tranquilla, scoprirò cosa è accaduto a Sierra Yerbowitz.»

«Grazie» disse lei sinceramente riconoscente. Più a lungo si protraeva l'indagine di Sierra, più la sua vita si faceva complicata.

Jasper aveva il cuore in gola. La luce dei fari illuminava le tracce di un altro veicolo che era passato molto vicino a dove aveva scaricato i corpi quella mattina. Che stava succedendo? Cosa aveva spinto quella macchina a recarsi fin là? Era una zona desolata e neanche in città c'erano molte persone in giro. Jasper era corso al lavoro appena finita la tormenta.

Che qualcuno l'avesse seguito?

Era poco probabile. Se ne sarebbe accorto. Nonostante fosse giorno, il cielo era nuvoloso e cupo: un paio di fari non passava di certo inosservato.

La cosa più probabile era che qualcuno avesse seguito le sue tracce dopo che aveva scaricato i corpi. Magari si trattava solo di ragazzini che volevano ammazzare il tempo dopo la scuola. Ma anche un gesto apparentemente innocuo come quello avrebbe potuto rovinarlo. Per non rischiare di restare bloccato nella neve con due cadaveri, Jasper era stato costretto a scaricarli non troppo lontano dalla strada. Se non si fosse presentato al lavoro quel giorno, il suo capo avrebbe mandato qualcuno a cercarlo, avrebbero trovato la sua macchina abbandonata e avrebbero scoperto che cosa aveva fatto. Ma per quanto fosse stato attento a scongiurare quell'evenienza, rischiava di aver creato un problema che alla fine avrebbe portato allo stesso risultato.

«Figlio di puttana.» Jasper controllò lo specchietto retrovisore. Non c'era nessuno, o così sembrava, perciò rallentò imboccando la curva. Era già infuriato per tutti i problemi che quelle due donne gli avevano procurato e non gli restava che sperare che la giornata non peggiorasse ulteriormente. Era imbestialito anche con Tex, che avrebbe fatto meglio a tenere il becco chiuso, e con quello stronzo del direttore che se l'era presa con lui anche se non aveva fatto niente di male. Non c'era mica una legge che vietava di strappare una foto! Era arrabbiato anche con Leland che lo aveva tenuto sveglio tutta la notte con quel trambusto, con Amarok che aveva osato sfidarlo e con Evelyn che lo aveva costretto a trasferirsi in Alaska. Era tutta colpa sua se si trovava qui: lei, con le sue apparizioni in TV, lo aveva invitato a venire a prenderla e lui non poteva certo tirarsi indietro di fronte una sfida.

Ma se qualcuno avesse ritrovato i cadaveri, sarebbe stata lei a ridere per ultima...

Jasper era indeciso se lasciare lì i corpi o provare a recuperarli.

Magari Amarok lo stava aspettando nascosto da qualche parte. In quel caso sarebbe stato impossibile uscirne pulito. A meno che non avesse lasciato la città seduta stante, incontrare il sergente proprio adesso avrebbe rovinato tutto. Amarok si sarebbe insospettito, avrebbe perfino potuto chiedergli un campione di DNA e la sua copertura sarebbe saltata.

Jasper frenò di colpo e scrutò in lontananza, fino a dove i fari glielo permettevano. Non si vedeva altro che buio. Ma questo non significava niente. Era pazzo a voler recuperare i corpi?

Forse, ma li voleva indietro a tutti i costi, così decise che avrebbe corso il rischio.

Jasper estrasse la pistola dalla fondina. *Fanculo Amarok*. Se davvero si fosse trovato lì, gli avrebbe sparato a vista, non gliene fregava niente di fare un'altra vittima né delle conseguenze di quel gesto.

Almeno si sarebbe tolto la soddisfazione di ammazzare l'uomo di Evelyn. Per lei perdere Amarok sarebbe stato peggio che morire, ne era certo.

Jasper tirò giù il finestrino per evitare di rompere il vetro e lasciare indizi e proseguì molto lentamente, con la Glock di ordinanza stretta nella mano destra. Si sarebbe fermato e avrebbe sparato, semplicemente.

Bum! Amarok non avrebbe nemmeno fatto in tempo a capire cosa lo aveva colpito.

La neve scricchiolava sotto le ruote, ammorbidita dal calore del giorno. «Forza.» Jasper aveva i nervi tesi, in allerta, sentiva l'eccitazione montargli dentro. Voleva uccidere Amarok dal momento stesso in cui era venuto a sapere della sua esistenza. E forse l'attesa era finita.

Le tracce arrivavano quasi fino ai corpi e poi svoltavano a sinistra.

Jasper le seguì. Doveva assolutamente capire se aveva compagnia oppure no. Anche se a questo punto era improbabile. Chiunque fosse, aveva superato i cadaveri e si era diretto verso una piccola zona priva di alberi, probabilmente uno stagno ghiacciato, anche se non ne era sicuro non conoscendo l'area, dove aveva fatto un paio di sgommate.

Jasper si convinse che doveva trattarsi di un gruppo di ragazzini. Una ragazzata da "teppisti", come li avrebbe definiti sua madre. Si era allarmato per niente.

Sollevato, Jasper si avvicinò ai corpi, ma la sua tranquillità non durò a lungo. Appena scese dalla macchina si accorse che i cadaveri non erano intatti come pensava. Chiunque fosse arrivato fin lì, aveva preso la curva troppo larga e li aveva investiti.

Jasper lasciò i fari accesi. Sull'incerato si vedevano i segni delle ruote, ma non era quello il problema. Il guidatore probabilmente non se n'era nemmeno accorto, altrimenti Amarok sarebbe stato già sul posto, ma i capelli di Kat dovevano essersi impigliati nell'asse posteriore del veicolo, perché le mancava una grossa parte del cuoio capelluto.

Evelyn rimase in ufficio fino a tardi per sbrigare del lavoro arretrato del giorno prima. Non si era ancora rimessa in pari, le restavano un sacco di cose da fare: fascicoli da controllare e aggiornare, documenti che richiedevano la sua approvazione, radiografie cerebrali che dovevano essere visionate e un rapporto finale da redigere per Janice e il dipartimento carcerario, solo per dirne qualcuna. Amarok aveva chiamato per sentire come stava e per avvisarla che c'era un'altra bufera in arrivo.

Evelyn aveva quasi finito di sistemare la borsa, quando si ricordò della lettera di Tim Fitzpatrick. Era tentata di lasciarla nel cassetto fin tanto che Amarok non avesse trovato Sierra e la situazione si fosse risolta. Ma i risultati sul DNA di Jasper erano arrivati proprio quella settimana e se Fitzpatrick era davvero innocente sarebbe stato contento di sapere che potevano incrociarlo con quello rinvenuto sulla scena dell'omicidio di Charlotte. Sempre che la polizia fosse disposta a collaborare. Il detective Dressler, che si era occupato del caso ed era sicuro di aver beccato il colpevole, non sarebbe stato felice di riaprire l'indagine. Amarok lo aveva già chiamato e lui aveva detto che si sarebbe fatto vivo al più presto.

Questo succedeva lunedì, ma nessuno aveva ancora avuto sue notizie.

Evelyn si appoggiò allo schienale della sedia e aprì la busta.

Evelyn, ti prego. Ho scritto a quelli dell'Innocence Project, ma il mio caso non gli interessa, solo tu puoi trovare qualcuno che mi dia una mano. Usa le tue conoscenze. Aiutami. Non importano

le prove o il modo in cui mi sono comportato con te. So di essere in una pessima situazione, ma io non ho ucciso nessuno!
Tim

Evelyn guardò l'orologio. Tra Boston e Hilltop c'erano quattro ore di differenza. Ormai era troppo tardi per chiamare chiunque sulla East Coast. Magari la mattina dopo poteva provare a telefonare a Dressler per fargli un po' di pressione.

Il suo telefono squillò.

Evelyn prese il ricevitore. «Dottoressa Talbot.»

«Credevo che stessi tornando a casa» disse Amarok seccato.

Evelyn sorrise. Lui la conosceva bene e sapeva quanto fosse incline a distrarsi. «Sto uscendo. E tu?»

«Sto ancora perlustrando la città, attaccando foto di Sierra in giro e chiedendo se qualcuno l'ha vista.»

«Scoperto qualcosa?»

«Samantha dice che è passata dal suo negozio tre giorni fa a comprare le munizioni con il fratello e i suoi amici.»

«Te lo ha detto quando è venuta a portarti i brownies?»

«A dire il vero sono andato io.»

Il fatto che fosse andato a trovare la sua ex ragazza, anche se in servizio, la infastidiva. Non si trattava solo della sfacciataggine con cui Samantha cercava di riprendersi Amarok, in realtà il problema era che Evelyn temeva che fosse effettivamente più adatta a lui.

Evelyn cercò di nascondere la gelosia mantenendo un tono di voce naturale, perché capiva che prendersi una ramanzina a causa di una ex che non smette di assillarti poteva essere fastidioso.

«Tutto qui?»

«Per il momento.»

Amarok sembrava stanco.

«Hai mangiato qualcosa?» gli chiese lei.

«Non ancora.»

«Allora ci vediamo a casa tra un'ora. Preparo la cena.»

«Va bene, mangiamo un boccone insieme. Adesso devo riprendere il giro.»

«Sei giù di morale?»

«Un po'» ammise lui.

«Perché?»

Amarok rimase in silenzio per un attimo. «Ho parlato con Allen Call e Ward Brothers» disse poi.

«E...?»

«Hanno entrambi un alibi di ferro.»

9

Amarok, seduto al tavolo di cucina con lo sguardo perso nel buio del salotto, ascoltava i lamenti di quella nuova tormenta bevendo una birra fresca. Da quando Bishop l'aveva aggredita, Evelyn andava a dormire lasciando l'ingresso illuminato, perciò quando lui e Makita erano rientrati a casa non avevano dovuto accendere la luce.

Makita si era scrollato la neve e il freddo di dosso ed era andato ad accucciarsi in un angolo, senza staccare gli occhi dal suo padrone. *Che fai, non vai a letto? Non dovremmo andare da Evelyn?*, sembrava dirgli. Il povero cane non voleva abbassare la guardia per paura di perdersi il segnale. Nonostante la stanchezza, Amarok non era ancora pronto a considerare conclusa la giornata. Se ne stava seduto lì, con il cappotto pesante e gli stivali ancora addosso, troppo stanco per toglierseli, a pensare a cosa gli fosse sfuggito.

Che cosa era successo a Sierra Yerbowitz?

Si sentiva in colpa per Leland, che aveva dovuto dare la notizia ai suoi genitori. Il ragazzo lo aveva praticamente implorato di dargli qualche risposta, ma nonostante avesse trascorso l'intera giornata a cercare di scoprire qualcosa, Amarok non aveva nessuna novità. Nessuno in città sembrava averla vista da quando lei e i suoi amici avevano pranzato e fatto delle spese prima di raggiungere lo chalet. Era come se fosse scomparsa nel nulla.

Amarok si sbottonò il cappotto e bevve un lungo sorso di birra. Se fosse tornato sulla scena del crimine forse avrebbe scoperto qualcosa di nuovo. Quel giorno non aveva avuto il tempo di passarci. La neve era ancora troppo alta per poterci arrivare, non solo per lui, ma per chiunque, quindi aveva deciso di fare un giro di ricognizione in città. Sperava di raccogliere qualche informazione che lo avrebbe aiutato a guardare lo chalet con occhi differenti.

Non si aspettava di tornare a casa a mani vuote, soprattutto dopo la dritta che aveva ricevuto su Allen Call e Ward Brothers...

«Non vieni a letto?»

Amarok sollevò lo sguardo e vide Evelyn che sbadigliava sulla porta, con indosso nient'altro che una maglietta della Polizia di Stato dell'Alaska. La luce le dava fastidio e aveva i capelli arruffati, ma la trovava sexy comunque, era la donna più bella che avesse mai visto.

Amarok sentì una fitta al petto pensando che un giorno avrebbe potuto andarsene e lasciarlo lì da solo. E più incidenti accadevano, più era probabile che questo avvenisse: se la gente del posto non avesse cambiato atteggiamento nei suoi confronti, Evelyn non avrebbe resistito a lungo a Hilltop. «Stavo bevendo qualcosa per rilassarmi» disse lui.

«Stai pensando a cosa può essere successo a Sierra Yerbowitz?»

Amarok sollevò la birra come per brindare al suo intuito.

Evelyn spostò una sedia e si accomodò davanti a lui. «Ti va di parlarne?»

«Non c'è molto da dire. Nessuno ce l'aveva con lei. E le uniche due persone che avrebbero potuto farle del male possono provare di non averlo fatto.»

Evelyn si scostò i capelli dalla faccia. «Allora deve essere stato il fratello. O i suoi amici.»

Amarok scosse la testa. «Non sono stati loro. Leland è sconvolto e i suoi amici non lo hanno lasciato nemmeno per un minuto. La loro versione della storia coincide.»

«Potrebbero essersi messi d'accordo.»

«No, non ho avuto questa impressione.»

«Allora Sierra se n'è andata per qualche ragione...»

«Ma dove?» chiese lui. «Era da sola in uno chalet sperduto nel niente, in un posto dove non era mai stata prima, in mezzo a una tormenta di neve. Senza telefono e senza un mezzo di trasporto. La zona era isolata, non hanno visto nessuno aggirarsi lì intorno nemmeno mentre erano a caccia. E sono sicuri di non essere stati seguiti.»

«Allora qualcuno deve averla rapita. Non è plausibile che se ne sia andata via così.»

«È quello che dice Leland, e lui la conosce molto meglio di noi. Ma se è andata così, perché non farlo prima? Sono rimasti allo chalet per tre giorni ed è filato tutto liscio, senza incidenti.»

«Magari qualcuno ha pensato di approfittarne?»

«Arrivando fin lassù, in quel posto dimenticato da Dio?»

«Hai una spiegazione migliore? Hai detto che ha usato l'ascia per entrare. È un'effrazione.»

«Potrebbe essere stata Sierra a usarla. Come fai a sapere che non si sia chiusa fuori per sbaglio e sia rientrata in casa forzando la porta?»

«Infatti non lo so» ammise lei. «È possibile. Ma cosa mi dici del vomito nel capanno?»

«Che vuoi dire?» finalmente Amarok si tolse il cappotto. «Magari aveva l'influenza.»

«O forse quel vomito indica qualcos'altro.»

«Tipo?»

Evelyn trasalì, non ci voleva neanche pensare, figurarsi dirlo ad alta voce. «Non importa. Forse sto esagerando.»

«Dillo» la incalzò lui. Oltre che per la sua bellezza, Amarok l'amava anche per la sua intelligenza e rispettava le sue opinioni.

«Preferisco non rischiare di portare la tua indagine in una direzione sbagliata. Ma ti dico questo: non è normale vomitare in un capanno.»

«Non sono d'accordo, sempre meglio che vomitare in casa.»

«Quando uno sta male, non ha certo tempo di scegliere dove vomitare.»

«Forse buttare giù la porta le ha richiesto uno sforzo eccessivo e le è venuta la nausea.»

Evelyn si morse il labbro inferiore e Amarok sentì il desiderio di tirarla a sé per baciarla, e perfino di portarla in camera da letto, nonostante la stanchezza e la frustrazione. Il semplice fatto di stare in sua compagnia lo aiutava a scrollarsi di dosso la fatica e le preoccupazioni. Quando faceva l'amore con lei si convinceva che sarebbe andato tutto bene, almeno fino a quando non irrompeva di nuovo la realtà.

«Hai trovato qualche indizio nello chalet sul fatto che non si sentisse bene? Coperte, medicinali, fazzoletti usati?»

«No.»

«Magari una bacinella vicino al divano in caso le tornasse da vomitare?»

«No, niente di simile. La cosa strana è che oltre a fare la sua valigia aveva preparato anche quelle degli altri e le aveva lasciate vicino all'ingresso.»

«Se avesse avuto l'influenza o la nausea non avrebbe avuto la forza di farlo» disse pensierosa.

«Magari le era passata.»

Evelyn lo guardò con un'espressione preoccupata. «È evidente che volesse andarsene il prima possibile.»

Amarok aveva cercato di restare aperto a ogni possibilità, ma non poteva che essere d'accordo con lei. «La domanda è: perché? È stata la tormenta a spaventarla?»

«Potrebbe essere. O magari qualcos'altro. Voglio dire, una donna non si metterebbe mai a fare la valigia del fratello e dei suoi amici, altrimenti.»

Parlare della vicenda con Evelyn lo aiutava a consolidare i suoi pensieri e le sue opinioni. «Doveva avere una ragione importante.»

«Hai intenzione di tornare allo chalet domani?»

«Sì, tempo permettendo.»

Evelyn si accarezzò le braccia come se un brivido le fosse entrato dentro. «Forse potrei accompagnarti.»

Evelyn non era una profiler della polizia, ma Amarok era pronto a scommettere che conosceva il comportamento di una mente criminale meglio di chiunque altro al mondo. E poi, per come stavano le cose, la sua presenza sarebbe stata comunque d'aiuto.

«Okay.»

Evelyn si avvicinò e lo aiutò a sfilarsi gli stivali, poi lo spinse contro lo schienale della sedia e gli sbottonò i pantaloni.

Poi si abbassò per dargli piacere, lui gemette e inclinò la testa all'indietro. «È bellissimo» disse lui. «Ma non sei troppo stanca?»

Lei non rispose. I movimenti della sua lingua glielo facevano diventare duro.

Amarok le passò una mano tra i capelli e sentì l'energia tornare a scorrere dentro di lui.

L'amava infinitamente.

Quanto desiderava che rimanesse per sempre insieme a lui...

Se avevano superato la parte più difficile della salita era solo grazie alla determinazione e alle eccezionali capacità di Amarok di guidare in quelle circostanze. Evelyn più di una volta aveva creduto che non ce l'avrebbero fatta.

Anche Amarok avrebbe preferito aspettare un altro giorno prima tornare in montagna, attendere che la strada fosse più accessibile, ma le previsioni davano maltempo per tutta la settimana.

«Sei silenziosa oggi» disse lui. L'unico rumore nell'abitacolo era quello del tergicristallo che spazzava via i pesanti fiocchi di neve dal parabrezza. «Ti senti bene?»

«Sì.» Evelyn abbassò il riscaldamento dell'auto. «Mi stavo solo chiedendo per quale ragione qualcuno dovrebbe venire quassù in questo periodo dell'anno.»

«I permessi di caccia di Leland e dei suoi amici scadono tra pochi giorni. Ci sono anche dei pescatori, il salmone argentato risale i fiumi a novembre.»

«Credevo che la maggior parte dei cacciatori e dei pescatori se ne andasse a settembre insieme ai turisti» disse lei, anche se in realtà non si stava riferendo a persone che avevano un motivo lecito per trovarsi in quel posto. Evelyn stava cercando di immaginare cosa avrebbe potuto attirare qualcuno come un serial killer fino a quello chalet. Cosa c'era di tanto interessante?

La privacy. Ai serial killer piace la privacy. È la loro linfa vitale.

Comunque, procacciarsi le prede era la loro priorità e siccome la maggior parte dei serial killer, diciamo l'ottanta percento, erano uomini, spesso spinti ad agire da un bisogno sessuale, le donne rappresentavano quasi sempre le vittime ideali. Eppure non era facile immaginare un predatore seriale che tenesse d'occhio gli chalet di caccia. Quel tipo di assassini di solito colpivano solo quando erano certi di riuscire nel loro intento. Uno chalet di cacciatori non era il posto in cui un assassino avrebbe cercato una donna.

«Con il freddo i visitatori diminuiscono, ma...» Amarok le lanciò un'occhiata. «A cosa stai pensando?»

«Credo che abbiamo a che fare con un crimine non premeditato.»

«In un posto del genere? Solo una manciata di persone sapeva che Sierra era quassù e nessuna di queste si trova in Alaska.»

«Proprio per questo deve trattarsi di qualcuno della zona, qualcuno che si è imbattuto in Sierra in un momento in cui era sola e vulnerabile.»

A giudicare dalla sua espressione accigliata, era chiaro che Amarok non aveva intenzione di credere che il rapitore potesse essere qualcuno del posto. Eppure non disse niente: anche lui doveva essere arrivato alla stessa conclusione. «Sempre che non sia uscita di sua volontà a cercare il fratello.»

Evelyn allentò la cintura di sicurezza sul petto. «Se così fosse, si sarebbe messa il cappotto e gli stivali.»

Amarok serrò la mascella, non voleva sentirsi dire nemmeno questo. «A meno che non fosse sotto l'effetto di droghe.»

«Leland ti ha detto che non hanno fatto uso di sostanze stupefacenti.»

«Il fatto che lo abbia detto non significa che sia vero. Non ho ancora avuto modo di controllare le loro valigie e poi non volevo spostare niente sulla scena prima di aver avuto il tempo di dare un'occhiata più accurata.»

«Deve essere terribile per Leland» mormorò lei pensando a cosa stava affrontando il fratello di Sierra.

Il motore emise un rombo più sordo e Amarok scalò la marcia. «Anche Peter e Ted non se la passano bene. Non solo una loro amica è scomparsa, ma finché non controllo i loro bagagli, non hanno niente da mettersi oltre ai vestiti che indossano. Hanno speso un sacco di soldi per questa vacanza in Alaska ed ecco il risultato.»

«Anche se fosse una questione di droga, non renderebbe loro le cose più facili» disse lei.

«Ma lo sarebbero per noi» borbottò lui.

Una spiegazione chiara e semplice era molto meglio della prospettiva di avere a che fare con un assassino. Ma il vomito nel capanno aveva disturbato Evelyn sin dall'inizio. Se davvero avesse assunto droghe e fosse scappata via, la presenza del vomito non tornava. Le droghe da sballo di solito non provocavano quel tipo di effetto. E se sua sorella avesse preso qualcosa di più forte, come l'eroina o il Demerol, Leland lo avrebbe saputo e di sicuro non lo avrebbe tenuto nascosto.

Però potevano sempre aver bevuto: Evelyn decise di attaccarsi a questa speranza.

Amarok parcheggiò ed Evelyn scese dalla macchina. Con la neve che le arrivava alle ginocchia, in quel momento desiderò ardentemente qualche minuto di sole tiepido. Dopotutto era mezzogiorno. Le sarebbe bastato anche un solo piccolo raggio. Ma il cielo restava ostinatamente coperto e tutto quanto era avvolto da un'oscurità e un'ombra tali da rendere difficile la loro ricerca dei piccoli dettagli, quelli fondamentali.

Evelyn si fermò davanti alle scale e inclinò indietro la testa per studiare lo chalet dalle falde spioventi fino a terra. «È piuttosto rustico.»

Amarok era andato avanti per aprire un passaggio ed era arrivato al portico che, in quelle condizioni, sembrava più che altro un balcone.

«Chi viene qui vuole l'esperienza completa» disse rivolto verso di lei. «È per questo che molti preferiscono venire a caccia o a pesca nell'entroterra, dove le condizioni sono più difficili e ci sono meno comodità. La maggior parte di questi chalet si può raggiungere solo con un ultraleggero.»

Privacy. Guardando l'edificio le era tornata in mente quella parola. Questo era il posto ideale per uno psicopatico che avesse una vittima da nascondere. A Jasper sarebbe piaciuto di sicuro.

Era normale che la sua testa corresse a lui ogni volta che avvertiva un pericolo. Dopo ciò che aveva dovuto affrontare, Evelyn pensava sempre al peggio. Era sempre in allerta per assicurarsi che non fosse tornato. Non sapeva come, ma Jasper era riuscito a scoprire che sua madre si era confidata con Amarok e per questo aveva ucciso entrambi i genitori per eliminare ogni fonte di informazione su di lui. Ma la cosa gli era costata cara: non poteva più contare sul loro aiuto economico e men che meno sull'eredità. I genitori, non potendo nominare il loro unico figlio come erede, avevano lasciato tutto quanto in beneficienza.

Jasper doveva essere furibondo e assetato di vendetta.

Di certo questa era una delle ragioni per cui le erano tornati gli attacchi di panico. Evelyn sapeva che era solo questione di tempo prima che si rifacesse vivo, e più il tempo passava, più l'ansia cresceva in lei.

Jasper era troppo intelligente per rapire una ragazza come Sierra: era chiaro che la sua scomparsa sarebbe stata riportata ad Amarok.

A meno che tutto questo non facesse parte del suo piano...

Evelyn sentì un brivido correrle lungo la schiena nonostante il cappotto pesante, gli stivali, la sciarpa, i guanti e i paraorecchie. In quel momento non si sentiva emotivamente pronta ad affrontare Jasper: non aveva le stesse risorse di un anno prima. Doveva recuperare alla svelta se voleva farsi trovare pronta. Eppure ci aveva provato! Evelyn non sapeva cosa fare, da sola non ci sarebbe riuscita, e tornare in analisi non le sembrava una scelta percorribile.

«A che pensi?» Amarok aveva aperto la porta e la stava aspettando sulla soglia.

Evelyn decise di non riferirgli i suoi pensieri su Jasper, in fin dei conti non c'era niente di concreto che riconducesse a lui. «Mi sembra che qualcuno stia cercando di sabotare tutti gli sforzi che ho fatto per aprire Hanover House, facendo ricadere la colpa sulla prigione. La gente penserà che la causa siamo io e la mia ricerca, visti i problemi sopraggiunti.»

«A chi verrebbe in mente di sabotarti?» chiese lui. «Fitzpatrick ha cercato di screditarti, ma non si trattava di un vero e proprio atto di sabotaggio. Il suo obiettivo era riprendersi Hanover House.»

«E se fossero il padre o i fratelli di Sandy Ledstetter?»

Come la madre di Sandy, anche gli uomini della famiglia Ledstetter la guardavano storto ogni volta che si incrociavano al Moosehead o in qualsiasi altro posto. Evelyn avvertiva chiaramente l'odio che nutrivano nei suoi confronti. E poi c'erano i biglietti che trovava sulla macchina, ma di quelli Amarok non sapeva niente. Lui era all'oscuro anche di come veniva trattata dalla gente. Evelyn preferiva soprassedere sugli sgarbi e le offese che riceveva perché non voleva che lui prendesse le sue difese.

«Conosco Davie e Junior da tutta la vita, Evelyn. Non farebbero mai una cosa simile. La cosa più plausibile è che tutta la pubblicità intorno ad Hanover House abbia attirato fin qui qualche predatore.»

In effetti non escludeva che qualche psicopatico si fosse fatto allettare dalla sfida di uccidere all'ombra di un'istituzione il cui scopo era proprio quello di proteggere gli innocenti da persone come lui. Evelyn e Amarok avevano già parlato altre volte di questa possibilità, e forse era per questo che lui aveva tirato fuori l'argomento. «Ti sembra più probabile del sabotaggio?»

Amarok agitò in aria una mano. «È solo un'ipotesi. Non abbiamo ancora stabilito che siamo alle prese con un predatore, ricordi?»

Evelyn fece un respiro profondo. «Sì, è vero.»

La pila di valigie era dietro la porta, proprio come aveva detto Amarok. Evelyn rimase ferma a guardarlo mentre lui controllava con la polvere bianca i manici e le etichette in cerca di impronte. «Forse non servirà a niente, ma comunque...» ammise lui.

«Almeno ci stai provando.»

Una volta raccolte le impronte, Amarok passò a esaminare le borse con una lente di ingrandimento per cercare macchie di sangue. Ma niente. Appoggiò a terra gli strumenti e aprì le valigie a una a una. A parte le lenzuola infilate alla rinfusa – in quel posto sperduto non c'era traccia di lavatrice, perciò ogni ospite doveva portarsi le sue – le valigie non contenevano niente di strano, solo vestiti ed effetti personali. Niente droghe, nemmeno un po' d'erba.

Mentre Amarok prendeva appunti e documentava tutto con le foto, Evelyn si infilò un paio di guanti di lattice e andò in cucina. C'erano delle birre in frigo e una dozzina di lattine vuote nel cestino. «Cosa ti ha detto Leland quando gli hai chiesto se avevano bevuto?»

«Dice che si sono fatti solo un paio di birre a testa» rispose lui dalla camera da letto.

Forse anche Sierra ne aveva bevute un paio, non poi così tante considerando tutto il tempo che avevano trascorso in quel luogo.

«Trovato niente?» chiese Amarok.

«No. A quanto pare non hanno bevuto molto, a meno che non ci siano altre lattine fuori.»

«Fuori non c'è immondizia.»

«Come fai a saperlo?»

«L'agenzia che ha affittato la casa li ha sicuramente avvisati.»

«Ah, certo, gli orsi.» A casa di solito era Amarok che buttava l'immondizia, ed Evelyn si era scordata che in Alaska la pattumiera può attirare ogni sorta di animale.

«Allora abbiamo solo dodici lattine per quattro persone in tre giorni. Dubito che Sierra fosse ubriaca, soprattutto in pieno giorno, quando i ragazzi sarebbero potuti tornare da un momento all'altro e chiederle che fine avesse fatto la birra.»

Amarok rimase in silenzio.

«L'assenza di sostanze e di strumenti per drogarsi indica che Sierra non doveva essere sotto effetto di stupefacenti» aggiunse lei. «Mi piacerebbe supporre che sia stata aggredita da un orso, ma dubito che sia uscita di sua volontà senza cappotto né stivali.»

«Forse le faceva fatica rivestirsi ed è corsa fuori a prendere la legna.»

«E si è imbattuta in un orso?»

«Esatto.»

«Mi pare strano» disse lei. «Perché bagnarsi tutta quando avrebbe potuto mettersi il cappotto in pochi secondi? E poi aveva già portato una catasta di legna in casa, perché uscire a prenderne un'altra quando è ancora tutta lì accanto alla stufa?»

«Avrei fatto meglio a non portarti» rispose lui. «Sei una bella rompiscatole.»

Amarok stava scherzando e lei lo sapeva; scoppiò a ridere e iniziò a girare per lo chalet in cerca di qualunque cosa potesse essergli sfuggita. Oltre alla cucina e al salotto, la casa era composta da due camere da letto, un bagno e un piccolo disimpegno che dava accesso al portico sul retro, molto più ampio di quello davanti.

Sierra aveva tolto tutte le lenzuola dai letti per infilarle in valigia, le coperte invece le aveva lasciate sui letti senza piegarle. Non aveva lavato i piatti, né pulito il tavolino da caffè. Non aveva rimesso in ordine niente, anche se lasciare lo chalet in quelle condizioni avrebbe significato rinunciare al deposito lasciato per le pulizie. Evelyn era sempre più convinta della sua ipotesi. Sierra aveva fretta di andarsene, tanta fretta da infilare tutto in valigia, shampoo, sapone e spazzolini alla rinfusa, senza preoccuparsi di piegare niente, né di svuotare il frigo o gli armadi.

Da come aveva lasciato le stanze sembrava che non le importasse di chi sarebbe venuto dopo di loro, e quello era un aspetto importante. Ma perché tanta fretta?

«Evelyn?»

Amarok la chiamò ed Evelyn si affacciò in salotto dall'ultima stanza in fondo. «Che c'è?»

«Puoi venire un attimo qui?»

«Qui dove?» Evelyn seguì il suono della voce. A giudicare dal tono doveva aver scoperto qualcosa di importante.

«Nel soppalco.»

Evelyn si era accorta della scala che dal salotto portava al piano di sopra e aveva intenzione di andarci appena finito di perlustrare al piano terra, ma lui l'aveva preceduta.

«Cos'hai trovato?» gli chiese arrampicandosi su per le scale.

Amarok le porse una mano per aiutarla a salire, poi fece un gesto come per raccogliere l'aria di quella stanzina dal tetto spiovente in cui riuscivano a malapena a stare in piedi.

«Non senti questo odore?»

Evelyn annusò l'aria.

«Candeggina.»

«Anche secondo me.» Confermò lui scuotendo la testa. «L'altra volta non sono salito fin quassù, non so come mi è potuto sfuggire.»

«Non è molto forte, ma si distingue chiaramente.»

«Qualcuno deve aver pulito.»

Vero. Ma se Sierra non si era presa la briga di pulire il piano di sotto, perché avrebbe dovuto farlo di sopra...

Evelyn strinse forte i pugni. «Perché usare la candeggina in una stanza simile, con il rischio di rovesciarla e sciupare il tappeto? Ci sono solo un letto e un armadio. Capirei se ci fosse odore di cera per i mobili, ma di *candeggina*...?»

«Puoi controllare i prodotti per la pulizia al piano di sotto?» le chiese lui.

«Certo.» Evelyn scivolò giù dalle scale, ma non trovò traccia di candeggina da nessuna parte: c'erano solo stracci per spolverare, uno spray per i vetri, il sapone per i piatti e un aspirapolvere.

Quando Evelyn tornò al piano superiore, Amarok aveva sollevato il materasso e aveva un'espressione torva in volto.

«Non sembri molto contento» disse lei appena vide che lui era troppo impegnato per aiutarla a salire.

Amarok indicò il materasso dove c'era una grossa macchia rossa. «A me questo sembra sangue, e a te?»

10

«Abbiamo un omicidio.» Amarok non poteva crederci. Erano trascorsi solo otto mesi dall'ultimo caso. E altri due risalivano all'anno prima. Tre omicidi in diciotto mesi, dopo anni di totale tranquillità. Odiava ammetterlo, anche perché amava davvero Evelyn, ma dentro di sé sapeva fin dall'inizio che la presenza dell'istituto di Evelyn, così vicino alla città dove era nato e cresciuto, avrebbe arrecato danni agli abitanti della zona. Ecco perché lui era stato tra i pochi che si erano battuti perché la prigione non venisse costruita.

«Evelyn?» si girò per osservare la sua reazione. «Non è forse quello che stavi pensando?»

Evelyn non rispose, gli occhi sgranati incollati al materasso.

«Ti senti bene?»

Non aveva un bell'aspetto, era pallida e sembrava esausta.

«*Evelyn?*»

La donna si riscosse all'improvviso, facendogli capire che fino a quel momento non lo aveva nemmeno sentito. «Sì.»

Ma in realtà non sembrava presente, era come se stesse scivolando lentamente lungo la parete di un baratro. «Ne sei proprio sicura?» insistette lui preoccupato.

«No» ammise lei infine. Per quanto Amarok fosse dispiaciuto e arrabbiato di avere di nuovo a che fare con un problema così grave, un problema creato da lei e da ciò che aveva portato nel posto che lui amava di più al mondo, non poté fare altro che stringerla tra le sue braccia. Era in questo genere di situazioni che sapeva di amarla. Evelyn era più importante di qualsiasi altra cosa.

«Guardami, ti prego» la supplicò.

Evelyn sollevò gli occhi su di lui, ma non riusciva a metterlo a fuoco.

«Siamo nel bel mezzo di una guerra, ricordi? Me lo dici sempre. Non sempre si vincono le battaglie, ma adesso ho bisogno di te per andare avanti. Devi cercare di resistere.» Amarok la afferrò per le spalle e la scosse leggermente. «Insieme possiamo superare anche questa, come abbiamo sempre fatto, okay?»

Gli occhi di Evelyn si riempirono di lacrime. «Io non sto bene, Amarok.»

Lui si sentì gelare il sangue nelle vene. «Stai lavorando troppo» le disse. «Hai bisogno di una pausa. Perché non vai a trovare i tuoi? Un paio di settimane a Boston per decomprimere, mentre io mi occupo di questa faccenda.»

Evelyn allungò il collo per riuscire a vedere meglio la macchia di sangue sul materasso. «No, non ti lascerei da solo in questo momento.»

Evelyn sentiva di dover restare per difendersi, per proteggere ciò che aveva costruito e il progetto che stava portando avanti. Ma la sua salute aveva la priorità su qualunque altra cosa. «Voglio che tu vada a casa» disse lui. «Solo sapendo che sei al sicuro, avrò un po' di pace e potrò gestire al meglio la situazione.»

«Siamo pieni di lavoro ad Hanover House. Se andassi via adesso, Janice non capirebbe. Lunedì trasferiscono la prima detenuta donna della prigione. E poi, se Janice dovesse venire a sapere che molto probabilmente abbiamo a che fare con un altro omicidio...»

Evelyn si interruppe.

«Non vuoi far sapere a nessuno come ti senti» disse lui.

«Non è che non voglio, è che non posso, Amarok.»

Lui la strinse tra le braccia e le accarezzò la schiena. Detestava il pensiero di ciò che lei aveva dovuto affrontare, odiava il fatto di non essere in grado di migliorare la situazione, indipendentemente da quanto si sforzasse. Se solo fosse riuscito a catturare Jasper, forse le cose sarebbero andate diversamente. Ne era sicuro. Evelyn sarebbe potuta guarire senza il rischio di sprofondare di nuovo nell'incubo che l'aveva portata alla sua ricerca sull'inconscio. Sapere che Jasper era là fuori da qualche parte, ad aspettare l'occasione giusta, impediva a Evelyn di rilassarsi, di immaginare il futuro che avrebbero voluto costruire insieme.

«Allora dobbiamo fare qualcosa» sussurrò lui.

«Cosa?»

Evelyn aveva bisogno di un supporto emotivo. Di qualcosa di familiare a cui aggrapparsi come a un salvagente. Ma invitare i suoi genitori in città non era una buona idea. Sua madre soffriva di depressione e non faceva che supplicare Evelyn di tornare a casa. Ogni volta che terminava le telefonate con lei, Evelyn sembrava sollevata e anche un po' stanca. Amarok sapeva che avere i suoi tra i piedi non l'avrebbe di certo aiutata.

Brianne, invece? Più di una volta Evelyn gli aveva confessato di sentire molto la sua mancanza.

«Hai detto che Brianne voleva venire a trovarti.»

«E allora?»

«Realizziamo il suo desiderio. Dille di venire.»

«Con questo tempo?»

«Perché no? Non ci dovrebbero essere problemi a farla arrivare. Lo Stato non si ferma per un po' di neve. Siamo abituati da queste parti. E poi, tecnicamente, non siamo ancora in inverno.»

«Ma...»

Amarok le afferrò il mento per guardarla negli occhi. «Ma cosa?»

«E se fosse Jasper?»

Evelyn incolpava Jasper di qualunque cosa succedesse, e Amarok poteva capirla. «Anche gli omicidi degli ultimi due anni pensavamo che fossero opera sua, ma non era così. Nemmeno uno. Magari ci sbagliamo anche stavolta.»

«E se invece fosse lui?» insistette lei.

«Con Brianne qui saresti più al sicuro. Preferisco sapere che non sei sola a casa mentre sono fuori a lavorare all'indagine. Temo che nelle prossime settimane farò spesso tardi, almeno fino a quando non avrò scoperto chi è il responsabile.»

Amarok si aspettava che Evelyn protestasse. Avere ospiti significava non poter fare tardi alla prigione. Evelyn era ossessionata dal lavoro, non c'era mai un buon momento per interromperlo. In un certo senso anche lei rispecchiava lo stereotipo dello "scienziato pazzo" e lui adorava prenderla in giro per questo. Ma invece di controbattere, Evelyn mormorò un «okay» e premette la guancia contro il petto di lui. Non era nel suo stile cedere così facilmente, Amarok a quel punto era davvero preoccupato. Perfino lei si era resa conto di avere bisogno di aiuto.

«La chiamiamo appena saremo a casa.»

«Magari non potrà venire così su due piedi. Lasciare il lavoro e il suo fidanzato…»

«Il matrimonio è in primavera.»

«Questo non significa che abbia voglia di venire.»

Amarok e Brianne si erano sentiti un paio di volte per telefono, ma non si erano mai incontrati di persona. Eppure dentro di lui sentiva che appena Brianne avesse saputo che Evelyn aveva bisogno di lei, avrebbe trovato il modo di araggiungerla. Ed era disposto a dirglielo di nascosto, se necessario. «Verrà.»

«Ehi, bellezza, cos'è quella faccia?»

Jasper sollevò gli occhi dal suo drink e fissò la bionda che si era seduta sullo sgabello accanto al suo. Si chiamava Bambi, ma forse era solo il suo nome d'arte. Ballava al club, di solito saliva sul palco subito dopo Vivian, la bomba dai capelli corvini che gli piaceva tanto. Non era la prima volta che Bambi si faceva notare da lui, ma Jasper non la trovava molto attraente. Con i suoi capelli decolorati, le braccia ricoperte di tatuaggi, l'orecchino al naso e le tette esageratamente rifatte, non somigliava affatto a Evelyn. Ma era pur sempre un'occasione per scaricarsi un po'. Da quando si era trasferito in Alaska, Jasper si era concesso una sola vittima: doveva fare il bravo se voleva raggiungere il suo scopo. Ma aveva bisogno di sfogarsi in un modo o nell'altro.

Jasper sfoggiò il sorriso che in passato gli aveva fruttato molte conquiste. «Ho avuto una pessima giornata.»

Bambi arricciò il labbro inferiore in un gesto esagerato. «Poverino. Che ti è successo di così brutto?»

A parte doversi disfare di due cadaveri e rischiare di congelarsi il culo, sapendo che una macchina se ne andava in giro per la città con una parte del cuoio capelluto della sua vittima impigliato nell'asse posteriore, cosa che avrebbe intensificato le ricerche di Sierra nell'area di Hilltop?

«Non voglio annoiarti con i dettagli» rispose lui ridacchiando sotto i baffi.

Bambi interpretò la sua risata come un via libera. «Bene, quindi oltre che attraente sei anche misterioso.»

Jasper scoppiò a ridere. «Ho più segreti di quanti tu possa immaginare.»

«Sono affascinata.»

«Dimmi una cosa...»

Bambi si tirò i capelli indietro. «Che vuoi sapere?»

«Bambi è il tuo vero nome?» Jasper stava cercando di immaginare che razza di genitori avrebbero potuto chiamare così una bambina.

«È ovvio» disse lei con uno sguardo malizioso che indicava proprio il contrario.

«Bel nome» commentò lui facendo spallucce.

«E perché no?» chiese lei bevendo un sorso del suo drink. «È sexy e innocente allo stesso tempo.»

«Mi sembri tutto fuorché innocente» rispose lui mentre si riprendeva il bicchiere.

«Certi uomini sono convinti di volere l'innocenza, ma l'esperienza è cento volte più divertente» disse lei con una risatina. «Comunque posso fare la stupida, se preferisci.»

Lei *era* stupida, solo che non lo sapeva. E lo aveva dimostrato quando, sporgendosi verso di lui, gli aveva sfiorato il braccio con le nappine dei suoi copricapezzoli. «Mi porti a casa con te stasera?» gli sussurrò in un orecchio.

Jasper rimase immobile, facendo attenzione a non dimostrarsi interessato. «Scusa, ma non pago per fare sesso.»

Bambi indietreggiò con uno scatto, guardandolo indispettita. «Cos'è, sei un poliziotto?»

«No, solo che mi rifiuto di pagare per qualcosa che posso avere gratis.»

Il sorriso dalle labbra di lei svanì. «Allora è meglio se ti cerchi un altro posto dove andare, tesoro. Le ragazze che lavorano qui sono tutte professioniste. Ci aspettiamo qualcosa in cambio del nostro tempo.»

Jasper la afferrò per un braccio prima che potesse scendere dallo sgabello e passare al prossimo cliente. «Guarda che non sono un ingrato.»

Lei lanciò un'occhiata alla mano che la stava trattenendo. «E questo che significa?»

«Ho una busta piena di coca.» Jasper non aveva tempo da perdere quella sera per procacciarsi ciò che voleva. Doveva iniziare il turno alle quattro. Ma questo incontro gli avrebbe portato via solo un paio d'ore. Per fortuna non aveva bisogno di dormire molto. Di solito arrivava al massimo a cinque ore per notte.

«Vuoi sballarti?» gli chiese lei sottovoce.

«No, sei tu che vuoi sballarti.»

Lei lo guardò sospettosa. «Cosa vuoi in cambio?»

Lui strinse tra le dita una delle nappine. «Non c'è bisogno di fare l'innocente con me. Preferisco una ragazza che non si tira indietro davanti a qualche piccola perversione.»

Bambi scacciò la mano di lui con un colpetto. «Che tipo di perversione?»

«Un po' di bondage, qualche giocattolo.»

Bambi arricciò le labbra. Era una serata morta, quindi non aveva molta scelta. E poi lui era un cliente abituale, lo conosceva abbastanza bene e la sua proposta non la preoccupava. Era sicura che non si sarebbe spinto troppo oltre, ma solo perché non poteva fare del male a qualcuno con cui si era fatto vedere in giro. Lo avrebbero sbattuto dentro subito.

«Vediamo se c'è qualcos'altro qui, oltre alla coca che hai promesso» disse lei posandogli una mano tra le gambe.

Con i jeans era difficile capire se fosse ben dotato, e lui lo sapeva. Bambi stava cercando di fingere di avere il controllo della situazione. Credeva che farsi vedere sicura lo avrebbe eccitato, ma in realtà lo irritava soltanto. Il senso di sfida nei suoi occhi, per quanto giocoso, gli ricordava che il suo membro non era come tutti si sarebbero aspettati da un uomo con il suo aspetto fisico.

«Allora?» se lo avesse preso in giro l'avrebbe uccisa. Sarebbe stato un errore, certo, ma ne sarebbe valsa la pena. Jasper non ammetteva che qualcuno lo facesse sentire inferiore, soprattutto una donna.

Fortunatamente per lei, Bambi non rise. «Andiamo a divertirci» disse.

Dopo aver perlustrato lo chalet, Evelyn corse subito alla prigione. Aveva molto da fare, ma il suo reale desiderio era tenere la mente impegnata e smettere di pensare a ciò che aveva visto. Non si fermò nemmeno per cenare, quando tutti gli altri se n'erano già andati. Continuò a lavorare finché sentì che le si stavano chiudendo gli occhi; solo allora andò a stendersi in sala conferenze. Amarok era andato a portare le prove in laboratorio ad Anchorage e lei non aveva idea di quando sarebbe tornato. Se chiudevano la strada, non sarebbe rientrato prima dell'indomani mattina e lei non sopportava l'idea di trascorrere un'altra nottata da sola, non dopo aver visto la gigantesca macchia di sangue sul materasso. Qualunque fosse quella nuova minaccia che si stava per abbattere su di loro, la giudicava vicina. Evelyn voleva sentirsi al sicuro e la prigione, con le sue recinzioni, il filo spinato e le vedette di guardia che controllavano l'intera area, le procurava quel senso di sicurezza di cui aveva bisogno per riposarsi. Forse uno degli psicopatici della prigione avrebbe potuto farle del male, ma di certo non Jasper. Lui era il solo di cui avesse davvero paura, ma per fortuna era impossibile che riuscisse a penetrare in quel posto.

Evelyn si stava per addormentare quando squillò il telefono.

Doveva essere Amarok che voleva sapere dov'era. Evelyn si alzò e andò a rispondere.

«Pronto?»

«Sei ancora ad Hanover House?» chiese lui.

Evelyn si appoggiò al tavolo da conferenze. «Sì, avevo un po' di lavoro arretrato.»

«Dalla voce direi che ti ho svegliata.»

«Mi ero sdraiata un attimo, ma non stavo dormendo.»

«In ufficio?»

Evelyn si portò una ciocca di capelli dietro l'orecchio. «Il divano in sala conferenze non è poi tanto male.»

«Non hai intenzione di tornare a casa, mi pare di capire.»

«No. Cioè, se ci fossi anche tu, sì, ma...»

«Credo che sia meglio così. Dopo quello che è accaduto lo scorso inverno e quello che sta accadendo ora, preferisco sapere che sei al sicuro alla prigione.»

«A che ora torni?»

«Mi ci vorrà un po'. È per questo che ho chiamato. Ho provato prima a casa, poi ho pensato che fossi ancora in ufficio. Sono da mio padre, ho bisogno di parlare con un detective del dipartimento di polizia di Anchorage considerato molto bravo a risolvere omicidi. Voglio essere sicuro di aver controllato tutto sulla scena del crimine e magari chiedergli di venire a fare un'ispezione con me per accertarmi di non aver dimenticato niente.»

Evelyn pensò che fosse un'ottima idea che qualcuno con più esperienza in materia desse un'occhiata allo chalet.

«Perfetto. Io preferisco restare qui e non sfidare il tempo.»

Quella del brutto tempo era una pessima scusa, il mostro contro il quale stava lottando Evelyn era molto più minaccioso. Lui lo sapeva, ma preferì non farglielo notare. «Sei sicura di riuscire a dormire sul divano?»

Di sicuro avrebbe dormito molto meglio che a casa, dove avrebbe passato tutta la notte sveglia ad ascoltare la tormenta che cresceva rabbiosa, temendo a ogni rumore che Jasper stesse per entrare in casa. Sempre che fosse lui ad aver rapito oppure ucciso Sierra. Magari lo aveva fatto proprio per allontanare Amarok da lei. Era una mossa da lui. Jasper era l'assassino più astuto che avesse mai incontrato. Poteva guardare chiunque negli occhi e rendere del tutto credibile la bugia più inverosimile.

«Penso di sì. Domani è sabato, ed è sempre tranquillo qui. Nessuno del personale verrà a disturbarmi troppo presto.»

«Perché nessuno va in ufficio il fine settimana.»

«Per la verità, potrebbero passare alcuni colleghi per lavorare su una ricerca che stiamo portando avanti o per sistemare un po' di burocrazia, proprio come me.»

«Vorrei tanto passare a prenderti e portarti a casa.» Amarok era preoccupato per lei.

«Sto bene» insistette lei. «E poi devi lavorare.»

A quel punto parlarono di Brianne. Non appena Evelyn era tornata in ufficio dopo la perlustrazione dello chalet, Amarok l'aveva chiamata per invitarla a venire e lei aveva accettato. Doveva solo comprare il biglietto. Poi Amarok si assicurò che Sigmund, il gatto, avesse abbastanza cibo. Per fortuna Evelyn si era ricordata di riempirgli la ciotola quella mattina. Anche Makita era a casa, Phil sarebbe passato più tardi per dargli da mangiare e portarlo fuori, quindi anche lui era sistemato. La conversazione languiva.

«Hai chiamato il dottore?» chiese infine Amarok.

La domanda la colse alla sprovvista, nonostante avesse capito che voleva fargliela fin dall'inizio della telefonata. «Per cosa?»

«Per prendere l'appuntamento per lo spermiogramma.»

Evelyn trattenne il respiro, Amarok voleva fare il test per la fertilità, ma lei non aveva alcuna intenzione di fissare quella visita. Non adesso, almeno. Non poteva affrontare una gravidanza in quello stato, almeno non prima che Jasper venisse catturato e le sue speranze che ciò accadesse stavano scemando. «Amarok...»

Lui si lasciò sfuggire un sospiro al suono riluttante della voce di lei. «Non dire niente. Ho già capito cosa intendi» rispose lui e riattaccò.

Evelyn accusò una stretta al cuore, mentre fissava la cornetta del telefono muta. Non riusciva a muoversi né a respirare. Poi sentì una rabbia accecante montarle dentro da qualche recondito anfratto del suo essere e cominciò a sbattere con forza la cornetta contro la base dell'apparecchio, facendolo in mille pezzi.

«Maledetto Jasper!» gridò. «Maledetto te e la tua mente malvagia!»

La lotta col telefono le era costato un taglio sulla mano ed Evelyn cadde a terra in preda ai singhiozzi,

Jasper arrivò al lavoro ancora sbronzo dalla sera precedente. La notte con la spogliarellista non era andata bene. Si era dovuto trattenere così tanto per non perdere il controllo e farle del male che ora si sentiva esausto. Il modo in cui si era rifiutata di fare certe cose lo mandava ancora su tutte le furie. Si era fatta un tiro di coca, aveva ottenuto ciò che voleva e poi lo aveva lasciato insoddisfatto.

Avrebbe dovuto insistere di più, avrebbe dovuto portarla nella sua prigione personale, torturarla e ucciderla per averlo oltraggiato in quel modo. Si era già disfatto di due corpi, poteva sempre aggiungerne un altro. Ma li avevano visti insieme al locale e non poteva lasciarsi andare come avrebbe voluto. Non poteva permettere che qualcuno venisse a sapere della sua prigione: quel luogo era destinato a Evelyn e a lei soltanto.

Jasper si fermò al punto di controllo di Hanover House senza quasi degnare di uno sguardo la guardia che si era avvicinata per controllare il suo tesserino e il retro del pickup. Forse sarebbe stato meglio dire che si sentiva male e che voleva tornare a casa. La sua fame incontenibile, la bestia che cresceva dentro di lui e lo spingeva a desiderare le cose più oscure stava per esplodere e lui non sapeva se sarebbe stato in grado di controllarla. Doveva fare più attenzione del solito, altrimenti si sarebbe messo nei guai.

Poi vide la macchina di Evelyn parcheggiata al solito posto e inchiodò. Che ci faceva in ufficio a quell'ora? Non era strano che lavorasse i fine settimana o facesse gli straordinari, ma erano le quattro del mattino di sabato. Jasper non l'aveva mai vista alla prigione a quell'ora.

Il pensiero che lei e Amarok avessero avuto una discussione e che lei fosse rimasta a dormire in ufficio lo fece eccitare. Improvvisamente aveva cambiato idea, tornare a casa era fuori discussione. Jasper voleva essere dov'era lei. La sola idea di lei addormentata, così inconsapevole del pericolo e a portata di mano vista la completa assenza di personale in tutta l'ala dell'edificio, glielo fece venire duro.

Jasper dovette darsi una sistemata ai pantaloni prima di entrare nel parcheggio riservato agli impiegati della prigione che, come lui, non erano abbastanza privilegiati da avere un posto vicino all'entrata.

In un mondo perfetto, Jasper avrebbe tenuto Evelyn rinchiusa in casa sua e lui avrebbe continuato a lavorare alla prigione mentre tutti gli altri sarebbero ammattiti chiedendosi che fine avesse fatto la paladina dei diritti delle vittime. Almeno così è come sperava che sarebbero andate le cose. Ma da quando quella ragazza aveva trovato il corpo di Kat nel capanno della legna e lui era stato costretto a ucciderla, Jasper aveva dovuto cambiare qualcosa nel suo piano.

A volte bisogna prendere le cose come vengono.

11

Evelyn stava dormendo profondamente e impiegò qualche secondo prima di rendersi conto che qualcuno stava bussando alla porta. Quando aprì gli occhi si accorse di essere ancora ad Hanover House, cosa che l'oblio del sonno le aveva fatto dimenticare insieme a tutto il resto. Essendo orario di chiusura, la luce nell'anticamera della sala conferenze era molto debole per via della politica di risparmio dell'istituto, ma non abbastanza da impedirle di capire dove si trovasse. La cosa strana era che qualcuno volesse entrare proprio in quella sala.

Era successo qualcosa?

Evelyn cercò di riprendere pieno possesso delle sue facoltà e si alzò in piedi, strizzando gli occhi per mettere a fuoco l'oscurità che la circondava.

Toc. Toc, toc, toc.

Continuavano a bussare. Evelyn uscì dalla sala conferenze e si incamminò attraverso il labirinto dei cubicoli dove lavoravano gli impiegati, poi guardò l'orologio sulla parete. Erano le quattro e mezza. Aveva alle spalle meno di tre ore di sonno, che le avevano lasciato addosso la sensazione di essere stata investita da un camion, anche se in quella fetta di mondo era forse più appropriato pensare a uno spazzaneve.

Prima ancora di arrivare alla porta, Evelyn capì che si trattava di un agente penitenziario. Vedeva l'uniforme attraverso il vetro, ma non il volto, perché il riflesso della luce glielo impediva e lui, oltretutto, era girato di spalle.

Poi l'agente si voltò e sorrise.

Evelyn sentì una morsa allo stomaco nel riconoscere Andy Smith. Nutriva una certa avversione per quell'uomo già da prima che strappasse la foto della nonna di Bobby Knox, e dopo quell'episodio lo tollerava ancora meno.

Cosa voleva a quest'ora?

«Che c'è?» chiese lei attraverso il vetro.

Lui sollevò una tazza, presumibilmente piena di caffè, e un piatto con una ciambella. «Ho pensato che se stava lavorando, poteva aver bisogno di rifornimenti.»

Davvero l'aveva svegliata per quello? Evelyn sollevò una mano in aria come a dire che non aveva bisogno di niente. «È molto gentile da parte sua, ma no, grazie.»

«Li vuole tenere per dopo?»

Andy stava cercando di essere carino, forse si sentiva in colpa per ciò che aveva fatto a Bobby Knox e quello era il suo modo di scusarsi.

Nonostante l'avversione che sentiva per lui, le aveva pur sempre salvato la vita. Avrebbe dovuto mostrargli un po' più di clemenza e comprensione.

Evelyn girò la chiave nella porta con un sospiro.

Erano anni che Jasper non si sentiva così vivo. Il piano di avvicinare Evelyn lavorando nell'istituto che lei stessa aveva creato stava funzionando, anche se non esattamente come aveva previsto all'inizio. Era un peccato, però, dopo tutto il lavoro che aveva fatto per costruire lo scantinato. E poi Evelyn gli era costata cara, gli doveva molto più che una morte rapida.

E visto che aveva comunicato al capo di non sentirsi bene e

che sarebbe tornato a casa, aveva a disposizione almeno un'ora da passare con lei. Un'ora durante la quale nessuno sarebbe venuto a cercarlo. L'avrebbe stuprata con uno strumento qualsiasi e poi l'avrebbe uccisa nel modo più brutale possibile. Poi sarebbe uscito e scomparso per sempre, lasciando il corpo nell'ufficio.

Alla fine si sarebbero resi conto che era stato lui, ovviamente. Jasper non avrebbe più lavorato in una prigione in vita sua, ma non gli importava. Quel lavoro rappresentava solo un mezzo per raggiungere i suoi scopi. Là fuori c'era sicuramente una donna pronta a prendersi cura di lui, ne aveva sempre trovata una. Si sarebbe tagliato la barba, avrebbe smesso di tingersi i capelli e avrebbe assunto una nuova identità, poi si sarebbe sposato lasciando che sua moglie provvedesse a tutto ciò di cui aveva bisogno finché le acque non si fossero calmate. Se c'era qualcuno capace di ricominciare da capo, quello era lui. Aveva vissuto sul filo del rasoio per tutta la vita. E anche se uccidere Evelyn non sarebbe stato soddisfacente quanto torturarla giorno dopo giorno sotto il naso dell'uomo che amava, almeno si sarebbe tolto la soddisfazione di sapere che aveva vinto la battaglia e che Amarok avrebbe sofferto per molto moltissimo tempo.

Evelyn prese il piatto e la tazza di caffè, ma proprio mentre lo stava per ringraziare il telefono iniziò a squillare nel suo ufficio. Corse a una delle scrivanie per rispondere e lui, dopo aver chiuso la porta a chiave, la seguì.

Di notte gli uffici in quell'area della prigione erano poco illuminati, visto che i detenuti erano rinchiusi da un'altra parte e tutti gli impiegati erano a casa.

Un altro elemento a suo favore.

«Chi parla?» la sentì dire. «Oh, Leland! Certo, so chi è lei. Ma... chi le ha dato questo numero? Margaret è stata gentile, ma temo di non poterle essere molto d'aiuto... Deve parlare con Amarok.

No, si sbaglia. Sta lavorando sul caso. Non l'ha chiamata perché è molto impegnato.»

Fintanto che Evelyn era in contatto con il mondo esterno, Jasper rimase a una certa distanza. Adorava il suo odore e l'aspetto arruffato che aveva appena sveglia. Sul collo aveva ancora la cicatrice che lui le aveva procurato a sedici anni: il solo pensiero di averle lasciato addosso un segno che lei vedeva ogni mattina guardandosi allo specchio lo esaltava. Era stato il periodo più bello della sua vita. Jasper si lasciò andare ai ricordi della sua giovinezza.

Avrebbe voluto avere un coltello in mano per riaprire quella vecchia ferita, ma non ce l'aveva. Allora immaginò di stringerle il filo del telefono intorno alla gola e lasciarla senza respiro. Guardarla soffocare mentre si rendeva conto che l'uomo a cui aveva dato la caccia sin da ragazza era proprio davanti a lei, che era Jasper Moore la persona con cui aveva lavorato negli ultimi mesi, gli avrebbe procurato una gran bella scarica di adrenalina.

Jasper strinse i pugni e si alzò sulla punta dei piedi pronto ad agire, ma si impose di trattenersi. Se avesse interrotto la telefonata, Leland avrebbe provato a richiamare e non ricevendo riposta avrebbe sicuramente mandato qualcuno a vedere cosa fosse successo. E questo non gli avrebbe dato il tempo necessario per godersi il momento che aspettava da anni.

Appena avesse messo giù la cornetta sarebbe stata sua...

«Leland, questo genere di cose richiede tempo.»

Evelyn, appoggiandosi a una delle pareti divisorie, guardò Jasper con un'espressione dispiaciuta e lui le rispose con un sorriso.

«Mi ascolti» continuò lei. «È andato ad Anchorage per consegnare le prove... Sì, ha trovato delle prove nello chalet...»

Jasper si sentì mancare il respiro. Di che accidenti stava parlando? Aveva pulito tutto quanto prima che Leland e gli altri arrivassero.

Ma perché agitarsi? Ormai il suo piano era cambiato e qualsiasi indizio avesse lasciato non aveva più importanza.

«Non posso dirle di che si tratta... Deve parlare con Amarok... No, non ha il cellulare. Nessuno a Hilltop ce l'ha. Non c'è rete... Sono sicura che la chiamerà domattina. Le assicuro che sta facendo tutto il possibile.»

Jasper era infastidito, voleva farle segno di tagliare corto. Cos'altro poteva dirgli? Il fratello della donna che aveva ucciso era un piagnucolone, stava solo sprecando tempo. Non avrebbe mai rivisto sua sorella, era morta e il suo corpo era sepolto in una zona sperduta dall'altra parte di Anchorage, stavolta per sempre!

Evelyn cercò di consolare Leland un altro po', poi gli disse che doveva andare.

Non appena Evelyn terminò la chiamata, Jasper sentì una scossa attraversargli il corpo. Era il momento, il *suo* momento. Ma a un tratto qualcuno si mise a bussare con forza alla porta.

Jasper si girò e vide un agente che cercava di entrare.

«Ha chiuso la porta a chiave, Andy?» gli chiese Evelyn con un'espressione perplessa.

Jasper fece spallucce cercando di far passare il messaggio che non voleva fare niente di male. «Quando sono arrivato si era chiusa dentro, quindi pensavo che preferisse così.»

Evelyn avrebbe voluto dire che non era necessario, ma alla fine si limitò a scuotere la testa senza dire niente. L'agente non la finiva più di bussare, sembrava non potesse aspettare un minuto di più.

Jasper digrignò i denti osservandola mentre andava ad aprire. Di sicuro non erano lì per lui, perciò non aveva niente da temere. Aveva il permesso firmato di andare a casa. Si era solo fermato a controllare se la "doc", come la chiamavano affettuosamente le guardie, stesse bene.

«Dottoressa Talbot, menomale che è qui.» Era Easy Hyde,

assunto alla prigione appena due mesi prima. Ad Hanover House avevano tutti un soprannome, o almeno tutti quelli che risultavano simpatici, motivo per cui Jasper non ne aveva uno, quindi lui non conosceva il vero nome della guardia alla porta. Il suo volto pingue era sudato e accaldato, Jasper trovò che avesse un aspetto ridicolo e che qualcuno avrebbe dovuto dargli una pedata nel sedere e fargli perdere i chili di troppo che aveva addosso.

«Che c'è?» Evelyn sembrava preoccupata. «È successo qualcosa?»

Lo sguardo di Easy si spostò prima su Evelyn e poi su Jasper, ma era troppo preso da ciò che voleva dire per interrogarsi su cosa ci facesse lì Andy.

«Ho staccato alle quattro, ma sono rimasto ad aspettare che la tormenta calasse un po', non me la sentivo di affrontare il brutto tempo. Quindi appena la neve è diminuita sono uscito a prendere il mio fuoristrada nuovo.»

«Non mi dica che qualcuno lo ha picchiato facendo manovra in garage?» disse lei.

«No, molto peggio. Mentre facevo manovra mi sono accorto che c'era qualcosa attaccato all'asse. Non so come gli agenti al posto di blocco non se ne siano accorti. Forse pensavano che fosse una zolla d'erba. Ma quando mi sono chinato a toglierlo, ho capito che... che...»

La palla di lardo ammutolì. Era una dannata femminuccia e Jasper avrebbe voluto prenderlo a pugni. Sentiva i muscoli irrigidirsi dalla tensione. Sapeva cosa avrebbe detto Easy.

Evelyn gli accarezzò il braccio per tranquillizzarlo. «Che cos'è?»

Invece di rispondere, l'agente aprì la busta che aveva con sé e le mostrò il contenuto. Evelyn si portò una mano alla bocca e si girò dall'altra parte di scatto. «Non è quello che sembra, vero?» disse lei.

«Invece sì!» gridò lui. «Una ciocca di capelli attaccati allo scalpo!»

«Oh, mio Dio.» Evelyn si aggrappò alla parete divisoria più vicina e chinò la testa come per evitare di svenire.

«Si sente bene?» Jasper finse di essere preoccupato e le appoggiò una mano sulla spalla. Dopo tutto il tempo che era passato, quel contatto con il suo corpo gli dette una sensazione stupenda, soprattutto perché lei non poteva sottrarsi, non poteva rifiutare la sua gentilezza senza sembrare scortese, ed Evelyn non era mai scortese.

Evelyn si tirò su lentamente, raddrizzò la schiena e ricacciò indietro l'angoscia, riprendendo il controllo della situazione. «Sto bene. Grazie ancora per la ciambella e il caffè» disse invitandolo a uscire.

La sua occasione era sfumata e Jasper non oppose alcuna resistenza.

«Dobbiamo avvisare subito il sergente Amarok» disse Evelyn rivolta a Easy, mentre apriva la porta a Jasper. «Magari chiederà a Phil di portarlo ad Anchorage per farlo analizzare con il resto delle prove.»

«Che prove?» Jasper sentì chiedere a Easy mentre usciva dall'ufficio.

A quanto pareva non tutti avevano sentito parlare della donna scomparsa, anche se Leland e i suoi amici si erano fermati in città e a Hilltop le notizie correvano veloci.

Qualsiasi cosa avesse risposto Evelyn, le sue parole si persero non appena la porta a vetri si chiuse e Jasper fu tagliato fuori dalla conversazione.

Lanciò una bestemmia e prese l'ascensore fino al primo piano. C'era andato così vicino… Tornare a casa a mani vuote lo faceva sentire più frustrato che mai, e quella sensazione andava a sommarsi alla rabbia di aver lasciato andare la spogliarellista. Ma considerato quanto aveva da fare Amarok, era certo che ci sarebbero state altre occasioni, molte altre occasioni.

E a lui ne bastava una soltanto.

«Puoi ripetere?» Amarok aveva la voce impastata dal sonno ed Evelyn si rendeva conto che non era completamente lucido, anche se lo era abbastanza da parlare a bassa voce per non svegliare il padre e sua moglie.

Dopo che Andy Smith se n'era andato, Evelyn aveva condotto Easy nel suo ufficio. Il telefono in sala conferenze era inutilizzabile, lo aveva distrutto. «Sono io.»

«L'ho immaginato appena ho sentito suonare il telefono» disse Amarok. «Infatti ho il cuore in gola. Sono tipo… le cinque del mattino? Stai bene?»

«Sì, sto bene.» Easy appoggiò la busta contenente lo scalpo sulla scrivania, desideroso di liberarsene, e Evelyn fece una smorfia. «Scusa se ti ho buttato giù dal letto. So che sei molto stanco, ma un agente penitenziario ha scoperto una cosa che devi sapere.»

«Di che si tratta?»

«Capelli umani.»

«Capelli umani?»

«Sì.»

«Non capisco…»

Un brivido le corse lungo la schiena al pensiero del contenuto della busta. «Attaccati a un grosso pezzo di cuoio capelluto.»

Dopo una breve pausa, Amarok ricominciò a parlare, a quel punto era perfettamente sveglio. «Capisco. Un pezzo di scalpo troppo grosso per ipotizzare che appartenga a una persona viva.»

«Esatto.»

«Pensi che appartenga a Sierra Yerbowitz?»

«Tu no?»

Amarok rimase in silenzio, non c'era bisogno di rispondere. «L'agente dove dice di averlo trovato?»

«Te lo passo, così potete parlare direttamente. Si chiama Jordan Hyde, ma tutti lo chiamano Easy, è proprio qui con me. Ti metto in vivavoce.»

Evelyn premette il pulsante, abbassò la cornetta e fece un cenno a Easy. «Easy, ha mai conosciuto il sergente Murphy?»

«Non formalmente» rispose lui. «Mi è capitato di vederlo al Moosehead e dal benzinaio a Hilltop, ma quando stacco dal lavoro corro subito ad Anchorage da mia moglie e i bambini. Non vado spesso al bar con gli altri agenti.»

«Ci dica come si è imbattuto in questo orrore» gli chiese Amarok.

Easy si asciugò il sudore dalla fronte con la manica dell'uniforme. «Ho notato che qualcosa pendeva dall'asse posteriore. Ma non so come ci sia finito. Devo averlo raccattato da qualche parte, immagino.»

«È stato in giro di recente?»

«No. Negli ultimi cinque giorni ero di turno e il fuoristrada l'ho comprato da nemmeno una settimana. Mia moglie e io lo abbiamo ritirato sabato scorso.»

«E non è stato in montagna, a caccia...»

«No, no, ho fatto avanti e indietro tra Anchorage e Hilltop. A fare la spesa, prendere i bambini a scuola e basta.»

«Da quanto tempo pensa che lo scalpo si trovasse lì?»

«Non ne ho idea.»

«Potrebbe essere stato qualcuno ad attaccarlo?»

«Intende per scherzo o una roba simile? No. Non frequento quel genere di persone. E non ho nemici, io.»

Prima che Amarok potesse fargli un'altra domanda, il viso di Easy si illuminò. «Ah, aspetti! Mi sta dicendo che qualcuno voleva che lo trovassi, come quella testa mozzata dietro il bancone del Moosehead qualche anno fa?»

«Lei pensa che sia andata così?» gli chiese Amarok.

«Non proprio. Se fossi andato in giro ancora un po', sarebbe caduto di sicuro e dubito che qualcuno l'avrebbe trovato a quel punto.»

«Quindi deve esserle rimasto attaccato per sbaglio.»

Un'espressione contrita comparve sul volto di Easy. «Non vorrei mancarle di rispetto, sergente, ma di certo non l'ho fatto apposta.»

«Il punto è: come?»

L'agente scosse la testa. «Come le ho già detto, io non ne ho idea. È impossibile che qualcuno abbia rubato il fuoristrada dal parcheggio o da casa mia. Con questo tempo poi...» Easy si interruppe.

«Che c'è?» a giudicare dalla sua faccia, Evelyn era certa che gli fosse appena venuto in mente qualcosa.

«Mentre andavo al lavoro, ieri, ho visto delle impronte di ruota in un campo. Volevo provare il fuoristrada nuovo e divertirmi un po' senza che mia moglie mi rimproverasse. Se qualcuno c'era già passato, significava che non era pericoloso e che non sarei rimasto bloccato. Ma ho urtato qualcosa.»

Amarok lo interruppe. «Di che si trattava?»

«Ho pensato che fosse una pietra o un tronco molto grosso. Non avevo ragione di pensare ad altro.»

«Non ha controllato?»

«No. Era un campo senza né alberi né niente. Il terreno non era uniforme e poi non volevo fare tardi al lavoro.»

«Capisco.»

Easy fece un passo indietro, come se avesse svolto il suo compito e fosse pronto a ritirarsi. «È tutto? Perché sono spaventato a morte e vorrei tornare a casa a vedere come sta la mia famiglia.»

«È di turno domani?»

«No, ho il giorno libero. Grazie a Dio.»

«Temo che non le piacerà quello che sto per chiederle» disse Amarok. «E posso capirla. Potrebbe mostrarmi dov'è andato ieri con il fuoristrada? Questo significa che dovrebbe fermarsi in città per la notte.»

Easy si massaggiò il collo. «Non posso farglielo vedere subito?»

«Sono ad Anchorage in questo momento.»

«Be', allora potrei farlo vedere alla dottoressa Talbot prima di tornare a casa. O magari cerchiare il punto su una mappa.»

«Temo che non sia possibile. È una cosa molto importante, Easy. Ho bisogno che ci incontriamo, voglio che mi racconti tutto ciò che ha visto e che mi mostri dove ha trovato lo scalpo. Abbiamo un caso di donna scomparsa e vorrei poter dare alla sua famiglia delle notizie precise.»

«D'accordo» accettò lui con un sospiro riluttante. «Certo. Non è lontano dalla prigione, non ci metteremo molto. Arriverà presto?»

«Non lo so ancora. Intanto vada allo Shady Lady Motel, le fisso una stanza. Le faccio sapere quando ci possiamo vedere, il prima possibile comunque.»

«Okay» disse lui, anche se dal tono di voce suonava più come un "oh, merda".

Easy si era già girato per andare via, quando Amarok lo chiamò. «Easy? Un'ultima cosa.»

L'agente lanciò a Evelyn uno sguardo preoccupato, prima di rispondere. «Che c'è?»

«Quello che ha trovato... non ne parli con nessuno. Almeno finché non ne sapremo di più, è meglio se resta tra noi.»

«Andy Smith ha sentito cosa ho detto, era qui prima.»

«Quel che è fatto è fatto, sono certo che andrà tutto bene. Chiederò anche a lui di mantenere il segreto.»

Easy spostò il peso da un piede all'altro, a disagio. «Quando ho accettato questo lavoro sapevo che avrei visto cose che sarebbe stato meglio non vedere, una rissa tra detenuti o… un accoltellamento. Ma questo è davvero da non credere. Non c'è un assassino a piede libero, vero?»

Evelyn non voleva che si diffondesse una voce del genere, soprattutto quando non ne erano ancora sicuri. Non solo avrebbe generato panico nella comunità, ma avrebbe messo Hanover House in una brutta posizione, di nuovo, ed Evelyn non era sicura che la sua istituzione avrebbe retto un'altra volta al giogo mediatico della stampa. «Per ora non c'è alcuna certezza, Easy» disse lei. «Per quel che ne sappiamo, una donna è scomparsa ed è morta congelata.»

«Aveva una macchina? Perché io ho seguito le impronte di un veicolo, non di scarpe.»

Sierra non aveva una macchina, perciò come aveva fatto ad arrivare così lontano? «Ci stiamo lavorando» rispose Evelyn. «Per il momento le chiediamo la massima riservatezza. Dobbiamo scoprire con cosa abbiamo a che fare prima di diffondere il panico.»

L'agente indicò la busta. «Tutto questo non basta?»

«Può darsi che lo scalpo appartenga alla donna scomparsa, ma prima dobbiamo averne la conferma.»

«Aspettare una conferma potrebbe essere pericoloso, doc. La gente deve sapere. Se vivessi a Hilltop, vorrei che la mia famiglia fosse al sicuro, porte chiuse a chiave, stare sempre in gruppo… cose così.»

Evelyn si schiarì la voce. «Il sergente diramerà l'allarme se e quando lo riterrà necessario.»

«Se lo dice lei» mormorò lui lanciando un'ultima occhiata terrorizzata alla busta, poi uscì.

Evelyn chiuse gli occhi e appoggiò la testa allo schienale della sedia.

«Sei ancora lì?» chiese Amarok.

«Sì, ci sono.»

«Non ha tutti i torti, te ne rendi conto, vero?»

Evelyn riaprì gli occhi e fissò la busta sulla scrivania. Era opera di Jasper? Se dietro a tutto questo c'era lui, lei poteva essere la prossima sulla lista. «Sì, me ne rendo conto.»

«Puoi darmi il numero di Andy Smith? Voglio chiedergli di non dire niente in giro, anche se presto dovrò diramare l'annuncio.»

«Lo so.»

«Mi dispiace.»

«So anche questo. Comunque, ti lascio tornare al lavoro. Andy lo chiamo io e gli chiedo di non dire niente. Non ti preoccupare.»

«Okay, allora io sento Phil se può portarmi ciò che ha trovato l'agente Hyde.»

«Vuoi che ci pensi io?»

«Sei riuscita a dormire un po'?»

Evelyn si portò una mano alla bocca per coprire uno sbadiglio. Per colpa di Andy non aveva dormito abbastanza e la cosa la irritava. Ma visto che la chiamata di Leland Yerbowitz e l'arrivo improvviso di Easy Hyde l'avrebbero svegliata comunque, era stupido prendersela solo con Andy Smith. Si sentiva una stronza per la repulsione che provava nei suoi confronti. «Non proprio.»

«Allora no. Ci pensa Phil.»

Evelyn bevve un sorso del caffè, ormai freddo, che le aveva portato l'agente Smith. Poi diede un morso alla ciambella. «Con il materasso sporco di sangue e lo scalpo ancora non identificato...»

«Le cose non si mettono bene» disse lui, finendo la sua frase.

«È Jasper» aggiunse lei. «Deve essere lui per forza.» Sperava che le rispondesse di no, che era troppo presto per dirlo. Evelyn avrebbe incolpato Jasper di qualsiasi problema pur di sentirsi dire che le cose non stavano così. Ma Amarok non lo fece. Qualcuno aveva ucciso Sierra. Il corpo non era ancora stato ritrovato, ma ormai non c'erano dubbi. E poi Amarok era come se gli avesse lanciato una sfida quando, l'inverno precedente, era riuscito a strappare quelle informazioni alla madre. Ormai Evelyn conosceva Jasper Moore e le sue reazioni. Non avrebbe lasciato correre. «Lo stavo aspettando.»

«Anch'io» le fece eco Amarok.

Evelyn fece un respiro profondo. «Non mi fraintendere, sono dispiaciuta per Sierra e la sua famiglia. Vorrei che non le avesse fatto del male. Ma sono vent'anni che Jasper sevizia e uccide vittime innocenti, i corpi che sono stati trovati a Peoria in quel granaio abbandonato ne sono la prova. Per quanto spaventata, sono anche sollevata. Non so se capisci cosa intendo.»

«Sollevata all'idea che potremmo essere vicini alla fine?»

«In un certo senso, sì.»

«Non parlare come se ci potesse sfuggire di nuovo. Lo prenderemo.»

Avrebbe tanto voluto crederci. Ma dopo ventidue anni passati a dare la caccia a qualcuno che sembrava capace di sfuggire a qualunque trappola, Evelyn sapeva che c'era la possibilità che perdessero di nuovo.

12

«È questo il posto?» Amarok si girò a guardare Easy Hyde mentre accostava la macchina sul ciglio della strada.

L'agente annuì, ma le tracce di pneumatici erano sparite, quindi non c'era modo di sapere se quello fosse il punto esatto. Da quando ci era passato Easy era caduta molta neve. Nonostante il cielo limpido, faceva molto freddo per quel periodo dell'anno. Erano stati fortunati a trovare un momento di tregua dal maltempo e Amarok aveva intenzione di approfittarne.

Scesero dalla macchina e si fermarono ai margini di un grande campo circondato su tre lati da pecci di Sitka, conifere e pioppi. Amarok era felice di aver lasciato Makita alla centrale. Lo adorava, ma non era un cane addestrato a fare il poliziotto e quello non era il posto adatto per farsi distrarre dalle sue impronte o da qualunque altra cosa avesse potuto complicare l'indagine. «Dove si trovava quando ha sentito l'urto?»

Easy indicò un punto con il dito. «Proprio lì, vicino a quel tronco bruciato.»

Amarok scaricò la motoslitta dal rimorchio e afferrò le racchette da neve, una pala e la sonda da valanga che teneva sempre nel retro del suo pickup. «Monti su» disse a Hyde dopo aver sistemato gli attrezzi sul mezzo.

Amarok aspettò che l'agente montasse dietro di lui, poi diede gas e la motoslitta partì sulla neve. Il rumore del motore era troppo forte per parlare. Amarok si fermò nel punto che gli era stato indicato, mantenendo il motore al minimo, e chiese: «Qui?».

Easy non sembrava convinto, si guardò intorno cercando di orientarsi a memoria. «Immagino che vada bene per iniziare. Non sono certo che sia il posto esatto. Ho urtato contro qualcosa mentre guidavo. È successo tutto molto in fretta, pensavo non fosse niente, quindi non mi ricordo dov'ero di preciso. Ma dovremmo essere abbastanza vicini.»

«Okay.» Se il posto non era quello, Amarok sarebbe rimasto lì a cercarlo per ore, fino a notte fonda. Per sicurezza si era portato delle torce, e comunque quelle erano le uniche informazioni che aveva.

Amarok spense il motore e i due uomini scesero. Indossò le racchette da neve e aprì la sonda da valanga in tutta la sua lunghezza, 240 centimetri. Ne possedeva anche un'altra che arrivava a una profondità di tre metri, ma per quanto alta, la neve non arrivava ancora ai livelli del pieno inverno.

Amarok cominciò a sondare la neve seguendo uno schema a spirale, assicurandosi che ogni nuova circonferenza non fosse più distante dalla precedente delle dimensioni di un corpo umano medio.

Evelyn non era l'unica a pensare che Jasper fosse tornato. Amarok sapeva che quel mostro li riteneva responsabili della morte dei propri genitori, per averlo costretto a ucciderli, quindi era solo questione di tempo prima che tornasse a cercare vendetta.

E forse quel momento era giunto.

Amarok doveva stare in guardia, farsi trovare pronto, anticipare le sue mosse e bloccarlo per tempo, se voleva avere una chance di salvare Evelyn.

«Abbiamo compagnia» disse Easy a un tratto.

Amarok, affaticato per lo sforzo fisico sollevò la testa. Una serie di macchine si erano fermate in fila dietro al suo pickup e un capannello di gente se ne stava in piedi al margine del campo a fissarli.

«Sono curiosi di sapere cosa sta succedendo» aggiunse Easy.

Quella era la strada che conduceva alla prigione, il che significava che tutti gli agenti penitenziari, gli aiuto cuochi, gli impiegati dell'amministrazione, il direttore e perfino i membri dell'équipe passavano da lì. Per non parlare dei camion dei fornitori. «Per forza. Ho attaccato la foto di Sierra dappertutto.»

«Quindi la gente sa che è scomparsa?»

«Adesso sì.»

«Allora perché dobbiamo tenere segreto il mio ritrovamento?»

Prima di tutto per guadagnare tempo, così Evelyn non sarebbe stata travolta dall'odio della comunità, ma questo Amarok non poteva certo ammetterlo. «Perché sanno che una ragazza è scomparsa, non che è morta.»

«E lei che ne pensa?»

«Io nutro ancora delle speranze» disse nonostante dentro di lui sapesse che probabilmente erano vane. Se non trovava alla svelta l'assassino di Sierra, Evelyn rischiava di essere la prossima.

Erano le quattro e venti, Evelyn vide una chiamata in entrata sulla linea uno e si sentì sollevata. Penny non c'era per rispondere al telefono. Solo alcuni membri dell'équipe erano venuti al lavoro quel giorno. C'erano Russell Jones, il più giovane di tutti, sulla trentina, e Jim Ricardo, il neurologo. Neanche Evelyn avrebbe voluto andare in ufficio, se non fosse stato per la mole di lavoro arretrato e per il fatto che il tempo sarebbe passato più velocemente mentre Amarok era occupato con l'indagine. Era tutto il giorno che non si sentivano.

Ricardo si affacciò alla porta per salutarla, ma al cenno di Evelyn di aspettare, richiuse la porta e se ne andò nel suo ufficio.

«Dove sei?» chiese ad Amarok appena fu da sola. A giudicare dal rumore di sottofondo non era ancora rientrato in centrale.

«Al Moosehead, mi sono fermato a mangiare qualcosa» rispose lui. «Non ho pranzato e sto morendo di fame.»

Era da mezzogiorno che Evelyn combatteva con un mal di testa infernale e forse un po' di buone notizie l'avrebbero aiutata. «Sei riuscito a trovare qualcosa nel campo?»

«No.»

Evelyn sentì l'angoscia crescerle dentro, era come se il suo stomaco si stesse corrodendo gradualmente per effetto di un acido. «Il corpo deve trovarsi lì per forza. Altrimenti come ha fatto Easy ad agganciare quel pezzo di scalpo?»

«Non ne ho idea, ma sono stato lì tutto il giorno, ho sondato la zona palmo a palmo.»

«Ti sei fatto aiutare da Phil?»

«No, prima l'ho mandato alla scientifica e poi aveva da fare una commissione per sua moglie. Con il senno di poi sono contento di non avergli chiesto di aiutarmi. Non mi sarei fidato di nessuno. Ecco perché sono così sicuro che il corpo non sia lì.»

Evelyn si lasciò ricadere sullo schienale della sedia. «Come la mettiamo adesso?»

«Easy deve aver raccolto quel... materiale organico da qualche altra parte.»

«Accidenti!» Evelyn aveva alle spalle una notte praticamente in bianco e durante la giornata non era riuscita a recuperare neanche un'ora di sonno. Dopo che Easy se n'era andato e lei aveva provato a telefonare a Andy Smith, il quale l'aveva richiamata subito assicurandole che avrebbe mantenuto il segreto, era passato Phil a ritirare la busta. Ogni volta che provava a chiudere gli occhi, le si parava davanti l'immagine della capanna dove Jasper l'aveva torturata e dove aveva ucciso le sue amiche. Era lui, non c'era dubbio: Jasper si trovava in Alaska. Altrimenti come si spiegavano tutti quegli avvenimenti? Evelyn aveva già avuto la sensazione che avrebbe avuto sue notizie molto presto. «E ora che facciamo?»

«Continuiamo a cercare.»

«Ma viviamo in mezzo al niente! Ci sono miliardi di posti dove nascondere un cadavere. Con questa neve poi...» Evelyn si passò una mano sul viso. Jasper avrebbe vinto, ancora una volta. «Non la troverai mai.»

«Invece sì. Magari in primavera, quando si scioglierà la neve, ma...»

«In primavera?» ripeté lei. Se Jasper si nascondeva a Hilltop, non sarebbe sopravvissuta fino allora.

«Questo genere di cose richiede tempo. Anche se non dovessi trovare il corpo, l'assassino potrebbe essersi lasciato dietro uno scampolo di stoffa degli abiti della vittima che adesso non riusciamo a vedere.»

Sentì bussare e Russell Jones si affacciò alla porta dell'ufficio di Evelyn. «Hai un minuto?»

No, non lo aveva. E poi non era dell'umore per parlare con lui. Russell Jones era stato il protetto di Tim Fitzpatrick sin dall'inizio e si era sempre schierato contro di lei. Anche senza le vecchie politiche e la frustrazione che avevano provocato, Russ era un soggetto talmente negativo che era difficile trovarlo simpatico. E poi era sciatto, basso e rotondo come una palla di cannone, con la camicia e i pantaloni sempre stropicciati, come se ci avesse dormito dentro: insomma, il suo aspetto rispecchiava perfettamente il suo atteggiamento. Evelyn si domandava come mai non avesse mollato e se ne fosse tornato nei Lower 48 appena Tim se n'era andato. Non faceva altro che lamentarsi dell'Alaska.

Ad ogni modo, adesso che Fitzpatrick non c'era più, Russell non costituiva più un pericolo, ecco perché Evelyn non aveva fatto pressioni perché lasciasse Hanover House. «Sono al telefono.» Evelyn gli mostrò la cornetta come a dire "non lo vedi?".

«Ho bisogno solo di un minuto, non di più» ripeté lui. «Ti prego. Devo scappare, ma prima di andare via voglio mostrarti una cosa.» Russell avanzò con una lettera in mano.

Evelyn si trattenne dal maltrattarlo solo perché la conversazione con Amarok era ormai giunta alla fine. «Devo andare» disse lei rivolta al telefono. «Ci vediamo stasera, okay?»

Amarok non avrebbe voluto chiudere la chiamata con una nota così amara. «Non ti scoraggiare.»

Era una richiesta impossibile, nonostante lui ce la stesse mettendo davvero tutta per tenerla al sicuro. Evelyn non voleva che lui pensasse che stesse ignorando i suoi sforzi. «Sono solo stanca.»

«Devi dormire di più.»

«Anche tu.»

«Io sto bene» rispose lui. Evelyn capì che non lo avrebbe rivisto fino a tardi. Sarebbe passato da casa a lasciare Makita, così non sarebbe stata sola, e poi sarebbe tornato al lavoro, scandagliando ogni indizio di cui era in possesso per cercare di capire se ci fosse ancora qualcosa che poteva fare per Sierra. Amarok provava il bisogno di sbattere dentro Jasper tanto quanto lei, ma era consapevole del fatto che il tempo a disposizione stava finendo.

Evelyn avvicinò la sedia alla scrivania. «A dopo.»

«A che ora torni a casa?» chiese lui prima che riagganciasse.

«Presto.» Non aveva voglia di trascorrere un'altra notte senza di lui, anche se al momento la bufera era passata. Con Makita al suo fianco non sarebbe stato difficile accorgersi se qualcuno avesse cercato di entrare in casa. E se il tempo fosse cambiato di nuovo, cosa che in Alaska succedeva spesso, avrebbe tenuto duro. Di certo non aveva intenzione di passare un'altra notte insonne in ufficio.

«Mi fermo più tardi a farti un saluto» disse lui.

«Okay.» Appena Evelyn posò la cornetta, Russell le piazzò sotto il naso la lettera che teneva in mano.

Lei riconobbe subito la calligrafia. «Mi stai prendendo in giro, vero?»

Lui la guardò sconcertato. «In che senso?»

«È di Fitzpatrick.»

«Lo so.»

«Pensi che a me non abbia scritto? Che non sappia già tutto?»

Dopo aver gettato la busta sulla scrivania, Russell si lasciò cadere sulla sedia davanti a lei. «Mi sento così in colpa per lui. Ci sta praticamente implorando.»

«Russell, sono molti gli assassini che sostengono di essere innocenti.»

«Sì, ma non dimenticare tutto ciò che ha fatto Tim. È uno psichiatra affermato. Ecco perché hai avuto bisogno del suo aiuto per l'approvazione di questo posto. Tu eri fresca di università, non avresti potuto fare tutto da sola.»

Tim sarà anche stato un professionista rispettato, a suo tempo, ma una cosa era certa: era stato lui stesso a compromettere la propria reputazione. «Capisco il tuo punto di vista e gli sono molto grata per aver reso Hanover House una realtà, ma…»

«Prima che ricominci con la tiritera, posso dirti come la penso?» la interruppe Russell.

Lei gli fece segno di continuare.

«Considerando che Jasper ha ucciso tre delle tue amiche vent'anni fa, è molto probabile che sia stato lui a far fuori Mandy Walker e Charlotte Zimmerman Pine l'inverno scorso. Il tipo di psicopatico che hai descritto godrebbe a spaventare in questo modo, tornando nel luogo delle sue prime atrocità per fare altre due vittime, altre tue due amiche, così, giusto per lasciarti un ricordino.»

Russell non stava dicendo niente che lei non sapesse già. Nella sua testa aveva vagliato quella possibilità migliaia di volte. Ma c'erano altre questioni da considerare. «Gli omicidi di Boston si sono interrotti non appena Fitzpatrick è stato arrestato. Questo come lo spieghi, Russell?»

«E se fosse Jasper, anziché Tim, come lo spiegheresti? Diresti che è esattamente il suo modus operandi: far ricadere la colpa su una vittima innocente tenendoti sulle spine e fregando il sistema, giusto?»

Giusto. Ma non stavano sopravvalutando Jasper? Forse i ricordi di Evelyn avevano contribuito a renderlo sovrumano?

«Forse hai dimenticato il modo in cui Fitzpatrick ci ha mollati» disse lei. Tim era diventato ossessionato da lei, aveva iniziato ad aggirarsi intorno a casa sua, a spiarla attraverso le finestre, a fotografarla di nascosto mentre si spogliava. E poi cercava di minare la sua autorità ogni volta che ne aveva occasione. Aveva fatto dei fotomontaggi pornografici con il suo volto applicato a corpi di altre donne nel bel mezzo di rapporti sessuali e li mostrava ai pazienti della sua ricerca al posto delle foto usate da protocollo per vedere come reagivano a determinati stimoli. Avrebbe perso l'abilitazione se non fosse che Evelyn aveva preferito tacere per il bene del suo istituto. L'unica ragione per cui non era stato licenziato era che aveva deciso di andarsene spontaneamente.

Russell sollevò in aria una mano con fare conciliante. «Non è stato facile per nessuno abituarsi alla vita in Alaska, anche se ammetto che Tim ha fatto delle pessime scelte.»

Ciò che aveva fatto andava ben oltre le "pessime scelte", ma Evelyn non ci teneva a sottolineare i dettagli e decise di lasciar correre.

«Ma questo non fa di lui un assassino» proseguì Russell.

«Hai provato ad andare oltre i suoi racconti, per esempio dando un'occhiata alle prove?» gli chiese lei. «Tim pedinava Charlotte

Zimmerman Pine, le telefonava senza dire niente. E la polizia ha trovato l'impronta delle sue scarpe intrise del sangue della ragazza sulla scena del crimine!»

«Tim ha seguito Charlotte solo per evitare che finisse uccisa come Mandy Walker. Aveva trovato un'immagine nel tuo annuario di te che scrivi un cartellone con le tue compagne e in quella foto Charlotte era l'unica ancora viva, oltre a te. Voleva solo impedire che le succedesse qualcosa. E le telefonate erano per metterle paura, in modo che avvisasse la polizia.»

«E che mi dici dell'impronta insanguinata sul pavimento del bagno?»

«Tim dice che stava tenendo d'occhio la casa in cui Charlotte faceva da babysitter, era seduto in macchina in fondo all'isolato quando un veicolo lo ha sorpassato. Si trattava di un'auto a noleggio che aveva appena fatto il giro dell'isolato e la cosa lo aveva insospettito, perciò è sceso a controllare. La porta d'ingresso era spalancata e Charlotte giaceva in una pozza di sangue.»

«La giuria non ha creduto a questa versione, e credo che neanche noi dovremmo. E poi non è ciò che ha raccontato la prima volta alla polizia.»

«Ha ammesso di averla seguita e di aver fatto quelle telefonate, ma ha anche spiegato perché. Non aveva specificato di essere entrano in casa, e allora? Neanche tu lo avresti fatto, la polizia stava già indagando su di lui e non voleva diventare il principale sospettato!»

«Se non avesse cercato a tutti i costi di far parte delle mia vita, non avrebbe fatto quella fine!»

«Non stava cercando di entrare nella tua vita. Stava solo cercando di rendersi utile, di rimediare ai suoi errori. Non riesci proprio a provare un po' di compassione per lui?»

Evelyn non poteva fare a meno di sentirsi offesa. Per Russell era facile perdonare Fitzpatrick, in fin dei conti non era stato lui il suo bersaglio. «Certo che sono dispiaciuta per lui, solo non voglio che la compassione mi depisti.»

«Il coltello usato per uccidere Charlotte non è mai stato trovato. E poi non ci sono indizi che lo leghino all'omicidio di Mandy, nemmeno uno.»

«E allora?»

«Allora entrambi gli elementi giocano a favore di Tim.»

«Il mancato ritrovamento del coltello non gioca a favore di nessuno.»

«L'arma del delitto non è stata trovata né a casa sua né nella sua macchina o dovunque abbia cercato la polizia. E poi chiunque abbia ucciso Mandy, ha ucciso anche Charlotte. I due delitti sono troppo ravvicinati, entrambe erano tue amiche di scuola e comparivano nella foto dell'annuario.»

Evelyn non poteva negare che gli omicidi di Charlotte e di Mandy fossero collegati. Lo erano per forza. Ma sentiva già così tanta responsabilità sulle spalle che non aveva alcuna intenzione di sfidare anche il sistema giudiziario, almeno non per Tim. «Il fatto che non ci siano indizi per incriminare Tim dell'assassinio di Mandy non significa che non sia stato lui. Non ha un alibi per quella notte.»

«Tim viveva da solo, non usciva quasi mai. È normale per una persona sola non avere nessuno che possa testimoniare per lei. E poi non posso dire che la mia vita sia tanto diversa dalla sua. Se fossi nei pasticci, neanch'io avrei qualcuno disposto a garantire per me.»

Evelyn poggiò il mento sulla mano chiusa a pugno: doveva ammettere che era tenace. Se non fosse stato per il comportamento di Fitzpatrick e per l'impronta insanguinata, non avrebbe avuto problemi a credere che si trattasse di Jasper. Lui aveva una lunga lista di vittime, Fitzpatrick no. E poi era possibile che Tim pedinasse Charlotte nell'intento di fare qualcosa che potesse contribuire a risollevare la propria carriera. In quel momento avrebbe fatto di tutto pur di riacquistare il prestigio di cui godeva.

D'altra parte si era comportato talmente male finché avevano lavorato insieme… Come faceva a credergli?

«Non è compito mio determinare la sua innocenza, non posso sostituirmi alla giustizia. E lui ha già avuto la sua occasione di difendersi.»

Russell prese un fazzoletto dalla scatola che Evelyn teneva sulla scrivania e si mise a strusciarlo su una macchia dalla camicia. Un ricordino del pranzo, senza dubbio. «Il sistema non è perfetto. E tu lo sai. Non è la prima volta che una giuria sbaglia a mandare dentro qualcuno.»

Evelyn si domandò se in quella situazione non avesse più responsabilità di quanto avrebbe voluto. «Okay, senti» disse infine. «Oggi non è una gran giornata e tu mi stai chiedendo di aiutare una persona che non stimo affatto. Tuttavia ammetto che ci sia una possibilità che Tim sia innocente. Mi metterò in contatto con un mio amico procuratore e vediamo cosa riesce a fare.»

Russell balzò in piedi appoggiando entrambe le mani sulla scrivania. «Tu hai un amico che potrebbe aiutarlo?»

«Non ci sentiamo da anni, ma sì. Si chiama Ashton Cooper e ha un discreto numero di successi in casi impossibili.»

«Come vi siete conosciuti?»

«A inizio carriera mi è capitato di fare delle perizie. Ci incontravamo spesso in tribunale, per questo so che è bravo.»

«Siete diventati amici nonostante sedeste dalla parte opposta del tavolo?»

«In pratica, sì. Quando aveva un dubbio chiedeva spesso il mio parere anche nei casi in cui non ero coinvolta, così siamo diventati amici.» Un paio di volte l'aveva anche invitata a cena, ma lei non aveva accettato. Era un uomo insistente, sarcastico, polemico ed energico. Non era il suo tipo. Anche se le piaceva il modo in cui provava a rendere il mondo un posto migliore, seppur con le sue maniere burbere. «Ricordo che un giorno a settimana lavorava pro bono a casi di detenuti innocenti. Potrei chiedergli di dare un'occhiata al fascicolo di Fitzpatrick, sempre che si occupi ancora di queste cose.»

Non c'era niente da fare, la macchia sulla camicia non se ne voleva andare e Russell si arrese gettando il fazzoletto nel cestino. «Perché non me ne hai parlato prima?»

Perché non le sembrava il caso di chiedere un favore del genere ad Ashton. E se Fitzpatrick era davvero colpevole? Non voleva che perdesse tempo a cercare di far uscire di prigione qualcuno che non se lo meritava. «Pensavo che non avrebbe fatto alcuna differenza. Ma proprio questa settimana Amarok e io abbiamo avuto la conferma che il DNA rinvenuto sulle scene del crimine in Arizona ha una certa familiarità con quello dei genitori di Jasper.»

«Aspetta, aspetta... Stai dicendo che avete il profilo genetico di Jasper?»

Evelyn non riuscì a trattenere un sorriso. Con il casino scoppiato in quel periodo, non aveva nemmeno avuto il tempo di festeggiare quella piccola vittoria, anche se avrebbe dovuto. Chissà, magari avrebbe persino potuto trasformarsi in una grande vittoria. «Sì, esatto.»

«È fantastico! Allora... basta fare un riscontro con il DNA trovato sulle due scene del crimine. Se incastrano Jasper, Tim sarà dichiarato innocente.»

«Non è detto. Noi sappiamo che gli omicidi sono collegati, perciò se Jasper è responsabile del primo lo è sicuramente anche del secondo, ma Fitzpatrick dovrà comunque attraversare la procedura legale necessaria.»

«Ci sono sempre un sacco di scartoffie da sistemare in queste situazioni. Ma se inchiodiamo alla scena del crimine uno psicopatico che ha già ucciso tre delle tue più care amiche, allora potremmo riuscire a liberare Tim, soprattutto se abbiamo un bravo procuratore dalla nostra parte.»

«Giusto. Ma se il DNA di Jasper non dovesse corrispondere? In quel caso sarebbe stato davvero Fitzpatrick a uccidere Mandy e Charlotte?»

«Non per forza» ribatté Russell. «Jasper potrebbe averle uccise senza lasciare traccia.»

«Esatto. In quel caso saremmo al punto di partenza e Ashton mi direbbe che non c'è niente da fare. Forse è meglio aspettare di avere i risultati sul DNA di Jasper, prima di contattarlo. È una cosa che avevo intenzione di fare comunque.»

Russell sprofondò le mani nelle tasche. «Meglio non aspettare. Avere Cooper dalla nostra velocizzerà il processo. Lui sa meglio di noi come gestire le prove, i test di laboratorio, le carte, eccetera.»

«Questo è vero» ammise lei. «Se ci affidiamo al detective Dressler, che è fermamente convinto di aver messo dentro l'uomo giusto, potremmo trovare qualche resistenza e potrebbe volerci più tempo.» Il detective non si era nemmeno preso la briga di richiamare Amarok! Il giorno prima Evelyn aveva provato a telefonargli di nuovo prima di andare a fare il sopralluogo allo chalet, ma non aveva avuto fortuna nemmeno quella volta.

«Magari dando un'occhiata alle prove e alle testimonianze, Cooper potrebbe decidere di prendere comunque in carico il caso di Tim.»

Evelyn gli lanciò un'occhiata dubbiosa. «Non riuscirà a eludere un'impronta di scarpe insanguinata, a meno che non fornisca un altro colpevole plausibile.»

«Come fai a esserne tanto sicura?» disse Russell. «Non possiamo sapere cosa succederà. Posso dire a Tim che stai facendo il possibile per aiutarlo?»

Evelyn chiuse a chiave il cassetto della scrivania. «Non penso sia saggio dargli false speranze finché…»

«Gli farebbe piacere ricevere una bella notizia, una volta tanto. È molto depresso. Ha bisogno di sapere che c'è ancora una possibilità.»

«D'accordo.» Evelyn gli porse la lettera che lui le aveva posato sulla scrivania. Se Russell voleva tirare Fitzpatrick su di morale erano fatti suoi. Anche se Tim era innocente, e nel caso in cui lo avesse aiutato, Evelyn non aveva alcuna intenzione di avere contatti con quell'uomo.

Rimase ad ascoltare lo stridere delle scarpe di Russell sul pavimento mentre si allontanava. Non vedeva l'ora di tornare a casa. Per fortuna aveva il numero di cellulare di Ashton, almeno non avrebbe dovuto aspettare lunedì per chiamarlo. Forse lui sarebbe riuscito a ottenere i risultati di laboratorio più in fretta. Di sicuro pirima di lei.

Evelyn posò la cartella da un lato e prese in mano il telefono.

13

Quando Evelyn entrò al Moosehead, Amarok stava mangiando una seconda porzione di *chili* con una fetta di pane di mais. Per la verità non aveva più molta fame, ma la prospettiva di andare allo Shady Lady Motel per dire a Leland che la ricerca non aveva prodotto risultati non lo allettava affatto.

Amarok si alzò in piedi mentre Makita andava ad accogliere Evelyn. «Ehi, come stai?» Non si aspettava di vederla prima di quella sera a casa.

Lei prese posto sullo sgabello accanto al suo. «Ho visto il tuo pickup qui fuori e ho pensato di fermarmi.»

Amarok controllò l'ora. «Sono solo le cinque. Come mai sei uscita dal lavoro così presto?»

«Il sabato non devo lavorare per forza, e poi ti avevo detto che sarei uscita prima.»

«Con tutto il tempo che passi in ufficio, sembra che il giorno della settimana non faccia differenza per te» disse lui asciutto. «Per non parlare di quando sei immersa in una delle tue ricerche. Il tuo "torno presto" può significare anche quattro o cinque ore.»

Evelyn alzò gli occhi al cielo e sorrise, sapeva che la stava prendendo in giro. «Da quando ti ho conosciuto mi prendo molto più tempo libero. Comunque parlavo sul serio quando ti ho detto che stavo tornando a casa. Ho un mal di testa atroce.»

Amarok era preoccupato per lei, doveva assolutamente capire cosa era successo a Sierra ed eliminare la minaccia di Jasper prima che Evelyn avesse un crollo psichico o emotivo. Non stava bene e si vedeva. Oltretutto non aveva ancora la certezza che la faccenda di Sierra fosse collegata a Jasper. «Devi mangiare qualcosa e dormire di più» le disse.

Evelyn gli posò una mano sulla gamba. «Lo so, non fai che ripetermelo.»

«Perché è vero.» Amarok le passò il menu. «Cosa ti andrebbe?»

Lei lo spinse via senza nemmeno guardarlo. «Una minestra di verdure.»

«E basta?»

«Sì, e basta. Appena sono a casa me ne vado dritta a letto.»

«Bene.» Se solo avesse potuto andare a casa con lei, rannicchiarsi al suo fianco e chiudere il mondo fuori... Quando erano soli niente di tutto il resto aveva importanza. Ma Amarok non poteva permettersi il lusso di abbassare la guardia. Non appena fosse riuscito a capire cosa era accaduto a Sierra, si sarebbe dedicato anima e corpo alla ricerca di Jasper. Non poteva perdere tempo. Anche se aveva cercato di proteggere Evelyn per tutto quel tempo, era giunto il momento di sbatterlo dentro. Era colpa sua se lui e la donna che amava non potevano avere una famiglia, ormai era diventata una questione personale.

Amarok attirò l'attenzione di Shorty e ordinò la zuppa.

Evelyn chiese al gestore del locale come stava, ma Amarok si accorse che provava di nuovo imbarazzo con la gente del posto. «A Shorty piaci, lo sai vero?» mormorò lui non appena il proprietario del Moosehead se ne fu andato.

«La notizia della scomparsa di Sierra Yerbowitz ha fatto tornare in mente a tutti Sandy» disse lei.

«Può darsi, ma Shorty non ti accusa per ciò che le è successo e non lo farà nemmeno per Sierra. Erano molte le persone a favore di Hanover House, per il lavoro e la ricchezza che avrebbe portato.»

«Sì, ma non tutti» disse lei con uno sguardo tagliente.

Perfino Amarok si era opposto alla costruzione della struttura vicino alla città dove era nato e non si era certo peritato a dirlo. Ma ormai la prigione era una realtà, proprio come Evelyn, e lui non voleva perderla. «Andrà tutto bene» insistette lui, poi cambiò argomento. «Ho sentito tua sorella.»

«Ti ha chiamato?»

«Sono stato io a contattarla, ti ricordi? Tu avevi troppo da fare.»

«Stavo solo rimandando.»

«Perché? Non vuoi che venga a trovarti?»

«Sì che lo voglio. Sono due anni che non ci vediamo. Solo non desidero che inizi a tormentarmi per tornare a casa.»

Neanche Amarok lo voleva. «Lo sa che ti sei impegnata a restare qui altri tre anni.» In realtà sperava che Evelyn volesse impegnarsi a restare lì con lui per molto più tempo. «Stai tranquilla, non cercherà di convincerti a tornare a Boston. Le manchi molto e vuole solo passare un po' di tempo con te.»

«Non le hanno fatto storie al lavoro?»

«A quanto pare ha un bel po' di ferie accumulate. Si ferma da noi per una settimana.»

«Non le servono per la luna di miele?»

«Credo che abbia brutte notizie in merito.»

«Non dirmi che si sono lasciati!»

«Non me lo ha proprio detto, è solo una mia impressione.»

«I miei erano entusiasti all'idea del matrimonio e di diventare nonni.»

Evelyn sapeva che Amarok sarebbe stato ben felice di dare ai suoi genitori entrambe le cose, ma evitò di incontrare il suo sguardo e lui rimase in silenzio. «Quando arriva?»

«Domani alle tre. Devi andare a prenderla all'aeroporto di Anchorage da sola, se io non ci sono.» Amarok avrebbe preferito che Brianne fosse già lì: l'idea di lasciare Evelyn da sola non gli piaceva affatto, ma aveva del lavoro da sbrigare.

«Non pensavo che arrivasse così presto» disse lei. «Il biglietto deve essere costato una fortuna con così poco preavviso.»

«Non preoccuparti del biglietto. L'ho pagato io.»

Evelyn lo guardò accigliata. «Non avresti dovuto. Ci avrei pensato io.»

«Sono felice di farlo. Sapere che siete insieme sotto lo stesso tetto mi fa stare più tranquillo.»

Evelyn prese una manciata di noccioline dalla ciotola sul bancone e fece per portarsela alla bocca. «Il fatto che tu sia così preoccupato per me, significa che pensi che Jasper sia tornato.»

«Sta succedendo qualcosa. Non sono sicuro che si tratti di Jasper, ma al momento non ho una risposta migliore.» Amarok bevve un lungo sorso di birra. «Spero per il meglio, ma sono pronto al peggio.»

Evelyn mangiò la manciata di noccioline, poi con una mano pulì il bancone appena prima che Shorty ci appoggiasse il piatto di minestra. «Cosa pensi di dire a Leland?» chiese lei.

«La verità.»

«Che probabilmente sua sorella è morta?»

«Che ancora non lo so.»

Evelyn tornò a incupirsi. «Non posso credere che tu non sia riuscito a trovare il corpo. Dove altro può aver raccolto quei capelli Easy?»

Amarok buttò giù l'ultimo boccone di pane. «Chi può dirlo? Ha comprato la macchina solo da una settimana e sostiene di esserci andato solo al lavoro.»

«Forse Sierra è stata lì per un po', ma poi qualcuno l'ha spostata.»

«Sempre che i capelli siano di Sierra, per ora lo stiamo dando per scontato.»

«Che vuoi dire?»

«I capelli erano così arruffati e sporchi di fango che non so nemmeno di che colore siano. Abbiamo una donna scomparsa e il frammento di un corpo. Forse abbiamo dato per scontato che fossero collegati.»

«Ma...»

«Quando sono tornato in ufficio dopo il sopralluogo per riportare la slitta e chiamarti, ho ricevuto una telefonata dal medico legale.»

«Cosa ti ha detto?»

«Dice che i capelli sono biondi.»

«Ma Sierra ha i capelli lunghi e castani...»

Amarok prese la foto della ragazza dalla tasca posteriore dei pantaloni. «Devo parlare con Leland e averne la conferma. Non ha mai detto che aveva i capelli tinti.»

Evelyn gli prese la foto di mano per studiarla. «Quando è stata scattata?»

«Allo chalet. Non riconosci lo sfondo?»

«Ora che me lo fai notare sì.»

«Leland me l'ha mandata per email la sera stessa che è scomparsa. Gliel'aveva scattata con il cellulare il giorno prima.»

«Come ha fatto a mandartela? Non c'è rete qui.»

«Ha usato la connessione dell'hotel.»

«Allora, come si spiega il colore dei capelli diverso?»

Amarok finì la sua birra. «Potremmo avere a che fare con due vittime, non credi?»

Evelyn sgranò gli occhi. «No...»

«Hai una spiegazione migliore?»

Evelyn impallidì e scosse la testa. «Di male in peggio.»

Brianne appoggiò il caricabatteria che aveva comprato per il telefono della madre sul bancone della cucina. Ogni volta che i suoi genitori avevano bisogno di qualcosa di tecnologico chiamavano lei. Non poteva fermarsi quanto loro avrebbero voluto, aveva un volo alle sei della mattina e non aveva ancora fatto la valigia.

«Non riesco ancora crederci che molli tutto e te ne vai in Alaska domani mattina» disse Lara, sua madre. «Chi si prenderà cura dell'ospedale?» Grant, il padre, se ne stava seduto sulla poltrona reclinabile con il telecomando in mano a guardare le notizie sportive, ma Brianne sapeva che stava ascoltando la conversazione molto più attentamente di quanto non volesse dare a credere.

«È una decisione un po' improvvisata» ammise lei. «Ma è la prima vacanza che mi concedo da quando sono diventata direttrice sanitaria del Valley Regional. Mi merito una pausa.»

Lara era affaccendata nella pulizia della cucina. «Chi si prenderà cura di tutto mentre sei via?» le chiese di nuovo.

«Ho dei validi collaboratori. Possono farcela anche senza di me.» Brianne prese le chiavi e le strinse nel pugno. Doveva davvero andare. «E poi non voglio rinunciare alla possibilità di stare un po' con Evelyn. Mi manca.»

«Anche a noi manca, eppure non è venuta a trovarci neanche una volta da quando si è trasferita.»

Brianne avvertiva il dolore nella voce della madre. «Ha un sacco di responsabilità a Hilltop, mamma. Hanover House è il primo istituto di questo tipo in tutto il Paese. Non è facile per lei assentarsi.» Da quando Evelyn aveva iniziato la sua carriera di psicologa, Lara e Grant le avevano fatto enormi pressioni perché abbandonasse i suoi progetti e aprisse uno studio privato per bambini problematici o qualcosa di simile, in modo da tenersi a distanza dagli uomini pericolosi con cui aveva a che fare. Sentirsi costantemente ostacolata doveva essere frustrante, per questo motivo Brianne cercava di non farlo. Ma non era facile. Anche lei, come i genitori, era convinta che se Evelyn non avesse mollato il suo lavoro al più presto, avrebbe finito per farsi uccidere.

Avevano già provato troppa angoscia e dolore a causa sua, non potevano sopportare oltre.

«Lei non può lasciare il suo lavoro, ma si aspetta che lo faccia tu per andare a trovarla all'ultimo minuto?»

«Non farla tanto lunga, mamma. Il mio posto di lavoro non è a rischio. Inoltre Evelyn non pretende un bel niente. Vuole solo vedermi.» E Brianne aveva bisogno di vedere lei. Era così sicura che Jeff Creery fosse l'uomo della sua vita che aveva abbassato la guardia e si era innamorata, per non parlare del fatto che da quando avevano deciso di sposarsi aveva perfino smesso di usare i contraccettivi. E ora che lui se n'era andato, Brianne si era accorta di essere incinta. L'invito di Amarok era arrivato in un momento provvidenziale, subito dopo l'annullamento delle nozze e l'ammissione a se stessa che tra lei e Jeff era finita una volta per tutte. Per questo Brianne non si era lasciata scappare l'occasione di andare via per un po'. Magari Evelyn sarebbe riuscita ad aiutarla a superare il rifiuto che minacciava di paralizzarla. Ai genitori non aveva detto niente, non ancora almeno.

Lara passò la spugna sul piano della cucina per la seconda volta da quando Brianne era arrivata. «Perché non ci vuole vedere?»

Brianne avrebbe voluto stringerla tra le braccia, ma Lara era troppo orgogliosa. Allontanava sempre tutto ciò di cui aveva davvero bisogno. «Non è che non vuole vedervi, ha solo molto da fare. È stato Amarok a chiamarmi per chiedermi di andare.»

«Già, l'uomo con cui vive.»

Sentendo il disappunto nella voce della madre, Brianne corrucciò la fronte. «Lo sai chi è Amarok. Che stai cercando di dire, che non ti piace?»

«Ma se non l'ho mai nemmeno incontrato! Non lo ha mai portato a casa per farcelo conoscere!»

Magari Evelyn non si sentiva ancora pronta. Brianne aveva fatto l'errore di portare Jeff a casa e ora i suoi genitori si erano affezionati. Come avrebbe fatto a dirgli che il matrimonio era saltato? Che Jeff non avrebbe più fatto parte della loro vita e che lei portava in grembo un figlio suo?

Brianne non riusciva a guardare sua madre negli occhi e iniziò a tormentarsi le pellicine intorno alle unghie. «Ha un sacco di responsabilità. Ha paura che lasciando Hanover House potrebbe succedere qualcosa.»

«Ma se le cose vanno male anche con lei lì! Lo scorso inverno ha rischiato di morire e nonostante questo non vuole mollare. Non so cosa debba succedere perché si renda conto che ciò che sta facendo non vale la pena.»

A Hilltop erano successe molte più cose di quante Grant e Lara immaginassero, cose di cui forse non sarebbero mai venuti a conoscenza. Evelyn li teneva all'oscuro più che poteva. Con Lara già sotto antidepressivi e ansiolitici, non era il caso di peggiorare la situazione. «Qualcuno deve pur prendere posizione e fare qualcosa per combattere tutto ciò.»

«Che sciocchezza!» Lara adagiò lo strofinaccio accuratamente piegato a cavallo del lavandino. Le sue ossessioni la portavano a dare un posto a ogni cosa. «Tutte le ricerche dimostrano che gli psicopatici non possono essere riabilitati.»

«Capire come funziona la loro mente potrebbe aiutarci a trovare una soluzione» ribatté Brianne senza capire bene perché stesse difendendo Evelyn. Dopo tutto quello che Evelyn aveva passato, e ciò che anche la sua famiglia aveva dovuto sopportare da quando era stata rapita ventidue anni prima, pure Brianne pensava che la sorella avrebbe dovuto affidare quella battaglia a qualcun altro. L'unica cosa che voleva era una famiglia normale, rivoleva sua sorella lì a Boston, e non solo perché sentiva la sua mancanza, ma anche perché era stanca di prendersi cura dei genitori da sola.

Odiava provare risentimento per i sacrifici che doveva fare per permettere a Evelyn di stare in Alaska. Grant era un uomo tranquillo e autonomo, ma Lara aveva bisogno di attenzioni costanti. Ciò che Jasper aveva fatto alla figlia l'aveva distrutta, era diventata troppo sensibile per sopportare anche una minima arrabbiatura, perdita o ingiustizia e non tollerava più essere preoccupata di continuo.

«Ha subito così tante aggressioni» disse Lara. «Un giorno o l'altro ce la rimanderanno a casa in una bara.»

Brianne abbassò lo sguardo sulle proprie mani e si accorse che stava stringendo i pugni. Aveva fatto il possibile per supportare i genitori e la sorella, per lasciare che ciascuno di loro fosse libero di scegliere il proprio percorso. Da parte sua ce la metteva proprio tutta, ma Lara aveva bisogno della presenza di Evelyn. E poi, con un bambino in arrivo, Brianne aveva bisogno di una pausa dallo stress di badare ai genitori. Non poteva continuare a gestire tutto da sola come aveva fatto fino a quel momento. «Le parlerò» disse alla madre. «Ha già fatto molto per il bene della psicologia. Ormai Hanover House è attiva e funzionate e le male lingue si sono un po' placate… magari potrebbe prendersi una pausa.»

Grant abbassò la TV. «Se ciò che è successo lo scorso inverno non l'ha convinta, non ci riuscirà nient'altro.»

Forse era vero, eppure qualcosa in lei era cambiato. Amarok le aveva raccontato che una donna era scomparsa e che Evelyn stava passando un momento difficile per colpa dei ricordi che quell'incidente le aveva rievocato.

Amarok non l'avrebbe mai ammesso e non le avrebbe mai chiesto di salire sul primo volo per l'Alaska, se non fosse stato davvero preoccupato per lei.

Forse, dopo gli ultimi avvenimenti, Brianne sarebbe riuscita a convincerla a tornare a casa.

Jasper cercava di dissimulare il suo interesse per Amarok ed Evelyn fingendo di essere al Moosehead solo per farsi un drink come tutti gli altri. Era sabato sera, la neve li aveva graziati contro ogni previsione e il bar era pieno. C'erano un sacco di donne, più del solito, ma nessuna gli piaceva quanto Evelyn. La sua presenza era come un magnete che continuava ad attirare lo sguardo di Jasper.

Rimase a guardarla mentre spostava alcuni capelli dalla fronte di Amarok e gli posava con disinvoltura una mano sulla gamba. Vederli così intimi gli dava sui nervi. Odiava Amarok e odiava l'idea che Evelyn aprisse le gambe per lui.

Buttò giù un altro sorso di whiskey. Era stato fin troppo paziente. Erano due anni ormai che pianificava la sua vendetta. Il lavoro alla prigione di Florence in Arizona gli era servito solo a costruirsi il background necessario per essere assunto ad Hanover House e trasferirsi in Alaska dove, non senza sforzi, si era creato una certa immagine e si era integrato nella comunità locale. Finché Leland e i suoi amici non avevano affittato il peggior chalet della zona, scatenando una serie di eventi che avevano mandato all'aria i suoi piani. Vedere andare tutto quanto a rotoli lo mandava in bestia e controllarsi era sempre più difficile.

Aveva bisogno di uno sfogo, non poteva andare avanti così.

«Hai sentito della ragazza scomparsa?»

Jasper lanciò un'occhiata all'uomo seduto accanto a lui.

Era Terrell Hillerman, un collega della prigione. Terrell indossava ancora l'uniforme, quindi doveva essersi fermato a bere qualcosa subito dopo il turno, prima di tornare a casa.

Jasper invece aveva il giorno libero e si era fatto tutta la strada da Anchorage solo per venire lì. Non era riuscito a resistere alla tentazione di vederla. Era troppo ansioso di sapere come stava andando l'indagine di Amarok, molto curioso di sapere cosa aveva scoperto. «Che ragazza?» chiese facendo finta di niente.

«Non so come si chiama. Quella della Louisiana. Era venuta per andare a caccia.»

Jasper sperava di incontrare Leland o qualcuno dei suoi amici al bar, quella sera. Non c'era molto altro da fare in città. Ma di loro non c'era traccia. «Che le è successo? È uscita da sola? Morta congelata? Ha incontrato un orso?» Jasper buttò giù un altro sorso con fare disinvolto, come se una morte per cause naturali non fosse di alcun interesse.

«E che diavolo ne so» rispose Terrell. «Però mentre andavo al lavoro ho visto il sergente con una sonda da neve che ispezionava una zona non molto distante dalla strada. Secondo me pensa che sia morta.»

Jasper sentì un muscolo della guancia contrarsi. Easy si era davvero ricordato il punto dove aveva trovato lo scalpo?

Forse c'era motivo di preoccuparsi più di quanto avesse pensato. Il sergente gli stava alle calcagna. «Trovato niente?»

«Non che io sappia.»

Certo che no, ma solo perché Jasper era tornato indietro e aveva spostato i corpi dall'altra parte di Anchorage, a nord-ovest, dove aveva pianificato di portarli fin dall'inizio. «Sfiga per i cacciatori che erano con lei. Gli ha rovinato la vacanza.»

A giudicare dell'occhiataccia che Terrell gli aveva lanciato, Jasper aveva detto qualcosa di sbagliato. Ogni tanto gli succedeva, la sua sensibilità era diversa da quella degli altri. «Rovinato la vacanza?» ripeté Terrell. «Uno dei tizi è suo fratello. Non credo che gliene freghi un bel niente degli alci a questo punto. L'unica cosa che vuole è trovare sua sorella sana e salva.»

Jasper pensò che sarebbe stato buffo se anziché fare lui la festa all'alce, fosse stato l'alce a fare la festa alla sorella. L'idea lo faceva sorridere, ma sapeva che non era il caso di fare battute. Visto come aveva reagito Terrell alla sua uscita precedente, di certo non avrebbe trovato divertente questa. «Già, è un vero peccato.»

Per fortuna, Terrell soprassedette in fretta. La gente era meno critica in quella parte di mondo.

«Che ne è dei cacciatori? Sono tornati a casa?» Jasper voleva che Terrell continuasse a parlare: magari avrebbe scoperto qualcos'altro.

«No. Ho sentito dire che sono ancora qui, in attesa di qualche buona notizia.»

Amarok sarebbe riuscito a dargliela? Quella notte, Evelyn aveva detto che il sergente aveva portato ad analizzare alcune prove ad Anchorage. Quindi aveva trovato qualcosa.

Doveva trattarsi del sangue, si disse Jasper. Anche se aveva ripulito tutto alla perfezione, non era riuscito a toglierlo dal materasso dove aveva legato Kat. Ecco perché si era preso la briga di portarlo su nel soppalco. C'erano meno possibilità che venisse scoperto.

A quanto pareva aveva fatto fatica per nulla.

Avevano trovato altro?

Jasper guardò di nuovo Evelyn. Non c'era pericolo che Amarok se ne accorgesse. Si sentivano troppo a loro agio in quell'ambiente e poi erano completamente presi l'uno dall'altra.

Ma l'attenzione di Amarok non sarebbe rimasta su Evelyn ancora a lungo, perché in quel momento il suo obiettivo era quello di incastrare lui, Jasper.

Jasper sentì i muscoli irrigidirsi. Aveva commesso degli errori imperdonabili. La notizia della scomparsa della sorella di Leland si stava diffondendo e, con lo scalpo nelle mani di Amarok, la gente non ci avrebbe messo molto a capire che non si trattava solo di una persona scomparsa. Presto tutti avrebbero gridato all'omicidio, mandando nel panico l'intera zona. Proprio ciò che aveva cercato di evitare facendo fuori la sorella di Leland.

Accidenti. Gli abitanti di Hilltop e il personale della prigione si sarebbero messi a dare la caccia al colpevole, cercandolo dappertutto.

Ma Jasper non aveva l'aspetto di un colpevole, e poi ormai faceva parte della comunità. A volte il modo migliore per nascondersi è rimanere allo scoperto.

«Secondo te che cosa è successo?» chiese a Terrell.

«A giudicare da come si comporta il sergente, deve trattarsi di un altro omicidio.»

«Non scherzare! Da cosa lo deduci?»

«Conosci Phil Robbins, vero?»

«Certo, è uno degli agenti di pubblica sicurezza che aiuta a pulire le strade in inverno, una specie di vice del sergente.»

«Sì, lui. Be', sua moglie, sai che si è sposato qualche mese fa, è un'amica di mia cognata e dice che è stato trovato del sangue su uno dei materassi dello chalet dove alloggiavano.»

Jasper si finse preoccupato. «*Wow*. Be', ma dove sta il mistero? Sarà stato uno dei cacciatori a ucciderla.»

«Le indagini non stanno andando in quella direzione.»

Jasper si costrinse a fare una pausa per non sembrare troppo ansioso di ottenere altre informazioni e bevve un sorso del suo drink, lasciando che l'abbraccio caldo del whiskey gli bruciasse in gola. «E perché no?» chiese dopo aver deglutito. «Ci sono prove che indicano chi è stato?»

Terrell abbassò la voce. «Phil ha detto a sua moglie che secondo il sergente abbiamo a che fare con il bastardo che ha tagliato la gola a Evelyn quando aveva sedici anni. Dice che è qui in Alaska.»

Jasper appoggiò di colpo il bicchiere sul tavolo rovesciandone il contenuto. Terrell si tirò indietro di scatto, ma Jasper fu abbastanza pronto da dissimulare la reazione eccessiva. «Ops! Per poco non mi scivolava!» disse asciugandosi la mano con un tovagliolino. «Comunque, spero che non sia vero che il tizio che l'ha quasi uccisa sia qui. Quello lì è fuori di testa.»

«Non è fuori di testa, è deviato proprio. Uno psicopatico. Come quelli di Hanover House. Anche tu ci lavori, sai come sono fatti. Un sadico, un vero serial killer. Nessuno è al sicuro se lui è in città.»

Jasper sapeva di essere diverso, ma non gli piaceva essere definito in quei termini. Preferiva cacciare, che essere cacciato. «Se anche fosse, non c'è ragione di preoccuparsi.»

Terrell fece una faccia sorpresa. «Non c'è ragione di preoccuparsi? Potrebbe attaccare chiunque di noi!»

Jasper fece schioccare la lingua scettico. «Siamo così pochi che un forestiero si noterebbe subito. Lo riconosceremmo a un chilometro di distanza.»

«Sì, be', fatto sta che finora non lo ha visto nessuno, eppure c'è una donna scomparsa che forse è morta. Terrell buttò una banconota sul bancone e si alzò dallo sgabello. «Sono contento di vivere ad Anchorage.»

«Sì, anch'io» disse Jasper.

«Ci si vede al lavoro.»

Jasper fece un cenno di saluto, poi vide che se ne stava andando anche Evelyn, insieme all'alaskan malamute di Amarok. Questo voleva dire che stava andando a casa da sola. Il cane doveva servire a proteggerla.

Jasper si convinse a restare dov'era, a lasciarla andare. Era molto più saggio mantenere un profilo basso e aspettare che quella cazzo di tempesta che aveva scatenato si calmasse.

Ma se davvero aveva tralasciato qualcosa nello chalet, un indizio di cui non si era accorto e che riconduceva a lui, la tempesta non si sarebbe placata tanto presto.

Quella poteva essere la sua ultima possibilità con Evelyn.

14

Quando Evelyn arrivò a casa fu sorpresa di vedere la macchina di Phil parcheggiata lì davanti. Che ci faceva? Lo sapeva anche lui che Amarok non era a casa.

Evelyn aspettò che Makita scendesse dall'auto e chiuse a chiave la sua Toyota Land Cruiser. «A quanto pare abbiamo compagnia, bello mio.»

Il cane la seguì fino alla macchina, ma di Phil non c'era traccia. Evelyn si guardò intorno, soffermandosi sul portico di casa, ma Phil non era nemmeno lì.

Makita nel frattempo si era messo a segnare il territorio al palo del telefono, l'unico punto in cui riusciva ad arrivare con tutta quella neve, ed Evelyn lo richiamò con un fischio per farlo entrare in casa con lei.

La porta era chiusa normalmente, ma Phil la aprì dall'interno prima che Evelyn avesse il tempo di infilare la chiave nella toppa.

«Ehilà, dottoressa» disse lui. «Sei tornata, eh?»

Evelyn lo guardò stupita. «Sì, sono tornata. Che succede?»

«Non hai sentito Amarok?»

«No...»

«Mi ha chiamato perché non crede di riuscire a tornare, stanotte. Sta andando allo chalet, vuole mettersi un paio di racchette ai piedi e dare un'occhiata in giro per capire se c'è un altro chalet raggiungibile in zona.»

«A quest'ora?»

Phil si grattò la barba che stava diventano grigia e le rivolse il suo solito, amabile sorriso. «In questo periodo dell'anno fa buio diciotto ore al giorno. Che differenza fa?»

Non le piaceva l'idea che Amarok se ne andasse in giro da solo in montagna, soprattutto adesso che erano certi che gli omicidi erano due. Due cadaveri indicavano un altro tipo di assassino, uno molto più pericoloso di quello che avevano in mente all'inizio del caso della ragazza scomparsa. «Non ha dormito quasi niente e ha lavorato tutto il giorno.» Evelyn non voleva che Amarok affrontasse Jasper o un qualunque altro psicopatico quando non era nel pieno delle forze.

«Amarok sa badare a se stesso» rispose Phil.

Quando si trattava di affrontare la natura era vero. Amarok se la sapeva cavare con gli animali selvatici tra cui era nato, con gli ubriaconi occasionali e con i piantagrane. Ma non aveva mai avuto a che fare con un uomo insensibile e malvagio come quello che le aveva tagliato la gola. Jasper non si fermava davanti a niente ed era disposto a tutto pur di mantenere il vantaggio, anche a giocare sporco. Non conta quanto sei grande e grosso, un proiettile o un coltello ti uccidono sempre, soprattutto se arrivano all'improvviso.

«Avrei preferito che ci fosse andato domani mattina, dopo una bella dormita.» Evelyn decise di chiamarlo per cercare di fargli cambiare idea. Si incamminò verso il telefono, ma Phil la fermò.

«È inutile. Lo ha deciso poco prima di uscire dal Moosehead, per questo mi ha chiamato. Ha detto che non riusciva a mettersi in contatto con te.»

«Allora come sei entrato? Ti ha portato le chiavi?»

«No, mi ha detto di usare quelle che erano sulla sua scrivania alla centrale» disse indicando il mazzo di chiavi di Amarok appoggiato sul bancone della cucina.

Evelyn era sollevata all'idea che Amarok avesse deciso all'ultimo di chiedere a Phil di stare con lei durante la notte, anziché aver passato tutta la serata senza dirle niente. Quando se n'era andata dal bar era molto preoccupato per lei, ecco perché aveva chiesto a Phil quel favore. Se lei non fosse tornata ad Hanover House a prendere i documenti di cui si era dimenticata e non si fosse fermata al Quick Stop a prendere il caffè e qualche altra cosa che mancava in casa, forse sarebbe riuscita a convincerlo a non andare. Ma ci aveva messo un'ora per tornare a casa e Phil aveva ragione, ormai Amarok era partito.

Evelyn appoggiò la borsa sul tavolo e prese in braccio Sigmund che si stava strusciando contro le sue gambe. «Non voglio crearti disturbo, Phil, tu hai la tua famiglia da accudire.»

«Se Amarok pensa che sia necessario stare qui, io resto.»

«È questo il punto. Amarok non sa se è necessario e nemmeno io.»

«Meglio prevenire che curare» disse lui.

Evelyn stava per insistere perché tornasse a casa. Non poteva pretendere che qualcuno la controllasse a vista in quel modo. Ma si sentiva esausta e le scoppiava la testa. Con Phil in casa sarebbe riuscita finalmente a dormire e l'idea era troppo allettante per resistere.

«È molto gentile da parte tua» disse infine, sorridendo. «Hai la pistola, vero?»

Phil non indossava l'uniforme, si tirò su il maglione pesante e le mostrò il revolver. «Makita ci avvertirà se c'è qualcuno. E al resto penso io.»

«È rincuorante saperlo» disse lei. Ma una volta a letto, Evelyn non riusciva a smettere di domandarsi chi avrebbe avvisato Amarok di un'eventuale compagnia, dato che Makita era lì con loro.

Jasper non rallentò davanti alla casa del sergente. Non voleva farsi notare mentre si aggirava lì intorno. Stava solo facendo un giro di ricognizione: se la situazione era tranquilla, sarebbe ripassato davanti un po' più lentamente e avrebbe deciso se arrivare fino alla porta.

Guardò l'ora ancora una volta, come aveva fatto ogni cinque minuti da quando Evelyn era uscita dal Moosehead. Le aveva dato tutto il tempo di fare le cose con calma e sistemarsi. Non voleva rischiare di incontrare Amarok di ritorno dalla centrale di polizia.

Il pickup del sergente non c'era, ma al suo posto vide un altro veicolo.

Jasper si fermò allo stop in fondo alla strada, mise la freccia per girare e controllò nello specchietto retrovisore.

Di chi era quella macchina? Gli era familiare, eppure...

«Phil Robbins» disse ad alta voce. «Ma certo.» Terrell Hillerman gliene aveva parlato poco prima al bar, anche se quello parcheggiato davanti a casa di Amarok non era lo spazzaneve che usava di solito. Era un altro mezzo, forse della moglie, che Jasper aveva visto in giro qualche volta.

Che ci faceva lì?

Ad ogni modo dubitava che sarebbe rimasto a lungo.

«Levati dalle scatole» disse fra sé, monitorando la situazione intorno in cerca di altri possibili ostacoli. Quando aveva scoperto dove abitava Evelyn, Jasper aveva controllato l'indirizzo di Amarok su Google Earth un milione di volte. Si era perfino stampato la piantina e l'aveva attaccata nel suo seminterrato. Ma di persona ci era passato solo due volte: la prima l'inverno precedente, quando aveva salvato la vita a Evelyn; questa era la seconda. Nonostante l'attrazione che la casa esercitava su di lui, era riuscito a resistere. Non aveva ragione di passare di lì e non poteva rischiare di sembrare interessato a qualcosa. Continuava a ripetersi che presto sarebbe arrivato il suo momento e adesso sperava che l'attesa fosse finalmente finita.

Jasper scrutò la strada in cerca di luci, macchine o persone, ma non c'era niente di preoccupante. Amarok non aveva vicini di casa e Jasper non sapeva decidersi se fosse un bene o un male. Con una casa di fronte, gli sarebbe bastato parcheggiare dall'altra parte della strada e fingere di essere andato a trovare qualcuno. Così invece era troppo esposto.

D'altra parte, la quasi totale assenza di vicinato significava che Evelyn non poteva chiedere aiuto. E se lui avesse sparato un colpo o provocato qualunque altro rumore, nessuno se ne sarebbe accorto. Se solo fosse riuscito a prelevare Evelyn dalla casa senza essere visto, il suo piano originario poteva ancora funzionare. Bastava tenere d'occhio l'indagine ed evitare che il cerchio si stringesse troppo intorno a lui. Comunque poteva sempre ucciderla e scappare. Ma se fosse andato tutto bene, l'avrebbe tenuta segregata per sempre, o almeno finché non ne avesse avuto abbastanza, se mai quel momento fosse arrivato, considerando da quanto tempo la desiderava.

«Forza... forza.» Voleva vedere Phil uscire dalla porta di casa, salire in macchina e andarsene. Si era procurato una pistola non registrata da uno spacciatore dello stesso quartiere dove aveva abbordato Kat. Ma non poteva sparare a Phil e al cane ed essere certo che Evelyn non scappasse nel frattempo. Doveva per forza aspettare che il vice di Amarok se ne andasse, già gestire il cane non sarebbe stata una passeggiata.

Jasper strinse con forza le mani intorno al volante e si diresse in città. Non sapeva che fare. Tornare al bar adesso era un po' strano, visto che non abitava nemmeno in zona. Poteva restare nel parcheggio, seduto in macchina, fingendo di essere troppo ubriaco per tornare a casa. Ma starsene lì fermo senza fare niente era un'agonia.

Aveva bisogno di stimoli, di gratificazione, del brivido che gli era stato negato così a lungo.

Jasper superò il Moosehead e si diresse al Quick Stop, dove girovagò per i corridoi e comprò dei semi di girasole e una confezione da sei lattine di birra. Era troppo agitato per bere qualunque altra cosa. Troppo alcol lo deconcentrava. E comunque non aveva molto interesse per l'alcol e le droghe, perché odiava perdere il controllo. Anche se ogni tanto ne faceva uso, come quel venerdì sera con la spogliarellista, ma la cosa che gli procurava davvero piacere era la tortura.

Jasper rimase per un po' nel parcheggio a mangiare i semi sputando i gusci fuori dal finestrino, poi controllò di nuovo l'ora. Era riuscito a far passare trentacinque minuti. Forse erano sufficienti per non correre rischi e poi era troppo freddo per starsene lì ad aspettare.

Mentre percorreva Main Street, Jasper lanciò un'occhiata a tutti i locali per vedere se individuava il pickup del sergente. Amarok non era né al Moosehead, né allo Shady Lady, al Quick Stop o da altre parti.

Jasper spense il motore e sperò di vedere la macchina del sergente davanti alla centrale, a un solo isolato di distanza. Se fosse stato così, voleva dire che Amarok era rimasto in ufficio fino a tardi. Jasper doveva fare in fretta, Amarok sarebbe potuto tornare da un momento all'altro, anche se secondo i suoi calcoli trascinare Evelyn fuori casa non gli avrebbe portato via molto tempo. In fin dei conti lei lo credeva un agente penitenziario della prigione. E poi le aveva salvato la vita, non di proposito, ovviamente, ma non faceva differenza. Lei era convinta che fosse intervenuto per aiutarla e Jasper intendeva sfruttare la cosa a suo favore. Appena l'avesse visto attraverso lo spioncino, non avrebbe esitato ad aprire la porta, soprattutto se le avesse detto che il corpo della sorella di

Leland era stato ritrovato. Evelyn non aveva ragione di dubitare o di avere paura di lui. Non c'era niente di strano se si fosse presentato a quell'ora chiedendo di Amarok. A quel punto avrebbe sparato al cane e se la sarebbe caricata in macchina.

Ma il sergente non era alla centrale. Il parcheggio era vuoto e l'edificio buio.

Accidenti! Che fosse tornato a casa?

«No!» ruggì Jasper, insultando Amarok in tutti i modi che gli venivano in mente durante il tragitto per tornare all'abitazione.

Il sergente non era nemmeno lì, ma la cosa non gli procurò alcun sollievo. La macchina di Phil era ancora ferma nello stesso posto e tutte le luci di casa erano spente.

Stavolta Jasper non poté fare a meno di rallentare. Evelyn doveva essere andata a letto.

Ma allora cosa ci faceva Phil ancora lì?

Forse Phil non c'era affatto. Forse aveva solo lasciato la macchina lì ed era andato via con il sergente.

Doveva essere andata così, pensò. Amarok aveva lasciato Evelyn a casa con solo Makita a farle da guardia. Che sciocco! Tra un'ora o due al massimo, Evelyn sarebbe finita nel suo scantinato a testare le manette nuove.

Jasper fece inversione, ma mentre si avvicinava alla casa si rese conto che stava agendo in modo sconsiderato. Non poteva bussare alla porta senza avere la certezza assoluta che Evelyn fosse sola. Aveva una sola possibilità, non poteva permettersi un errore dettato dall'impazienza.

Invece di rallentare, Jasper premette sull'acceleratore e svoltò al primo incrocio, ansioso di allontanarsi il più possibile da quel posto. Era stata una settimana da schifo e quella che si era appena conclusa era stata la giornata peggiore di tutte.

Presto Evelyn sarebbe stata sua, si disse, ma in quel momento non poteva far altro che tornare a casa, rilassarsi e aspettare il momento giusto.

Ma era troppo agitato per andare a dormire. Aveva così tanta adrenalina in corpo che avrebbe potuto lottare contro un orso. Perciò, anziché prendere la strada per Anchorage imboccò Nektoralik Road in direzione dello chalet doveva aveva ucciso Kat e la sorella di Leland. La prima volta aveva avuto il tempo di ripulire tutto, con Sierra invece aveva dovuto fare le cose di corsa per paura che Leland potesse tornare da un momento all'altro, magari gli era sfuggito qualcosa.

Avrebbe fatto meglio a dar fuoco allo chalet il giorno in cui Kat era morta, lasciarla legata al letto al piano di sotto e bruciare tutto quanto. Aveva provato a non far insospettire Amarok, ma il sergente era a caccia di guai e non c'era motivo di lasciare in giro ulteriori prove.

Sperava solo che non fosse troppo tardi. Grazie alla recente bufera di neve c'era ancora una piccola possibilità che Amarok non avesse controllato lo chalet a fondo come avrebbe voluto o che avesse tralasciato qualcosa.

Jasper diede gas, lasciandosi la città alle spalle. Si sentì sollevato all'idea di essere ancora in tempo a correggere i propri errori, sempre che ne avesse davvero commesso qualcuno. Se non altro si stava tenendo impegnato, oltre a ostacolare i tentativi di Amarok di arrivare fino a lui. L'idea gli procurava una sensazione di piacere. Era lontano dal compensare la delusione di non essere riuscito ad avere Evelyn quella notte, ma era comunque qualcosa e doveva farselo bastare finché non fosse arrivata l'occasione di colpire.

E sarebbe arrivata presto...

Nel retro del pickup aveva una bombola di gas. Da quelle parti erano in molti ad averne una, non c'era niente di strano. Con un tempo simile, bisognava essere pronti a tutto.

Chissà che faccia avrebbe fatto Amarok nel vedere lo chalet in fiamme. Jasper trascorse tutto il viaggio a pensare a quanto il sergente sarebbe stato frustrato, deluso e arrabbiato il giorno dopo.

Quando fu abbastanza vicino, nascose la macchina tra gli alberi e proseguì a piedi per l'ultimo tratto. Stava ancora gongolando al pensiero di Amarok infuriato per aver perso la scena del crimine, quando scorse la macchina del sergente davanti all'edificio.

Amarok aveva il fiatone quando raggiunse l'unico altro chalet della zona, anche se definirlo così forse era un po' eccessivo. Era più simile a una capanna da caccia, con una sola stanza, senza acqua né elettricità.

Non ci aveva messo molto ad arrivare, ma il cammino era in salita e non c'era un sentiero battuto che lo collegasse all'altro. All'inizio aveva99 provato una sferzata di eccitazione. Per un assassino era il posto ideale dove nascondersi ad aspettare, abbastanza vicino per osservare cosa stava succedendo, ma sufficientemente discreto da non dare nell'occhio.

Ma l'eccitazione scemò non appena aprì la porta imbarcata, che non era nemmeno chiusa a chiave. Dentro non c'era niente che lasciasse intuire una presenza recente. Niente pentole né padelle o utensili di altro genere. Nessun giaciglio né tracce di cibo o fuoco. Uno spesso e intatto strato di polvere copriva ogni cosa.

Chiunque avesse rapito o ucciso Sierra Yerbowitz non era stato lì. A dire la verità, lì non c'era stato proprio nessuno.

E adesso? Se la persona che stava cercando non aveva seguito Leland e gli altri fin lì, doveva avere un'altra ragione per trovarsi nella zona. Cosa poteva averlo condotto lassù? Perché si trovava lì? Se fosse riuscito a scoprirlo, forse avrebbe potuto perfino azzardare una lista di potenziali sospettati.

Il fascio di luce della torcia tremò. Le batterie erano alla fine.

Amarok si sistemò il fucile sulla spalla, diede un colpetto alla torcia per farla ripartire e iniziò a scendere. Il fitto intrico di rami sopra la sua testa non lasciava trapelare nemmeno un raggio di luna, ma l'idea di ritrovarsi al buio non lo preoccupava. Gli bastava tenere accesa la torcia fino a metà strada, perché da quel punto in poi lo avrebbe guidato la luce che aveva lasciato accesa nel primo chalet. Poi, una volta arrivato, avrebbe preso le batterie di riserva che teneva nel porta oggetti del pickup e dato un'altra occhiata al capanno della legna. Aveva trovato dei segni interessanti sulla testata e sulla pediera di uno dei letti al piano di sotto. All'inizio li aveva scambiati per normali segni di usura, ma a ben guardare potevano essere stati causati dallo sfregamento di una corda. L'ipotesi che l'autore del crimine avesse legato la vittima, insieme al ritrovamento del sangue sul materasso, lasciava intuire che nello chalet fosse successo molto più di quanto Amarok non avesse pensato in un primo momento. Anche il vomito nel capanno a quel punto assumeva tutto un altro valore. Voleva essere certo di non essersi lasciato sfuggire alcun indizio sulla presenza di un eventuale corpo legato o scaricato in quel luogo.

La torcia resse più a lungo di quanto si sarebbe aspettato. Era quasi arrivato, quando udì il rumore di uno sparo che proveniva da un punto imprecisato vicino allo chalet. Amarok rimase immobile, come paralizzato, finché non sentì un secondo sparo. Non aveva idea di dove fosse finito il primo proiettile, ma il secondo aveva colpito un ramo proprio sopra la sua testa, perché aveva sentito gli aghi di pino cadergli a pioggia sulla testa. A quel punto Amarok ebbe la certezza di essere il bersaglio di quei proiettili.

Si buttò a terra e spense immediatamente la torcia per non essere facilmente individuabile.

Il terzo proiettile colpì un tronco poco distante. Con il cuore in gola e l'adrenalina che gli pulsava nelle vene, Amarok si domandò se fosse l'uomo al quale dava la caccia da quando aveva conosciuto Evelyn.

Chi altri poteva essere se non Jasper? Chi altri, se non il loro nemico giurato, sarebbe comparso nel luogo dove una donna era stata rapita, forse uccisa e, trovata la sua macchina parcheggiata, si sarebbe messo a spararagli addosso?

O forse era solo un desiderio recondito? Perché, se davvero si trattava di Jasper, Amarok era entusiasta all'idea di potersi finalmente confrontare con lui, di contrattaccare, anziché sentirsi impotente mentre Jasper terrorizzava la donna che amava e faceva del male ad altre persone innocenti.

«Fatti sotto, bastardo!» gridò impugnando il fucile. «Ma ricorda che non sei più a Boston, adesso! Se pensi di sconfiggermi nel mio territorio, ti sbagli di grosso!»

Non ci fu risposta. «Ho una pistola da quando avevo cinque anni» continuò Amarok. «Se ti becco, sei finito.» Strisciando nella neve per raggiungere un tronco caduto dietro cui proteggersi, Amarok non staccava gli occhi dallo chalet nella speranza di scorgere un bagliore o una sagoma davanti a una finestra. Qualunque cosa lo aiutasse a collocare il suo assalitore. Aveva trascorso in Alaska tutta la vita, era abituato all'oscurità dei mesi invernali ed era in grado di percepire i movimenti anche al buio. «Non rispondi?» gridò. «Non hai niente da dirmi? Eppure ho io ciò che vuoi. È con me che Evelyn torna a casa ogni sera. E tu non l'avrai mai.»

Ancora niente.

Se solo fosse riuscito a ottenere una risposta da Jasper, o da chiunque fosse a spararagli, avrebbe avuto un riscontro uditivo su dove si trovava rispetto agli elementi che credeva di aver ricostruito. Il bagliore degli spari non era sufficiente e il loro suono continuava a rimbombargli nella testa allo stesso modo in cui si era propagato nella foresta.

«Se pensi di spaventarmi, ti sbagli! Anch'io ho atteso a lungo questo momento!» gridò ancora. «Mettimi alla prova, figlio di puttana! Ti porto via di qui in un sacco da cadavere o in manette. Scegli tu, anche se io preferisco il sacco.»

L'assalitore esplose un colpo. Non avrebbe saputo dire quanto gli fosse andato vicino, Amarok non stava facendo attenzione alla traiettoria, era concentrato sul punto da cui partivano i proiettili. In mancanza di altro, era esattamente questo che sperava Jasper avrebbe fatto: sparare. Perché stavolta si era fatto trovare pronto. Stavolta aveva gli occhi e le orecchie aperte.

Vide un bagliore in prossimità dello chalet e un'ombra che scivolava sulla destra.

«Eccoti lì» sussurrò e rispose al fuoco.

15

Lo aveva preso! Jasper non poteva crederci. Amarok era riuscito a colpirlo nonostante non avesse una torcia, né altro che indicasse la sua posizione.

Non provava dolore. L'adrenalina e la paura lo aiutavano a non sentirlo. Non aveva mai incontrato nessuno con le capacità di Amarok e per questo lo detestava ancora di più.

Non avrebbe mai dovuto iniziare quella sparatoria. Se fosse riuscito a beccarlo al primo colpo come aveva sperato, la situazione sarebbe stata diversa. Ma lo aveva mancato e ora doveva liberare il campo il prima possibile. Non solo il sergente era un tiratore migliore di lui, ma era anche più agile a muoversi nella neve. Jasper non si era preoccupato di indossare delle racchette, ecco perché era costretto a rimanere in prossimità dello chalet. Se fosse scappato a piedi, sarebbe stato come correre nel cemento.

Jasper esplose un altro colpo a caso, poi si accovacciò. Sapeva che lo aspettava una pioggia di proiettili e così accadde. Li sentì conficcarsi nel legno proprio dietro di lui, nel punto esatto in cui si trovava prima di abbassarsi. Amarok era una specie di gufo: poteva vedere al buio. Ma stavolta Jasper aveva solo voluto distrarlo in modo da potersi allontanare dallo chalet. Doveva arrivare alla macchina prima che Amarok intuisse che si stava ritirando. Se il sergente si fosse lanciato all'inseguimento, la situazione sarebbe precipitata.

Dopo una breve pausa, Jasper sentì un nuovo sparo. Forse si

trattava di un test per vedere se rispondeva al fuoco, oppure Amarok stava solo cercando di coprire i suoi movimenti. Magari si stava avvicinando, ma Jasper non era in grado di colpirlo alla cieca.

Il braccio sinistro, quello colpito dal proiettile, gli formicolava. Perdeva sangue dalla manica, anche se non riusciva a percepirlo. Non sapeva dire quanto fosse grave la ferita, aveva le mani intorpidite per il freddo. Per sparare si era dovuto togliere i guanti e da quel momento in poi non si era più preoccupato di metterle in tasca per scaldarsi.

Una pallottola gli sfrecciò accanto: Amarok stava aggiustando il tiro. Non sapeva come, ma quell'uomo era in grado di seguire i suoi movimenti.

Merda! Jasper aveva commesso un grave errore di valutazione. Credeva che il fattore sorpresa sarebbe stato sufficiente, ma non aveva tenuto conto del fatto che Amarok era nel suo elemento. Il freddo non sembrava essere un problema per il sergente, ci era abituato, enemmeno il buio costituiva un ostacolo per lui.

Jasper non osava accendere la torcia che aveva con sé per illuminare il sentiero fino alla macchina. I sassi su cui inciampava gli graffiavano gli stinchi e i rami degli alberi gli laceravano i vestiti come artigli. A un tratto ebbe l'impressione di sentire dei passi dietro che lo seguivano. Gli tremarono le ginocchia e rischiò di cadere.

Ma in realtà Amarok non era vicino, era solo uno scherzo della sua immaginazione.

Jasper si fermò a riprendere fiato e pensare. Andava tutto bene, aveva solo bisogno di calmarsi.

Infilò la pistola nella cintura dei pantaloni e accese la torcia. Aveva perso l'orientamento e doveva capire dove si trovasse.

Per fortuna era quasi arrivato alla macchina, altrimenti avrebbe avuto ragione il sergente: ne sarebbe uscito in manette o in un sacco da cadavere.

Jasper si infilò la torcia nella manica e coprì la luce con la mano. In quel modo il fascio di luce era ridotto al minimo e poteva accendere la torcia quando aveva davvero bisogno di guardare dove stava andando. Nonostante tutto, aveva ancora un grosso vantaggio. Il sergente non era come lui. Amarok sospettava di aver ingaggiato una sparatoria con l'uomo che aveva quasi ucciso Evelyn, ma non poteva esserne sicuro. E quel dubbio lo avrebbe dissuaso dall'andare avanti. Amarok, a differenza sua, non era assetato di sangue. Si sarebbe limitato a dargli la caccia senza ucciderlo, a meno che non fosse stato colpito o minacciato direttamente. Approfittare dell'umanità di Amarok, come faceva con quella di chiunque altro, era l'unica via di fuga per Jasper.

Raggiunta la macchina, salì in tutta fretta, accese il motore e partì accelerando. Guidare a quella velocità per un sentiero simile era da suicidio, ma non poteva rischiare che il sergente riconoscesse il modello della macchina o addirittura la targa.

«Vai, vai, vai» ripeté. Ancora pochi secondi e il sergente non sarebbe più stato in grado di seguirlo.

Amarok scorse un bagliore in lontananza che apparve e poi scomparve nel nulla. Poi sentì il motore di un veicolo. Chiunque gli avesse sparato non era più lì, stava scappando.

Aveva cominciato a scendere il fianco della montagna con cautela, ma in quel momento impugnò di nuovo il fucile nella speranza di sparare un altro colpo. Magari non sarebbe riuscito a centrare il guidatore, ma una ruota forse sì, o una parte della carrozzeria in modo da rendere il veicolo riconoscibile in seguito. Doveva almeno provarci.

Purtroppo gli alberi nascondevano la macchina. Ci fu un breve lampo di luce dei fari: sparò, ma era certo di non aver colpito il bersaglio. I fari scomparvero quasi subito.

Amarok imprecò e scese il più veloce che poteva con le racchette ai piedi. Gli bruciavano i polmoni quando raggiunse la sua macchina. Doveva prenderlo a tutti i costi, chiunque fosse, ma non prima di essersi tolto le racchette, adesso non più utili.

Le gettò nel retro del pickup, ma non appena accese il motore e inserì la retromarcia si accorse che c'era qualcosa che non andava.

«Figlio di puttana!» urlò colpendo il volante. Poi uscì.

Jasper, o chiunque fosse, gli aveva tagliato gli pneumatici, ci poteva scommettere. Doveva averlo fatto appena era arrivato.

Amarok imprecò di nuovo, era talmente agitato che in un primo momento non se n'era nemmeno accorto. Tutte e quattro le ruote erano a terra e lui ne aveva solo una di scorta.

Si guardò intorno nell'oscurità. Se l'assalitore fosse tornato indietro, Amarok sarebbe stato un bersaglio facile: se per caso si fosse addormentato nello chalet sarebbe stato in serio pericolo.

Ma non poteva neanche rimanere in giro per il bosco all'infinito, aspettando che tornasse. Sarebbe morto di freddo.

Lo chalet era la sua unica speranza. Si poteva barricare dentro al caldo e al riparo, tenendosi pronto a sparare finché non si fosse fatto giorno.

Tese l'orecchio per captare l'eventuale rumore di una macchina e iniziò a indietreggiare.

Fu allora che si accorse dell'odore di fumo.

Evelyn si accorse subito che Amarok non era tornato a casa. La sveglia segnava le otto del mattino e lei non lo aveva sentito rientrare.

Appena si rigirò nel letto, Makita sollevò la testa facendo tintinnare il collare. «Anche tu sei preoccupato?»

Il cane si alzò, ansioso di uscire, ed Evelyn spostò delicatamente Sigmund, che se ne stava accoccolato accanto a lei, per scendere dal letto e infilarsi la vestaglia. Sperava almeno che Amarok avesse chiamato mentre dormiva e che lei non lo avesse sentito. Andò in salotto a svegliare Phil, che russava sonoramente sul divano, ma neanche lui aveva avuto sue notizie. «Deve essere tornato alla centrale» ipotizzò. «Abbiamo un divano laggiù, o magari si è addormentato alla scrivania.»

La cosa non la tranquillizzava affatto. Amarok non si era mai fermato a dormire in centrale, almeno non da quando stavano insieme...

Il telefono squillò facendo sobbalzare Evelyn, che corse a rispondere. Doveva essere lui.

«Evelyn?»

Non era Amarok. Era Ashton Cooper. Riconobbe subito la voce rauca e profonda del procuratore. «Ciao, Ashton.»

«Spero non sia troppo presto. Altrimenti richiamami più tardi.»

Doveva aver notato la sfumatura di delusione nella voce di lei. Era un orario ragionevole, solo che Evelyn non aveva alcuna voglia di pensare a Fitzpatrick in quel momento, era troppo concentrata su Amarok. Ma non voleva scaricare Ashton quando era stata lei a cercarlo per prima e a dirgli che sperava di sentirlo presto.

Evelyn represse la sua preoccupazione e disse: «No, affatto. Grazie per avermi richiamata subito.»

«Devo ammettere che è stata una sorpresa. È da un po' che non ci sentiamo, anche se ho saputo dei tuoi successi dai giornali.»

Evelyn lanciò un'occhiata nervosa all'orologio sopra il lavello. Otto e dieci, i minuti scivolavano via veloci. «Allora saprai della partenza turbolenta di Hanover House.»

«Detesto dirtelo, ma temo che la strada da te scelta sarà sempre turbolenta. Fa parte del gioco.»

Evelyn strinse il nodo che chiudeva la vestaglia. «Mi sa che hai ragione.»

Phil cercò di attirare la sua attenzione facendole dei segni. Si buttò giù dal divano e si infilò il cappotto e il cappello. «Vado alla centrale per vedere come sta Amarok» le disse.

Evelyn mise la mano sul ricevitore. «Grazie. Chiamami appena arrivi.»

«Certo.»

Non voleva farsi prendere dal panico prima del necessario e salutò Phil con un cenno della mano.

«Allora, dimmi… ti senti in colpa per il tuo collega psichiatra?» chiese Ashton riportandola alla conversazione.

«Non proprio. Tim Fitzpatrick non mi suscita alcuna simpatia, men che meno stima. È arrogante e insopportabile. Ma un innocente è pur sempre un innocente e se lui non è responsabile di quegli omicidi, non merita l'ergastolo.»

«C'è qualcosa che ti fa credere che sia stato accusato ingiustamente? Le prove di cui mi hai parlato nel messaggio in segreteria mi sembrano piuttosto solide.»

«Lo sono. A meno che il DNA rinvenuto su entrambe le scene del crimine non coincida con quello di Jasper, in quel caso potrebbe essere scagionato.»

«Jasper è l'uomo che ti ha seviziata quando eri al liceo.»

«Te lo ricordi…»

«Non ci sono molte persone di nome Jasper. Difficile da dimenticare. Anche *tu* sei difficile da dimenticare» aggiunse.

Evelyn non sapeva cosa rispondere, quindi rimase in silenzio e lo lasciò continuare.

«Tornando al DNA di cui stavi parlando… La polizia non è riuscita a confrontare quello rinvenuto con nessun membro della famiglia della vittima? O di qualcun altro? A quale campione ti riferisci?»

«La padrona di casa per cui Charlotte faceva la babysitter si era trasferita lì da poco e la vecchia proprietaria dell'immobile gestiva un asilo nido in casa. Alcuni bambini erano fissi, altri invece andavano e venivano.»

«Questo significa che la casa è piena di impronte.»

«Esatto. E come se non bastasse, il figlio adolescente dava una festa ogni volta che lei partiva per qualche giorno. La gente che entrava e usciva era veramente tanta al punto che il ragazzo non è nemmeno stato in grado di fornire una lista esaustiva alla polizia.»

«Capisco. Vuoi che il DNA di Jasper venga confrontato con quello rinvenuto nella casa.»

«Adesso che abbiamo un campione, sì. Il prima possibile.»

«Scusa se te lo chiedo di nuovo. Avete già effettuato il test?»

«Non ancora. Ho avvertito il detective Dressler, che si è occupato dell'indagine, ma non mi ha ancora richiamata.»

«Nessun detective vuole rimettere mano a un caso chiuso. Ne hanno troppi ancora aperti. E poi sbattere dentro l'uomo sbagliato diventerebbe un calvario con i media.»

Evelyn fissò Makita e pregò che Amarok entrasse dalla porta in quello stesso istante. «Questo è vero, ma abbiamo l'obbligo morale di fare un accertamento. Abbiamo un nuovo indizio da cui potrebbe dipendere il rilascio di Fitzpatrick.»

«Questo tuo collega non ha un avvocato?»

«No, non in questo momento. Da quanto mi ha scritto, non può permetterselo.»

«Capisco.»

«Ashton, se non vuoi essere coinvolto in questo caso ti capisco perfettamente. Lavorare gratis non piace a nessuno. Ma sei l'unica persona che conosco che può darmi una mano. Per questo ti ho chiamato.»

«La cosa mi interessa, nonostante la prospettiva economica

inesistente. Ma devo ammettere che non è l'innocenza o la colpevolezza del dottor Fitzpatrick a interessarmi.»

Evelyn fece una carezza a Makita che si era avvicinato a lei nella speranza di essere portato fuori. «Cosa intendi?»

«Se ci fosse anche solo una remota possibilità di prendere Jasper, sarò felice di accettare il cliente. Non sono l'unico a ricordarsi di lui. Il paese intero aspetta da anni la risoluzione del tuo caso.»

Se fosse riuscito a risolverlo, la sua carriera avrebbe subito un'impennata, magari ne avrebbero perfino tratto un film o una serie TV. Ecco da dove avrebbe recuperato i soldi del suo onorario.

«Nessuno lo vorrebbe più di me» rispose lei. «E non escludo che si possa finalmente catturare Jasper. Sappiamo che si trovava a San Diego solo qualche giorno prima che Charlotte venisse uccisa e che subito dopo si è trasferito in Arizona, dove probabilmente vive tuttora. Se è stato lui a uccidere Charlotte, deve aver preso un volo da San Diego a Boston e da Boston a Phoenix in un lasso di tempo molto ridotto. Potremmo controllare le liste passeggeri delle compagnie per scoprire quante persone hanno fatto quella tratta nei giorni precedenti e successivi all'omicidio di Charlotte.»

«Non può aver usato il suo vero nome.»

«No, infatti. Ne ha sicuramente usato un altro, ma in questo modo potremmo scoprire qual è.»

«Ma ci saranno centinaia di persone che volano da San Diego a Boston ogni giorno. E poi non è detto che sia partito da San Diego. E se avesse volato su Los Angeles? Ci sono tre aeroporti laggiù.»

Evelyn comprendeva lo scetticismo di Ashton. Era un tentativo disperato, ma non potevano permettersi di tralasciare nessuna pista. «Sua madre sosteneva che fosse diventato un uomo onesto, dedito alla famiglia. Se ha moglie e figli, non avrà poi molto tempo per andarsene in giro per i fatti suoi... Credo che l'ipotesi più plausibile sia che abbia fatto San Diego-Boston e Boston-Phoenix.

E scommetto che non ci sono molte persone ad averlo fatto nel giro di un giorno o due.»

«Vero...»

«E poi possiamo escludere subito tutti i passeggeri donna, gli anziani e i bambini. Così facendo dovremmo riuscire ad avere una lista abbastanza ridotta. Poi non ci resta che indagare sulle persone rimaste e ottenere un campione del loro DNA.»

«Vale la pena fare un tentativo» disse Ashton. «Dove è detenuto Fitzpatrick?»

«Al penitenziario Souza-Baranowski, a circa un'ora di macchina da Boston...»

«Ce l'ho presente. Cercherò di farci un salto.»

Avere Ashton dalla loro parte sarebbe stato di grande aiuto. Nonostante l'ansia che sentiva addosso per via di Amarok, Evelyn era sollevata all'idea che Ashton avesse intenzione di collaborare. «Potresti metterti in contatto con il detective Dressler del Dipartimento di polizia di Boston e dirgli che sarai tu a occuparti del caso?»

«Certo. Dobbiamo far analizzare il DNA il prima possibile.»

«Se facciamo affidamento sui laboratori della polizia non ne usciamo più.»

«Suggerisci di contattare un privato?»

«Sì, delle spese me ne occupo io.»

«Ti costerà caro.»

«Non importa. Non abbiamo tempo da perdere.» Evelyn avrebbe dovuto fare questa offerta già molto tempo prima, quando avevano richiesto di incrociare i residui ritrovati sotto le unghie di una delle vittime di Peoria con il DNA mitocondriale della madre di Jasper. Ma all'epoca ancora non sapeva che ci sarebbero voluti otto mesi.

«Ne sei proprio sicura?» le chiese di nuovo.

Evelyn pensò a Sierra Yerbowitz e alle sempre più scarse possibilità di ritrovarla viva. Se non lo prendevano subito, Jasper avrebbe fatto del male ad altre persone. «Al cento percento.»

«Okay. Conosco un laboratorio a Philadelphia che fa al caso nostro. Vedo cosa posso fare.»

«Ti ringrazio. Nel frattempo informo Tim del tuo arrivo.»

Evelyn era ansiosa di riattaccare per sapere che fine avesse fatto Amarok, ma Ashton la trattenne.

«È stato bello sentirti, Evelyn.»

«Anche per me. Non so come ringraziarti per il tuo aiuto.»

«È giunto il momento di inchiodare il bastardo che ti ha quasi uccisa. Sarebbe una vittoria per tutti gli Stati Uniti.»

«Un po' di pace non mi dispiacerebbe.» Evelyn, per la seconda volta, pensò che la conversazione fosse conclusa, ma si sbagliava di nuovo.

«Sei felice lassù in Alaska?» le chiese. «Devo ammettere che una parte di me spera che stia andando tutto storto, che ti senta sola come un cane e che tu voglia tornare a Boston, dove un certo procuratore non ha mai avuto occasione di portarti fuori a cena.»

Evelyn scoppiò a ridere. «Mi piacerebbe molto venire a cena con te in ricordo dei vecchi tempi. Ma devo avvertirti che il mio cuore appartiene a un poliziotto che vive quassù.»

«Stai con qualcuno?»

«Ebbene sì.»

«Questa sì che è una sorpresa! Una volta mi hai detto che non ti saresti mai sposata. Te lo ricordi?»

«Sì, lo dicevo a chiunque, ma Amarok mi ha aiutata a superare una serie… di questioni spinose e ci sono buone possibilità che lo sposi davvero.»

Ashton fece una breve pausa, poi disse: «Per quanto geloso e con il cuore a pezzi, sono contento per te».

«Mi lusinghi, davvero. E ti ringrazio di aver accettato di dare una mano a Tim. Potrebbe rappresentare una svolta nel caso di Jasper. Dobbiamo trovarlo al più presto.»

«Mi sembri ottimista, considerando che sono più di venti anni che gli dai la caccia. C'è qualcos'altro che dovrei sapere?»

«Ho paura che possa essere qui in Alaska» ammise lei.

«In Alaska? Come fai a dirlo?» dal tono di voce sembrava alquanto preoccupato.

«Finire il lavoro che aveva iniziato con me è sempre stato il suo obiettivo. E temo che ormai sia stanco di aspettare.» Evelyn gli raccontò di Sierra Yerbowitz e dello scalpo che non era suo.

«Tu tieni occupato il tuo uomo di legge sulla questione della donna scomparsa e io farò il possibile da quaggiù per impedire a Jasper di tornare nella tua vita. Mi piace pensarti felice.»

«Grazie ancora.» Evelyn riattaccò e si infilò il cappotto e gli stivali per portare fuori Makita. Indossava ancora il pigiama, ma non le importava. Non c'era il rischio che qualche vicino la vedesse e poi era troppo preoccupata per Amarok. Era strano che non l'avesse avvisata, soprattutto se si era fermato a dormire da qualche parte.

Evelyn lasciò la porta spalancata nonostante il freddo per essere certa di sentire il telefono. Non poteva permettersi di perdere la chiamata di Phil. Era talmente nervosa che si sentiva il petto oppresso, come se qualcuno vi avesse posato sopra un sacco di sabbia.

«Dài, dài» disse mentre Makita faceva i suoi bisogni. Ma non stava parlando con lui, stava incitando mentalmente Phil a chiamarla.

Evelyn rientrò in casa e, non avendo avuto notizie, decise di chiamare la centrale di polizia.

Nessuna risposta.

Che stava succedendo?

Era già pronta a saltare sulla Land Cruiser per andare a controllare di persona quando il telefono squillò.

Il display indicava che era la centrale, interno #213. Aveva visto comparire quel numero migliaia di volte.

Pregò che fosse Amarok.

«È lì?» chiese non appena sentì la voce di Phil.

«Stai tranquilla» disse lui con tono rassicurante. «Sono sicuro che stia bene. Ma no, non è qui. Ho chiamato un po' di gente in città: Leland Yerbowitz allo Shady Lady, Shorty al Moosehead e il vecchio Boyle al Quigley's. Nessuno l'ha visto.»

«E questo che significa?»

«Ancora non lo so. Sto andando allo chalet, visto che l'ultima volta che ci siamo sentiti mi ha detto che si stava dirigendo là.»

«Vengo con te» disse lei.

«Non devi andare a prendere tua sorella all'aeroporto oggi? Amarok mi aveva chiesto di accompagnarti se il tempo peggiorava.»

Nonostante l'aspetto minaccioso del cielo, la tempesta fortunatamente era ancora lontana. «Abbiamo tempo» rispose lei. Brianne sarebbe arrivata solo alle tre del pomeriggio e per arrivare al Ted Stevens International Airport bastava un'ora, se il tempo era buono. E se anche avesse fatto tardi, Brianne poteva aspettare. Amarok veniva prima di tutti. Evelyn non si sarebbe data pace finché non avesse saputo che stava bene.

«Non credo che sia una buona idea» disse lui.

L'esitazione di Phil non faceva altro che preoccuparla di più. Anche lui doveva aver paura di cosa avrebbero trovato. «Ci vado da sola, se mi costringi» lo minacciò.

«Se è successo qualcosa e resti coinvolta, Amarok mi farà secco.»

«Amarok mi conosce abbastanza bene da sapere che ho un cervello tutto mio, Phil.»

Phil continuò a borbottare qualcosa, ma Evelyn decise che era arrivato il momento di tagliare corto. «Prendo la macchina, ci vediamo lì.»

«No! Non c'è bisogno di andare con due mezzi» la fermò lui. «Ti vengo a prendere.»

Evelyn deglutì nonostante il nodo di paura che le serrava la gola. Dopo aver visto come Jasper aveva mutilato le sue compagne di scuola, disponendole come i manichini di un negozio, sapeva molto meglio di Phil a cosa stavano andando incontro. «Ti aspetto.»

16

Evelyn vide il fumo ancora prima di scorgere lo chalet. All'inizio pensò che si trattasse delle nuvole basse e grigie che si estendevano all'orizzonte. Il sole non sarebbe sorto prima delle nove e il cielo era illuminato da un bagliore diffuso. Aveva iniziato anche a nevicare. «Cos'è quello?» chiese indicando davanti a lei.

Phil non lo sapeva, almeno fino a quando, fatta l'ultima curva di Nektoralik Road, videro entrambi lo chalet carbonizzato.

«No!» gridò lei. «Non può essere!»

Phil le rivolse un'occhiata preoccupata. Si stava maledicendo per averla portata con sé, Evelyn glielo leggeva in faccia. Anche lui voleva bene al sergente. Phil strinse con forza il volante, fino a farsi diventare le nocche bianche: stava pensando al peggio, esattamente come lei. La comunità intera faceva affidamento sulla Polizia di Stato dell'Alaska. Amarok era uno di loro, era nato e cresciuto a Hilltop e aveva sempre fatto tutto il possibile per assicurare il benessere dei cittadini, per questo all'inizio si era opposto alla realizzazione di Hanover House. Non voleva un istituto popolato da psicopatici nella sua zona.

«È Jasper.» Evelyn non aveva più dubbi sul suo coinvolgimento. «È a Hilltop.»

«Magari è stato un fulmine» disse Phil, ma neanche lui sembrava molto convinto. A quanto ne sapeva Evelyn, non ce n'erano stati la notte precedente e poi quante erano le possibilità che un fulmine colpisse proprio quello chalet, in quel particolare momento dell'anno? Lo stesso chalet dove una donna era stata rapita e forse uccisa?

Evelyn si coprì gli occhi, non poteva guardare. «Jasper l'ha ucciso, proprio come temevo. Amarok non c'è più.» In quel momento il pensiero di lasciare l'uomo che amava per tornare a vivere a Boston le sembrò del tutto assurdo. Era come se Jasper le avesse strappato il cuore dal petto e lei non riuscisse a respirare per il dolore. Non poteva andare avanti senza di lui, non *voleva* andare avanti senza Amarok. Improvvisamente tutto quanto perse di significato.

«Evelyn, guarda!» Phil si sporse verso di lei per toglierle le mani dagli occhi.

Le lacrime le rigavano le guance. Evelyn sbatté le palpebre varie volte prima di scorgere Amarok che usciva dal bosco camminando a grandi passi verso di loro con il fucile in spalla.

Phil accostò vicino al pickup del sergente ed Evelyn saltò fuori dalla macchina, rischiando di cadere nella neve.

Si avvicinò anche Phil e Amarok gli porse il fucile, poi prese Evelyn tra le braccia e le diede un bacio sulla fronte. «Va tutto bene» le sussurrò mentre lei affondava il viso nel suo petto. «Sono qui, sono qui.»

Evelyn cercò di ricacciare indietro le lacrime, ma il sollievo di rivederlo era tale che non le fu possibile. «Jasper è tornato» disse con voce strozzata. «Ne sono sicura.»

Lui le accarezzò i capelli. «A quanto pare sì. Ma non è per forza una brutta notizia.»

Quella affermazione sorprese Evelyn, che riuscì a mettere momentaneamente da parte le sue emozioni. «Stai scherzando? Ti ucciderà! Ucciderà entrambi.»

«Ci ha già provato ieri notte, ma per fortuna non è un buon tiratore. Invece io l'ho colpito, se vuoi saperlo.»

Un guizzo di speranza riscosse Evelyn, che indietreggiò leggermente per guardarlo. «Gli hai sparato?»

Facendo cenno a Phil di seguirlo, Amarok li condusse a degli alberi lì vicino. Dopo averli avvisati di stare indietro e fare attenzione a non inquinare le prove, Amarok indicò delle impronte di piedi e di ruote e alcune gocce di sangue. «L'ho ferito ma è riuscito a scappare. Se non mi avesse tagliato le ruote del pickup l'avrei preso.»

«Ma allora quando ha dato fuoco allo chalet?» chiese lei.

«Prima della sparatoria, ma non me ne sono accorto finché non è scappato.»

«Come facevi a sapere che era qui?»

«Non lo sapevo. Deve essere arrivato dopo di me. Quando ha visto il pickup, mi ha forato le gomme e si è intrufolato in casa. Immagino si aspettasse di trovarmi dentro, invece ero andato a controllare una capanna da caccia più su, in montagna. Appena si è accorto che non c'ero, deve aver cosparso lo chalet di benzina e poi gli ha dato fuoco. Solo dopo ha notato la mia torcia mentre scendevo giù dal bosco.»

«È lì che ti ha sparato?»

«Sì.»

Evelyn scrutò Amarok con occhi indagatori, ma lui sollevò in aria una mano in un gesto rassicurante. «Non ti preoccupare. Lui mi ha mancato e io ho riposto al fuoco. Non appena l'ho colpito ha battuto in ritirata, è corso alla macchina e se n'è andato.»

«Ma se lo chalet è bruciato, dove hai trascorso la notte?» chiese Phil.

«Nella capanna da caccia che avevo controllato. Avrei potuto dormire in macchina, ma sarei stato un bersaglio troppo facile. Ho preferito un posto dove poter fare la guardia in piedi o in ginocchio, con il fucile imbracciato.»

«Avevi almeno la legna?»

«Un po', ma non ho acceso il fuoco per paura di rivelare la mia posizione e di non riuscire a vedere bene attraverso il fumo.»

I solchi profondi intorno agli occhi e alla bocca indicavano che Amarok era davvero esausto. «Quindi sei rimasto sveglio tutta la notte al gelo?» disse Evelyn.

«Non mi sarei addormentato comunque, sapendo che poteva tornare. E poi temevo che l'incendio si propagasse alla foresta. Era improbabile, considerata l'umidità dell'aria, ma ieri notte tirava vento e non volevo correre rischi.»

«Per fortuna non è successo, le fiamme però si sono mangiate quasi tutto l'edificio.» Phil arricciò il naso. «C'è una puzza infernale.»

Evelyn si asciugò le lacrime. «Jasper ha voluto distruggere le prove che aveva lasciato.»

«Temo proprio di sì» disse Amarok. «A dire la verità non capisco perché non l'abbia fatto subito.»

Evelyn lanciò un'occhiata alle macerie carbonizzate in mezzo agli alberi, era dispiaciuta per i fratelli Barrymore, i proprietari dello chalet che abitavano nei Lower 48. C'era sempre l'assicurazione, certo, ma non era mai un processo semplice e poi non era detto che coprisse tutti i danni. «Jasper non voleva che scoprissimo che era in Alaska. Ecco perché non si è preso la briga di farlo. Sperava di passare inosservato, ma non è andata come pensava.»

«Forse la notizia dello scalpo ritrovato lo ha messo in allerta. Deve aver creduto che sapessimo più di quanto avrebbe voluto.»

Evelyn annuì e si guardò intorno in cerca di un segnale qualunque della sua presenza. Per fortuna non c'era niente che indicasse un pericolo imminente. «A questo punto è guerra aperta.»

«Io sono pronto.» Amarok li invitò di nuovo a seguirlo per vedere cos'altro avesse trovato. «Ha commesso un errore a tornare qui. Adesso ho un campione del suo sangue.»

«Lo hai già raccolto?» chiese lei.

Amarok estrasse una piccola fiala dalla tasca. «Sì. Ieri notte, con la torcia. Non volevo rischiare di perderlo. Ce n'era anche su questo tronco, ho rimosso la corteccia.»

Evelyn si sentiva il cuore battere forte nel petto. «Potremmo usarlo per confermare la sua identità.»

«Ho anche le impronte degli pneumatici e con un po' di fortuna potrei riuscire a prendere quelle dei piedi.»

Phil guardò il cielo. «Quindi hai finito quassù? Dobbiamo raccogliere tutte le prove prima che il tempo peggiori.»

«Ci sono quasi. Appena la luce me lo ha permesso ho fatto le foto, certo un treppiedi mi avrebbe fatto comodo, ma mi sono arrangiato. Mi manca solo il calco delle impronte e poi ho finito.»

«E hai con te l'attrezzatura per fare tutto?» chiese Evelyn.

Lui le rivolse un sorriso ironico. «Tesoro mio, da quando in città sei arrivata tu, ho dovuto attrezzarmi come mai avrei pensato prima. Una spruzzata di cera sull'impronta e ce ne andiamo con il calco.»

«E dove sarebbe questa cera?»

«Nel mio pickup. Stavo andando a prenderla quando vi ho sentito arrivare.»

«Se anche dovessimo riuscire a rilevare le impronte, non sarà facile fare confronti» disse Phil con uno sguardo preoccupato. «Stiamo cercando un ago in un pagliaio.»

«Non è la prima volta che me lo fai notare, Phil. Ma come vedi non ho smesso di cercare.» Amarok fece l'occhiolino a Evelyn. «Quello stronzo non riuscirà a liberersi di me, almeno fino a quando non lo avrò sbattuto dentro.»

Jasper fu svegliato dal dolore al braccio. La pallottola di Amarok lo aveva colpito in pieno, e c'era sia il foro di entrata che di uscita, per cui aveva deciso di non correre il rischio di andare in ospedale.

Chiunque si presentasse con una ferita d'arma da fuoco veniva subito segnalato alle autorità. Si era curato da solo, o almeno ci aveva provato. Si era fermato in farmacia a prendere ciò che gli serviva: prima aveva fatto gli impacchi con il solfato di magnesio, poi aveva versato dell'acqua ossigenata nella ferita e si era fasciato. Non aveva mai sentito un dolore simile e quella maledetta ferita non la finiva più di sanguinare. Era rimasto in piedi quasi tutta la notte a cercare di tamponarla, ma niente, perfino adesso il bendaggio era fradicio e le lenzuola imbrattate di sangue.

«Figlio di puttana» disse guardandosi il braccio. Doveva fare qualcosa, ma non appena si alzava in piedi gli girava la testa e si doveva appoggiare per mantenere l'equilibrio.

Quella notte aveva commesso un errore e Amarok ne aveva approfittato. Ma come poteva prevedere che sarebbe andata a finire in quel modo? Com'è possibile perdere la battaglia potendo contare sull'effetto sorpresa? Amarok non sapeva nemmeno che lui era lì, eppure gliele aveva suonate di santa ragione.

Non sarebbe successo una seconda volta, giurò a se stesso. Il sergente avrebbe pagato per ciò che aveva fatto, ed Evelyn con lui.

Una volta in piedi, Jasper si appoggiò alla parete e si trascinò fino al bagno. Chi avrebbe mai detto che una semplice ferita al braccio lo avrebbe ridotto in quello stato?

Doveva imbottirsi di antidolorifici per andare al lavoro, pensò osservando allo specchio il proprio volto color cenere. Ma a casa non aveva niente di forte, solo medicinali da banco. Jasper non era sicuro di potercela fare ad affrontare un turno intero. E se il sangue avesse sporcato l'uniforme?

Pensò di prendersi un giorno di malattia. Poteva dire che ancora non si era rimesso da venerdì, quando aveva chiesto un permesso. Ma conoscendo Amarok, avrebbe fatto di tutto per riconoscere la persona a cui aveva sparato, per cui doveva fingere di stare bene.

Bastava cambiarsi il bendaggio ogni ora e buttare le garze sporche nel water o nasconderle nel cestino del pranzo.

Mentre si toglieva le bende, il sangue fresco colava dalla ferita. Tutti i tutorial che aveva trovato su internet suggerivano di non toglierle, ma Jasper voleva controllare che la ferita non si stesse infettando. Il rischio di contrarre un'infezione era alto e in quel caso avrebbe dovuto procurarsi degli antibiotici.

Dal dolore che percepiva, avrebbe detto che il buco fosse più grande.

Girò la testa per guardarsi allo specchio la parte posteriore del braccio, asciugò la ferita e si rese conto che in effetti era più larga. Il foro d'entrata era grande come una moneta da dieci centesimi, quello d'uscita invece era almeno un quarto di dollaro.

Jasper trattenne il respiro e versò dell'altro disinfettante. Bruciava come il fuoco. Imprecò e sferrò un calcio contro il muro. Poi, usando la sola mano destra, cercò di rifare il bendaggio intorno al bicipite con le garze pulite. Doveva essere stretto, ma non tanto da impedire la circolazione, se voleva continuare a usare il braccio.

E se non avesse funzionato? Su un sito consigliavano di usare una medicazione emostatica con agenti coagulanti, ma Jasper non si era azzardato a uscire per comprarla. Non voleva rischiare di essere visto da qualcuno o di finire in qualche registrazione di videosorveglianza. E poi aveva letto che quelle medicazioni, una volta applicate, erano difficili da rimuovere.

Non voleva aggravare la situazione, era già abbastanza preoccupato per i frammenti di tessuto che il proiettile poteva avergli infilato nella carne. Aveva esaminato la ferita con cura e non ci aveva trovato residui di alcun genere, ma non poteva esserne sicuro. Se non altro, con tutto quel sangue sarebbero usciti da soli.

Appena finito, Jasper si trascinò dolorante in cucina, dove prese un antidolorifico e si preparò una tazza di latte e cereali. Era davvero di pessimo umore. Avrebbe fatto meglio a prendere il primo aereo e scomparire, sarebbe stata la mossa più saggia. Ma non era ancora pronto ad arrendersi. Era stufo di far credere a Evelyn di essere una superstite e ad Amarok di poterla proteggere per sempre.

Jasper guardò l'orologio. Non doveva essere ad Hanover House prima delle dieci di sera.

Andò in salotto e accese la TV nella speranza di distrarsi un po' finché il dolore non fosse diminuito, permettendogli di dormire. Guardò un episodio di *Forensic Files* e si abbandonò al dormiveglia.

Quando si svegliò c'era il telegiornale. Rimase ad ascoltarlo per un po', ma i fatti di politica lo annoiavano e decise di provare a riposare un altro po'. Ma all'improvviso qualcosa catturò la sua attenzione e lo fece scattare a sedere.

Il conduttore aveva annunciato il ritrovamento di due cadaveri nei boschi a nord ovest di Anchorage. Poi mandarono in onda il collegamento in diretta con il luogo del ritrovamento, dove un reporter stava dicendo che la polizia non aveva ancora identificato i corpi. Ma Jasper sapeva che non ci avrebbe messo molto. *Maledizione.*

Fatta eccezione per un nuovo taglio di capelli corto e sbarazzino e un paio di chili in meno che non avrebbe avuto bisogno di perdere, Brianne non era cambiata affatto negli ultimi due anni. I suoi punti forti erano ancora la pelle perfetta e i grandi occhi scuri. Evelyn era andata a prenderla insieme ad Amarok, che nel tragitto si era addormentato; era contenta di non averla fatta aspettare da sola all'aeroporto.

Evelyn abbracciò la sorella e si sentì investire da un'ondata di nostalgia di casa e di senso di colpa per non essere ancora mai andata a trovare i suoi. «Com'era il volo?»

«Lungo» rispose Brianne con un sorriso un po' forzato. Evelyn lo notò, ma fece finta di niente. Avevano diversi giorni per stare insieme, parlare e aggiornarsi sulle loro vite. Brianne e Amarok si erano sentiti per telefono in un paio di occasioni, ma questa era la prima volta che si incontravano di persona. Evelyn decise che era meglio concentrarsi su questo aspetto. «Brianne, ti presento Amarok» disse. «Sono molto felice che finalmente abbiate modo di conoscervi.»

«E quindi sarebbe lui il lupo, eh?» rispose lei stringendogli la mano.

Evelyn era troppo distratta dagli ultimi eventi per rendersi conto che Brianne si riferiva al soprannome di Amarok. Ci mise qualche istante a capirlo, e dopo un po' scoppiò a ridere. «Sì, è proprio lui.»

Brianne lo squadrò dalla testa ai piedi. «Be', ora capisco perché non vuoi tornare a Boston.»

Nonostante Brianne la intendesse come una battuta per provocare lei e adulare Amarok, che rispose con un ammicco, Evelyn rilevò una punta di amarezza nella sua voce. Brianne non trovava giusto che Evelyn fosse qui a inseguire il suo sogno insieme a un uomo così attraente, mentre lei se ne stava a casa a badare ai loro genitori. Ed Evelyn non poteva certo biasimarla.

Pur sentendosi toccata nel vivo, cercò di mantenere un'espressione cordiale. «Le condizioni meteo cambiano rapidamente da queste parti» disse. «Meglio sbrigarci a ritirare i bagagli e andare subito a casa, altrimenti rischiamo di restare bloccati.»

Brianne sgranò gli occhi. «Bloccati fuori da Hilltop?»

«Esatto.»

«E succede spesso?»

«Abbastanza, soprattutto in inverno. Ma le strade non restano mai chiuse a lungo. Siamo abituati alla neve, qui in Alaska» intervenne Amarok.

«Sbaglio o mi avevi detto che molti degli agenti carcerari della prigione abitano ad Anchorage?» chiese lei. «Che succede se non possono venire al lavoro?»

«Abbiamo un certo numero di agenti sempre reperibili nei mesi invernali. All'occorrenza convochiamo una squadra che alloggi nei dormitori.»

«E quanto spesso succede?»

Evelyn le passò un braccio intorno alle spalle e la condusse fuori dall'aeroporto, mentre Amarok si occupava della valigia. «Solo qualche volta.»

Erano già nel parcheggio e Amarok stava caricando la valigia in macchina quando il cellulare di Brianne iniziò a squillare.

«È la mamma di sicuro. Vorrà sapere se sei arrivata» disse Evelyn mentre la sorella tirava fuori il cellulare, ma dalla sua espressione capì subito che non riconosceva il numero.

«No, inizia per nove zero sette...»

«È il prefisso dell'Alaska» disse Evelyn stupita.

«Rispondi!» le disse Amarok.

Non c'era tempo per chiedere spiegazioni, perciò Brianne accettò la chiamata e dopo un istante passò il telefono ad Amarok. «È per te.»

Evelyn lo guardò confusa. «Hai dato il numero di mia sorella a qualcuno?»

«Scusa, avrei dovuto chiedertelo. Non volevo essere irreperibile troppo a lungo» spiegò portandosi il telefono all'orecchio. «Stai scherzando? Quando?» Amarok aggrottò la fronte ascoltando la persona all'altro capo del telefono, probabilmente Phil. «Okay, siamo già per strada. Andiamo subito alla scientifica. Contatta Leland Yerbowitz e mandalo da noi. Se è davvero lei, sarà in grado di identificarla.»

Evelyn riuscì a malapena a controllarsi e ad aspettare che riattaccasse. «Hanno trovato Sierra?»

«Sono stati rinvenuti due corpi, entrambi di donna. Non siamo certi che una di loro sia Sierra, ma...»

Evelyn strinse a sé la borsa con forza. «Ma...?»

«L'età corrisponde, sono bianche e a una manca una parte dello scalpo.»

Brianne lo prese per un braccio, sembrava preoccupata. «Aspetta, la ragazza che era scomparsa, quella di cui mi hai raccontato per telefono, è stata uccisa? Insieme a un'altra donna?»

«A quanto pare.» Amarok le restituì il cellulare e Brianne guardò Evelyn.

«Non ti stanchi mai di queste malvagità e di queste morti?»

«Certo» rispose Evelyn. «Cosa pensi che stia a fare quassù?»

«Qualunque cosa tu stia facendo, a quanto pare non funziona.»

Prima che Evelyn potesse rispondere, Amarok alzò una mano con le chiavi della macchina che le aveva preso per caricare la valigia di Brianne. «Guido io.»

Evelyn salì in macchina e si ripromise di ignorare il commento di Brianne. La sua famiglia non capiva qual era la posta in gioco: qualcuno doveva pur combattere questa battaglia, altrimenti non si sarebbero mai fatti passi avanti nello studio della psicopatia.

La radio si accese non appena Amarok girò la chiave nel cruscotto. La musica riempì l'abitacolo.

«Come stanno mamma e papà?» chiese poi Evelyn.

«Sono preoccupati per te» rispose Brianne. «Ma d'altra parte lo sono stati per gran parte della loro vita, perciò non è cambiato niente.»

Ecco tornata quella punta di amarezza nella voce. Com'era prevedibile, la notizia del ritrovamento dei due corpi non aveva messo Brianne di buon umore.

Nel tentativo di distrarla con qualcosa di più personale, Evelyn si girò verso di lei. «E Jeff?»

Brianne distolse lo sguardo. «Non ho voglia di parlarne in questo momento.»

Amarok afferrò la mano di Evelyn mentre uscivano dall'aeroporto. Aveva ragione lui, c'era qualcosa che non andava nella vita sentimentale di sua sorella e adesso ne aveva la certezza.

«Va tutto bene, Bri?» le chiese Evelyn.

Brianne aveva lo sguardo perso fuori dal finestrino. «Io sto alla grande. Sei tu quella alle prese con un altro psicopatico a piede libero.»

Evelyn fece un respiro profondo. Non era più tanto sicura che avere ospite sua sorella le avrebbe reso la vita più semplice, anche se capiva le motivazioni che avevano spinto Amarok a chiederle di venire. «Non sappiamo ancora se si tratta di *un altro* psicopatico» precisò. «Crediamo che si tratti dello stesso che mi ha rapita tanti anni fa.»

A quel punto Evelyn si era guadagnata la completa attenzione della sorella. «Pensi che Jasper sia qui?»

«Sì, lo pensiamo entrambi.»

«Perché?»

«Perché due donne sono state assassinate.»

«Ma come può essersi nascosto in un posto così piccolo, dove si conoscono tutti? Lo riconosceresti subito, no?»

«Credo di sì. Ma sono passati più di vent'anni. Nessuno sa quanto sia cambiato.»

«Avete delle prove che sia proprio lui?»

«Non proprio, ma qualcuno ha cercato di uccidere Amarok ieri notte nello chalet da dove era scomparsa Sierra Yerbowitz» disse Evelyn spiegandole tutta la vicenda.

«È ferito, sanguinava» aggiunse Amarok.

«C'è una possibilità che tu lo abbia colpito al petto o in un altro punto vitale?»

Amarok scosse la testa. «Non ne ho idea. Non si vedeva niente, era troppo buio. Ma quando c'è di mezzo un proiettile, qualunque ferita è potenzialmente letale.»

«Hai già controllato se qualcuno si è presentato in ospedale con una ferita da arma da fuoco?»

«Siamo appena tornati in città, non ho ancora avuto tempo di fare niente. Non c'è campo quassù, ma appena avrò lasciato te ed Evelyn a casa, mi precipiterò alla stazione di polizia e farò qualche telefonata. Ho già mandato un uomo che lavora con me...»

«Si chiama Phil» intervenne Evelyn. «È il tizio che ti ha chiamata sul cellulare.»

«Ad ogni modo, Phil sta già chiedendo in giro alla gente del posto» proseguì lui. «Facciamo molto affidamento sui nostri informatori e sul passaparola. In questo modo dovremmo riuscire a capire se qualcuno si è dato malato e ottenere degli indizi.»

«Chiamerai anche la prigione?» chiese Brianne.

«Naturalmente» disse lui. «Hanover House è l'attività con più impiegati della zona.»

«I nostri detenuti sono tutti chiusi in cella.» Evelyn non poteva fare a meno di stare sulla difensiva.

«È solo un controllo di routine» ribadì Amarok.

17

Jasper non la smetteva di sudare. Continuava ad asciugarsi il labbro superiore e non faceva che lamentarsi del riscaldamento troppo alto, nonostante fosse l'unico ad Hanover House ad avere caldo. Era la difficoltà di lavorare con un braccio che gli faceva un male infernale? Oppure lo stress di dover andare in bagno ogni volta che poteva per assicurarsi che il bendaggio fosse a posto? O magari il risentimento e la rabbia che provava per Amarok, che gli montavano dentro ogni istante di più?

O era qualcosa di peggio; c'era la possibilità che la ferita si stesse infettando.

La paura di un'infezione gli dava il tormento. Aveva letto della facilità con cui si inettavano le ferite, soprattutto quelle da arma da fuoco, e quanto rapidamente l'infezione portasse alla morte dell'individuo. Aveva bisogno di riposare. Controllò l'orologio: mancavano quattro ore alla fine del turno.

Come accidenti avrebbe fatto a resistere?

Non ne aveva idea, ma di una cosa era sicuro: non si sarebbe lasciato sopraffare dal dolore. Non l'avrebbe data vinta ad Amarok, nemmeno se fosse stato costretto a lavorare con due ferite da proiettile, una in ogni braccio.

Se non altro era quasi l'ora dell'intervallo. Jasper era tentato di trascorrere tutti i quarantacinque minuti di pausa in bagno, seduto sulla seggetta di un water. Lì almeno avrebbe potuto starsene un po' in pace e recuperare, dato che fingere di stare bene gli richiedeva un notevole dispendio di energie. Ma scomparire nel niente avrebbe attirato l'attenzione dei colleghi, ecco perché quando Sean Derby gli aveva proposto una partita a poker con gli altri, lui aveva accettato.

Gli ultimi dieci minuti sembrarono non passare mai, e Jasper andò in pausa un po' prima del solito.

Sollevato di vedere che era il primo a entrare nella stanza dove trascorrevano la pausa, chiuse gli occhi e appoggiò la testa contro il metallo fresco dell'armadietto dove teneva il cappotto e tutte le sue cose. Non avrebbe resistito ancora a lungo...

«Ehi, tutto a posto?»

Jasper si drizzò di scatto e si voltò in direzione della voce. Era convinto che si sarebbe accorto dal rumore dei passi se qualcuno fosse entrato, ma era talmente concentrato sul dolore che non aveva sentito arrivare Delbert Perez, un agente che lavorava alla prigione da molto più tempo di lui. Jasper lo detestava per il semplice fatto che era ben voluto da tutti. Quel maledetto non aveva difficoltà a farsi degli amici perché aveva un carisma innato, una qualità che Jasper non era mai riuscito a sviluppare quanto avrebbe voluto. Nonostante il suo aspetto riscuotesse successo tra le donne e al liceo fosse stato il ragazzo più popolare della scuola, con il passare degli anni sembrava aver perso la capacità di risultare simpatico a quelli del suo stesso sesso. Era raro che qualcuno degli agenti lo invitasse a unirsi a loro quando staccavano dal lavoro.

Ma a Jasper non importava, e poi sapeva perché le cose stavano così: lui era migliore di tutti loro messi insieme, e a nessuno fa piacere stare in compagnia di qualcuno che gli ricorda costantemente i propri limiti.

«Tutto a posto, perché?»

Delbert si diresse verso il suo armadietto e prese il pranzo.

«Non so… sembrava… che tu fossi arrabbiato o che ti sentissi male, quando sono entrato.»

«Ieri sera ho fatto tardi e non ho dormito abbastanza» bofonchiò Jasper.

Delbert gli lanciò un'occhiata di complicità. «Hai visto di nuovo la spogliarellista?»

Jasper si era vantato della sua nottata con Bambi. Aveva raccontato che lei gli aveva chiesto di andare a casa sua e che non lo aveva fatto pagare. Dell'amo che l'aveva fatta abboccare non ne aveva parlato, ovviamente. Perché rovinare una storia così bella? Pagare per fare sesso riesce a tutti. «No.»

«Pensi di richiamarla?»

«Sì, magari nel fine settimana.» In realtà Jasper non aveva la minima intenzione di rivolgerle mai più la parola, ma nessuno avrebbe creduto alla serata infuocata che aveva trascorso se non avesse finto di voler fare un secondo giro.

«Allora, dove sei stato ieri sera?»

Perché Delbert non si faceva i fatti suoi? Jasper avvertì la rabbia montargli dentro e trasfigurare la sua espressione. «In un bar. Che ti importa?»

Delbert fu colto alla sprovvista dalla riposta sgarbata e sbatté le palpebre. «Niente, non mi importa affatto» disse e andò a sedersi a uno dei tre tavoli tondi della sala con il pranzo in mano.

«Delbert! Ci facciamo una partita a poker, sei dei nostri?» Massimo McKim, uno degli agenti che stavano entrando nella sala, si rivolse a Delbert, contento di poter coinvolgere una persona che aveva la capacità di trasformare qualunque occasione in divertimento.

«Solo se sei pronto a farti stracciare» lo prese in giro Delbert.

In quel momento entrarono altri tre colleghi – Sean, che aveva invitato Jasper a giocare a poker, Easy che aveva trovato lo scalpo di Kat e Skip Pence –, presero il pranzo dal proprio armadietto e si unirono all'allegro chiacchiericcio. Si rivolgevano tutti a Delbert, lasciando Jasper in disparte.

Stronzi… Furioso con se stesso per aver fatto trapelare il dolore e l'astio nella sua conversazione con Delbert, Jasper prese il pranzo e chiuse lo sportello dell'armadietto con un colpo secco. Gli agenti si voltarono di scatto verso di lui e Jasper improvvisò una risatina. Ma gli altri non lo trovarono affatto divertente, anzi, Massimo gli lanciò perfino un'occhiataccia.

Jasper, ancora più nervoso, prese una bibita alle macchinette e si mise a sedere. Poteva mangiare solo con la mano destra, che per fortuna era quella che usava sempre, anche se il dolore che dal braccio si irradiava in tutto il corpo gli aveva chiuso lo stomaco.

Quando tutti ebbero finito, Jasper andò a buttare il resto del cibo per non far vedere quanto poco avesse mangiato. Delbert tirò fuori le carte. Avevano appena iniziato a giocare, quando bussarono alla porta e Amarok fece il suo ingresso nella stanza.

Non era insolito che il sergente si presentasse alla prigione, ma Jasper non lo aveva mai visto nella sala della pausa pranzo. Perfino la sua persona sembrava diversa, quel giorno, ogni fibra del suo corpo indicava che si trovava lì in veste ufficiale.

«Signori, mi dispiace interrompere il vostro pranzo» disse. «Ma ho alcune domande da farvi, se non vi dispiace.»

I suoi colleghi ammiravano il sergente Murphy tanto quanto Delbert e forse anche di più. La deferenza con cui gli parlavano dava sui nervi a Jasper. Era così evidente che lo facevano solo perché era il compagno di Evelyn. Jasper non poteva fare altro che stare al gioco e pregare che la ferita non imbrattasse di sangue l'uniforme proprio in quel momento.

«Posso sedermi?» Amarok indicò una sedia del tavolo accanto, visto che al loro non c'erano posti liberi.

«Certo» disse Delbert, e tutti si strinsero per fargli spazio.

Jasper aveva sperato che l'esperienza traumatica della notte, le gomme bucate e il solo rifugio decente nel raggio di chilometri andato in fiamme avrebbe avuto un effetto più pesante su di lui. Certo, il sergente aveva un aspetto stanco e tirato, ma non sembrava affatto intimidito. La sua espressione impassibile trasudava fermezza, la stessa fermezza con cui adempiva al compito di tenere al sicuro la comunità e la donna che amava.

Jasper era tentato di dare un'occhiata alla ferita, ma temeva di attirare l'attenzione sul suo braccio. Per evitare che qualcuno notasse il sangue che poteva bagnargli l'uniforme in qualsiasi momento, Jasper si girò sulla sedia in modo da allontanare il braccio dal tavolo.

Amarok si mise a cavalcioni su una sedia, senza prendersi la briga di girarla. «Immagino che avrete sentito dei due cadaveri rinvenuti stamattina.» Amarok guardò l'orologio sul muro, erano le due e mezza e si corresse. «Anzi, ormai dovrei dire ieri.»

Con estrema sorpresa di Jasper, Sean era l'unico ad averlo saputo. Gli altri rimasero scioccati dalla notizia e travolsero il sergente di domande.

Amarok sollevò una mano in aria per invitarli a fare silenzio e continuò. «Uno spazzaneve ha trovato i corpi in una zona isolata a nord ovest di Anchorage. All'inizio non avevo ragione di pensare che il ritrovamento fosse collegato con il caso della donna scomparsa di cui mi sto occupando, ma un indizio su uno dei corpi mi ha indotto a credere il contrario, e adesso la cosa è stata confermata.»

Jasper serrò la mascella. Sapeva che sarebbe successo, ma più tessere del puzzle Amarok metteva insieme, più difficile diventava la sua situazione.

«Quindi sta dicendo che Sierra Yerbowitz è morta?» Le labbra di

Sean si piegarono all'ingiù in segno di solidarietà. «E il fratello lo sa?»

«Sì, ne è al corrente» confermò Amarok. «È stato lui a identificare il corpo. Lui e i suoi amici sono corsi ad Anchorage appena lo hanno saputo.»

«Crede che torneranno qui?»

«Non penso. Non hanno più niente da fare a Hilltop. Leland Yerbowitz si sta occupando dei documenti per riportare a casa il corpo della sorella, non appena la scientifica avrà dato il via libera. A quel punto se ne tornerà in Louisiana dalla sua famiglia.»

Skip si alzò in piedi strascicando la sedia sul pavimento. «Com'è morta?»

«L'autopsia è prevista per domani mattina, ma il detective a cui è stato assegnato il caso mi ha confermato che non ci sono segni evidenti di trauma. Niente ferite da accoltellamento o da arma da fuoco, né al corpo né alla testa.»

Jasper studiò la smorfia di Skip e il suo linguaggio del corpo. Sembrava sinceramente dispiaciuto per la famiglia Yerbowitz, pur non conoscendola affatto. Questo era un sentimento che Jasper non era mai riuscito a capire.

«Quindi è stata strangolata?» chiese ancora Skip.

Amarok annuì. «Questa è la mia ipotesi, ma dobbiamo aspettare il referto del medico legale.»

Sean mise da parte le carte che aveva in mano. «E che ci dice dell'altra donna?»

«Non sappiamo con precisione come sia stata uccisa, ma dopo l'autopsia avremo le idee più chiare.»

Jasper l'aveva torturata a dovere prima che morisse e i segni erano sicuramente evidenti. Amarok doveva esserne al corrente, anche se faceva finta di nulla. Stava facendo il solito giochino del poliziotto che non dà tutte le informazioni per vedere se qualcuno si frega da solo.

«Chi è la seconda donna?» chiese Jasper fingendo di essere preoccupato come tutti gli altri.

«Su di lei non abbiamo informazioni al momento» rispose Amarok. «La polizia di Anchorage ci sta lavorando.»

Easy si sporse in avanti. «Quindi gli omicidi sono due?» chiese scioccato.

Fosse stato per Jasper, gli omicidi sarebbero stati molti di più.

«Sì, di questo siamo sicuri» confermò il sergente.

Easy scontinuò: «Questo cambia tutto, no? L'ipotesi che Sierra sia stata uccisa per sbaglio o per un accesso di rabbia è del tutto improbabile a questo punto».

«Esatto» ammise Amarok.

Sean raddrizzò la schiena. «Non starà mica dicendo che c'è un serial killer a piede libero?»

«È probabile. Per quanto ne so, le due vittime non sono state uccise nello stesso momento, il che significa che c'è stato un periodo di decompressione tra il primo e il secondo omicidio. Inoltre le vittime non sono collegate, non erano amiche né conoscenti. Sembrerebbero scelte a caso.»

«Cristo Santo» disse Delbert.

«Si è già fatto un'idea su chi potrebbe essere l'assassino?» chiese Easy. «Voglio dire... Hilltop è talmente piccola. Non crederà mica che sia qualcuno del posto?»

«Potrebbe anche essere» rispose Amarok. «Oppure qualcuno che si trova qui per lavoro o in visita.»

Gli agenti si guardarono l'un l'altro negli occhi.

«Questo significa che potrebbe trattarsi di qualcuno che lavora qui e non di un detenuto» disse Skip.

«I detenuti sono tutti presenti e il ritrovamento di un indizio sulla strada per la prigione mi fa credere che potrebbe esserci una connessione con un membro dello staff. Ecco perché sono venuto qui a parlarvi, e farò lo stesso anche con tutti gli altri, non appena ne avrò occasione.»

Massimo giocherellava nervosamente con le carte che aveva in mano. «Cos'ha trovato sulla strada?»

Amarok lanciò un'occhiata eloquente a Easy e Jasper. Non voleva che si sapesse in giro dello scalpo. Per Jasper non fu difficile intuirlo, dato che Evelyn in persona gli aveva chiesto di non rivelarlo a nessuno e lui si era attenuto alle istruzioni. Non voleva certo essere lui a parlare, né che qualcuno si facesse avanti sostenendo di averlo visto. E poi non poteva permettersi che Amarok lo ritenesse capace di andare in giro a spettegolare. «Preferisco non dirvelo, per il momento» rispose lui.

Ecco la conferma: Amarok stava giocando le sue carte.

«Due omicidi» ripeté Easy ancora sotto shock.

«Che razza di bastardo se ne va in giro a uccidere donne innocenti?» sbottò Massimo.

Sean lo guardò con aria divertita. «Il tipo di bastardi che stanno rinchiusi qui dentro.»

«E il tipo che ha quasi ucciso la dottoressa Talbot da giovane» gli fece eco Amarok.

«Non ci vorrà dire che quel tizio è quassù in Alaska, vero?» chiese Massimo allarmato. «Non l'hanno mai beccato, è vero, e secondo alcuni potrebbe cercare di ucciderla di nuovo, ma... cazzo, stiamo parlando di una cosa successa più di venti anni fa.»

Amarok si passò una mano sul viso. «Non voglio escludere nessuna possibilità. Non è detto che si tratti proprio di Jasper. Potrebbe essere qualcuno che odia la dottoressa al punto da mettere in scena il ritorno di Jasper. Potrebbe trattarsi di qualcuno eccitato all'idea di commettere omicidi all'ombra dell'istituto che si occupa di studiare questo tipo di devianza. Potrebbe addirittura trattarsi di qualcuno che conosciamo e che ha perso la testa. Sono troppi gli elementi che non sono noti per il momento, ma una cosa è certa: ventiquattro ore fa, mentre mi trovavo allo chalet da dove è scomparsa Sierra Yerbowitz per raccogliere delle prove, qualcuno mi ha sparato e io ho risposto al fuoco.»

Delbert batté una mano sul tavolo. «Cosa? C'è stata una sparatoria?»

«Chiunque fosse, l'ha mancata, sergente» sottolineò Skip prima che Amarok avesse il tempo di rispondere.

«Infatti, ma io no.»

Innervosito dal commento del sergente, Jasper strinse il pugno della mano buona sotto il tavolo.

«Lo ha beccato?» domandò Easy. «Ne è proprio sicuro?»

«Al cento per cento. Perdeva molto sangue quando è fuggito. Ciò che vi chiedo è di tenere gli occhi aperti. Ho appena parlato con il direttore. Nessuno ha chiesto un giorno di malattia da quando c'è stata la sparatoria. Questo significa che chiunque sia stato, oggi non era di turno. Domani tornerò a controllare, ma se doveste imbattervi in qualcuno che vi sembra ferito o che si comporta in modo strano, siete pregati di riferirmelo.»

Jasper non poteva crederci, era scampato alla trappola di Amarok per un pelo. Per poco non aveva telefonato per darsi malato. Pensava che essere uscito prima la notte di venerdì perché non si sentiva bene lo avrebbe messo al riparo da ogni sospetto, ma se avesse ceduto alla tentazione a quest'ora il sergente sarebbe stato davanti a casa sua per verificare quale fosse il problema.

Jasper aveva fatto la scelta giusta.

Avrebbe voluto lasciar andare un sospiro di sollievo, ma aveva la netta impressione che il sangue gli stesse scorrendo lungo il braccio. Nel giro di pochi minuti tutti si sarebbero accorti delle gocce rosso fuoco che gli colavano dalle dita sul pavimento.

Jasper aspettò che Sean attirasse di nuovo l'attenzione di Amarok.

Mentre l'agente riferiva di aver visto un tipo sospetto al diner qualche ora prima, Jasper lanciò una rapida occhiata alla mano sinistra.

Niente, se l'era solo immaginato. Il nervosismo gli stava giocando brutti scherzi. Sentiva il cuore pulsare come un martello e ogni battito era come una lama che gli attraversava la spalla.

Amarok rimase educatamente in silenzio ad ascoltare, poi si alzò dicendo che avrebbe fatto il possibile per scoprire qualcosa sul quel tipo sospetto.

«Grazie per il vostro aiuto» disse poi, ma invece di andarsene volle stringere la mano a tutti gli agenti, uno per uno.

Jasper si paralizzò, mentre gli altri rispondevano entusiasti al gesto di cameratismo del sergente. Era una specie di test o cosa? Che intenzioni aveva? Voleva valutare la sincerità e lo stato di salute di ciascuno di loro con una stretta di mano?

Poteva anche essere, pensò Jasper mentre Amarok finiva il giro del tavolo. Era talmente abituato a mentire che l'idea di inscenare quel gesto non lo spaventava. Almeno fino a quando Delbert porse al sergente una tazza calda di caffè, che Amarok prese con la mano destra. Questo voleva dire che per stringere la mano a Jasper gli restava solo la sinistra.

Era capitato solo un'altra volta che avesse un contatto fisico con Amarok, quando era andato a trovare Evelyn in ospedale dopo averle "salvato la vita", l'inverno precedente. Jasper se lo ricordava bene. Era talmente affascinato dal compagno di Evelyn che l'idea di quel secondo incontro gli suscitava una pulsione quasi sessuale. Dopo tutto era con quelle stesse mani che Amarok toccava Evelyn nelle sue parti più intime.

L'eccitazione scemò nell'esatto istante in cui dovette stringergli la mano. Jasper non aveva avuto il tempo di prepararsi e una fitta lancinante gli attraversò il corpo.

Era certo che Amarok si sarebbe accorto della smorfia che si celava dietro il sorriso smagliante o del pallore improvviso sul suo viso, ma proprio in quel momento Skip disse qualcosa che attirò l'attenzione del sergente.

«Ieri sera, prima di entrare al lavoro, ho visto la dottoressa Talbot al Moosehead in compagnia di una donna» disse Skip. «È arrivata una nuova psicologa o neurologa o qualcosa del genere?»

Amarok lasciò andare la mano di Jasper e bevve un sorso di caffè. «No, è Brianne, sua sorella. Si ferma da noi per una settimana.»

«La dottoressa ha ospiti?» chiese Delbert. «Bel periodo per venire in Alaska, con due omicidi e le tormente che imperversano.»

«Sono contento che Evelyn non resti a casa da sola questa settimana» puntualizzò Amarok.

Il sergente stava facendo tutto il possibile per rompergli le uova nel paniere. Non gli sarebbe comunque servito a niente, anche se in quel preciso istante Jasper non aveva idea di come avrebbe aggirato quella mossa. Doveva uscire dalla sala immediatamente, si sentiva svenire.

«Io vado a pisciare» disse facendosi spazio per passare. «Ma se dovessi vedere qualcosa, le farò sapere» aggiunse a voce più alta e facendo un cenno di saluto con la mano destra.

Il sergente rispose con un cenno del capo, a indicare che aveva sentito ma che era troppo impegnato per poter rispondere in maniera più esauriente.

Jasper fece appena in tempo ad arrivare in bagno prima che gli cedessero le ginocchia. Si aggrappò al lavandino con la mano buona per evitare di cadere e non appena ebbe ritrovato un po' di stabilità vomitò quel poco che aveva mangiato.

Si mise a sedere su uno dei water, appoggiò la testa all'indietro e aspettò che il dolore al braccio diminuisse. La ferita aveva ripreso a sanguinare, ne era sicuro, ma in quel momento non poteva sostituire le bende. Aveva bisogno di qualche minuto per riprendersi.

Jasper era ancora seduto sul cesso quando si affacciò in bagno Easy. «Ehi, noi rientriamo. Ci sei?»

Se qualcuno era venuto a cercarlo voleva dire che era chiuso lì dentro da troppo tempo, ma non avrebbe potuto fare altrimenti.

«Sì, arrivo subito» disse.

Appena Easy se ne fu andato, Jasper fece un respiro profondo e si alzò in piedi. Si cambiò il bendaggio e buttò le garze usate nel water. Poi uscì dal bagno come se niente fosse.

Lo aspettavano altre tre ore di lavoro prima di poter tornare a casa.

Jasper sperava solo di riuscire a resistere fino ad allora.

18

Evelyn si sentiva in colpa a lasciare Brianne a casa mentre lei era al lavoro. La serata che avevano trascorso insieme era stata dominata dalla tensione e dall'imbarazzo. Amarok le aveva accompagnate a Hilltop e poi erano andate a cena al Moosehead, ma quelle ore insieme, loro due da sole, non avevano niente a che vedere con ciò che si era immaginata Evelyn quando aveva accettato di ospitarla. Sua sorella non era più la stessa e lei non sapeva perché, ma non poteva rimanere a casa con lei a cercare di capire il motivo. Hilltop era al centro di una nuova indagine per omicidio, un'indagine che avrebbe coinvolto lei in prima persona e l'istituto per cui aveva lottato così duramente e anche il suo capo al dipartimento carcerario. Doveva essere ad Hanover House se Janice avesse chiamato.

E poi quel giorno era previsto anche il trasferimento al carcere della prima detenuta donna; una troupe televisiva era venuta apposta da Anchorage per documentare l'evento. Doveva esserci a tutti i costi per rassicurare il paese spiegando che sapeva quello che faceva, che una prigione come quella non costituiva alcuna minaccia e che qualunque cosa stesse succedendo non dipendeva da qualche falla nella sicurezza.

Con tutte quelle cose a cui pensare, Evelyn non fu contenta di vedere il dottor Jim Ricardo che la aspettava dietro la porta a vetri che divideva gli uffici dal resto dell'istituto. Sapeva già di cosa voleva parlare, ma quello non era davvero il momento giusto.

«Non oggi, Jim» gli disse appena lo vide avvicinarsi. «Te l'ho già detto, non siamo ancora pronti a pubblicare la ricerca.»

«Invece sì che lo siamo!» ribatté lui. «Sono otto mesi che facciamo scansioni cerebrali. È arrivato il momento di raccontare al mondo cosa abbiamo scoperto.»

«Sarebbe prematuro. Non possiamo trarre delle conclusioni definitive da un campione così ristretto.»

«Ma abbiamo il campione più ampio di tutte le équipe del Paese!»

Per fortuna era ancora presto e non c'era nessuno dello staff, quindi potevano discuterne in privato. E a giudicare dalle luci spente negli altri uffici, nemmeno il resto dei loro colleghi era arrivato. «Non è abbastanza» ribadì lei. «Il cervello presenta troppe variabili, lo sai anche tu. Da un individuo all'altro può cambiare in modo significativo, pur rimanendo del tutto normale. Dobbiamo proseguire la ricerca fino a quando i risultati saranno inattaccabili.»

«Ma così rischiamo che qualcuno pubblichi qualcosa di simile prima di noi.»

«Lo hanno già fatto, Jim! Questa roba la studiano in tutto il mondo.»

«Nessuno ha accesso al numero di psicopatici che abbiamo noi, quindi i loro risultati non sono altrettanto attendibili.»

Evelyn chiamò a raccolta tutta la pazienza di cui disponeva. Era al corrente che la moglie del suo collega era infelice in Alaska e che lui le aveva promesso di tornare nel Lower 48 il prima possibile, ma Evelyn non poteva mettere a rischio la sua credibilità professionale per questo. «È proprio questo il problema.»

«Che vuoi dire?»

Evelyn voleva evitare che i risultati della loro ricerca venissero considerati infallibili e quindi usati per stabilire una procedura diagnostica: le loro scoperte non erano ancora definitive. «Mi dispiace, Jim. So quanto ci tieni a pubblicare...»

«Dovresti tenerci anche tu!» sbottò lui seguendola nel suo ufficio. «Sono tutti in attesa di sapere cosa abbiamo scoperto. Se non rendiamo pubbliche le nostre ricerche, la gente inizierà a chiedersi cosa accidenti stiamo facendo quassù, a spese del governo.»

Evelyn accese la luce, appoggiò la cartella sotto la scrivania e ripose la borsa in un cassetto chiuso a chiave, come faceva sempre quando era al lavoro. «Quindi, secondo te dovremmo arrischiarci a fare delle generalizzazioni che potrebbero avere ripercussioni negative sulle persone a causa della dimensione delle loro strutture cerebrali? Anche se non siamo certi che i parametri siano gli stessi per tutti i soggetti? Andiamo, Jim. Sei un neurologo! Sai perfettamente quanto è variabile la struttura del cervello umano. Se c'è qualcosa che abbiamo imparato dai nostri studi è proprio questo.»

«Il corpo calloso è più grande negli psicopatici! Abbiamo constatato che c'è almeno un trenta percento di differenza.»

«Il corpo calloso varia dai cinque ai nove millimetri nei soggetti normali! Non voglio limitarmi a ripetere ciò che è già stato detto da altri e dover rispondere alle stesse critiche. Io sono convinta che la differenza tra gli psicopatici e la gente normale stia nei microconnettori.»

«Ma le scansioni non ci mostrano i microconnettori!»

«Esatto, è per questo che ci servono delle procedure più efficaci, prima di uscire con delle pubblicazioni.»

«Mi stai dicendo che finché non avremo accesso a queste "procedure più efficaci" dobbiamo ignorare il fatto che il corpo striato è più grande negli psicopatici?»

«Il corpo striato è un elemento troppo complesso! È un insieme di strutture interconnesse, ciascuna con un numero di sotto componenti di cui non conosciamo ancora né il funzionamento né la struttura. Come facciamo a dire cos'è normale e cosa no?»

«Sappiamo che ha un ruolo importante nel processo di apprendimento, nel controllo dei movimenti e nell'acquisizione di informazioni...»

«Ma non abbiamo ancora dati sufficienti per dichiarare che un corpo striato più grosso sia sinonimo di psicopatia. Non siamo nemmeno sicuri che i nostri soggetti abbiano livelli di attività inferiori nella corteccia prefrontale. È vero, è una tendenza che abbiamo rilevato, ma dal campione che abbiamo a disposizione e dalle scansioni abbiamo visto anche che i livelli di attività nella corteccia prefrontale di uno stesso soggetto possono variare da un giorno all'altro.»

Ricardo alzò le mani in segno di resa. «Di questo passo non pubblicheremo mai nulla. E io sono venuto fin qui in Alaska per dedicarmi a una ricerca che non vedrà mai una fine?»

«Stiamo facendo del nostro meglio per giungere a delle conclusioni certe da poter condividere con il mondo. Ma ancora non ci siamo, Jim. Fattene una ragione. Capisco la tua frustrazione, ma non posso cambiare la realtà dei fatti. Prendiamoci un altro po' di tempo. Se pubblichiamo nel momento sbagliato rischiamo di perdere credibilità e magari anche i finanziamenti. Perché non approfittarne per fare ricerche approfondite, anziché divulgare una manciata di affermazioni generiche?»

Ricardo si grattò la testa, camminando avanti e indietro di fronte alla scrivania. Stava cercando un argomento con cui controbattere, anche se la decisione ormai sembrava presa.

«Oggi arriva Mary Harpe, la prima detenuta donna» disse sperando di distrarlo. «Il suo coinvolgimento nella ricerca potrebbe aiutarci a scoprire qualcosa di nuovo e ad aprire orizzonti inesplorati. Sappiamo quali sono i tratti che contraddistinguono uno psicopatico uomo, mentre a una donna che presenta gli stessi tratti è concesso quasi sempre il beneficio del dubbio. Siamo solo all'inizio, abbiamo ancora molto lavoro da fare.»

Il dottore sembrava riluttante all'idea di lasciarsi convincere, nonostante la presenza della nuova arrivata lo intrigasse. «Quando è previsto il trasferimento?»

«Non hai ricevuto l'email?» Evelyn aveva sempre cura di informare tutto il personale quando aspettavano un nuovo detenuto.

«Non ho controllato la posta ultimamente.» Jim le lanciò un'occhiataccia. «Sono stato troppo impegnato a scrivere l'articolo che volevo pubblicare.»

Evelyn ignorò la seconda parte della frase. «Considerando che atterra ad Anchorage e che sarà scortata dai federali, direi non prima dell'una.»

«Okay» disse lui incamminandosi verso la porta.

«Non dici niente su Sierra Yerbowitz?» gli chiese Evelyn prima che varcasse la soglia.

«Cioè? Sul fatto che è stato ritrovato il corpo?»

«Sì. Insieme a quello di un'altra vittima. Cosa pensi che sia successo?»

Jim si mise le mani sui fianchi. «Be', questa volta non possiamo dare la colpa Tim Fitzpatrick.»

Il sarcasmo del collega la colse alla sprovvista. «Non sono stata io a incolpare Tim degli omicidi, ma la polizia e la giuria di un tribunale.» Evelyn stava per aggiungere che aveva chiesto a qualcuno di occuparsi del caso, nell'eventualità che Tim fosse davvero innocente, ma poi preferì soprassedere.

«Non si può dire che vederlo andare in prigione ti abbia spezzato il cuore.»

«Avrebbe dovuto, dopo tutto ciò che mi ha fatto?»

Finalmente il risentimento che aveva pervaso l'intera conversazione sembrò scemare. «No di certo. Ha sbagliato a comportarsi in quel modo. Come pensi che siano andate le cose con Sierra Yerbowitz e l'altra vittima?»

Evelyn fu tentata di dire che secondo lei Jasper era tornato, ma non voleva rendere pubblica quella conclusione quando c'erano anche altre piste da seguire. «Abbiamo a che fare con un individuo pericoloso.»

«Qui a Hilltop?»

«Penso di sì. Anche se i corpi sono stati rinvenuti a un'ora e mezza di distanza, Sierra si trovava in uno chalet di montagna in questa zona. E poi un indizio è stato rinvenuto lungo la strada che porta alla prigione, ma non posso rivelare di cosa si tratta. Magari il colpevole non vive a Hilltop, ma di sicuro ci lavora.»

«Ma tu non pensi che lavori ad Hanover House, vero?»

«Non importa cosa penso io, Amarok ne è convinto e non posso biasimarlo. Ha detto che siamo l'attività con più impiegati della zona.»

Ricardo alzò gli occhi al cielo e scosse la testa. «Fantastico, mia moglie non aspettava altro. Vorrà andarsene immediatamente.»

Penny varcò la soglia dell'area comune di fronte all'ufficio di Evelyn insieme ad altri impiegati dell'amministrazione. Evelyn li vide entrare e rispose ai saluti con un cenno della mano. «Dobbiamo dire a tutti di tenere gli occhi aperti» riprese lei. «Non possiamo permettere che qualcun altro si faccia del male.»

«Hai intenzione di diramare un annuncio ufficiale?» domandò lui.

Evelyn ricordava bene la paura di Penny e di tutti gli altri, inclusa lei stessa, quando Lorraine Drummond, l'amica e responsabile delle cucine di Hanover House, era stata uccisa, solo un anno e mezzo prima. La difficoltà di raggiungere Hilltop rendeva l'istituto più sicuro per tutti tranne che per gli abitanti del posto, che rischiavano di ritrovarsi con uno psicopatico a piede libero.

«Sì» rispose lei. «Tim creò una circolare quando… quando ce ne fu bisogno l'ultima volta. La invierò a tutti al più presto.»

Ricardo sembrava scettico. «La domanda è: sarà sufficiente?»

Se si trattava davvero di Jasper, Evelyn sapeva che non lo sarebbe stato. Se avesse voluto trovare un'altra vittima, in un modo o nell'altro ci sarebbe riuscito comunque, e la moglie del dottor Ricardo, ad esempio, sempre a casa da sola rappresentava una preda ideale. Ma Evelyn non aveva tempo di rassicurare il collega. Penny li interruppe affacciandosi alla porta per dire che erano arrivati quelli del telegiornale e che stavano attraversando il blocco della sicurezza.

La aspettava una giornata difficile e quell'intervista era solo l'inizio.

Brianne non riusciva a dormire. A Boston era mezzogiorno passato, c'erano quattro ore di fuso. Avrebbe voluto prendere la macchina e andare a visitare Hanover House. In fin dei conti era colpa di quel posto se non vedeva sua sorella da due anni, per non parlare di tutti i giorni e tutte le notti che Evelyn aveva passato a lottare perché l'istituto venisse costruito. Evelyn però l'aveva avvisata che quel giorno sarebbe arrivato un nuovo detenuto e che quindi non era il momento migliore per le visite. Evelyn si era fatta accompagnare in ufficio da Amarok in modo da lasciarle la macchina e le aveva suggerito di farsi un giro in città, mentre il "gran tour" della prigione avrebbe potuto farlo il giorno successivo.

Brianne aveva acconsentito, anche se non ci avrebbe messo molto a visitare la città. Era davvero un borgo: qualche isolato di edifici rustici allineati lungo la strada e neve ammassata dappertutto. Niente che catturasse il suo interesse, insomma. La bellezza dell'Alaska non stava nell'architettura o nello shopping, ma nella natura selvaggia, con le sue cime montuose, i fiumi cristallini e i laghi, laghi e ancora laghi. E poi c'era la fauna. Uscendo di casa, Brianne aveva visto un alce proprio in fondo alla strada, che se ne stava lì come se niente fosse.

«Un alce!» aveva esclamato scuotendo la testa. Non era mai stata così a contatto con la natura. L'aria poi! Era pulita e frizzante. Riconosceva il fascino che quel posto esercitava: immensi spazi aperti, il senso di libertà, la vita semplice... e aveva paura che anche Evelyn lo provasse. L'ultima frontiera del mondo e l'uomo più attraente che Brianne avesse mai visto sarebbero riusciti a convincere sua sorella a restare lì per sempre?

La risposta la terrorizzava. Era sempre stata dalla parte di Evelyn e della sua passione per il sapere, l'aveva sostenuta nei suoi obiettivi perfino quando i loro genitori si erano opposti alla sua scelta di lavorare in quel campo di ricerca. Brianne non voleva fare la parte dell'ottusa egoista, ma Evelyn aveva ottenuto ciò che voleva e adesso era lei ad aver bisogno di aiuto. Su chi altri poteva fare affidamento, adesso che doveva crescere un bambino da sola? Le uniche persone che potevano aiutarla erano i suoi genitori. Ma ciò che avevano dovuto passare – la paura di perdere Evelyn dapprima e poi i ventidue lunghi anni trascorsi nel terrore che Jasper potesse colpire ancora – aveva mandato Lara fuori di testa, e i suoi numerosi episodi di ansia e depressione in qualche modo avevano avuto un effetto anche su suo padre.

Brianne passò un motel, una tavola calda, un'armeria che a giudicare dall'aspetto sembrava abbastanza nuova, e il bar dove Evelyn l'aveva portata a mangiare la sera prima. Aveva un parcheggio enorme, segno che doveva essere il locale più popolare in città, e un paio di corna di alce sulla porta. Dato che la luce era sufficiente, si fermò per scattargli una foto, pensando che a Jeff un posto simile sarebbe piaciuto molto, salvo poi ricordarsi che non avrebbe potuto comunque mandargliela. Lo aveva lasciato libero di scegliere e lui aveva scelto: ora nella sua vita c'era un'altra donna che gli mandava messaggi e lo chiamava al telefono. E il fatto che lei fosse incinta non sembrava importargli molto, ecco perché Brianne era convinta che forse, in fin dei conti, lui non l'aveva mai amata davvero.

E comunque in quel posto non c'era segnale. Non poteva mandare né foto né messaggi, almeno non dal suo telefono. L'unica possibilità era usare la connessione internet del bar.

Brianne si incupì e fece scivolare il cellulare in borsa. A Evelyn non aveva ancora detto niente del bambino, non aveva avuto il coraggio di iniziare la settimana insieme a lei con quella notizia. Anche se forse sarebbe stato opportuno. La serata non era trascorsa piacevolmente. Evelyn doveva essersi accorta che c'era qualcosa che non andava, ma non l'aveva forzata a parlare, quindi avevano conversato di tutto tranne che del vero problema. O meglio, dei problemi...

Ormai era quasi arrivata al limitare della città, perciò tornò indietro. Fu allora che si accorse di un altro edificio, un po' distaccato dagli altri. Riconoscendo una specie di negozio di alimentari, decise di andare a dare un'occhiata.

Il cartello scritto a mano in cima all'edificio diceva «Quigley's Quick Stop». Brianne pensò ad Amarok che aveva lavorato tutta la notte e a Evelyn più stressata che mai, e decise di preparare loro qualcosa per cena.

C'erano solo altre due macchine nel parcheggio. Un uomo grande e squadrato uscì dal negozio proprio mentre lei entrava. L'altro cliente le dava la schiena, un paio di corridoi più avanti, e il cassiere, un uomo anziano, le fece un cenno di benvenuto.

Brianne prese gli ingredienti di cui aveva bisogno per preparare il polpettone con le patate e si diresse alla cassa insieme all'altro cliente, un agente penitenziario di Hanover House, a giudicare dall'uniforme.

«Prego, passa pure» disse lui anche se aveva solo un flacone di paracetamolo.

«Sicuro?»

«Non ho fretta.»

Brianne gli sorrise e lo ringraziò. Se non avesse avuto il cuore a pezzi e fosse stata in una situazione così complicata, forse quell'uomo avrebbe potuto addirittura suscitare il suo interesse. Era alto, robusto, con i capelli scuri, gli occhi azzurri e una barbetta incolta; aveva un fisico atletico e un sorriso smagliante che rivelava una fila di denti perfetti.

Il cassiere, sulla settantina a giudicare dai capelli grigi, dalla postura delle spalle e dalla rete di vene bluastre che si diramava sul suo naso, iniziò a passare i prodotti sul lettore di cassa.

«È nuova in città?»

«Sono venuta a trovare una persona» rispose lei.

L'uomo rimase in silenzio e afferrò il filone di pane con una mano macilenta. «È di Boston l'accento che sento?»

«Esatto.»

«Viene dalle stesse parti della dottoressa allora.»

«Se si riferisce alla dottoressa Talbot, sì. Sono venuta a trovare lei. Sono sua sorella Brianne.»

Il cassiere fece schioccare la lingua. «Brutto momento per venire in città, signorina Brianne, con tutto quello che sta succedendo.»

«Intende la donna scomparsa...»

«Intendo la donna assassinata. Sono stati ritrovati due corpi. Nessuno sa che cosa sta succedendo. Potrebbero anche saltarne fuori degli altri.»

«Vero, ma come lei saprà, non è la prima volta che mia sorella deve affrontare questo tipo di violenza.»

Il lettore di cassa emise un *bip* mentre vi passava sopra il pane. «Non ha paura, signorina?»

«Più di quanta ne abbia mia sorella» ammise lei.

«Quanti anni aveva lei, quando sua sorella è stata rapita?»

«Tra noi ci sono due anni di differenza, avevo solo quattordici anni. Non dimenticherò mai il momento in cui è scomparsa.» E nemmeno quello in cui era stata ritrovata. Brianne era rimasta seduta con i genitori in ospedale giorno e notte ad aspettare e pregare che sua sorella ce la facesse.

«Dicono che è un miracolo che sia sopravvissuta» intervenne l'uomo attraente dietro di lei.

Brianne si girò per educazione. «Lavora ad Hanover House?»

«Sì, da otto mesi ormai.»

«Come si trova?»

«È un lavoro come un altro» rispose facendole l'occhiolino. «Diciamo che non ci vado pazzo come sua sorella.»

«Ho paura che la passione che nutre per quel posto le costerà la vita» disse Brianne.

«Se non fosse per lui, sarebbe già morta» disse il cassiere indicando l'agente dietro di lei.

Brianne inarcò le sopracciglia. «In che senso?»

«Non sa chi è?»

Brianne guardò prima l'uno poi l'altro, confusa. «No...»

«Questo è Andy Smith, l'uomo che ha salvato la dottoressa dalla vendetta di Lyman Bishop.»

Smith fece un gesto della mano per zittirlo. «Diciamo che ho avuto un buon tempismo, tutto qui. Mi sono ritrovato nel posto giusto al momento giusto.»

«È lei che hai fermato Lyman Bishop?» chiese Brianne. Non ricordava di aver sentito o letto il suo nome da qualche parte.

«Stavo cercando il sergente, ma ho trovato Lyman Bishop mentre stava per fare una lobotomia frontale a sua sorella. Ma come ho detto, è stata solo una coincidenza.»

«Se l'è vista brutta.»

«Non gliel'ha raccontato?» Il cassiere sembrava sorpreso.

«L'ho visto al telegiornale. Ho impostato un Google alert ogni volta che compare il suo nome. Ma quando le ho chiesto dell'incidente, mi ha detto che la televisione aveva gonfiato la vicenda.»

«Sono sicuro che non voleva farla preoccupare» disse l'agente Smith. «Per quanto tempo si ferma in Alaska?»

«Una settimana, poi devo tornare al lavoro.»

Il cassiere finì di passare la spesa e le porse la busta. «Buona permanenza, allora.»

«Grazie.»

Brianne sorrise all'agente penitenziario in segno di saluto. In Alaska gli uomini erano tutti così attraenti?

Brianne stava mettendo in moto il Land Cruiser di Evelyn quando l'agente Smith bussò al finestrino.

Lei lo tirò giù e lui le diede il suo biglietto da visita.

«Il mio numero» disse con un sorriso. «E non ti preoccupare, non ci sto provando con te, è solo un gesto d'amicizia. Con tutto ciò che sta succedendo, tua sorella avrà un gran da fare, e non mi pare una gran prospettiva startene tutta la vacanza seduta a casa a non far niente. Ci sono un sacco di cose da fare e da vedere quassù, se hai voglia di fare un giro ad Anchorage chiamami. Io abito lì.»

Era davvero carino da parte sua, pensò Brianne stupita. «Ti ringrazio» disse. «Lo terrò presente.»

19

«Guardalo, sembra sfinito» sussurrò Samantha Boyce all'orecchio di Hannah Wilson, la sua migliore amica. «Tutta colpa della pazza con cui vive.»

Hannah si voltò per guardarlo, ma Cindy Brandt, una delle cameriere del Dinky Diner, le impediva la visuale. Amarok era seduto al bancone e stava finendo di mangiare un panino al tacchino con una tazza di caffè.

«A me pare sempre piuttosto attraente» scherzò.

«Perché non c'è verso che non lo sia, ma...» Samantha si girò sullo sgabello per guardarlo meglio. «Quella lì non gli prepara nemmeno da mangiare! Amarok merita di meglio.»

Hannah tornò a girarsi verso il bancone e mescolò il ghiaccio della sua bibita con la cannuccia. «Sono sicura che sa cucinare. Si è fermato soltanto a mangiare un boccone prima di tornare al lavoro. È pur sempre nel bel mezzo di un'indagine.»

«Vuoi dire *un'altra* indagine per omicidio?»

«È l'unico agente di polizia della zona, chi altri dovrebbe farlo?»

«Non ce ne sarebbe bisogno, se non fosse per Evelyn Talbot! Tutto questo non sarebbe mai successo, se lei se ne fosse stata a casa sua. È colpa degli psicopatici che si è portata dietro. Ci sta mettendo tutti in pericolo. Chiunque abbia ucciso Sierra Yerbowitz e l'altra donna avrebbe potuto prendere chiunque di noi.»

«Te no di certo.» Hannah infilzò un cubetto di pollo nel suo piatto. «Sai usare la pistola meglio di un uomo. Dio aiuti il povero ladro o stupratore che entra in casa tua.»

Samantha di solito gongolava quando qualcuno le faceva un complimento, ma quel giorno era troppo giù di morale. Amarok si stava allontanando sempre di più da lei. E pensare che era tornata a vivere a Hilltop perché era convinta che avrebbero ritrovato il loro amore perduto. «Nemmeno tu sei tanto male» disse ad Hannah mentre sbriciolava degli altri cracker nella zuppa di vongole pur non avendo più tanta fame. «E continui a migliorare.»

«È grazie a te» rispose l'amica con un cenno del capo.

L'armeria che Samantha aveva aperto l'inverno precedente, quando era tornata in città, andava bene. Arrotondava dando lezioni di tiro, anche se per Hannah, che era come una sorella per lei, lo faceva gratis.

«Ti ha vista quando è entrato?» le chiese lei. Hannah era al bagno quando Amarok era arrivato.

«Sì.»

«E?»

«Mi ha fatto un cenno.» *A malapena*. Samantha sperava che sarebbe venuto a scambiare qualche parola, e invece no. Perfino Makita aveva scodinzolato un po' in segno di riconoscimento ma poi non si era allontanato dal fianco del padrone.

La separazione dall'unico uomo che avesse mai amato le causava una sofferenza che non aveva mai provato prima. Ogni volta che lo vedeva era come se qualcuno le strappasse il cuore e lo passasse al tritacarne.

Hannah posò la forchetta sul tavolo e si sporse in avanti. «Sam, gli hai detto ciò che provi per lui? Forse dovresti farti avanti, giocare le tue carte.»

Samantha ci aveva provato ed era stata respinta, ma era troppo orgogliosa per ammetterlo, soprattutto con Hannah che per lei nutriva grande ammirazione. Amarok stava commettendo uno sbaglio, anche se non se ne rendeva conto. Fine della storia. A Samantha non interessava un'avventura e via, voleva sposarlo, avere dei figli e trascorrere il resto della sua vita insieme a lui, sentiva di meritarselo. Dopo tutto, lei gli avrebbe dato tutto ciò che Evelyn gli stava negando. Perché Amarok non riusciva a capire quanto sarebbe stato più felice insieme a lei? «Tornerà da me, prima o poi.»

«Di sicuro, voi due siete fatti l'uno per l'altra.»

«Io sono meglio di Evelyn, per lui.»

Hannah abbassò la voce. «Lo so! Non capisco proprio cosa ci veda in quella! Cioè, è carina, ma lo sei anche tu. E poi ha sette anni più di lui!»

«Non è solo questo, lei pensa solo al lavoro. All'inizio lui non la voleva neanche, Hanover House. Se non era per tutti gli altri, attratti dai posti di lavoro e dalla ricchezza che avrebbe portato, Amarok avrebbe continuato a battersi per la causa.» Samantha in quel periodo viveva da un'altra parte, ma si era fatta un'idea di come erano andate le cose parlando con le persone del posto che, come lei, erano scontente all'idea di avere centinaia di psicopatici vicino a casa.

«Dovrebbe tornarsene a Boston.»

Hannah si infilò un crostino in bocca. «Be', anche se non dovesse tornare a Boston, non credo che dovrai preoccuparti di lei ancora a lungo.»

Samantha rimase con il cucchiaio sospeso in aria. «Cioè?»

«Non hai sentito?» L'amica si sporse sul tavolo in modo che nessun altro nel locale potesse sentire. «A quanto si dice, lo psicopatico che le ha tagliato la gola quando aveva sedici anni è qui per finire il lavoro che ha iniziato. Sono opera sua gli omicidi di questi giorni. Si stava solo preparando alla portata principale.»

A Samantha cadde di mano il cucchiaio, che andò a urtare il

bordo del piatto spargendo la zuppa dappertutto. «Oh, quanto vorrei che fosse vero» disse mentre prendeva un tovagliolo per pulirsi. «Magari la uccidesse e la togliesse di mezzo per sempre!»

Hannah la guardò sconcertata. «Non puoi dire sul serio!» la rimproverò, ma Samantha non ne era così sicura. Evelyn le aveva rubato il *suo* uomo e lei doveva trovare assolutamente un modo per riprenderselo.

«Certo che no» disse per evitare il giudizio dell'amica. «Ma Amarok ha bisogno di rilassarsi e di lasciare che Evelyn combatta da sola "la battaglia contro il male", come dice lei. Si sta scavando la fossa da solo per portare avanti una guerra che non è nemmeno la sua.»

«Si rilasserà solo quando avrà inchiodato Jasper Moore o quando avrà le prove che a commettere quegli omicidi è stato qualcun altro, qualcuno che non rappresenta una minaccia concreta per Evelyn e per il resto della comunità.»

Samantha si voltò di nuovo a guardare Amarok. Forse Hannah aveva ragione. Forse le cose si sarebbero risolte da sole e tutto sarebbe tornato alla normalità. Ma lei non sopportava più quella "normalità", non sopportava più l'idea di avere Evelyn tra i piedi.

E se la brillante psichiatra fosse rimasta in Alaska per sempre?

Le avrebbe rovinato la vita!

«Non è nemmeno di queste parti» continuò Sam. «È stato un grosso errore far costruire Hanover House e permettere a lei e agli altri strizzacervelli di venire a Hilltop. Gli ultimi eventi ne sono la prova.»

«Sono d'accordo. Sandy è stata uccisa lo scorso inverno e altre due persone hanno perso la vita nemmeno un anno e mezzo fa!»

«Esatto! Dovremmo smettere di lamentarci e iniziare a fare qualcosa» disse Samantha. «Non possiamo lasciare che sia sempre lei a decidere.»

Hannah bevve un sorso di Coca-Cola. «Ma non possiamo farci niente.»

«Non ho intenzione di arrendermi tanto facilmente» ribatté Samantha, soprattutto perché ora si prospettava davvero un modo per liberarsi di lei. Le bastava consegnare Evelyn a Jasper, al resto avrebbe pensato lui.

«Perché non mi racconta come è finita quassù?» disse Evelyn.

Mary Harpe, una robusta donna di mezza età con un naso affilato e a punta, un cespo di capelli castani crespi e un paio di occhiali spessi, se ne stava seduta dall'altra parte della parete di plexiglass. Una specie di infermiera Ratched, pensò Evelyn. Ma non la avvertiva come una minaccia nei suoi confronti. Da quanto aveva appreso dal fascicolo di Mary e dal pubblico ministero che si era occupato del caso, nonché dai membri dello staff di Janice che avevano approvato il trasferimento, la detenuta era interessata soltanto a soggetti molto giovani. Era subdola nel modo di agire, scontrosa e poco collaborativa, ma non affrontava mai i propri nemici apertamente, cosa che agli occhi di Evelyn la rendeva ancor più degna di disprezzo degli altri detenuti, che dimostravano palesemente la loro ostilità. Avrebbe preferito incontrarla in una stanza normale, ma, alla luce dei reati commessi, Mary era stata classificata "detenuta ad alto rischio" ed Evelyn aveva deciso che attenersi al protocollo era la scelta migliore. Se c'era una cosa che aveva imparato sugli psicopatici, era di non fidarsi della prima impressione che davano.

La signora Harpe incrociò le braccia e la fissò attraverso la barriera trasparente. «Sa perfettamente come ci sono finita. Ho preso un aereo fino ad Anchorage e poi i federali mi hanno scortata fin qui.»

Evelyn prese gli occhiali dalla borsa e con calma li inforcò per prendere tempo e far cadere la conversazione. Ascoltare invece che parlare era il modo migliore per ottenere risultati. La gente diceva sempre cose interessanti nel tentativo di evitare silenzi imbarazzanti.

«È questo che intendeva?» chiese Mary con un sorriso a fior di labbra.

Evelyn aprì il fascicolo che aveva con sé, poi tornò con lo sguardo su di lei. «Secondo lei cosa intendevo?»

«Credo che lei sappia perché mi trovo qui.»

«Infatti è così.»

La detenuta sollevò il mento in segno di sfida. Arrivata a quel punto non aveva più bisogno di nascondere la propria natura – era stata condannata a novantanove anni di carcere, quindi non ne sarebbe uscita viva comunque – ed era più aggressiva di quanto Evelyn avesse supposto.

«È una domanda stupida la sua. Sa perfettamente il motivo della mia condanna.»

«Sto solo cercando di parlare un po' con lei. Cominciare dall'inizio è sempre la cosa migliore.»

«Parlare un po'.»

«Sì, chiacchierare.»

Gli occhi di Mary diventarono una fessura. «Dove vuole arrivare?»

Evelyn incrociò le mani davanti a sé. Non stimava nessuno dei suoi pazienti, avevano commesso quasi tutti dei crimini atroci, ma il disprezzo più profondo lo riservava a chi aveva fatto del male ai bambini. «Innanzi tutto voglio stabilire se si assume la responsabilità personale dei crimini che ha commesso: a partire da questa informazione sarò in grado di capire molti altri aspetti della sua personalità.»

Mary sembrò annusare la trappola, ma non sapeva come evitarla. «Mi sono dichiarata non colpevole.»

«E rimane tuttora di questa opinione? Mi sta dicendo che è innocente?»

La detenuta ci pensò per un istante, poi sorrise e annuì.

«Sì.»

«Nonostante le prove dimostrino il contrario?»

«Le prove non mi interessano.»

«Non può cancellarle e fare finta di nulla. Il numero di bambini che si sono ammalati durante i suoi turni di notte al Milwaukee Hospital superano di cinquecento volte quelli del turno di qualsiasi altra persona.» Evelyn tirò fuori la tabella con la percentuale e la mostrò a Mary. Come riuscisse a farli ammalare non era ancora stato accertato, ma una volta catturata erano stati analizzati i dati dei ricoveri e le statistiche erano scioccanti.

«Il picco di casi di insufficienza respiratoria neonatale coincide esattamente con il periodo in cui ha lavorato nell'ospedale.» Evelyn indicò la parte piatta del grafico. «Questo punto indica il momento in cui il numero di emergenze è tornato ai livelli normali. Cioè quando è stata licenziata.»

Mary Harpe alzò le spalle, apparentemente incurante delle vite che aveva preso e dei cuori che aveva infranto. «In ospedale le emergenze sono all'ordine del giorno.»

«Allora forse dovremmo parlare di cosa è successo a Richmond, nello Utah, quando ha iniziato a lavorare nello studio pediatrico della dottoressa Ivy Maxwell.»

«Avevo ottime referenze dall'ospedale!»

Certo, altrimenti non sarebbe mai riuscita a farsi assumere dalla dottoressa Maxwell. La verità è che i dirigenti dell'ospedale non la stimavano come infermiera: le referenze dovevano servire solo a togliersela di torno il prima possibile. Questo era forse uno degli aspetti più tristi del caso. «Chiunque le abbia scritto quelle referenze dovrebbe star seduto accanto a lei e scontare parecchi anni di carcere. Da quanto ho letto nel suo fascicolo, solo durante il primo mese di permanenza dalla dottoressa Maxwell è stata chiamata sette volte l'ambulanza.»

Mary si guardò le unghie. «Continuo a non capire dove vuole arrivare.»

«Non ha voglia di parlarne?»

«No.»

«Prova una qualche forma di rimorso per ciò che ha fatto? Due dei bambini che ha avvelenato non ce l'hanno fatta. Sono morti e le loro famiglie sono devastate.»

Non ci fu reazione, era come parlare con un muro.

«Qui c'è scritto anche che sua figlia, che ora ha diciotto anni, ha avuto ben tre crisi respiratorie da neonata.» Evelyn sollevò il fascicolo. «Ma che i suoi problemi respiratori sono misteriosamente scomparsi non appena è andata a vivere con il padre.»

«Non sono stata condannata per questo» disse Mary guardandola in cagnesco. «Nessuno mi ha mai nemmeno accusata.»

«Ma come spiega questo fatto?»

Un'altra alzata di spalle. «L'aria è migliore in Arizona.»

Di psicopatici con quel senso dell'umorismo Evelyn ne aveva visti tanti, ma in nessuno aveva riscontrato un cinico disinteresse per le proprie vittime come in Mary.

«Pensa mai al perché ha fatto tutto questo? Conosce il motivo che l'ha spinta a fare del male a quei bambini innocenti?»

Ancora nessuna risposta.

«Per caso la dottoressa Maxwell la trattava in modo inadeguato? Non le piaceva lavorare per lei?»

«Pensava di sapere tutto lei» disse Mary a denti stretti.

Evelyn spinse la sedia in avanti. «Perciò lei la disprezzava.»

«No, non direi.»

«Eppure ha danneggiato il suo studio, le ha messo contro la

comunità per cui lavorava e lo stress causato dalla situazione ha avuto anche delle ripercussioni sul suo matrimonio. Sta affrontando un divorzio.»

«È preoccupata per lei? Almeno la dottoressa Maxwell non è chiusa in questo posto e può vivere la sua vita.» Mary fece un gesto per indicare le mura della prigione. «Può sempre ricominciare da capo, trovare un nuovo compagno. Perché invece non parliamo di cosa è successo a me?»

Evelyn rise sotto i baffi. Il narcisismo estremo e l'assenza assoluta di rimorso erano elementi tipici degli psicopatici. Non avrebbe mai dimenticato la reazione di Diane Downs, la donna che aveva sparato ai propri figli perché convinta che l'uomo con cui aveva una relazione non li volesse tra i piedi. Invece di provare empatia per loro o rimorso per ciò che aveva fatto, non la smetteva di lamentarsi del dolore per la ferita d'arma da fuoco che si era autoinflitta per fingere di essere stata assalita in casa.

«Giusto, parliamo delle cose davvero importanti» suggerì Evelyn, anche se ormai la seguiva a fatica. Continuava a ronzarle in testa il commento che Brianne aveva fatto il giorno prima in macchina. *Qualunque cosa tu stia facendo, a quanto pare non funziona.*

Stava davvero perdendo tempo e ferendo i sentimenti della sua famiglia, che non chiedeva altro che riaverla a casa? Mettendo a rischio la vita delle persone di questa piccola città per la propria testardaggine nel voler comprendere che razza di persona fosse quella che l'aveva seviziata da ragazzina?

Stava davvero facendo del bene agli altri, oppure era solo un'egoista?

Evelyn concluse la seduta e in qualche modo riuscì ad arrivare in fondo alla giornata, anche se non fu facile. Ad ogni passo avanti, le sembrava di farne uno indietro. Il culmine della frustrazione fu quando, scesa dalla macchina del collega a cui aveva chiesto un passaggio a casa, trovò un nuovo biglietto sul parabrezza.

Non vedi che stai facendo? Il tuo posto non è qui. Tornatene a Boston. Nessuno ti vuole.

Evelyn trasalì. Ormai era amica di molti degli abitanti di Hilltop e iniziava a sentirsi a casa lì con Amarok…

Si guardò intorno domandandosi chi aveva potuto lasciarglielo.

Non c'era nessuno. Evelyn fece scivolare il biglietto in borsa ed entrò in casa. Voleva evitare che Brianne lo venisse a sapere, altrimenti la sorella avrebbe avuto un motivo in più per convincerla a tornare a Boston. Ma non appena si misero a parlare, Evelyn si rese conto che Brianne non aveva alcun bisogno di ulteriori argomenti.

Ne aveva a bizzeffe.

Jasper non poteva crederci. Proprio quando credeva che fosse finita, che non avrebbe mai avuto occasione di usare la "sala giochi" nel suo scantinato, ecco che la fortuna lo aveva condotto dalla sorella minore di Evelyn. E lei non lo aveva nemmeno riconosciuto! Non che se lo aspettasse, ovviamente. Era molto cambiato negli ultimi vent'anni e comunque all'epoca lui e Brianne non avevano trascorso molto tempo insieme. D'altra parte, l'idea di avere a che fare con qualcuno conosciuto tanto tempo prima gli procurava sempre un po' d'ansia. Se non si fosse avvicinato a Evelyn vestendo i panni di una guardia penitenziaria della sua prigione, magari lei l'avrebbe osservato con più attenzione e avrebbe anche potuto accorgersi di qualcosa. O forse se ne sarebbe accorta lo stesso, se lui non le avesse "salvato la vita". Fino a quel momento era stato un agente qualsiasi. Farsi assumere in prigione era stata una mossa talmente azzardata che nessuno l'aveva messa in conto, nemmeno la grande psichiatra in persona. E questo la metteva in una posizione di svantaggio. E anche se, prima o dopo, avesse riconosciuto in lui qualcosa di familiare, non avrebbe mai sospettato che si trattava di Jasper. Non si sarebbe mai accorta del pericolo che rappresentava. Ormai ne aveva avuto la prova.

E adesso la fortuna tornava a sorridergli.

Nonostante il braccio gli facesse ancora un male atroce, Jasper scese dalla macchina ed entrò in casa fischiettando la canzone che aveva appena sentito alla radio. Durante il turno aveva finito la sua scorta di antidolorifici, quindi era stato costretto a fare un salto al Quick Stop a procurarsene degli altri prima di tornare a casa. Del resto, poteva capitare a chiunque di avere mal di testa. Per fortuna non aveva commesso errori al lavoro e nessuno dei colleghi aveva avuto il sospetto che potesse essere ferito. Adesso aveva tutta la giornata per riprendersi prima del prossimo turno. Se la ferita non si infettava, presto sarebbe stato in grado di fare la prossima mossa.

Jasper posò il flacone di paracetamolo, si tolse l'uniforme e si buttò sul letto. Sperava che Brianne lo chiamasse, aveva voglia di trascorrere del tempo con lei. Il pensiero di iniziare una storia con la sorella di Evelyn lo stuzzicava. Ma, anche se lo avesse chiamato, in quel momento non era abbastanza in forma per portarla fuori. Aveva bisogno di un po' di riposo.

Meglio aspettare qualche altro giorno e poi, se non si fosse fatta viva, Jasper avrebbe fatto un giro in città nella speranza di incontrarla nuovamente per caso.

20

«Sei *incinta*?» La notizia di per sé non l'avrebbe sconvolta se non fosse che Brianne le aveva appena confidato che Jeff l'aveva lasciata per un'altra. Il matrimonio era andato in fumo, proprio come aveva sospettato Amarok.

Brianne mise i piedi sul divano mentre giocherellava con un bicchiere d'acqua in grembo. Evelyn le aveva offerto del liquore alle more, che Brianne adorava, e dopo un po' di insistenze alla fine era sbottata e aveva ammesso di non poterlo bere.

«Incinta e sola» aggiunse con una punta di rammarico.

«Ma... c'è qualche possibilità che tu e Jeff torniate insieme? Eri... così innamorata di lui.»

Sulle labbra di Brianne si affacciò un sorriso amaro. «E lo amo ancora. Il problema è che lui non ama me. Ha già un'altra, una donna che ha iniziato a frequentare quando stavamo ancora insieme.»

Evelyn appoggiò gli occhiali sul tavolino da caffè. «Quindi ti ha tradita?»

«Lui dice di no. È una nuova collega, un'assistente legale. Dice che è stato un colpo di fulmine. Ha preferito rompere con me prima di iniziare la storia con lei.»

«Ma stavate per sposarvi! Da mesi organizzavate il matrimonio!»

Brianne rise senza allegria. «Meglio prima che poi. Se quella lì fosse stata assunta dopo, ci saremmo sposati e mi sarebbe toccato affrontare il divorzio.»

Evelyn le andò più vicina. «Brianne, mi dispiace tanto! Perché non me lo hai detto subito?»

Brianne abbassò lo sguardo. «Non riuscivo a parlarne. È stata una cosa talmente improvvisa e dolorosa che l'ho chiusa in un cassetto e sono andata avanti come meglio potevo. Alla mamma non potevo dirlo e tu sei sempre così impegnata...»

«Quindi mamma e papà non sanno niente...»

«Non ancora.»

Ogni volta che Evelyn aveva sentito sua madre per telefono, lei non aveva fatto altro che parlare del matrimonio. La notizia l'avrebbe devastata.

«Quando pensi di dirglielo?»

«Non ho ancora deciso, forse quando torno a casa. All'inizio credevo che Jeff fosse solo spaventato all'idea di prendersi un impegno serio e che appena si fosse reso conto di quanto gli mancavo sarebbe tornato da me.» Brianne sciolse i capelli e si rifece la coda. «Immagino che tutti quelli che vengono mollati pensino questo genere di sciocchezze. Poi quando ho capito di essere incinta...»

«Quando è successo?» la interruppe Evelyn.

«Dieci giorni fa. Sono di due mesi, dovrebbe nascere ad aprile.»

«E in tutto questo tempo non mi hai detto niente?»

«Stavo cercando di elaborare la cosa. Poi ho ricevuto la chiamata di Amarok, mi ha detto della donna scomparsa e ho deciso di dirtelo appena l'indagine fosse chiusa.»

Evelyn osservò la sorella in cerca di qualche segnale che rivelasse il suo autentico stato d'animo.

«Jeff lo sa?»

«Gliel'ho detto appena l'ho scoperto.»

«E...»

Il petto di Brianne sussultò come se il ricordo di quel momento l'avesse colpita di nuovo.

«Mi ha chiesto di abortire.»

Evelyn ebbe un tuffo al cuore. «Deve essere stato terribile.»

Brianne si schiarì la voce. «Diciamo solo che in quel momento ho capito che non sarebbe più tornato indietro.»

«Ah.»

«No, sul serio.»

«Pensi che ti aiuterà almeno economicamente?»

«Certo. Non ha scelta.»

«Mi dispiace veramente, Bri.»

«Andrà tutto bene. Non facciamo le sentimentali.» Brianne scoppiò a ridere, ma reprimere la sofferenza che aveva dentro le fece riempire gli occhi di lacrime. «Ci sono cose peggiori, no?» Brianne si asciugò le guance con un gesto nervoso. «È una fortuna che abbia evitato di sposare un uomo che non mi vuole. E poi ho trent'anni, se devo avere un bambino perché non adesso? Anche se... non so come farò a gestire la maternità con il lavoro in ospedale. Per fortuna c'è mamma.»

Evelyn raddrizzò la schiena. «Pensavo che non lo avessi detto alla mamma.»

Brianne corrugò la fronte. «Infatti, la sola idea mi terrorizza. Gli attacchi d'ansia e la depressione continuano a peggiorare, Evelyn.»

«Sta prendendo le medicine?»

«Papà dice di sì, ma non mi sembra che la aiutino.»

«Allora dovrebbe provare qualcos'altro.»

«E cosa? Sei tu la psichiatra, anche se tocca a me gestirla ogni giorno.»

Il risentimento nei suoi confronti era finalmente venuto a galla.

«Sei stufa di prenderti cura di mamma e papà da sola.»

«Sì» ammise lei. «Mi sono sforzata di essere paziente. Ho passato gran parte della mia vita a fare ciò che era meglio per te. Quello che hai subito è terribile, non riesco nemmeno a parlarne.

Ma quando verrà il mio turno di ricevere un po' di supporto e comprensione, Evelyn? Arriverà mai quel momento?»

«Ma certo! Qui in Alaska ho preso un impegno di cinque anni, ne mancano altri tre e poi...»

«E poi cosa?» sbottò Brianne. «Firmi un altro contratto di cinque anni? E se dovessimo avere bisogno di te? Te ne importerebbe qualcosa? Pensi che riusciresti a rinunciare a questo posto oppure il tuo lavoro verrà sempre prima di qualunque altra cosa? E poi che senso ha ciò che stai facendo? Te lo chiedi, almeno ogni tanto? Credi davvero di poter fare la differenza nello studio della psicopatia, quando tutti quelli che ci hanno provato prima di te non sono riusciti a venirne a capo? Per come la vedo io, costruire Hanover House in questo posto ha provocato più danni che altro.»

Era come se Brianne le avesse tirato uno schiaffo in pieno viso. C'era così tanto da dire, così tanti9 argomenti con cui controbattere... Se fino a quel momento nessuno era riuscito a risolvere il problema non significava che lei dovesse mollare tutto e andarsene. Se lei e gli altri ricercatori avessero tenuto un atteggiamento così disfattista, chi altri si sarebbe preso la briga di alleviare le sofferenze provocate delle menti malate degli psicopatici?

Ma ne avevano già parlato tante volte. E poi era l'ultima affermazione di Brianne ad averle fatto più male.

«Non sono stata io a scegliere dove costruire Hanover House, ma la commissione dei lavori.»

«Lo volevi così tanto che non ti importava dove l'avrebbero fatto o delle ripercussioni che avrebbe avuto sulla comunità locale. Eri disposta ad andartene dall'altra parte del mondo pur di portare avanti la tua preziosa ricerca. Non puoi negarlo, il fatto che tu sia qui ne è la prova. Hai ottenuto ciò che volevi, eppure l'unica cosa di cui si sente parlare è un continuo susseguirsi di drammi.»

«Non hai nessuna stima per quello che faccio?»

«So che hai buone intenzioni, ma non capisco perché devi essere proprio *tu* a farlo.»

«Jasper uccide in qualunque posto si trovi, Bri! E continuerà a farlo, se nessuno lo ferma. La sua ossessione per me lo porta a uccidere dappertutto, in Alaska o in Arizona, causando sofferenza ovunque vada. È questo ciò che fa, ciò che ama fare!»

«Vuoi davvero che Jasper massacri la gente di Hilltop?»

Evelyn in realtà voleva che non uccidesse affatto.

«Non è questo il punto.»

«Se non ti importa nemmeno di questo, allora cos'ha importanza per te?»

«Sono qui solo da due anni. È troppo presto per dire se la ricerca otterrà i risultati che spero.»

Avrebbe voluto raccontare a Brianne degli studi che stavano portando avanti e dei risultati ai quali potevano arrivare. Avrebbe voluto supplicarla di concederle più tempo. Ma Brianne ormai non era più dalla sua parte.

«Ascolta, io non voglio fare la stronza» disse Brianne abbassando la voce. «È solo che... la famiglia dovrebbe significare qualcosa per te. Non è giusto che la responsabilità di mamma e papà ricada solo su di me.» La sua voce si fece lamentosa. «Abbiamo bisogno di te. *Io* ho bisogno di te. Torna a casa almeno per un anno. Ho bisogno che mi aiuti ad affrontare questa gravidanza e i primi mesi di vita del bambino...»

Evelyn sentì un macigno gravarle sulle spalle. Non era ancora pronta ad abbandonare la sua creatura e a lasciare l'uomo che amava. Non avrebbe mai dimenticato il sentimento di devastazione che aveva provato quando, lungo la strada per lo chalet, lo aveva creduto morto.

«Che ne sarà di Amarok?»

«Può venire anche lui.»

«Non lascerebbe mai Hilltop. È un membro importante di questa comunità, tutti fanno affidamento su di lui. E poi cosa farebbe a Boston?»

«È un tipo in gamba, troverà qualcosa. Non dirmi che hai deciso di restare qui per sempre. Hai sempre voluto tornare a Boston, perché non farlo adesso? La tua ricerca qui non andrà di certo persa. Hanover House può farcela anche senza di te.»

Evelyn pensò ai biglietti sul parabrezza della macchina. Aveva acceso un riflettore su Hilltop e vi aveva attirato le persone sbagliate. Se si fosse trasferita di nuovo a Boston, Jasper non avrebbe avuto ragione di restare in Alaska e Amarok e gli altri abitanti di Hilltop sarebbero stati al sicuro. Il dipartimento di polizia di Boston, con i suoi agenti e gli specialisti della scientifica, era più attrezzato per gestire il genere di indagine che Amarok stava portando avanti da solo. Forse la cosa migliore da fare era allontanare Jasper da lì.

Anche se Amarok fosse riuscito a sbatterlo dentro, col passare degli anni altri psicopatici avrebbero ottenuto la libertà. E se qualcuno di loro si fosse fissato con lei, con un altro membro dell'équipe o magari con uno degli agenti penitenziari e avesse deciso di vendicarsi come aveva fatto Bishop?

Evelyn non poteva tenere tutto sotto controllo.

Ma come poteva lasciare Hanover House? Lasciare Amarok?

Evelyn non sapeva che fare, non si era mai sentita così indecisa. «Prometto che ci penserò» disse infine.

La serata aveva preso una brutta piega e i tentativi di riaccendere la conversazione furono inutili. Evelyn andò a letto con la scusa che era stanca. Quando Amarok tornò a casa e si infilò sotto le coperte con lei, finse di dormire per evitare che lui le chiedesse com'era andata con Brianne.

«Devo trovare un modo per avvicinarlo» disse Samantha.

«Avvicinare un serial killer?» Hannah si sporse sul bancone di vetro dove l'amica teneva pistole e munizioni. I fucili erano attaccati alla parete dietro di lei.

Samantha ci aveva pensato a lungo, anzi, in realtà non era riuscita a pensare a nient'altro. Il suo piano era diventare la migliore amica di Jasper e non una delle sue potenziali vittime.

«Non è pericoloso come sembra.»

«Ha appena ucciso due donne!»

«Ma la persona che vuole davvero è Evelyn. Se riesco a dargli ciò che desidera, tutti gli altri saranno al sicuro.»

«Sempre che venga preso subito. E se non succedesse?»

«Ma certo, a quello ci pensa Amarok!»

«Non puoi esserne sicura!»

«Che lo prenda o no, non ha importanza. Jasper è qui solo per colpa di Evelyn. Appena avrà ottenuto ciò che vuole se ne andrà in un posto più caldo, vedrai. La nostra comunità è troppo piccola per essere di qualche interesse per un serial killer. Quella gente ha bisogno di grandi numeri, dell'anonimato, di luoghi frenetici per passare inosservata.»

Hannah non sembrava convinta. «Non mi sembra che Jasper se la sia cavata tanto male finora…»

«Perché ci ha presi alla sprovvista. Ma adesso che siamo tutti in allerta non avrà più tanto spazio di manovra. Sarà sotto gli occhi di tutti.»

Hannah si morse il labbro. «Non ti importa di condannare Evelyn a morte?»

No, niente affatto. Era proprio quello il punto. Samantha desiderava talmente tanto liberarsi di Evelyn che non le interessava in che modo sarebbe avvenuto. Anzi, una volta morta, non c'era pericolo che tornasse.

«Meglio lei che qualcuno che conosciamo! Ha portato a Hilltop un manipolo di uomini pericolosi senza alcuna ragione! È come uno che sta affogando e nel tentativo di salire su una barca la ribalta provocando la morte di chissà quante altre persone.»

«È vero, ma...»

Samantha rifiutava di essere contraddetta. Quello era il modo migliore per ottenere ciò che voleva e non vedeva l'ora di mettere in azione il suo piano.

«Insomma, se Jasper vuole uccidere Evelyn prima o poi lo farà. Sto solo accelerando il processo in modo che nessun altro si faccia del male, Amarok per primo.»

Hannah la fissò a bocca aperta per alcuni secondi. «Sei davvero convinta che Amarok tornerà da te quando Evelyn non ci sarà più?»

«Di sicuro! Perché non dovrebbe? Con il tempo si renderà conto di quanto loro due fossero male assortiti e finirà per dimenticarla.»

«Non farlo» disse Hannah scuotendo la testa. «Non riusciresti mai a perdonartelo.»

Invece sì, se Amarok fosse tornato da lei. Era la vita senza di lui il vero inferno.

Hannah chinò la testa per guardarla in faccia.

«Sam, mi ascolti?»

Samantha aggrottò le sopracciglia.

«Oh, ma falla finita! Neanche a te piace Evelyn.»

«Ma solo perché ha portato qui Hanover House! Sandy Ledstetter era mia amica. Mi manca ed è per colpa della prigione se non c'è più. Ma Evelyn non mi ha fatto niente di male, non personalmente. E poi come la prederebbe Amarok, se venisse a scoprire che sei stata tu a causare la morte di Evelyn?»

«Non lo scoprirà, perché non sarò io a ucciderla, ma Jasper.»

«Ma... come pensi di trovarlo?»

«Sarà lui a trovare me.»

«Sam, mi stai facendo paura!»

«Vuoi mollare? Lo sai che posso farcela anche da sola. Non ho problemi!»

Hannah sbatté gli occhi, non riusciva a credere alle sue orecchie. «Allora, come ti farai trovare?»

Era un rischio, ma Samantha non aveva un piano migliore.

«La moglie di Phil mi ha detto che una delle donne assassinate era una spogliarellista di Anchorage. Chiedendo in giro posso scoprire dove lavorava, non sarà difficile.»

«Non credo. E poi?»

«E poi vado lì e vediamo cosa succede.»

«Sam, no. Lo dirò ad Amarok, se mi costringi. È pericoloso. Sei completamente impazzita.»

Samantha, innervosita dalla reazione dell'amica, si mise a mettere in ordine le munizioni.

«Oh Dio, Hannah! Non dirmi che ci sei cascata.»

Un'espressione di sollievo comparve sul volto di Hannah. «Stavi scherzando?»

«Ma sì! Ti sto prendendo in giro» Samantha scoppiò a ridere, ma dentro di lei stava già pensando a cosa indossare per la sua visita ai bassifondi di Anchorage.

21

Amarok ed Evelyn non avevano fatto l'amore da quando era arrivata Brianne. Lui era stato molto indaffarato con i referti delle prove raccolte allo chalet: il calco delle ruote, aveva detto l'esperto, apparteneva a un normalissimo pneumatico Goodyear 4x4. In Alaska guidavano quasi tutti fuoristrada che, in quel periodo dell'anno, montavano le gomme da neve. In assenza di un veicolo preciso con cui confrontare il calco, quella prova era del tutto inutile.

Nemmeno l'impronta della scarpa aveva rivelato dettagli sufficienti sul tipo di stivali indossati dall'assalitore. Non gli restava che confidare nel campione di sangue per avere conferma che l'uomo cui stava dando la caccia fosse davvero Jasper. Amarok lo aveva mandato al laboratorio privato di Philadelphia su suggerimento di Ashton Cooper, dove erano già al lavoro per confrontarlo con il DNA rinvenuto a Boston, sulla scena del crimine di Charlotte. Amarok aveva poi parlato con chiunque potesse aver visto qualcosa di strano o fuori dall'ordinario, aveva controllato i registri ospedalieri della zona, Anchorage inclusa, ed era andato a far visita al direttore della prigione per assicurarsi che nessuno si fosse dato malato. Tornava di rado a casa, solo per mangiare un boccone o dormire qualche ora, ed Evelyn sembrava ogni volta più distante.

Anche lei era sotto stress e lui non si aspettava certo che facesse finta di niente. Erano nel bel mezzo di un'emergenza, questo era vero, ma c'era qualcosa che non andava tra loro, qualcosa di grave. Perfino Brianne lo ignorava, quasi non avesse poi interesse a diventare sua amica, figurarsi sua cognata. Amarok avvertiva che c'era tensione tra le due sorelle. Quando aveva invitato Brianne a venire, credeva che sarebbero rimaste in piedi a chiacchierare e a scherzare fino a tardi, che avrebbero dimostrato di avere quella confidenza di cui gli aveva sempre parlato Evelyn.

Ma la situazione era ben diversa. Le due si affrontavano con gran cautela, come se avessero continuamente paura di litigare. Amarok aveva l'impressione che non aspettassero altro che separarsi di nuovo.

Forse chiederle di venire in Alaska era stato uno sbaglio. Sapere che Evelyn non era sola quando lui era al lavoro lo tranquillizzava, eppure c'era qualcosa che lo turbava; così quel venerdì pomeriggio decise di andare a parlare con lei alla prigione.

Evelyn sollevò gli occhi dalla scrivania. «Amarok! Cosa ci fai qui?»

Lui chiuse la porta e tirò giù le tapparelle della finestra, poi si mise a sedere su una delle due sedie davanti alla scrivania. «Hai un minuto?»

«Certo.» Evelyn spinse il portatile da una parte. «Che succede?»

«Non riguarda l'indagine.»

Lei lo guardò esitante. «Allora che c'è?»

«Io e te. Noi. Mi sembra che non ci vediamo da settimane.»

«Abbiamo avuto da fare. E poi con Brianne in casa non c'è molta privacy.»

«È vero, ma non è solo quello. Ti stai allontanando, lo sento.»

Amarok era convinto che lei avrebbe negato, che avrebbe detto che era tutto frutto della sua immaginazione. Invece no. «Brianne è incinta» rispose lei.

Non ci poteva credere. Alla sorpresa si aggiunse subito una punta di invidia, anche lui voleva un bambino da Evelyn. Era pronto a metter su famiglia, non ne aveva mai fatto segreto, e non aveva dubbi sul fatto che Evelyn fosse la donna giusta per lui, nonostante andasse per i quaranta e il danno fisico che Jasper le aveva procurato implicasse una gravidanza complicata. Amarok temeva che se non ci avessero provato subito avrebbero perso per sempre la possibilità di avere un figlio. «Brianne è incinta?»

«Sì. E avevi ragione, le cose con Jeff non vanno affatto bene.»

Lui e Brianne non avevano avuto molte occasioni di passare del tempo insieme, ma le poche volte che si erano incontrati in casa non l'aveva mai sentita rammentare il fidanzato, e ciò gli aveva confermato i suoi sospetti iniziali.

«Che cosa è successo?»

«Lui ha un'altra.»

«Da quanto?»

«Da circa un mese.»

«Prima o dopo aver scoperto che lei era incinta?»

«Prima.»

Amarok congiunse le mani davanti a sé e studiò il volto della donna che un giorno sperava di sposare. «Cosa ha intenzione di fare?»

«Vuole tenere il bambino.»

«Da sola?»

«Sì.»

«Lascerà il lavoro?»

«Non può permetterselo. Dovrà mantenere un figlio.»

Amarok sciolse l'intreccio delle dita e si appoggiò allo schienale. «Mi dispiace che con Jeff non abbia funzionato.»

«Anche a me. Bri è distrutta.»

Dal modo in cui lo sguardo di Evelyn si allontanò dal suo, Amarok capì che c'era dell'altro, qualcosa che non riguardava strettamente Brianne.

«E di conseguenza anche tu stai cominciando ad avere dei dubbi su di noi, giusto?»

Amarok distinse chiaramente la tristezza negli occhi di lei non appena i loro sguardi tornarono a incrociarsi.

«Mi ha chiesto di tornare a Boston. Mia madre non sta bene e ora, con il bambino in arrivo... Be', in sostanza Brianne ha bisogno di me e vuole che passi un po' di tempo in famiglia.»

Amarok trattenne il respiro.

«E che ne sarà del tuo lavoro? Dell'impegno che hai preso di restare e gestire la prigione per i primi cinque anni?»

«Lo so. Non voglio rescindere il contratto. Non voglio lasciarti. È stata la decisione più difficile che abbia mai dovuto prendere.»

Evelyn sarebbe tornata a Boston, lui l'aveva capito prima ancora che lo dicesse.

Il cuore gli batteva forte nel petto. *Accidenti!* Proprio per questo in un primo momento Amarok non aveva voluto aprire il suo cuore. Sua madre aveva lasciato lui e suo padre in Alaska e se n'era tornata nei Lower 48. Suo padre lo aveva messo in guardia: Evelyn avrebbe fatto la stessa cosa. Lei non era il tipo di persona che ama stare all'aria aperta, non sarebbe mai venuta a vivere in quel posto di sua spontanea volontà. Eppure l'attrazione che nutriva per lei era stata irresistibile e il tentativo di opporvisi non era bastato a salvarlo. Non avrebbe mai dimenticato la prima volta che avevano fatto l'amore, quando lei si era infilata sotto la doccia insieme a lui. Il fatto che Evelyn fosse riuscita a fidarsi di lui aveva fatto crollare ogni sua difesa.

«Quando parti?»

Gli occhi di Evelyn si riempirono di lacrime. «Ancora non lo so. Appena riesco a organizzarmi.»

Lui si alzò in piedi e andò verso la porta.

«Amarok...»

Doveva uscire di lì prima che lei si accorgesse quanto lo aveva ferito. L'aspetto peggiore dell'intera faccenda era che non poteva biasimarla. Anzi, era sorpreso che avesse resistito tanto a lungo. Evelyn non era al sicuro e non lo sarebbe stata finché lui o chiunque altro avesse messo Jasper dietro le sbarre. Se solo ci fosse riuscito, forse lei e la sua famiglia avrebbero avuto pace. Solo allora, forse, Evelyn avrebbe potuto considerare la situazione in cui si trovava come *normale*.

Amarok non rispose e continuò a dirigersi verso l'uscita, ma lei corse a fermarlo.

«Ti prego, cerca di capire» lo supplicò. «Non ho altra scelta. Quello che è successo a me ha colpito tutta la mia famiglia. Loro mi hanno sostenuta, si sono presi cura di me, hanno avuto un occhio di riguardo per oltre vent'anni. Sento che devo ripagarli, che devo esserci per loro. Non ruota tutto intorno a me, alla mia ricerca, ai miei bisogni. E nemmeno intorno all'uomo che amo e con cui voglio stare» aggiunse.

Amarok abbassò gli occhi sulla mano che lo tratteneva. «Pensi di tornare?»

«Solo se sarà per sempre. Non posso affrontare questa situazione una seconda volta.»

Questo non era esattamente l'impegno che aveva in mente lui. Amarok si sentiva un nodo in gola e faceva fatica a parlare. «Cosa dirai a Janice?»

«Le chiederò un congedo.»

«Per quanto tempo?»

«Un anno.»

«Hai intenzione di trascorrere un anno intero a Boston e poi decidere se tornare o meno?»

«Sì. Ho intenzione di tornare in analisi per affrontare di nuovo il trauma che ho subìto e capire come posso aiutare la mia famiglia. Avrei preferito aspettare che tu chiudessi il caso. So che è un momento terribile per andare via, ma con Brianne incinta e io che mi sento così fragile, non so quanto ancora potrò resistere.»

«Ma mancano ancora molti mesi al parto.»

«Bri ha il cuore spezzato, ha bisogno di qualcuno che la aiuti durante la gravidanza e la sollevi dalla preoccupazione di occuparsi di mia madre. E comunque ero già in crisi. Forse è segno che devo cambiare, che sto tirando troppo la corda e a risentirne siamo io e la mia famiglia.»

Nessuno dei due menzionò il fatto che andando via in quel momento, e per così tanto tempo, sarebbe stato impossibile, in futuro, riprendere le redini di Hanover House. Dopo gli sforzi che aveva fatto per dimostrare di essere guarita dal trauma e di poter fronteggiare qualunque situazione, adesso Evelyn doveva fare attenzione all'immagine che dava di sé, soprattutto nei confronti del dipartimento carcerario e della stampa.

Questa decisione avrebbe potuto distruggere il lavoro di anni.

«Quando pensavi di dirmelo?» chiese lui.

«Non finché avevi così tante cose da affrontare. A essere sincera la decisione l'ho presa solo stamattina. Non l'ho detto nemmeno a Brianne. So che ti sei accorto della tensione tra noi due.» Evelyn si asciugò una lacrima. «Anche lei ce l'ha con me.»

Amarok avrebbe fatto di tutto per convincerla a restare. Un anno senza di lei era un'eternità, soprattutto perché quei dodici mesi avrebbero potuto trasformarsi in un "per sempre".

Ma sapeva anche che metterle pressione non avrebbe fatto altro che allontanarla di più. Se Evelyn decideva di restare doveva essere una sua libera scelta, dettata dal voler vivere lì con lui per sempre. Amarok non aveva alcuna intenzione di portare avanti una relazione nel timore costante di essere lasciato.

Forse era giunto per entrambi il momento di chiarirsi le idee.

Forse, tra un anno, Evelyn avrebbe acconsentito a sposarlo e ad avere un figlio con lui.

E se invece non fosse andata così? In quel caso la relazione non avrebbe retto comunque.

«L'unica cosa importante è che tu sia felice» disse lui liberandosi dalla presa e dirigendosi verso la porta.

Evelyn sperava di riuscire a fermarlo, di poter parlare con lui finché entrambi non si fossero sentiti meglio. Anche se forse questo non sarebbe mai successo, visto che non poteva dirgli ciò che lui voleva sentirsi dire.

Penny bussò alla porta.

Amarok la spalancò con tanta forza che la segretaria rischiò di cadere in avanti, per fortuna lui la agguantò in tempo.

«*Ops!*» disse lei aggrappandosi alla cornice della porta. «Mi dispiace interrompere, ma ho appena ricevuto una chiamata di Phil, che lavora con lei. O per lei… Ad ogni modo, ha detto che ha bisogno di parlarle.»

Penny aveva sempre avuto un debole per Amarok, arrossiva ogni volta che lo vedeva ed Evelyn se n'era accorta. In passato l'aveva trovato divertente. Il suo atteggiamento era talmente palese che a volte metteva Amarok in difficoltà. Ma adesso che stava per partire senza alcuna garanzia di tornare, non lo trovava più tanto divertente. Amarok avrebbe anche potuto finire tra le sue braccia o tra quelle di qualcun'altra in città, magari addirittura della sua ex, Samantha, che stava solo aspettando l'occasione giusta e non ne faceva segreto.

«Grazie.» Amarok fece per oltrepassare Penny.

«Puoi prendere la chiamata da qui se vuoi» disse Evelyn, ma lui non le prestò attenzione. Evelyn lo dovette chiamare tre volte prima che lui si girasse a guardarla.

Amarok voleva andarsene, glielo leggeva in faccia, era come se non sopportasse di stare nella sua stessa stanza. E questo la faceva sentire ancora peggio. Ma cos'altro poteva fare? Erano anni che Brianne si occupava dei loro genitori da sola e non era giusto. Adesso che aspettava un bambino aveva bisogno più che mai del suo aiuto.

Amarok fece il giro della scrivania ed Evelyn gli fece spazio. Penny, incuriosita da cosa avesse spinto Amarok ad andarsene dall'ufficio della dottoressa in quel modo e a farlo esitare quando lei lo aveva chiamato, rimase sulla porta a osservare prima l'uno e poi l'altra, finché Evelyn non le chiuse la porta in faccia.

«Mi stavi cercando?» chiese Amarok dopo aver composto il numero. «Chi l'ha detto?... Non è niente... Solo un'altra scusa per farmi perdere tempo... Sì, lo so. Avevo in mente di passarci comunque. Dille che arrivo subito.»

Amarok riattaccò ed Evelyn sollevò le sopracciglia chiedendo una spiegazione.

Lui indicò il telefono. «Samantha sostiene di aver visto un uomo sospetto nel vicolo dietro il suo negozio. Devo andare a controllare.»

«Samantha.» Era infantile, lo sapeva, ma il solo nominare quella donna la faceva ingelosire.

«Sì.»

Evelyn gli si parò di fronte per impedirgli di andarsene una seconda volta.

«Amarok, mi dispiace.»

Lui accennò quel suo mezzo sorriso che le scioglieva le ginocchia ed Evelyn sentì il cuore andare in mille pezzi. Fece per toccarlo, per tranquillizzarsi che tutto sarebbe andato bene. Ma non era più sicura che lui gradisse il contatto, così rimase con la mano sospesa in aria, prima di riportarla al petto.

«Lo so» rispose lui. «Adesso è meglio che vada.»

«Amarok...»

«Evelyn, non c'è più niente da dire, almeno finché non saprai cosa vuoi.»

«Non è questione di cosa voglio!»

Amarok si girò di scatto per guardarla dritto in faccia. «E invece sì. Ma ti darò il tempo di cui hai bisogno, anche se farà male e soffrirò per la tua mancanza. Ma promettimi una cosa.»

«Cosa?»

«Se dovessi decidere di tornare, e non per il tuo lavoro, ma per me, devi promettermi che ci sposeremo.»

Evelyn fece un respiro profondo. «Mi stai dando un ultimatum. O tutto o niente?»

«O tutto o niente» rispose lui con una risolutezza che la spaventò. «Voglio un impegno. Essere certo di poter contare sul nostro amore. E che affronteremo insieme qualunque problema insorga. Voglio che quando andrai a Boston, o da qualsiasi altra parte, sia solo per fare visita a qualcuno, a meno che tu non mi ami più o io abbia fatto qualcosa per cui meriti di perderti.»

Era una richiesta ragionevole: voleva che gli promettesse ciò che lui prometteva a lei. Evelyn non poteva pretendere che restasse in sospeso per sempre, in balìa della sua decisione di tornare a Boston o di avere una famiglia insieme.

«Okay.»

Amarok annuì brevemente e se ne andò senza nemmeno sfiorarla. In quel momento Evelyn capì che da quel momento in poi sarebbe rimasto dietro la linea di confine che aveva appena tracciato. Tra loro era finita, almeno fin quando lei non si fosse decisa a stare con lui una volta per tutte.

Brianne aveva bisogno di bere qualcosa. Guardare le persone nel rustico bar di Hilltop che ordinavano birra e vino le faceva rimpiangere il suo stato. Dopo le vicende dell'ultimo mese aveva decisamente bisogno di un drink. Aveva perso l'uomo che amava appena prima di scoprire di esserne incinta e sua sorella era di nuovo alle prese con lo psicopatico che l'aveva quasi uccisa due volte. E come se non bastasse, invece di darle una mano, la sua presenza aveva reso la loro relazione tesa come mai prima di allora.

Stava combinando casini su tutti i fronti. Evelyn le aveva telefonato poco prima che uscisse di casa per dirle che avrebbe chiesto un congedo per tornare a Boston. Ma sapere che aveva vinto la faceva sentire ancora peggio. Aver rovinato la propria vita non implicava di dover fare altrettanto con quella di sua sorella. Aveva provato a convincerla a cambiare idea, ma l'aveva accusata troppo pesantemente per poter ritrattare.

«Brava, ben fatto» mormorò tra sé. Non era colpa di Evelyn se era stata scaricata, se era rimasta incinta o se la mamma non era in grado badare a se stessa. Evelyn non aveva scelto di essere seviziata e quasi uccisa quando aveva sedici anni. «Dio, sono una persona orribile.» Invece di dare una mano come le aveva chiesto Amarok e di ritornarsene a casa a gestire i suoi di problemi, era riuscita a convincere Evelyn a lasciare il lavoro e l'uomo che amava.

Mal comune mezzo gaudio, pensò, ma il vecchio detto non la fece sentire meglio.

Il proprietario del bar, un uomo squadrato e dalle gambe storte che sembrava uscito da un film di John Wayne, le chiese se voleva qualcos'altro.

«A giudicare dalla sua espressione, sembrerebbe aver bisogno di qualcosa di più forte» la prese in giro. «Quello Shirley Temple non va proprio giù.»

Brianne tolse la ciliegina dalla montagna di ghiaccio in cima al bicchiere. Il drink era troppo dolce per i suoi gusti, ma non poteva saperlo visto che non aveva mai avuto occasione di ordinarlo. «No, sto bene così. Ma grazie.»

Il barista riempì la ciotola di noccioline lì accanto. «Lei è la sorella della doc, vero?»

Era la terza volta che andava al Moosehead. La sera prima lui le aveva servito un hamburger, ma il locale era pieno ed era stata la donna sovrappeso – sua sorella – a occuparsi di lei.

«Come lo sa?»

«A parte la somiglianza?» lui le fece l'occhiolino. «A Hilltop niente passa inosservato. E poi qualunque cosa riguardi la doc fa notizia.»

Brianne si guardò intorno con sguardo torvo. Non c'era molta gente quella sera, alle sei era ancora presto, anche se a giudicare dal buio fuori poteva essere notte fonda. In Alaska a ottobre il sole tramontava alle cinque. Chissà se sarebbe entrato Amarok, pensò. In quel caso cosa gli avrebbe detto? Se avesse fatto finta di non conoscerla non lo avrebbe biasimato. Doveva essere molto arrabbiato per la piega che aveva dato a quel viaggio. Invece di tranquillizzare Evelyn, era stata un'ulteriore fonte di stress.

Brianne era delusa di se stessa.

«Ehi, perché non mi hai chiamato? Pensavo che una ragazza di città come te si sarebbe annoiata subito da queste parti.»

Brianne si girò in direzione della voce e riconobbe Andy Smith, l'agente penitenziario che aveva conosciuto al Quick Stop lunedì mattina. Avrebbe voluto chiamarlo, ci aveva pensato più volte a dire il vero. Evelyn e Amarok erano sempre fuori e poi sapeva che le guardie non facevano orari di ufficio. Sarebbe stata la persona ideale per distrarsi un po' dal circolo di sofferenza e autocommiserazione in cui si era andata a infilare.

Ma non si sarebbe fermata abbastanza a lungo per iniziare una relazione, e poi, portare in grembo il figlio di un altro non la rendeva certo appetibile.

Quella sensazione di costrizione la faceva infuriare. Jeff era libero di andare avanti con la sua vita come se niente fosse mentre lei si beccava tutti gli strascichi della relazione, e nessuna delle tre opzioni che le si prospettavano – abortire, dare il bambino in adozione o diventare una mamma single – la entusiasmavano particolarmente.

«Be', in effetti ci sono vicina» scherzò, inspirando l'odore della sua acqua di colonia mentre si sedeva accanto a lei. Sapeva di buono e di pulito.

«Non ha un gran bell'aspetto» disse lui indicando lo Shirley Temple con un'espressione di leggero disgusto. «Lascia che ti offra un vero drink.»

«Mi piacerebbe molto, credimi, ma non posso.»

«Io sì, invece. Sta' a guardare.» Andy fece un cenno a Shorty. «Che ti va di bere?» le chiese mentre il barista si avvicinava.

Brianne, per la seconda volta, fu tentata di lasciarsi andare. In fondo che cosa era mai un drink? Una piccola quantità di alcol non avrebbe certo fatto male al bambino.

Ma che razza di madre correrebbe il rischio?

Una madre egoista. E lei di scelte egoiste ne aveva già fatte abbastanza da quando era arrivata in Alaska.

«Prendo una Sprite» disse a Shorty spingendo il suo terribile drink da una parte.

Andy la guardò stupito. «Una Sprite? Mi prendi in giro? È questo il meglio che sai fare?»

«Non posso bere alcol.»

Lui esitò un istante, poi abbassò la voce. «Forse non è carino da chiedere, ma visto che hai sollevato tu la questione...»

Ovviamente Andy voleva sapere perché. Brianne avrebbe preferito evitare di parlarne, ma non le sembrava giusto nei suoi confronti visto l'interesse che aveva dimostrato. Passare la serata al Moosehead con lui era un'ottima alternativa a stare in casa con sua sorella fingendo che tutto andasse bene. Evelyn aveva iniziato a usare la scusa del lavoro per tornare a casa sempre più tardi.

«Sono incinta.»

«Oh.» Andy raddrizzò la schiena. «Non me n'ero accorto. Non pensavo che fossi impegnata. Voglio dire, che stessi con qualcuno...»

Brianne si ravviò i capelli. «Non più. Non ha funzionato.»

Gli occhi di lui scivolarono sul ventre di lei. «Non sei molto avanti con la gravidanza.»

«No, infatti. L'ho scoperto subito dopo che abbiamo rotto. Bello, vero?»

«Quindi è per questo che non mi hai chiamato?»

«Non vedo perché un uomo debba voler uscire con me in queste condizioni.»

«E perché no?»

Brianne lo guardò sorpresa. «Perché per la maggior parte degli uomini sono come appestata, almeno da qui a un anno.»

«A me non importa. Non sono mai uscito con una donna incinta prima, ma per il momento non mi sembra poi così diverso.»

Shorty tornò con la Sprite, Andy gli allungò un paio di banconote e Brianne bevve un sorso dal bicchiere.

«Insomma, hai intenzione di trasferiti da queste parti?» le domandò appena il barista si fu allontanato. «Lo chiedo tanto per sapere, io adoro i bambini e sarei un ottimo patrigno o qualunque altra cosa vuoi che io sia.»

Brianne scoppiò a ridere. «Bravo, hai appena guadagnato un punto.»

«Al Quick Stop hai detto che ti fermavi una settimana, quindi ormai quanto ti resta... un paio di giorni?»

Le piaceva che lui avesse preso nota di quando sarebbe ripartita. Voleva dire che era interessato. «Se non conti oggi, sì. Parto domenica.»

«Allora non ci resta molto tempo, dovremmo cercare di divertirci il più possibile.»

«Davvero? Anche se non posso bere?»

Andy si sporse in avanti e le sussurrò all'orecchio. «Ma altre cose le puoi fare, no?»

Brianne scattò all'indietro. Cosa credeva, che sarebbe andata a casa sua? Ma se si erano appena conosciuti!

«Tipo...?»

La risposta fredda e scioccata di Brianne gli strappò un sorriso.

«Tipo ballare» disse lui con una risata, porgendole la mano.

22

Jasper stringeva la sorella minore di Evelyn tra le braccia. Non ci poteva credere. Sentire quel corpo contro il suo era piacevole quasi quanto fosse stata Evelyn in persona. Brianne non era attraente come lei e non aveva nemmeno la metà della sua intelligenza. Era la mente brillante di Evelyn a stuzzicare il suo piacere. Brianne non lo aveva chiamato e lui aveva sperato di incontrarla al Moosehead quella sera, e così era stato. La prospettiva di trascorrere la serata a flirtare con lei era sufficiente a scacciare il senso di irrequietezza che gli procuravano l'indagine per omicidio e il pensiero di non essere ancora riuscito ad avvicinare Evelyn, nonostante la prigione nel seminterrato dove aveva deciso di rinchiuderla fosse ormai pronta ad accoglierla.

«Hai un buon profumo» disse Brianne mentre scivolavano sulla pista da ballo al ritmo della musica.

Facendo attenzione a evitare ogni contatto con il braccio ferito, Jasper inclinò la testa avvicinandosi al collo di lei. «Anche tu.»

Dopo averla messa sulla difensiva e quasi fatta scappare via, doveva fare attenzione a quello che diceva, anche un commento del genere avrebbe potuto metterla a disagio. Per fortuna aveva salvato la situazione buttandola sullo scherzo, ma in fondo non si pentiva affatto di ciò che aveva detto. Almeno adesso sapeva come giocarsela. Era meglio andarci piano ed evitare commenti diretti. Non poteva permettersi che Brianne andasse a riferire a Evelyn e ad Amarok del comportamento sfrontato di Andy Smith. Con un po' di fortuna sarebbe stata lei a fare la prima mossa. Era una donna ferita e sola, e lui non si sarebbe certo tirato indietro. Manipolare qualcuno che era appena stato rifiutato non era un'impresa difficile.

Peccato che non potesse bere, però. Non che a Jasper importasse qualcosa del bambino, ma da ubriaca avrebbe fatto meno caso a ciò che lui faceva o diceva e sarebbe stato molto più facile infilarsi nelle sue mutandine.

«Da quanto tempo vivi in Alaska?» gli chiese.

«Da quando lavoro alla prigione.»

«Otto mesi?»

«Te lo ricordi.» Jasper aveva accennato alla cosa quando si erano incontrati al Quick Stop.

Brianne arrossì. «Be', non sei facile da dimenticare.»

Jasper avvertì una tensione all'inguine. «Nemmeno tu. Aspettavo una tua chiamata. Stasera sono venuto apposta sperando di incontrarti.»

«Lo ammetti così, come se niente fosse?» disse lei con una risata. Aveva gradito il complimento e Jasper le rifilò la sua frase da rimorchio più riuscita.

«E perché no? A me non mi piacciono i giochetti.»

«Nemmeno a me.» Sembrava sollevata e lui capiva bene il perché: non solo stava uscendo da una brutta relazione, ma con un ricordino, per giunta. «Siamo troppo grandi per i giochetti» aggiunse.

Jasper le sfiorò la schiena con le dita cercando di percepire la pelle sotto la camicetta. «Esatto. Sono attratto da te, Brianne. Sei la donna più bella che abbia mai visto e non ho paura di dirlo.»

Brianne diventò rossa. «Ti ringrazio.»

«Mi dispiace che te ne vada così presto. C'è qualche possibilità che ti fermi più a lungo?»

Lei si morse il labbro pensando a cosa rispondere. «Penso di no, ma potrei tornare tra un paio di mesi.»

«E come la metti con il lavoro?»

«Ho un sacco di ferie arretrate.»

«Sarebbe fantastico» disse lui stringendola più forte per dimostrarle il suo entusiasmo.

«Com'è che hai deciso di diventare un agente penitenziario?»

Brianne doveva avere un buon lavoro, con uno stipendio parecchio più alto del suo, e Jasper voleva fare una buona impressione. Alcune volte raccontava di essere stato un magnate dell'impero immobiliare e che lo sarebbe ancora se la sua segretaria non si fosse intascata centinaia di migliaia di dollari. La storia funzionava sempre e nessuno gli aveva mai fatto ulteriori domande. Ma nel caso di Brianne doveva stare molto più attenta. Non poteva fare troppo il gradasso, altrimenti rischiava di suscitare la curiosità di Evelyn, che non avrebbe esitato a sfogliare il suo fascicolo.

«È un lavoro che ha molti vantaggi» disse lui. «E poi ho sempre voluto vivere in Alaska, ma se non sei del settore turistico non è facile trovare lavoro quassù. Hanover House era la scusa perfetta per trasferirmi» aggiunse sorvolando sulla prigione in cui aveva lavorato in Arizona.

«Capisco. Ma perché proprio l'Alaska?»

«E c'è da chiederselo? C'è molto più spazio e meno burocrazia! I Lower 48 sono sovraffollati e pieni di leggi da seguire.»

«Preferisci essere lasciato in pace e fare il tuo lavoro.»

Jasper nascose un sorriso, mai parole erano state più vere. «Esatto. Sono una specie di animale selvatico.»

«Allora ti deve piacere molto qui.»

«Sì, non tornerei mai indietro.» A meno che non fosse stato costretto, e comunque non adesso che aveva Evelyn sotto tiro.

La canzone che stavano ballando terminò e subito dopo ne attaccò un'altra, ma Brianne non si allontanò e lui continuò a tenerla stretta tra le braccia.

«A te invece l'Alaska non piace un granché, vero?»

«Mi piace il suo lato selvaggio e la sua natura, ma sono nata e cresciuta a Boston, adoro la città. E poi i miei abitano ancora lì. Non mi sposterei mai.»

«Nemmeno per l'uomo giusto?» scherzò lui.

«L'uomo giusto?»

Jasper scorse un bagliore nei suoi occhi nonostante la scarsa illuminazione della pista. Brianne stava flirtando. «Be', come sai sono un eroe.»

«Questo è vero, hai salvato la vita a mia sorella...»

Lui gonfiò il petto. «Niente di meno» disse in tono divertito, anche se in realtà non stava affatto scherzando. L'argomento l'aveva tirato fuori apposta per accrescere la sua credibilità agli occhi di lei. Anche se erano poco più che estranei Jasper voleva che si sentisse al sicuro con lui, per questo le aveva ricordato cosa sarebbe successo alla sorella se lui non fosse intervenuto in tempo quel giorno.

Era la bugia perfetta al momento giusto e Jasper non riuscì quasi a trattenere un sorriso.

«Deve esserti molto grata.»

«Lo è» disse lui, anche se a dire il vero Evelyn avrebbe potuto dimostragli molta più gratitudine di quanto non facesse. Non gli aveva mai chiesto di uscire per ringraziarlo e nemmeno invitato a cena a casa. Anzi, aveva come l'impressione che lo evitasse, cosa che accresceva il suo risentimento. Nel periodo in cui Jasper sognava di essere assunto ad Hanover House, immaginava di corteggiarla e di portarla a letto. Non ci sarebbe stata vittoria più grande di riuscire a farla innamorare di nuovo di lui. Ma Evelyn non aveva occhi che per Amarok. Era quasi come se lei non lo trovasse nemmeno attraente.

Fortunatamente c'erano un sacco di altri modi per attuare il suo piano di vendetta. E quello che aveva di fronte in quel momento lo attirava particolarmente. Se solo Evelyn avesse saputo che l'uomo che aveva ucciso le sue amiche e l'aveva seviziata per quattro giorni aveva appena rivolto l'attenzione alla sua sorellina...

«Non stiamo ballando un po' troppo vicini?» chiese Brianne con i grandi occhi innocenti spalancati.

Pensare a Evelyn gli aveva procurato un'erezione. «Mi dispiace, ma non ho intenzione di scusarmi per questo. Ti ho già detto quanto ti trovo bella.»

Con i complimenti ci si poteva far scusare qualunque cosa...

«Non ti preoccupare, non mi da noia.» Brianne scoppiò a ridere. «Dopo tutto ciò che ho passato è bello sentirsi apprezzata e ammirata.»

«Il padre di tuo figlio è un pazzo ad averti lasciato andare.»

Brianne si strinse a lui con più forza. Jasper stava per avere un orgasmo. Era sua. La sorella minore di Evelyn era sua! Non poteva crederci. Lei era attratta da lui e stava abbassando la guardia.

Ci furono altre canzoni, chiacchiere e risate, e la tensione erotica tra loro si fece tanto intensa che Brianne si lasciò trascinare nel corridoio del bagno. Jasper la spinse contro il muro per farle sentire la potenza della sua erezione e la baciò a lungo e intensamente.

Gli ricordava Evelyn, si somigliavano così tanto, sia nei lineamenti che nel modo di parlare e di ridere. Aveva come la sensazione di poterla assaporare attraverso Brianne. Gli prudevano le mani, avrebbe voluto afferrarla per il collo e stringerlo forte restando a guardare i suoi occhi mentre si rendeva conto di essere stata ingannata. Ma non poteva permettersi di rivelare la sua identità a nessuno, se non a Evelyn appena fosse diventata sua prigioniera.

Nel tentativo di combattere la pulsione di farle del male, Jasper fu costretto a posare le mani sul muro sopra la sua testa e a non toccarla per qualche minuto.

Brianne invece lo toccava con molta più disinvoltura di quanto si sarebbe aspettato. Il padre del bambino aveva distrutto la sua autostima e adesso gli stava addosso come una cagna bisognosa di attenzione. Non avrebbe mai immaginato che la sorella di Evelyn fosse tanto ingenua.

Ma in fondo, perché Brianne non avrebbe dovuto credergli? Lui lavorava nella prigione della sorella e le aveva perfino salvato la vita. Era un ottimo partito sotto ogni punto di vista.

Quando si staccarono stavano entrambi ansimando.

«Devi tornare a casa stasera?» le chiese lui premendo la fronte contro la sua e facendo finta che il desiderio che provava per lei fosse incontenibile.

«Dove vorresti portarmi?» rispose lei ancora aggrappata al suo collo, mentre giocherellava con una ciocca dei suoi capelli.

«Io sto ad Anchorage. Potremmo passare la notte insieme, se ti va.» In realtà non poteva portarla da lui. Non poteva spogliarsi davanti a lei, altrimenti si sarebbe accorta della ferita e non poteva rischiare che lo riferisse ad Amarok. Ma non voleva rinunciare ad approfittare della situazione…

«No, mia sorella disapproverebbe se non tornassi a casa.»

«Anche se sei con me?» chiese come se si ritenesse una scelta più sicura rispetto a qualunque altro uomo. «Mi prenderei cura io di te.»

«C'è un assassino in libertà. Non posso lasciarla da sola. Anzi, adesso dovrei proprio andare. Ormai sarà rientrata.»

Jasper sentì una scarica di adrenalina corrergli lungo la schiena e scattò in posizione eretta. Brianne non poteva lasciarlo in quel modo: moriva dalla voglia di entrare dentro di lei e reclamare una vittoria su Evelyn. Il solo pensiero che lei potesse tirarsi indietro lo mandava su tutte le furie, anche se doveva giocare d'astuzia e contenersi.

«Ne sei proprio sicura?» mormorò mentre le sue labbra incontravano di nuovo quelle di lei e una mano scivolava sotto la camicetta. «Non hai altri due minuti?»

Brianne appoggiò di nuovo la testa contro la parete mentre lui giocherellava con il suo capezzolo.

«Voglio assaggiarlo» sussurrò. «Voglio sentire che sapore hai.»

«Forse posso trattenermi un altro po'» rispose lei. Ormai era incapace di resistergli.

«Ho la macchina parcheggiata qui fuori.» Jasper la prese per mano. «Meriteresti di meglio del sedile posteriore di un'auto, ma l'importante è che ti faccia godere, no?»

Brianne fece resistenza e Jasper temette di aver detto la cosa sbagliata. Non poteva permettersi di essere troppo diretto e sfacciato, non con una come lei.

«Ma ci siamo appena conosciuti» si oppose Brianne.

«Non abbiamo molto tempo» disse lui. In fondo lui le piaceva e glielo aveva detto chiaramente. E poi stava attraversando un brutto periodo, cosa che giocava a favore di Jasper.

«Perché non provare qualcosa di bello quando ce l'occasione? Quanto dovrai aspettare prima che ti succeda di nuovo?»

«In effetti non hai tutti i torti» disse lei e si lasciò condurre fuori.

Ce l'aveva quasi fatta. Se riusciva a farla salire in macchina non correva più il rischio di farsela scappare. Brianne non era quel tipo di ragazza.

«Mi sento l'uomo più fortunato sulla terra» le disse mentre lei saliva in auto senza esitazione.

«Sei così carino» ripose lei lasciando che la aiutasse a togliersi la camicetta.

Jasper sorrise: non era una cosa che si sentiva dire molto spesso.

Sapeva che doveva continuare a baciarla e ad accarezzarla un altro po' per essere sicuro che anche lei fosse eccitata, ma aveva esaurito la pazienza. Era arrivato il momento di prendersi ciò che voleva e se lo sarebbe preso subito. Sperava solo che lei non cambiasse idea all'improvviso, altrimenti non avrebbe saputo opporsi all'impulso di stuprarla.

Per fortuna Brianne non si tirò indietro.

Jasper si sbottonò i pantaloni e spinse il suo membro dentro di lei. Brianne sembrava stupita dalla mancanza di tatto di quel gesto, ma a Jasper non importava. Ormai non aveva via di scampo, doveva lasciarlo finire.

Jasper gemeva a ogni movimento di bacino. Davanti agli occhi aveva l'immagine di Evelyn che gridava per ciò che stava facendo a sua sorella e questo rendeva il momento infinitamente più bello.

Jasper sentì il piacere crescere e affondò dentro di lei con più forza. Avrebbe voluto afferrarla per i capelli, tirarle indietro la testa e morderle il collo fino a farla sanguinare. Per fortuna la gioia di sapere che era già incinta e che non correvano rischi riuscì a distrarlo.

Non avevano usato il preservativo.

Evelyn le andò incontro non appena varcata la soglia di casa. «Avresti potuto lasciare almeno un messaggio!»

Nonostante gli sforzi, Brianne non era riuscita a rimettere i capelli in ordine e temeva che il suo aspetto tradisse il senso di colpa che sentiva. Andy le aveva morso il collo nonostante lei gli avesse chiesto di non farlo e temeva di avere almeno un paio di succhiotti. Per sicurezza decise di tenersi addosso il cappotto. Sperava solo che Evelyn non si accorgesse di cosa aveva combinato. Come aveva potuto agire in maniera così impulsiva?

Non lo avrebbe mai fatto se Jeff non l'avesse lasciata, si disse.

Quel rifiuto l'aveva ferita al punto da cercare qualunque cosa in grado di placare la sua sofferenza e aiutarla a dimenticare, almeno per qualche minuto. Per non parlare del fatto che stava andando incontro a un cambiamento di vita per cui non si sentiva ancora pronta. Un figlio rappresentava una grande responsabilità che si sarebbe portata dietro per il resto della vita. Sarebbe stata una brava madre? Ce l'avrebbe fatta da sola? Ma soprattutto: un bambino avrebbe avuto un impatto negativo sul suo lavoro o sulla possibilità di incontrare qualcun altro?

Questa raffica di domande senza risposta aveva alterato la sua normale capacità decisionale spingendola a fare qualcosa che non aveva mai fatto prima.

«Mi dispiace» disse. «Non mi sono accorta che fosse così tardi. Sono solo andata al Moosehead per distrarmi un po'.»

«Non ti è venuto in mente che mi sarei preoccupata, con tutto quello che sta succedendo in città?»

Le era venuto in mente eccome, ma baciando Andy Smith nel corridoio era stato impossibile resistere alla tentazione di provare qualcosa di bello, una volta tanto. D'altra parte anche Jeff faceva sesso con la sua nuova fiamma. Perché lei avrebbe dovuto rinunciare a un tale piacere?

«Quando torni a casa passi sempre davanti al Moosehead per vedere se c'è Amarok. Pensavo che avresti visto la tua macchina nel parcheggio e... capito dov'ero, anche se non ti andava di entrare.»

Evelyn si mise a raccogliere i documenti che aveva sparpagliato sul tavolo. «Non mi sono fermata a controllare oggi, ho chiesto un passaggio a un collega, quindi non potevo fermarmi. E poi credevo che mi stessi aspettando a casa.»

«So badare a me stessa, Evelyn. Non vado in giro da sola per qualche strada buia in compagnia di gente pericolosa.»

«Sai badare a te stessa? È quello che dicono tutte prima di essere catturate e uccise dal loro assassino!» gridò Evelyn. «Lo pensavo anch'io quando uscivo con Jasper!»

Brianne voleva andare in bagno a controllare di non avere segni sul collo per potersi togliere il cappotto. «Allora perché non sei venuta al Moosehead a cercarmi quando non hai trovato la macchina nel vialetto?»

Evelyn lasciò cadere i documenti sul bancone.

«Perché non avevo la macchina! E poi pensavo che fossi andata al Quick Stop a prendere qualcosa per cena. Mi sono messa a riordinare alcuni documenti e ho perso la cognizione del tempo. Poi, quando ho visto che erano passate due ore, sono andata nel panico.»

Brianne aveva appena appoggiato le chiavi della macchina sul bancone. Si sentì il sangue gelare sentendo quelle ultime parole. «Che vuol dire che sei andata nel panico? Non avrai mica mandato Amarok a cercarmi, vero?»

«Certo che sì! L'ho chiamato in centrale ed è uscito subito a cercarti. Ci sono già state due vittime, una delle quali è stata uccisa in uno chalet non lontano da qui. Eravamo spaventati a morte! Rifletti, Brianne, se Jasper è tornato potrebbe desiderare te almeno quanto desidera me!»

Il pensiero che Amarok potesse aver visto la macchina di Andy sobbalzare nel parcheggio del bar la fece avvampare di vergogna. «È stato anche al Moosehead...?»

«Certo che sì. È l'unico posto dove la gente esce la sera. È il primo posto dove andare, se stai cercando qualcuno.»

Brianne aveva le vertigini. «Quando?»

«Appena l'ho chiamato!»

«No, intendo... quando è andato al bar?»

«Che differenza fa?»

Brianne tirò su il bavero del cappotto, sprofondandoci dentro. Doveva averli visti!

«Non mi ha vista dentro?» Sperava con tutta se stessa di no.

«Non lo so. Non mi ha più richiamato.»

Merda. L'unica speranza era che Amarok fosse arrivato dopo che lei e Andy avevano finito.

«Forse dovresti chiamarlo e dirgli che sono tornata. Ha un sacco di cose importanti da fare, non voglio che sprechi tempo dietro a me.»

Evelyn sollevò in aria le mani. «E ti viene in mente solo adesso?»

Poi si girò e chiuse il computer, prima di voltarsi di nuovo verso di lei. «Non dirmi che hai bevuto. Sei incinta! E per di più hai guidato fino a casa!»

Brianne lasciò scivolare la borsa dalla spalla e la appoggiò accanto alle chiavi. «Rilassati. Non ho bevuto. È solo che… ero in compagnia.»

«Di chi?»

«Andy Smith.»

La ramanzina di Evelyn si interruppe bruscamente. «L'agente carcerario di Hanover House? Quell'Andy Smith?»

Brianne sollevò il mento. «Non credo che ci siano due persone con lo stesso nome in questo posto.»

«Non che mi risulti, ma…» Evelyn sembrava in difficoltà, non sapeva come concludere la frase.

«Ma?»

«Niente, non importa.»

«Forza, dillo. Andy non ti piace, vero?»

«Mi ha salvato la vita, certo che mi piace.»

Brianne fece un passo avanti verso di lei. «Questo non è quello che pensa lui. Mi ha detto che lo eviti. Ha paura di ricordarti la sera in cui Bishop ti ha catturata.»

«Non è così. Non credevo che si aspettasse altro da me. Ho avuto da fare, mi sono concentrata solo su Amarok e sul mio lavoro.»

«E va bene così. Lui non si aspetta niente da te. Ma almeno ammetterai che con lui ero al sicuro.»

La porta d'ingresso si spalancò prima che Evelyn avesse il tempo di rispondere e Amarok varcò la soglia. L'occhiata che lanciò a Brianne le diede l'impressione che sapesse cosa l'aveva trattenuta fuori tanto a lungo e l'idea le provocò la nausea. Doveva essere entrato a chiedere informazioni e gli avevano detto che era andata via in compagnia di Andy Smith. Poi doveva essere andato a controllare nel parcheggio e...

Brianne cercò di scacciare l'immagine che le era apparsa davanti agli occhi.

Evelyn fece un gesto nella sua direzione. «Come vedi, non c'è bisogno di continuare a cercarla. Era andata al Moosehead.»

Amarok esitò per un istante e poi disse: «Sì, me ne sono accorto».

Brianne vide la sua mandibola contrarsi, non c'era più bisogno di nascondere i segni sul collo: Amarok sapeva esattamente cosa aveva fatto.

«Oh, insomma, diglielo e basta» sbottò. «Tanto glielo dirai comunque appena me ne sarò andata.»

«Io non ho niente da dire.»

Lo sguardo di Evelyn continuava a rimbalzare dall'uno all'altra. Dal momento che Amarok si rifiutava di aprir bocca, Evelyn si concentrò sulla sorella.

«Ho fatto sesso con Andy nella sua auto, okay? Ecco dove sono stata: a divertirmi.»

Evelyn la fissò con gli occhi sgranati. «Dimmi che è uno scherzo!»

Brianne si tolse il cappotto, lo appoggiò allo schienale di una sedia ed Evelyn rimase a bocca aperta.

«Oh, mio Dio, non è uno scherzo!»

Amarok si diresse verso la porta. «Io me ne vado. Ho delle cose da sbrigare alla centrale» disse e scomparve nello stesso modo brusco con cui era arrivato.

Brianne dovette ammettere che Amarok era stato gentile a non giudicarla o dirle come vivere la sua vita, considerato che aveva tutto il diritto di detestarla per come si era comportata da quando era arrivata. Avrebbe quasi preferito che rimanesse. Così magari Evelyn avrebbe rimandato la conversazione, dandole il tempo di ricomporsi prima di dover spiegare alla sorella cosa le era passato per la testa quando aveva accettato di fare sesso con un perfetto sconosciuto.

«Non pensi che il tuo comportamento sia un po'... infantile?» le chiese Evelyn mentre Amarok si chiudeva la porta alle spalle.

Certo che era *infantile*. Starsene lì in piedi con dei succhiotti sul collo e i capelli arruffati dalla sveltina con Andy la faceva sentire umiliata. Se non altro non correva il rischio di restare incinta. Quell'errore lo aveva già commesso.

«Andy mi piace» protestò lei.

«Sono felice di saperlo.» Evelyn si lasciò cadere su una sedia. «Sarebbe terribile se tu fossi andata a letto con un tizio qualsiasi di cui non ti importa niente.»

«Smettila! Lui non è *un tizio qualsiasi*. È l'uomo che ti ha salvato la vita. E poi non sono fatti tuoi.»

«Sono anche fatti miei invece, se sei a pezzi.» Evelyn sembrava sconvolta, molto peggio che se fosse stata arrabbiata.

«Senti, sto attraversando un periodo difficile, è vero. Ma non sono a pezzi. Andrà tutto bene.» O almeno così sperava. In certi momenti ne era più sicura che in altri, ad ogni modo non aveva alcuna intenzione di sentirsi in colpa per aver reso infelice anche lei per tutto il tempo che Evelyn avrebbe trascorso a Boston. «E per quanto riguarda il discorso di tornare a casa... sarebbe stato meglio non dirti niente. È evidente che sei felice quassù con Amarok. Dovresti restare.»

Evelyn scosse la testa. «No. Avevi ragione tu. Devo tornare a casa, non puoi fare tutto da sola. La mamma ha bisogno anche di me.»

Brianne si sedette di fronte a lei in silenzio. Dopo qualche minuto riprese a parlare: «Scusa se ti ho fatta sentire in difetto. E mi dispiace per stasera. Non volevo spaventarti».

«È tutto okay. L'importante è che tu stia bene.»

«Giusto per la cronaca: non mi sono mai comportata in questo modo prima. A dire la verità non so nemmeno perché l'ho fatto.»

«Stai affrontando un periodo complicato.»

«Ma, come ho detto, sono sicura che andrà tutto bene. Non c'è bisogno che torni a Boston per tenermi la mano.»

Evelyn indossò i panni della terapeuta e assunse un tono professionale e pacato. «Pensi di rivedere Andy?»

«Immagino di sì. Non lo conosco molto bene, ma mi resta ancora un giorno e lui sembra molto attratto da me. Credo che potremmo diventare amici a distanza o magari qualcosa di più.»

«Anche tu ne sarai attratta, no?»

Andy le piaceva molto di più prima di fare sesso. Non si era dimostrato un grande amante, ma le circostanze non aiutavano e poi le era sembrato teso fin da quando gli aveva detto che doveva tornare a casa. Brianne cercava di essere comprensiva, non voleva dare un giudizio avventato. «È un adulatore e la cosa mi fa piacere.»

«Immagino.»

«Spero che non ti dispiaccia se l'ho invitato a cena domani sera. Mi ha chiesto di rivederci e io ho pensato che un appuntamento a quattro sarebbe stata una buona idea, a meno che tu e Amarok non abbiate da fare o preferiate che io e Andy ceniamo da soli.»

Brianne non voleva restare da sola con lui, ci teneva a fargli sapere che quella volta tra loro non sarebbe successo niente.

Evelyn sollevò le sopracciglia e disse: «No, certo, hai fatto bene a invitarlo qui. Se riesco a liberarmi sarò felice di unirmi a voi».

Brianne studiò l'espressione della sorella con attenzione. «Ne sei proprio sicura?»

Evelyn annuì. «Al cento per cento.»

«Okay. Almeno, anche se Amarok torna tardi, non avrà di che preoccuparsi. Saremo insieme e in compagnia di un agente penitenziario armato.» Brianne le rivolse un sorriso nella speranza che Evelyn la perdonasse, e non soltanto per quella sera, ma anche per tutti i giorni precedenti. E fu un sollievo per lei vedere che ormai sembrava davvero tutto acqua passata.

«Ne sarà contento.»

Brianne avrebbe voluto approfittarne per chiederle cosa c'era che non andava con Andy Smith. Dopo Amarok, era l'uomo più attraente che avesse visto in giro. Ma in quel momento il telefono squillò.

Evelyn si alzò per vedere sullo schermo chi era. «È il mio amico avvocato di Boston.» Poi guardò l'ora. «*Wow*, è ancora in piedi» disse mentre prendeva in mano il telefono.

«No, non mi hai svegliata» la sentì dire Brianne, che non rimase ad ascoltare la conversazione. Aveva bisogno di una doccia. Andy le piaceva, o così pensava, ma il fatto che avesse continuato a morderle il collo quando gli aveva chiesto di smetterla l'aveva infastidita. Quando entrò in bagno e vide la gravità dei segni, più che infastidita si sentì profondamente irritata.

«Maledizione» mormorò sfiorando i tre lividi rossi che le aveva lasciato. Perché non aveva rispettato la sua richiesta?

Per i giorni successivi sarebbe stata costretta a indossare un maglione a collo alto.

Sperò che Evelyn ne avesse uno da prestarle, perché lei non ne aveva portati da casa.

Disgustata per come aveva lasciato che andasse la serata, Brianne si allontanò dalla sua immagine riflessa nello specchio e si infilò sotto la doccia.

23

Evelyn era ancora sveglia quando Amarok rientrò. Non riusciva a prendere sonno. Aveva lo stomaco sottosopra da quando aveva scritto a Janice, il suo capo al dipartimento carcerario, chiedendole un anno di aspettativa per tornare a Boston nonostante l'impegno che si era presa con la prigione. Evelyn aveva l'impressione di aver perso molte cose negli ultimi dieci giorni: il senso dell'orientamento, quel poco che restava della sua sicurezza personale, la convinzione che Hanover House fosse finalmente sulla retta via, nonché l'illusione di essere guarita dai traumi del passato. Ma la cosa che la faceva soffrire di più era la lontananza che si era stabilita tra lei e l'uomo che amava. Amarok l'aveva aiutata come nessun altro. Le aveva offerto un po' di pace nella mente, nel corpo e nell'anima, che non si sarebbe mai sognata di ritrovare. Dopo essere stata quasi uccisa dal suo primo amore, Evelyn credeva di essere stata danneggiata per sempre, di non essere più in grado di fidarsi di qualcuno. Ma Amarok non si era arreso, la sua caparbietà e la sua tenacia avevano fatto la differenza. Era in debito con lui, eppure adesso lo stava abbandonando proprio come lui aveva temuto, e molto prima di quanto si aspettasse, per giunta.

Ma cosa poteva farci? Il comportamento di Brianne quella sera era la conferma del fatto che avesse bisogno di lei: Evelyn doveva tornare a casa. Forse con lo stesso atteggiamento fermo di Amarok, con lo stesso amore costante che lui le aveva dimostrato, lei sarebbe stata in grado di aiutare i suoi genitori a guarire. Doveva almeno provarci.

Evelyn lo sentì parlare a bassa voce con Makita in salotto e provò una fitta al cuore. Se fossero riusciti a prendere Jasper, le cose sarebbero state diverse per tutti quanti. Ma lui gli era sfuggito come era sfuggito ad altri tre dipartimenti di polizia, quelli di Boston, San Diego e Phoenix. Altre due donne avevano perso la vita, Brianne era in una brutta situazione e lei era costretta ad abbandonare il lavoro che amava, nonché la relazione più appagante che avesse mai avuto.

Sentì il rumore di uno sportello che si chiudeva, forse Amarok stava cercando qualcosa da mangiare. Sperò che avesse avuto almeno il tempo di cenare, perché stava decisamente lavorando troppo e dormendo troppo poco.

Trascorsero altri quindici minuti, Evelyn si sentiva lo stomaco stretto in una morsa e le lacrime bruciarle negli occhi. Che fine aveva fatto? Non avrà avuto intenzione di dormire in salotto!

Evelyn stava per alzarsi quando sentì dei passi in corridoio. *Era l'ora*, pensò. Amarok entrò in camera, si spogliò rimanendo in boxer e si infilò sotto le coperte senza girarsi verso di lei come faceva di solito.

«Che voleva Samantha?» gli chiese prima che si addormentasse.

Amarok non era sorpreso che fosse sveglia e non fece commenti. «Sostiene di aver visto un tipo losco che si aggirava dietro al suo negozio. Ha paura che Jasper la stia tenendo sotto controllo.»

Evelyn aggrottò la fronte. «Credi davvero che fosse lui?»

«Sinceramente? Penso che non abbia visto un bel niente.»

«Samantha sta solo cercando di attirare la tua attenzione.»

«Non lo escludo.»

Nemmeno Evelyn lo escludeva. Com'era possibile che tra tutti gli abitanti di Hilltop, per quanto pochi fossero, proprio lei, Samantha, avesse avvistato l'uomo a cui Amarok stava dando la caccia? Non faceva altro che stargli tra i piedi e la cosa non le andava giù, ma non disse niente. «Come sono andate le autopsie?»

«Sono state rimandate a mercoledì e non sono riuscito ad avere i referti prima di stamani.»

«Perché ci hanno messo tanto?»

«Qualcuno era assente per malattia e la cosa non mi ha di certo semplificato il lavoro.»

Evelyn si tirò le coperte fin sotto il mento. «Si è saputo qualcosa dal laboratorio di Philadelphia sul campione di sangue che hai prelevato allo chalet?»

«Ancora niente, ma mi avevano avvisato che ci sarebbe voluta una settimana.»

«La polizia di Anchorage ha identificato la vittima rinvenuta insieme a Sierra Yerbowitz?»

«Sì. Si chiamava Katherine Sharpe, trentadue anni, prostituta.»

«Quindi abbiamo un profilo completamente diverso da quello di Sierra.»

«Già.»

«Perché proprio lei?»

«Perché era una preda facile, nessuno si sarebbe accorto della sua scomparsa e…»

«E…»

«Aveva i tuoi stessi colori.»

«Immaginavo.» Evelyn stava solo aspettando la conferma. Ormai avevano appurato che la vittima ideale di Jasper doveva assomigliare a lei. E il fatto che la prostituta avesse il suo stesso colore di capelli e di occhi confermava le loro supposizioni. «Lo hai detto a Leland? Lui o Sierra la conoscevano?»

«No, non l'avevano mai vista.»

«Com'è possibile che le due donne siano state assassinate e scaricate nella stessa zona?»

«Perché sono state uccise dallo stesso uomo.»

Evelyn strinse forte a sé il cuscino per resistere alla tentazione di toccare Amarok. «Sono state uccise nello stesso modo?»

«No. Sierra è stata strangolata.»

«E l'altra?»

«Meglio che tu non lo sappia.»

Evelyn sussultò. «L'hanno torturata.»

Amarok rimase in silenzio, confermando i timori di lei. Evelyn chiuse gli occhi per cercare di fermare le immagini che la stavano assalendo, immagini del capanno dove era stata torturata, ma opporvisi era del tutto inutile. «Deve essere lui, Jasper.»

«A questo punto non c'è dubbio» disse Amarok. «È qui, e io lo fermerò.»

Non lo aveva mai sentito tanto determinato e lei avrebbe voluto avere la sua stessa fiducia. Considerate le volte che l'aveva fatta franca, era difficile immaginare che qualcuno sarebbe riuscito a prenderlo. «Apprezzo molto ciò che stai facendo» bisbigliò lei.

Amarok rimase immobile a fissare il soffitto. «Lo prenderò» ripeté.

Per evitare di abbatterlo con i suoi dubbi e i suoi interrogativi, Evelyn preferì cambiare argomento. «A cosa è dovuta la scelta di torturare una vittima e strangolare l'altra?»

«Con Katherine si è divertito finché ha potuto. La morte di Sierra invece è stata rapida e intenzionale. È come se si fosse trovato costretto a ucciderla.»

«Forse aveva intralciato i suoi piani e ha dovuto farla fuori in fretta prima che il fratello e i suoi amici tornassero.»

«Non credo che sapesse con chi era venuta. Non ho trovato indizi del fatto che li stesse tenendo d'occhio. Ma non era difficile immaginare che Sierra non fosse sola nello chalet e che presto sarebbe arrivato qualcuno.»

«Lo avrà capito dai bagagli all'ingresso.»

«Non solo. Quando è stata rapita e uccisa non c'erano macchine parcheggiate davanti a casa e tre letti su quattro erano sfatti, senza considerare poi la quantità di immondizia...»

«Quindi Sierra si è solo trovata nel posto sbagliato al momento sbagliato?»

«Gli indizi parlano chiaro. I segni di usura sulla testata di uno dei letti indicano che qualcuno è stato legato. Tra le due vittime, solo Katherine riportava segni di legature, mentre Sierra aveva lo ioide rotto, segno che è stata strangolata.»

«Quindi il sangue sul materasso appartiene a Katherine.»

«La scientifica di Anchorage ci sta ancora lavorando. Ci vorrà un po', ma sono sicuro che confermerà la mia ipotesi.»

«Katherine è stata torturata e uccisa nello chalet.»

«Esatto.»

Evelyn si tirò su a sedere al ricordo del vomito rinvenuto nel capanno della legna. «Ma per qualche motivo l'assassino non si è disfatto subito del corpo. Forse doveva andare da qualche parte o trovare il posto adatto dove scaricarlo. Per precauzione ha pulito tutto e ha lasciato il cadavere nel capanno. Poi ha cambiato la combinazione del lucchetto in modo che nessuno potesse entrarci prima del suo ritorno.»

Amarok incrociò le mani dietro la testa senza staccare gli occhi dal soffitto. «Ho pensato la stessa cosa. L'assassino non si aspettava che lo chalet venisse affittato in questo periodo dell'anno o che qualcuno potesse aver bisogno di altra legna oltre a quella che aveva lasciato sul retro.»

«Ma con la bufera di neve in arrivo, Sierra ne aveva bisogno, per questo ha buttato giù la porta a colpi di ascia...»

«È stato allora che ha trovato il cadavere di Katherine.»

«E si è sentita male.»

«Esatto.»

«Okay, quindi se Katherine è di Anchorage significa che anche il suo assassino abita lì, giusto? Perché fare la fatica di trasportarla da tutt'altra parte? Come faceva a sapere dello chalet dei Barrymore?»

«Deve conoscere bene Hilltop» rispose lui. «Lo scalpo trovato da Easy sull'asse posteriore della sua auto lo conferma. Una delle vittime, se non entrambe, erano state scaricate temporaneamente lungo la strada per Hanover House.»

«Credi che il nostro uomo abiti ad Anchorage, ma lavori qui?»

«O viceversa.»

«Ma non ho visto nessuno che somigli a Jasper. A quest'ora avremmo già dovuto incontrarlo, non pensi?»

«Forse non lavora affatto. Forse si limita a nascondersi.»

Evelyn tornò a stendersi. Avrebbe voluto appoggiare la testa sulla spalla di lui, come faceva tutte le volte in cui aveva bisogno di essere rassicurata, ma stavolta non era certa che lui volesse. Amarok era troppo intento a erigere le proprie difese per proteggersi dal momento in cui lei sarebbe partita. «Quindi è stata solo una coincidenza sfortunata se l'assassino è tornato a prendere il corpo di Katherine mentre Sierra era da sola; Leland e i suoi amici erano usciti a caccia.»

Amarok sistemò le coperte. «Questa ipotesi sarebbe coerente con la scena del crimine che abbiamo trovato.»

«Ma se si è preso la briga di nascondere il corpo di Katherine e di uccidere Sierra per averlo scoperto, significa che non voleva far notare le sue attività.»

Amarok si girò verso di lei. «Cosa vorresti dire con questo?»

«Se si tratta davvero di Jasper, uccidere queste due donne non faceva parte del piano. È solo un modo per allentare la tensione tra un omicidio e l'altro e creare un po' di confusione.»

«Confusione...?»

«È un eufemismo, naturalmente, ma ai suoi occhi si tratta proprio di questo.»

«Stai sorridendo» disse lui stupefatto dal tono compiaciuto nella voce di Evelyn.

«Non posso sbagliarmi. Forse stavolta pagherà davvero per ciò che ha fatto. Spero che sia lui l'uomo a cui hai sparato. Anche se il colpo non è stato letale, almeno saprà cosa vuol dire provare il dolore che lui ama tanto infliggere alle sue vittime.»

«Ormai ha i giorni contati. Il dipartimento di Anchorage gli sta alle calcagna. In totale, escluso me, ha addosso quattro dipartimenti.»

Evelyn allungò una mano per scostargli una ciocca di capelli dalla fronte, ma lui rimase immobile senza rispondere al gesto, né tirarla a sé. Non se l'era immaginato, adesso ne era sicura: Amarok si stava trattenendo e lei ritrasse la mano. «Stasera ho parlato con Ashton Cooper, il mio amico avvocato.»

«Cosa ti ha detto?»

«Si è messo in contatto con Fitzpatrick, gli ha fatto firmare i documenti necessari per rappresentarlo. E il detective Dressler ha inviato al laboratorio di Philadelphia tutti i campioni di DNA privi di riscontro che sono stati raccolti sulla scena del crimine di Charlotte, per trovare una corrispondenza con quello di Jasper.»

«Si muove in fretta il ragazzo.»

«È questo che mi piace di lui.»

«Quanto tempo ci vorrà per avere i risultati delle analisi?»

«Un paio di giorni» rispose lei. «Sapremo qualcosa all'inizio della prossima settimana.»

«Fantastico. Se troviamo la corrispondenza che cerchiamo,

potrò iniziare a controllare le liste passeggeri delle compagnie aeree.»

«Prima o poi avremo un colpo di fortuna.»

Amarok socchiuse gli occhi come se fosse sul punto di addormentarsi, mentre Evelyn sapeva che non sarebbe riuscita a prendere sonno. Si sentiva inquieta. «Non hai detto niente sul comportamento di Brianne» proseguì lei.

Lui si voltò verso di lei. «Brianne non è una bambina. Quello che fa sono solo affari suoi.»

«Mi piacerebbe vederla nello stesso modo.»

«E perché no?»

«Perché è mia sorella e sono preoccupata per lei. Non è normale da parte sua agire in questo modo.»

Amarok fece un sospiro. «È per questo che vuoi tornare a casa, giusto?»

«In parte sì. Ma sai anche tu che non è l'unico motivo.»

Lui fece finta di niente, non sembrava aver voglia di riprendere la discussione e lei pensò che forse era meglio così. «Andy le piace, almeno?» chiese lui. «Vuole rivederlo?»

«Sembra di sì. Lo ha invitato a cena qui domani sera.»

«Le hai detto cosa pensi di lui?»

«No.»

«Perché no?»

«Perché non so come spiegarlo. Lui si è dimostrato sempre carino nei miei confronti.»

«E l'incidente della fotografia?»

«Credo che il direttore della prigione abbia ragione: forse è sotto stress per il lavoro. In fondo anche gli agenti penitenziari sono esseri umani. Non deve essere facile avere a che fare ogni giorno con prigionieri aggressivi e maneschi, senza mai reagire. Magari aveva una questione in sospeso e ha perso il controllo per un momento.»

«Quindi lo hai perdonato.»

«A dire la verità, credo di dovergli un'altra opportunità.»

La camera sprofondò nel silenzio, Amarok si girò dall'altra parte dandole le spalle.

«Ceni con noi domani sera?» gli chiese lei.

«Credo di no. Domani è sabato e il Moosehead sarà pieno. Andrò a dare un'occhiata per vedere chi c'è.»

«Amarok, ti amo. Spero che tu lo sappia» disse lei, ma lui non rispose.

Da quando Evelyn gli aveva detto che avrebbe preso un congedo per tornare a Boston, Amarok si sentiva sprofondare, era come se gli mancasse la terra sotto i piedi. Andarsene adesso significava perdere ogni possibilità di riprendere il lavoro ad Hanover House, perciò non sarebbe tornata mai più. Anche Evelyn doveva saperlo.

Quando lui e Samantha si erano lasciati, era stato un sollievo. In quel caso Amarok sapeva di voler andare avanti. Ma con Evelyn era diverso. Era diventata parte integrante della sua vita al punto che non sapeva cosa avrebbe potuto fare senza di lei.

Amarok strinse i pugni. Era furioso con se stesso, per non essere riuscito ancora a catturare Jasper, e con Jasper, per essere un tale insulto al genere umano. Ce l'aveva anche con Evelyn, che a quanto pareva non lo amava abbastanza. Eppure sentiva che non era giusto accusarla dopo tutto ciò che aveva passato. Stava solo cercando un po' di pace e di felicità, una tregua dalla sofferenza del passato. Glielo aveva detto che amarla non sarebbe stato facile, lo aveva avvisato. Era stata onesta sin dall'inizio. Ma lui aveva insistito.

E adesso... eccolo qui.

La casa sarebbe stata insopportabilmente vuota senza i vestiti di Evelyn nell'armadio, i trucchi in bagno, il computer e i documenti sparsi in cucina e in salotto.

Accidenti, avrebbe sentito la mancanza perfino del gatto.

Una parte di lui voleva fare l'amore con lei fintanto che avesse potuto. Nessun'altra gli aveva procurato le sensazioni che gli faceva provare Evelyn. Eppure non sarebbe stato come prima. Amarok preferiva conservare il ricordo di cosa significava fare l'amore con lei quando ancora sperava di poterci trascorrere il resto della vita insieme.

«Ti amo anch'io» disse in un sussurro, ma a giudicare dal respiro pesante accanto a lui, Evelyn si era già addormentata.

24

Il braccio non gli faceva più male, tranne quando urtava contro qualcosa o ci esercitava troppa pressione. Stava guarendo in fretta e il pericolo dell'infezione era scampato. Se continuava così, della ferita sarebbe rimasta solo la cicatrice e la cosa non gli dispiaceva. Non erano molte le persone che potevano dire di essere sopravvissute a un proiettile. Poteva inventarsi una storia su come gli avevano sparato mentre tentava di sventare un furto o una rapina in banca, qualcosa che lo facesse sembrare un eroe e di cui portava addosso la prova. Un suo vecchio collega della prigione di Florence, in Arizona, aveva una cicatrice sul petto e raccontava in giro di essere stato morso da uno squalo. Ovviamente era una stronzata. Una sera che era ubriaco, infatti, gli aveva confessato che in realtà era stato suo padre che lo aveva scaraventato contro una vetrata quando aveva nove anni. Chiaramente il giorno dopo aveva ritrattato tutto.

E comunque Jasper preferiva la storia dello squalo. Adesso avrebbe avuto qualcosa di cui parlare quando avesse lasciato l'Alaska. Finché si trovava lì non poteva far sapere a nessuno della ferita da arma da fuoco e, se tutto filava liscio, ci sarebbe rimasto ancora per un bel po'. E tutto grazie a Brianne. Tenendo acceso il suo interesse, diventando suo amico durante la gravidanza, quando era più fragile e suscettibile alle sue attenzioni, Jasper avrebbe finito per avvicinarsi a Evelyn e ad Amarok al punto da essere al di sopra di ogni sospetto quando fosse giunto il momento. Nemmeno una volta rapita Evelyn il sergente avrebbe sospettato di lui. Avrebbe perfino potuto tenere in piedi la storia con Brianne mentre nello scantinato si divertiva a stuprare e torturare Evelyn.

Jasper sentì bussare alla porta proprio mentre stava scartando l'ultimo giocattolo che aveva comprato online, un bavaglio con la *ball gag*. Lo gettò sul letto per bondage che aveva costruito in un angolo, circondato di specchi e apparecchiature video, e si avviò su per le scale dello scantinato, due gradini per volta. Chi poteva essere a quell'ora?

Chiuse la porta dello scantinato e si finfilò la chiave in tasca.

In piedi sulla soglia c'era Bambi, fatta e con il mascara sciolto dalle lacrime. «Ehi.»

Lui la guardò sospettoso. Come accidente aveva fatto a ritrovare la strada di casa sua? Quando l'aveva riaccompagnata a casa l'ultima volta era completamente fatta… Dopo quella notte Jasper non si aspettava di rivederla, a meno che non fosse tornato al club. «Che ci fai qui?»

Lei si strinse le braccia per scaldarsi. Da sotto il cappotto pesante sbucavano le gambe nude e un paio di tacchi con i lacci. «Mi chiedevo se avessi ancora un po'… oh!» Bambi rischiò di cadere in avanti, ma si aggrappò allo stipite della porta.

Doveva essere ubriaca, Jasper ne era sicuro. «Di droga intendi?» chiese lui finendo la sua frase.

Lei gli lanciò un'occhiata innocente e lacrimosa. «Solo un pochino. Come l'altra volta.»

«Non ne ho più.»

«Sul serio?» chiese lei con una voce acuta e lamentosa che a Jasper dette sui nervi. «Posso passare la notte qui?»

A parte il fatto che non valeva il costo della coca che consumava, Bambi era già completamente sfatta dall'alcol. Oltretutto, dopo essere stato con Brianne non la trovava più attraente.

«Mi dispiace, non sono interessato.»

«Oh, andiamo!» Bambi bloccò la porta mentre lui cercava di chiuderla. «Non fare così. Se vuoi stavolta mi faccio mettere le manette. Adesso che ci conosciamo mi fido di te. Puoi anche frustarmi, se ti va.» Fece una smorfia. «Basta che non esageri.»

«No.» Jasper si sentiva ancora addosso l'odore di Brianne e non aveva intenzione di lavarlo via con quello di una prostituta qualunque. «Non ne vali la pena.»

Le lacrime sgorgarono copiose dagli occhi di lei, rigandole le guance. «Come puoi dire una cosa del genere?»

«Ma guardati. Sei patetica!»

La ragazza rimase a bocca aperta per lo stupore. «Ho appena saputo che una mia amica è stata uccisa! Secondo te come dovrei...»

«Chi era la tua amica?» la interruppe lui, improvvisamente in allerta.

Lei tirò su con il naso. «Katherine Sharpe.»

«La tipa che è stata ritrovata nella foresta?»

«Proprio lei. Lo hai sentito alla TV per caso?»

«Ho visto un servizio al telegiornale.»

«Be' allora lo hai saputo prima di me. Io l'ho scoperto solo stasera, quando un agente di polizia è venuto al locale per farmi delle domande.»

Quante erano le possibilità che Bambi e Kat si conoscessero? Si chiese Jasper. In fondo non c'era da stupirsi. Il quartiere a luci rosse di Anchorage non era poi tanto grande. Non era certo New York o Los Angeles. La maggior parte delle ragazze che battevano le strade o ballavano nei club dovevano essersi incontrate, in un modo o nell'altro. «La conoscevi bene?» le chiese.

Bambi iniziò a battere i denti, ma lui non la invitò a entrare. Non voleva che si fermasse, l'unica cosa che voleva da lei era sapere come stava procedendo l'indagine. «Ballavamo insieme al Foxhole» disse lei. «L'anno scorso. Poi lei è stata licenziata perché continuava a saltare i turni e io ho conosciuto il proprietario del Dick's che mi ha chiesto di lavorare per lui.»

«Cosa voleva la polizia?»

«Stanno interrogando tutti quelli che la conoscevano. Chiedono quando l'hanno vista l'ultima volta, se frequentava qualcuno, se aveva dei nemici, roba così.»

Adesso che la ferita era in via di guarigione, la benda gli prudeva. Jasper si grattò attraverso il tessuto della maglietta, ma il prurito non se ne andava. «Hanno detto se hanno trovato una pista?»

«Credono che si tratti dell'assassino delle amiche della psichiatra che dirige la prigione a Hilltop.»

«Evelyn Talbot.»

«Sì, si chiama così. Ci credi? Un serial killer?»

«Perché pensano che sia lui?»

«Non lo so, ma ci hanno consigliato di non andare a casa di gente strana, come se potessimo permettercelo.» Bambi alzò gli occhi al cielo, ma le lacrime tornarono a scendere copiose. «Comunque mi sento uno schifo. Kat era una brava persona. Non se lo meritava. L'agente di polizia mi ha detto che ha fatto una fine orribile.»

«Oh, insomma, non c'è bisogno di piangere adesso.»

«Non riesco a smettere!» Bambi si portò una mano alla fronte come se si sentisse sopraffare dalle vertigini. «Era mia amica.»

«Sei sbronza e fai schifo solo a guardarti.»

«Perché sei così cattivo con me?» gli chiese, comprensibilmente confusa. «Ho bisogno di un posto dove dormire. È stata una serata pessima al locale. Ho speso tutti i soldi che ho guadagnato per il taxi per venire fin qui.»

«Allora sarà meglio che pensi a un modo per tornartene a casa, la tua situazione non è un problema mio.»

Sul volto di Bambi si dipinse un'espressione ancor più patetica. «Pensavo che fossimo amici!»

Non poteva farla entrare o avere a che fare con lei adesso che la polizia la teneva d'occhio. Non voleva che una stupidaggine come una notte con una prostituta lo mettesse sotto i riflettori. «Levati di torno! Sono stanco e devo andare a letto.»

Bambi sgranò gli occhi. Tutto quel trucco colato la faceva somigliare a un procione. «Fa un freddo cane qua fuori! Almeno dammi i soldi per il taxi!»

«Va' al diavolo.» Jasper le sbatté la porta in faccia, ma in quello stesso istante si rese conto che se le fosse successo qualcosa e non fosse arrivata a casa sana e salva, la polizia ci avrebbe messo poco ad arrivare a lui. Il tassista sapeva dove l'aveva lasciata.

Jasper si riaffacciò alla porta, la chiamò e le allungò una banconota da venti.

«Grazie!» disse lei tirando su con il naso.

Il suo sorriso sollevato gli fece venir voglia di tirarle un pugno. «Non tornare più. Non sarò così gentile la prossima volta.»

Per i trenta minuti successivi, Jasper camminò avanti e indietro in salotto. Come si era permessa Bambi di presentarsi a casa sua in quel modo? Con tutto quel parlare dell'indagine gli aveva rovinato l'umore e minato l'ottimismo.

D'altro canto… gli aveva fatto anche un favore. Jasper si era convinto di non avere niente di cui preoccuparsi, al punto che aveva iniziato a fantasticare sul momento in cui Brianne gli avrebbe consegnato Evelyn su un piatto d'argento e lui l'avrebbe finalmente avuta tutta per sé. Ma abbassare la guardia con un intero dipartimento di polizia che lo stava cercando era rischioso. Amarok in particolare non era uno stupido. Sottovalutare le forze spiegate contro di lui sarebbe stato un errore.

Per scacciare il malumore che lo aveva pervaso, Jasper cercò online tutte le informazioni che riuscì a trovare sugli omicidi di Katherine Sharpe e Sierra Yerbowitz. Non poteva permettersi di concentrarsi solo su ciò che aveva davanti e dimenticare di guardarsi le spalle.

Era arrivata. La risposta di Janice Holt alla richiesta di congedo. Era stata dura scrivere quella mail, il solo pensiero di cosa avrebbe detto Janice la faceva rabbrividire. Evelyn sentiva di aver deluso lei e tutte le persone che avevano creduto nella sua professionalità, inclusi i colleghi ad Hanover House.

Ma più di tutti sentiva di aver deluso Amarok.

Evelyn avrebbe voluto restare, nonostante fosse la scelta più egoista.

Fece un respiro profondo e si sedette al tavolo della cucina. Era sabato e non aveva in programma di andare alla prigione. Brianne dormiva ancora.

Deve partire subito? La struttura è in una situazione precaria, Evelyn. La prego di ripensarci. Anch'io ho investito molto in Hanover House e non voglio che i media sappiano che se ne va, non in questo momento almeno. Dopo i recenti omicidi la gente ha bisogno di rassicurazioni, di sapere che è in grado di resistere alla pressione. La prego, resti almeno finché non avremo messo quel bastardo dietro le sbarre.

Era una richiesta legittima che Evelyn si sentiva in dovere di accogliere, anche se i mesi successivi sarebbero stati difficili con Amarok. Visto che ormai aveva deciso, Evelyn pensava che andarsene subito fosse meglio che rimandare a chissà quando. E se non avessero catturato Jasper?

Evelyn chiamò la centrale di polizia. «Janice vuole che resti fino alla fine dell'indagine» disse ad Amarok non appena rispose.

Ci fu un breve momento di silenzio. «Cosa le hai detto?»

«Non ho ancora risposto. Volevo prima sentire te, per sapere se ti andava bene.»

«Evelyn, lo sai che voglio che resti. Pensavo fosse chiaro.»

Certo, voleva che restasse, ma a delle condizioni che lei non era ancora in grado di soddisfare. «Lo so, ma… sarebbe strano, non trovi? Non voglio che i prossimi mesi diventino un inferno per entrambi. Quello che sto cercando di dire… Ho intenzione di accettare la richiesta di Janice, ma volevo sapere se preferisci che mi trasferisca da un'altra parte.»

«Forse sì» rispose lui.

Evelyn sussultò. Non c'erano molte case da affittare in paese, ma poteva sempre trovare un appartamento ad Anchorage e fare la pendolare come la maggior parte degli agenti e dello staff della prigione. «Devo ammettere che fa male.»

«Conosci le mie condizioni.»

«Vuoi un impegno serio.»

«Voglio solo essere sicuro, o comunque il più sicuro possibile, che non sto affidando il mio cuore a una persona che lo spezzerà. Stiamo insieme da quasi due anni. Non mi sembra di essere precipitoso. A un certo punto dovrai decidere se valgo la pena o no.»

«Ovvio che vali la pena» rispose lei. «Non ho dubbi su questo. La mia decisione non c'entra niente con te.»

«Staremo a vedere» disse lui prima di riagganciare.

Evelyn fece un sospiro, riaprì il portatile e rispose alla email di Janice.

Rimarrò il più a lungo possibile.

Samantha diede un'ultima controllata al rossetto e ai capelli nello specchietto della Subaru prima di scendere ed entrare nella centrale di polizia.

Amarok era seduto alla sua scrivania e guardava accigliato il telefono. Quando sentì aprire la porta, alzò gli occhi per vedere chi fosse.

«Ehi.» Samantha sfoggiò il suo sorriso più dolce. Aveva trascorso tutta la notte passando da uno strip club all'altro di Spenard Road alla ricerca di Jasper, ma non aveva avuto fortuna. Aveva incontrato un sacco di tipi strani, ma nessuno di loro sembrava particolarmente pericoloso. E soprattutto a nessuno importava chi fosse Evelyn. Poteva sempre riprovarci quella sera, il giorno dopo era domenica e l'armeria era chiusa, ma Samantha si sentiva sfinita e iniziava a dubitare del suo piano.

Doveva inventarsi qualcos'altro…

«Ehi.» Amarok aveva l'aria distratta e triste. Makita abbaiò e le corse incontro per leccarle una mano. A parte il cane, erano soli nella centrale. Prima di fermarsi, Samantha si era assicurata che non ci fosse nessuno, nemmeno Phil.

«Hai trovato qualcosa sul tipo che si aggirava dietro al mio negozio?» gli chiese.

Amarok si grattò in mezzo agli occhi, poi posò le mani sulla scrivania. Aveva un'espressione cupa e stanca. Samantha avrebbe voluto fare il giro del tavolo e massaggiargli le larghe spalle. Il lavoro lo stava logorando. Quando aveva scelto di entrare in polizia forse non immaginava di dover fare fronte a una tale mole di stress. Almeno non qui a Hilltop. Doveva ringraziare Evelyn se era costretto ad affrontare tutto questo. Samantha era tentata di lasciarle un altro biglietto, ancora più cattivo di quello precedente. Forse era la volta buona che avrebbe lasciato la città, liberandola dall'incombenza di dover trovare un altro modo per farla fuori.

«Temo di no» disse lui.

Makita la seguì mentre si avvicinava alla scrivania. «Amarok, ho molta paura quando apro e chiudo il negozio. Credi che sia in pericolo?»

«Forse sì. Devi stare in allerta. Gira sempre con la pistola.»

Tutto qui? Doveva portare la pistola e basta? Di certo non liquidava la sicurezza di Evelyn con altrettanta leggerezza. In effetti Evelyn non sapeva nemmeno tenerla in mano, una pistola, prova ulteriore del fatto che non era adatta a vivere in Alaska. «Quanto pensi che durerà lo stato di emergenza?»

«Le indagini richiedono tempo. Sto facendo tutto il possibile.»

«Lo vedo, sembri esausto. Mi dispiace molto per ciò che devi affrontare.»

Amarok si passò una mano tra gli spessi capelli scuri. «Sto bene, ma grazie per l'interessamento.»

Samantha non accennava a volersene andare.

«C'è qualcos'altro che posso fare per te?»

Lei fece un respiro profondo. «Siamo una piccola comunità, Amarok. Questo genere di cose non dovrebbero accadere. Non sono mai successe prima.»

Lui inarcò le sopracciglia. «Dove vuoi arrivare?»

Samantha sapeva di aver toccato una tasto dolente, ma non riusciva più a trattenersi. «Perché supporti una struttura che danneggia la comunità per amore della donna che la dirige? Noi tutti facciamo affidamento su di te, non è giusto nei nostri confronti.»

Un muscolo del viso di Amarok si contrasse involontariamente. «Sono stato uno dei pochi a opporsi ad Hanover House.»

«Prima che fosse aperta!»

«Ormai è tardi!»

«Non lo è! Sandy è morta per colpa di quel posto! E ci sono stati altri due omicidi. Quanto tempo passerà prima che tocchi a un altro nostro amico? Magari qualcuno con cui siamo cresciuti?»

Amarok chiuse sbattendo uno dei cassetti della scrivania che era rimasto aperto. «Sandy è morta per colpa di uno psicopatico, non di Evelyn.»

«Ma è stata lei a portarlo qui, e ne porterà ancora!»

«La ricerca che conduce ad Hanover House è importante. Qualcuno la deve pur fare» ribatté lui abbassando il tono della voce. Amarok sembrava combattuto e disilluso, Samantha lo vedeva. Gli omicidi, la mancanza di sonno e forse le questioni personali tra lui ed Evelyn lo stavano esaurendo.

Samantha abbassò la voce, implorante. «Amarok, ascoltami. Lo so quanto ci tieni a lei, ma questo non è il suo posto. Lei non è una di noi. Lei non ama l'Alaska come l'amiamo noi. A lei importa solo del suo lavoro. Ti sta usando...»

«Smettila» la interruppe lui indispettito. «Non mi sta affatto usando.»

«Come vuoi, ma sappi che non accetterà mai di sposarti. Evelyn prima o poi ti lascerà e se ne andrà. Lo sai, vero?»

I loro sguardi si incrociarono: gli occhi di lui erano profondamente infelici. «Sì, lo so.»

Per la prima volta dopo molto tempo, Samantha sentì la speranza crescere dentro di lei. Amarok ed Evelyn stavano per lasciarsi, glielo leggeva negli occhi.

«Non ti preoccupare» gli disse lei. «Non sarà la fine del mondo.»

Se ne sarebbe assicurata personalmente, stando al suo fianco nei momenti più bui.

«Sam...»

Lei sollevò una mano in aria. «Lo so, sei molto impegnato, ti lascio lavorare» disse, e corse a casa a prepararsi. Il piano di tornare ad Anchorage quella notte era saltato, ma sarebbe comunque andata al Moosehead. Era il primo posto dove andava Amarok quando lasciava la centrale perché si sentiva in dovere di sorvegliare il locale, soprattutto nei fine settimana.

25

Trascorrere del tempo con Andy Smith non servì a migliorare l'opinione che Evelyn aveva di lui. Era così egocentrico... Ogni volta che apriva bocca parlava di sé, e l'apriva decisamente troppo spesso. A un certo punto aveva perfino raccontato di essersi svegliato nel cuore della notte con la casa in fiamme e di essere riuscito a salvare l'ex moglie e le due figlie. «Se non fossi andato in bagno proprio in quel momento, sarebbero morte asfissiate. La situazione era grave» disse. Alcuni stracci sporchi di vernice avevano preso fuoco spontaneamente e quando erano arrivati i pompieri ormai non c'era più molto da salvare. Aveva detto di aver perso tutte le foto e i ricordi del passato ed Evelyn in un primo momento ci aveva creduto e si era dispiaciuta molto per lui. Ma poi, man mano che parlava, aveva iniziato a domandarsi se tutte quelle storie che raccontava fossero vere. Raccontò di quando aveva identificato un terrorista su un aereo e lo aveva trattenuto in bagno per tutta la durata del volo. Di un'altra volta che a New York aveva incontrato Mariah Carey, che per una qualche ragione si era allontanata dalla sua scorta, e le aveva messo il suo cappotto sulle spalle per proteggerla e farle spazio tra la folla fino alla limousine.

Per quanto Evelyn fosse sempre più scettica, Brianne invece pendeva dalle sue labbra. Sembrava divertirsi e questa era l'unica cosa che contava. Evelyn voleva solo che sua sorella fosse felice.

E che Amarok tornasse a casa. Non riusciva a staccare gli occhi dalla porta d'ingresso nella speranza di vederlo rientrare. Non era ancora partita e già sentiva la sua mancanza. Amarok l'aveva abituata troppo bene ed Evelyn era convinta che nessun uomo potesse competere con lui, con il suo equilibrio, il suo senso di giustizia, la sua capacità di ascoltare senza dominare la conversazione e la sua forza d'animo.

E a letto era perfino meglio...

Evelyn si sentì pervadere dal calore al pensiero delle mani di Amarok che esploravano il suo corpo. Sembrava passata un'eternità da quando avevano fatto l'amore l'ultima volta. Come avrebbe fatto a sopravvivere un anno intero a Boston senza di lui?

Evelyn non lo desiderava affatto, così come non aveva voglia di cambiare casa.

«E poi cosa hai fatto?» chiese Brianne ad Andy.

«Ho nuotato fino agli scogli e l'ho trascinato a riva, naturalmente» rispose lui. «Non potevo lasciarlo laggiù, rischiava di essere mangiato da uno squalo.»

Evelyn si accorse di essersi persa una buona fetta della conversazione. Andy stava raccontando di una sua presunta disavventura in mezzo all'oceano. Era difficile rimanere concentrati. A Evelyn non importava niente di Andy e delle sue storie inverosimili. E poi era stanca.

Per fortuna la serata volgeva al termine: avevano già mangiato il delizioso salmone con le verdure preparato da Brianne e se ne stavano seduti intorno al tavolo a parlare. Evelyn e Andy avevano davanti un bicchiere di vino. Brianne aveva bevuto solo acqua, ma la cosa non sembrava turbarla, proprio come gli aneddoti stravaganti di Andy.

«Ma potevi morire!» gridò Brianne.

«Qualcuno doveva farlo.» Andy continuò a raccontare di tutte le specie di squali che si aggiravano in quella parte di oceano con l'unico scopo di rendere il racconto più avventuroso.

Evelyn si era accorta che lui la fissava in continuazione, voleva essere certo di avere la sua attenzione. Lei gli sorrideva, ma dentro di sé non vedeva l'ora che se ne andasse. Era tentata di dare un'occhiata all'orologio da polso, ma non lo fece per paura che lui lo notasse. In fin dei conti era un ospite di Brianne, doveva cercare di essere il più gentile possibile.

«Non è l'unico episodio in cui ho salvato qualcuno in spiaggia» continuò lui raccontando di quando aveva salvato con la respirazione bocca a bocca una bambina che stava affogando per colpa della madre che l'aveva persa di vista.

«È sopravvissuta?» chiese Brianne colpita.

«Certo» disse lui. «Ha sputato un bel po' di acqua, ma poi ha ripreso a respirare. Sua madre era molto sollevata.»

«Ci credo! Deve essere stato spaventoso.»

«Mi è quasi venuto un infarto quando l'ho vista galleggiare in acqua. Non mi capacito di come una madre possa perdere di vista la figlia. Bastano pochi...»

«Cosa ne pensa degli omicidi degli ultimi giorni?» lo interruppe Evelyn.

Era rimasta in silenzio per un po' e il suono della sua voce li aveva colti di sorpresa. O forse era solo perché lo aveva interrotto bruscamente. Ma doveva pur fermarlo in qualche modo prima che riattaccasse con un'altra storia, e l'indagine era l'unica cosa che le era venuta in mente.

«L'omicidio di Sierra Yerbowitz e dell'altra donna?» chiese Andy.

Evelyn accavallò le gambe. «Katherine Sharpe, sì.»

«Penso che la polizia abbia una bella gatta da pelare.»

«Amarok riuscirà a trovare l'assassino, secondo lei?»

Andy buttò giù l'ultimo sorso di vino e Brianne gli riempì di nuovo il bicchiere. «Non ho dubbi sulle capacità del sergente. Ma lei e io lavoriamo alla prigione, sappiamo entrambi con che razza di uomini abbiamo a che fare.»

«Quindi dà per scontato che si tratti di un serial killer.»

«Perché, lei no? Ho letto sul giornale che le due vittime non hanno alcuna relazione apparente, sebbene siano state rinvenute nello stesso luogo. Due vittime casuali rendono l'indagine molto più complessa.»

«Sì, ma l'assassino ha lasciato delle prove.»

Andy si appoggiò allo schienale. «Che tipo di prove? Non è facile farsi un'opinione, quando non si conoscono tutti i fatti.»

«I corpi in primis. Katherine è stata torturata, Sierra no. Perché questa disparità di trattamento?»

«La vera domanda è... perché ne stiamo parlando?» intervenne Brianne. «Non ne avete già abbastanza lavorando ad Hanover House?» Così dicendo si alzò e iniziò a sparecchiare la tavola. «Ho preparato una torta al limone. Che ne dite di passare al dessert e cambiare argomento? Per quanto mi riguarda, ne ho abbastanza di storie macabre. Non ho voglia di sentir parlare di un altro psicopatico.»

E dire che la conversazione si era appena fatta interessante, pensò Evelyn. Visto che Andy pretendeva di saperne una più del diavolo, era curiosa di conoscere la sua opinione in merito e di capire se avesse qualcosa di significativo da dire. Da parte sua, Andy sembrava entusiasta della domanda e non vedeva l'ora di rispondere. Ma in fondo era l'ospite di Brianne e lei non voleva che l'indagine rovinasse l'ultima serata della sua vacanza.

«Certo» disse Evelyn con un sorriso di scuse sulle labbra. «Sono solo preoccupata, non volevo rovinarti la serata. Io sono piena, niente dolce per me.» Evelyn spinse la sedia lontano dal tavolo e fece per alzarsi per lasciarli un po' da soli. «Credo che me ne andrò a letto.»

«Non te ne devi andare» disse Brianne. «Non intendevo questo.»

«Ha ragione, resti con noi» le fece eco Andy. «È bello stare tutti insieme in compagnia.»

Evelyn prese il suo piatto. «Grazie, ma sono stanchissima. Bri, non preoccuparti per i piatti, lasciali pure lì, ci pensiamo domattina.»

Brianne e Andy avevano appena finito di aiutarla a sparecchiare, quando il telefono squillò.

Brianne era quella più vicina e rispose. «È di nuovo il tuo amico avvocato» disse lei. «Sta sempre sveglio fino a tardi?»

«Temo che sia un lavoro-dipendente come me.» Evelyn si asciugò in fretta le mani. «E poi sa che siamo quattro ore indietro quassù.»

«Fai le ore piccole anche stasera?» chiese Evelyn ad Ashton dopo averlo salutato.

«Sono riuscito solo ora a mettermi in pari con i messaggi in segreteria di oggi» rispose lui.

«Hai saputo niente dal laboratorio?» Evelyn era ansiosa di avere notizie, ma non si aspettava di riceverne in tempi tanto brevi. Per tenere a bada l'ansia si era convinta che i risultati non sarebbero arrivati prima di lunedì.

L'entusiasmo con cui lo chiese attirò l'attenzione di Andy e di Brianne, che si voltarono a guardarla.

«Ebbene sì» rispose Ashton. «Mi hanno lasciato un messaggio qualche ora fa. Hanno trovato un riscontro.»

«È Jasper?»

«Sì. È stato nella casa in cui hanno ucciso Charlotte.»

«Che mi dici del sangue prelevato da Amarok allo chalet?»

«Per quello manca ancora la conferma del supervisore, quindi non ho ancora i risultati. Non arriveranno prima di lunedì temo, ma intanto volevo farti sapere cosa mi hanno detto.»

«Okay, quindi... se quello trovato in casa di Charlotte è il DNA di Jasper significa che il colpevole è lui, come ho sempre sospettato. Altrimenti perché avrebbe dovuto trovarsi sulla scena del crimine? Tim è innocente.»

«Penso anch'io. Farò tutto il possibile per ottenere il rilascio del dottor Fitzpatrick, nonostante sulla scena del crimine ci sia anche il suo DNA. Non è ancora detta l'ultima parola.»

«Che succede?» chiese Brianne.

Evelyn non riusciva a trattenere le lacrime. «Abbiamo una possibilità» disse. «Abbiamo una possibilità di incastrarlo.»

La sorella la afferrò per un braccio. «Ma chi, *Jasper*?»

«Sì, Jasper!» Evelyn ringraziò Ashton e lo salutò. Era talmente eccitata che non riusciva a stare al telefono un secondo di più. Afferrò la borsa e corse alla porta, ma Brianne la fermò prima che uscisse. «Dove stai andando?»

«Al Moosehead, devo dirlo ad Amarok. Hanno trovato il DNA di Jasper sulla scena del crimine di Charlotte! Tim Fitzpatrick è innocente. È stato Jasper a uccidere Charlotte e questo significa che anche l'omicidio di Mandy è opera sua.»

«Aspetta! Ma tu lo hai sempre sostenuto, no?»

«Sì, ma adesso ne abbiamo le prove.»

«Non capisco cosa ci sia di tanto entusiasmante. Il suo DNA è stato rinvenuto anche sotto le unghie di una delle vittime di Peoria, ma non è servito a nulla. Perché stavolta è diverso?» chiese Brianne.

«Adesso Amarok può richiedere un mandato per visionare le liste passeggeri dei voli! Sappiamo che Jasper viveva a Phoenix con la moglie e i figli quando i genitori sono stati assassinati. Posto che sia stato lui a ucciderli; deve aver preso un volo per San Diego e poi, la notte stessa o la mattina dopo, un altro volo per Boston per uccidere Charlotte. A quel punto avrà pensato che non era sicuro restare in città e quindi deve essere tornato di nuovo a Phoenix. Perciò basterà incrociare i nominativi delle liste passeggeri che hanno volato da Phoenix a San Diego, poi fino a Boston e di nuovo a Phoenix. Dubito che ci siano molte persone ad aver fatto questa tratta. A quel punto dovremo solo spuntare i nomi fino a trovare...»

«Fino a trovare l'alias che sta usando!» gridò Brianne.

Evelyn sorrise con gli occhi pieni di lacrime. «Amarok aveva ragione. Stavolta è nostro.»

Amarok stava inviando all'esperto con cui era in contatto le foto di tutte le ruote che aveva trovato la sera prima nel parcheggio del Moosehead nella speranza di trovare una pista, quando la porta del suo ufficio si spalancò, urtando contro il muro. Makita saltò in piedi e cominciò ad abbaiare finché non riconobbe Evelyn.

«Eccoti finalmente!» Era come se il vento che imperversava fuori l'avesse spinta dentro. «Ti ho cercato dappertutto. Pensavo che fossi al Moosehead stasera.»

In effetti aveva in mente di farci un salto prima o poi, solo che non aveva ancora trovato la forza di uscire. Ma non voleva nemmeno tornare a casa. Stare in compagnia di Evelyn gli pesava ogni minuto di più. Lei gli stava spezzando il cuore.

«Avevo del lavoro da sbrigare.»

Amarok si alzò in piedi, mentre Evelyn chiuse con forza la porta contro il vento e attraversò la stanza. Stava per chiederle perché non fosse a casa con Brianne e il suo nuovo spasimante, ma non ne ebbe il tempo. Evelyn superò il cane e andò dritta tra le sue braccia, gli afferrò il volto tra le mani e gli diede un bacio sulle labbra.

Amarok tentò di convincersi a scostarla. Non intendeva cedere. La relazione doveva evolversi in qualche modo, altrimenti avrebbero fatto meglio a lasciarsi e ad andare ognuno per la sua strada. Ma il modo in cui lei cercava la sua bocca, come se morisse dalla voglia di sentire il suo sapore, lo faceva impazzire. Amarok non aveva mai amato nessuno come amava lei. Dentro di sé continuava a ripetere che doveva staccarsi, fare un passo indietro, ma i secondi passavano e la passione tra loro cresceva.

Evelyn gli stava già sbottonando l'uniforme quando lui si ricordò di chiudere la porta a chiave. Non riceveva molte visite, soprattutto a quell'ora, ma era meglio evitare ogni rischio. Eppure lasciarla anche solo per il breve tempo di compiere quel gesto gli sembrava impossibile. Temeva che, se lo avesse fatto, la lucidità avrebbe di nuovo preso il sopravvento. L'unica cosa da fare era spingerla verso la porta.

Una volta chiusa, gli abiti caddero a terra in un secondo. Il cappotto di lei e il berretto. La maglietta di lui, la camicetta di lei. Una scarpa da una parte, una dall'altra. Evelyn gli stava slacciando i pantaloni e tirando giù la zip quando lui la scostò appena per sgomberare la scrivania di Phil. Poi le sollevò la gonna per sfilarle le mutandine.

«Spero che questo significhi ciò che credo» disse Amarok mentre scivolava con la bocca lungo il suo collo e incontrava i seni.

Evelyn non rispose. Lui le prese un capezzolo tra le labbra ed Evelyn inclinò la testa all'indietro con un gemito.

Oh, Dio, che sensazione stupenda, pensò Amarok. Erano fatti l'uno per l'altra. Come faceva Evelyn a non rendersene conto? La provenienza da mondi diversi, i sette anni di differenza e le sue cicatrici emotive che si riaprivano di quando in quando non rappresentavano un vero problema. Lei era quella giusta, non poteva vivere senza di lei. Alcune persone erano semplicemente destinate a stare insieme.

«Ho bisogno di te.» Evelyn sollevò lo sguardo su di lui, come se quelle parole racchiudessero il significato di tutto ciò che lui voleva sentirsi dire. «Subito. Non posso più aspettare.»

Amarok lanciò le mutandine di lei da una parte. Era pronto. Bastava il pensiero di Evelyn a farglielo venire duro. Non aveva alcuna intenzione di lasciarsi sfuggire quell'opportunità, anche se lei non era ancora pronta a prendersi un impegno serio. Poteva essere l'ultima volta che facevano l'amore.

Le gambe di Evelyn gli cinsero la vita e lui entrò dentro di lei.

«Sì!» disse lei in un sussulto. «Eccoti finalmente...»

Amarok era troppo preso per parlare, tutto il suo mondo si era fatto sensazione pura. Evelyn. Il suo profumo, i suoni che emetteva mentre lui affondava dentro di lei. Amarok ci mise tutto se stesso, come se quel singolo atto d'amore potesse fare la differenza nel convincerla a restare.

Evelyn gridò di piacere e Amarok sentì lo spasmo del suo orgasmo. Avrebbe voluto durare più a lungo, farla godere ancora. Ma era inutile, era allo stremo delle forze. Amarok chiuse gli occhi e smise di opporsi alla tensione che cresceva dentro di lui.

Il piacere del suo orgasmo esplose, dandogli brividi in tutto il corpo. Temeva che Evelyn si sarebbe spostata all'ultimo secondo o che gli avrebbe chiesto di uscire, ma non lo fece. Rimase stretta contro il suo bacino.

Si separarono con il respiro spezzato e rimasero a fissarsi mentre si riprendevano da ciò che era appena successo. «Cos'è stato?» chiese lui.

Lo sguardo di Evelyn non si staccò nemmeno per un istante dal suo. «Credo di aver capito che non posso vivere senza di te.»

Lui le scostò una ciocca di capelli dal viso. «Hai deciso di restare?»

«Vorrei poterlo fare. Starò via solo un paio di mesi, fino ad aprile, quando nascerà il bambino.»

Amarok avrebbe voluto ricominciare a fare l'amore, Evelyn non gli bastava mai. «Cos'è che ti ha fatto cambiare idea?»

«Abbiamo il DNA di Jasper.»

Amarok non ebbe il tempo di reagire alla notizia che sentirono bussare alla porta. Makita abbaiò vedendo che qualcuno stava cercando di girare la maniglia, poi ci fu un rumore di serratura ed entrambi si precipitarono a recuperare i vestiti.

Amarok finì per primo di rivestirsi e gridò che stava arrivando, mentre si precipitava a rimettere in ordine gli oggetti sulla scrivania di Phil.

«Ci sei?» chiese a Evelyn che stava raccattando il cappotto da terra.

Lei rispose con un sorriso e Amarok girò la chiave.

La sua sagoma coprì per intero la cornice della porta, impedendo a Evelyn di vedere chi era.

«Sei di nuovo qui?»

«Devo dirti una cosa.»

Evelyn riconobbe subito la voce. Era Samantha...

Anche Makita smise di abbaiare e si calmò.

«Che c'è?» chiese Amarok facendo un passo indietro per assicurarsi che Samantha sapesse che non era solo. Così forse avrebbe desistito dal dire ciò per cui era venuta.

Gli occhi di lei frugarono nella stanza ancora in disordine; c'erano ancora un paio di cose che Amarok non aveva sistemato, come il porta matite riverso sul pavimento. Per non parlare dei capelli arruffati di Evelyn e dei vestiti stropicciati.

Gli occhi di Samantha risplendettero di un bagliore severo. Aveva interrotto qualcosa e lo sapeva. Forse era proprio per questo che aveva deciso di fermarsi vedendo il SUV di Evelyn parcheggiato accanto al pickup di Amarok.

«Ho visto di nuovo il tipo che si aggirava dietro il mio negozio.»

«Dove?» chiese Amarok.

Samantha sembrò incerta su come rispondere, ma poi disse: «Era nel parcheggio del Moosehead».

Era? Samantha stava già mettendo le mani avanti sul fatto che se anche Amarok fosse corso a vedere non lo avrebbe più trovato.

«Ne sei proprio sicura?» le chiese lui scettico. «Nessun altro a parte te ha notato qualcosa di strano o di sospetto.»

Come Evelyn, anche Amarok aveva la sensazione che stesse mentendo.

Samantha sollevò il mento, indispettita dal fatto che lui stesse mettendo in dubbio la sua parola. «Perché mai dovrei inventarmi una cosa simile?»

Tutti e tre sapevano il perché, ma Amarok fece finta di niente. «Andrò a controllare.»

Poi, tenendo aperta la porta, le fece segno di uscire, ma lei rimase immobile. «Forse è meglio se ci vai subito» disse lei. «Dubito che il tizio resti lì ad aspettarti.»

Voleva separarlo da Evelyn, non era difficile da intuire.

«Hai fatto bene a dirmelo» rispose lui. «Da questo momento in poi me ne occupo io.»

«Ma grazie per essere passata» aggiunse Evelyn. Non avrebbe dovuto intromettersi, lo sapeva, ma era stato più forte di lei. Le intenzioni di Samantha erano talmente palesi…

«Ciao Evelyn» la salutò lei con sguardo torvo. «Ho sentito dire che torni a Boston.»

Il vento entrò nella stanza attraverso la porta aperta ed Evelyn si strinse nel cappotto. «Non ho ancora fatto piani precisi.»

«Peccato, non è mai troppo presto per andarsene. Dopo tutto, il casino in cui ci troviamo è solo colpa tua.»

Samantha non l'aveva mai sopportata e non ne faceva certo

mistero. Eppure il tono velenoso con cui pronunciò quelle parole colse Evelyn alla sprovvista. Stava per rispondere, quando Amarok intervenne al posto suo.

«Questo non è vero» disse mettendosi tra loro, ma Evelyn lo spostò.

«È per questo che continui a lasciarmi quei biglietti odiosi sul parabrezza?» Non l'avrebbe mai accusata se Samantha non avesse tirato fuori l'argomento per prima, e ormai non aveva alcuna intenzione di tirarsi indietro.

«Non ho idea di cosa tu stia parlando» ribatté Samantha. «Non butto via il mio tempo in queste sciocchezze. Soprattutto se riguardano te. Si vede che non sono la sola a pensare che questo posto non fa per te.»

«Per fortuna viviamo in un paese libero» sbottò Evelyn. «Non lavori alla dogana, non sei tu a decidere chi può vivere in Alaska e chi no.»

Samantha le lanciò un'occhiata carica di odio, di quelle che Evelyn aveva visto solo negli psicopatici che negli anni l'avevano minacciata di morte. «Oh, andiamo, tanto te ne andrai prima o poi. Che ci fa una donna come te in questo posto per il resto della vita? Perché non la fai finita di combinare casini? Soprattutto con Amarok. Lo stai usando. Forse lui non se ne rende conto, ma io sì!»

Makita iniziò a ringhiare, come faceva ogni volta che avvertiva che il padrone era in pericolo o che stava difendendo qualcuno o qualcosa. Amarok aveva posato un braccio sulle spalle di Evelyn e il cane aveva intuito che c'era qualcosa che non andava.

«È meglio se vai via, se non sai comportarti come si deve» le intimò Amarok.

«Comportarmi come si deve?» gridò Samantha. «Sto solo riportando ciò che pensa la gente.»

«Smettila! Evelyn è benvoluta da tutti. È inutile che tu le faccia credere il contrario.»

«E tu che ne sai? Non riesci nemmeno a vedere com'è veramente!»

«Adesso basta.»

Amarok stava chiudendo la porta quando Samantha aggiunse: «Non vedo l'ora che la faccia fuori!».

Evelyn sprofondò su una sedia. «Immagino che si riferisca a Jasper.»

Amarok le porse un bicchiere d'acqua. «Mi dispiace molto, non stare ad ascoltarla. È solo...»

«Gelosa?»

Amarok si passò una mano sul viso. «Sì, credo di sì.»

Makita andò verso di lei e appoggiò il muso sulle sue ginocchia, come se anche lui fosse dispiaciuto per l'accaduto.

«Posso farti una domanda?» disse Evelyn grattando l'orecchio del cane.

«Spara.»

«Se non fosse stato per me, ti saresti rimesso insieme a Samantha?»

«No, e non le ho mai fatto credere diversamente. Non sono interessato, anche se lei ti vede come una rivale.» Amarok si mise a sedere e invitò Makita a spostarsi per potersi avvicinare a Evelyn. «Lasciala stare, okay? Non me ne importa niente di lei.» Poi le strinse le mani. «Raccontami cosa ha scoperto Ashton Cooper.»

Evelyn si sentiva ancora scossa, nonostante sapesse da tempo che la ex di Amarok la detestava. Ma pian piano l'entusiasmo per la notizia che Ashton le aveva dato si riaccese dentro di lei. Avere la conferma che il materiale rinvenuto sotto le unghie della vittima di Peoria coincideva con quello dei genitori di Jasper era stato un vero colpo di fortuna. Senza quella, sarebbe stato impossibile collegare Jasper all'omicidio di Charlotte e andare avanti con l'indagine.

«Quindi non sappiamo ancora chi sia stato a spararmi?» chiese lui.

«Non ancora.»

«Ad ogni modo è una notizia fantastica. Mi metto subito al lavoro con il mandato per la lista passeggeri.»

«Quanto tempo ci vorrà?»

Amarok si sporse sulla sua scrivania. «Credo di riuscire a ottenerlo entro lunedì. Inizierò dal Southwest Airport. Phoenix è il loro scalo principale, hanno un sacco di voli giornalieri.»

Evelyn si sentì sopraffare all'idea. «Sono un sacco di documenti... è un lavoro immenso.»

«Non è detto. Con Excel posso aggiungere un campo per compagnia aerea e numero di volo. A quel punto unisco tutti i file e li metto in ordine alfabetico per trovare i nominativi ricorrenti. Non ci vorrà molto, vedrai.»

Makita premette il naso freddo e umido contro la mano di Evelyn. «Speriamo» rispose lei accarezzando il cane.

«Se Jasper ha fatto il tragitto che crediamo, potremmo avere le prove necessarie per arrestare quel figlio di puttana mercoledì o giovedì al massimo.»

Evelyn era troppo emozionata per parlare, si alzò in piedi e abbracciò Amarok da dietro.

Lui le strinse le mani. «Se lo prendo rimani, va bene?»

Anche se Jasper fosse finito dietro le sbarre, i problemi della sua famiglia non sarebbero svaniti. Soprattutto quelli di Brianne con il bambino. Ma forse sarebbe stato sufficiente tornare a casa un paio di mesi dopo la nascita del piccolo, magari a quel punto i suoi genitori sarebbero riusciti a buttarsi il passato alle spalle. Con Jasper in carcere e una sentenza a vita da scontare, avrebbero finalmente trovato giustizia, pace e la speranza in un futuro migliore…

Sarebbe stato un passo avanti non da poco…

«Sì» rispose lei. «Starei molto più tranquilla e potrei decidere di restare.»

26

Entrando nel vialetto vide che tutte le luci di casa erano spente. Brianne doveva essere andata a dormire. Anche Evelyn si sentiva stanca. Per fortuna Andy se n'era andato. Era rimasta con Amarok e Makita alla stazione di polizia circa due ore, per lasciare alla sorella la sua privacy. Non riusciva proprio a capire cosa ci trovasse in Andy Smith, ma dopo tutto stava affrontando un periodo difficile. Forse Brianne aveva visto in lui qualcosa che lei non riusciva a vedere.

Sollevata all'idea di non doverlo affrontare di nuovo, scese dal SUV e arrancò fino alla porta di casa lottando contro il vento. Quando soffiava a quella velocità era impossibile resistergli. Perfino il suo cappotto pesante svolazzava come un fazzoletto mentre trafficava con le chiavi di casa per entrare.

L'odore del salmone mangiato a cena copriva quello della legna che continuava a bruciare nel camino. Pensò di lavare i piatti per togliersi il pensiero, ma non voleva svegliare Brianne facendo rumore in cucina. Ci avrebbero pensato il giorno dopo, come aveva detto. Bri aveva un volo notturno, quindi non doveva essere in aeroporto prima di sera. Avevano tutto il tempo che volevano.

Evelyn stava per andare dritta a letto senza nemmeno accendere le luci, quando si ricordò che doveva riempire la ciotola d'acqua del gatto. Anche se Amarok le aveva assicurato che non avrebbe fatto tardi, di certo tornando non si sarebbe ricordato di Sigmund. E comunque non voleva dargli un'altra preoccupazione.

Evelyn accese la luce dell'ingresso, appoggiò la borsa e le chiavi sul bancone; stava attraversando la cucina per prendere la ciotola di Sigmund quando si accorse di alcune macchie rosse sul pavimento.

«Che roba è?» disse chinandosi a controllare. Appena si avvicinò capì che si trattava di sangue.

«*Brianne*?» Evelyn corse nella camera degli ospiti dove dormiva la sorella. E se Brianne non stesse affatto dormendo come aveva pensato?

Sentì il terrore impossessarsi di lei, mentre accendeva la luce della camera.

Brianne si tirò su appoggiandosi su un gomito e la guardò strizzando gli occhi. «Che succede?»

Evelyn si appoggiò alla cornice della porta, improvvisamente senza forze.

«Evelyn? Ti senti bene?»

«Sì, sto bene» rispose Evelyn entrando in camera e mettendosi a sedere ai piedi del letto. «Ho pensato che...»

«Cosa? Mi hai fatto prendere un colpo entrando e accendendo la luce così all'improvviso!»

«Pensavo che ti fosse successo qualcosa.»

Brianne la guardò stupita. «Perché?»

«C'è davvero bisogno che ti lo spieghi? Lo sai cosa sta succedendo. Abbiamo un serial killer a piede libero. Sia Amarok che io crediamo si tratti di Jasper e ti assicuro che, se potesse, mi farebbe tutto il male possibile.»

«Vuoi dire che arriverebbe a uccidere anche me?» Brianne si lasciò cadere sul cuscino. «Smettila di spaventarmi. Sto bene. E poi Andy è stato qui quasi tutta la sera, non sono rimasta sola un momento.»

«Be', ma adesso Andy non c'è.»

«No, sarà quasi arrivato a casa ormai.»

Evelyn indicò il resto della casa. «Cos'è quel sangue in cucina?»

«Sangue?» chiese Brianne confusa, poi la sua espressione si rasserenò. «Oh! Mi sono tagliata mentre caricavo la lavastoviglie.» Poi sollevò un dito per mostrare il cerotto. «Credevo di aver ripulito, dove l'hai trovato?»

«Per terra.»

«Ce n'è tanto?»

«Solo qualche goccia, ma...»

«Devono essermi sfuggite, tutto qui. Mi dispiace.»

«Va tutto bene.» Evelyn si portò una mano al petto per sentire il battito del cuore. «Allora, com'è andata con Andy?»

«Vuole che mi fermi un'altra settimana.»

«Pensi di rimanere?»

«No.»

«Perché no? A noi fa piacere se ti fermi un altro po'.»

Brianne alzò gli occhi al cielo. «Non credo proprio che ad Amarok farebbe piacere.»

Evelyn non si era scordata della promessa che aveva fatto ad Amarok poco prima, ma decise di non farne parola con la sorella. Sperare di prendere Jasper e catturarlo davvero erano due cose ben diverse. Era ancora troppo presto per dire l'ultima parola. «Te lo assicuro.»

«Cambiare il volo con così poco preavviso costerebbe una fortuna. Non sono ancora così presa da Andy. Non mi fraintendere... mi fa piacere che sia interessato a me. È stato un'ottima distrazione, ma...»

Evelyn la guardò con un sorriso ironico a fior di labbra. «Parla troppo di sé?»

Brianne rispose riluttante al sorriso. «Sì, e poi non accetta che gli si dica di no.»

«E quando gli avresti detto di no?»

Brianne si tirò le coperte fin sotto il mento. «Quando te ne sei andata ci ha provato di nuovo con me. Insomma, è comprensibile, dopo quello che è successo ieri sera. Ma gli ho spiegato che Amarok ci aveva beccati e che ero molto in imbarazzo. Ci poteva arrivare da solo che non volevo correre di nuovo il rischio facendolo proprio in casa sua.»

Evelyn fece un sospiro di sollievo: non le importava niente di Andy, ma era comunque contenta che la sorella non avesse intenzione di portare avanti quella relazione. Almeno non avrebbe dovuto sopportarlo alle cene di Natale. «Be', era l'ultima occasione che avevate per stare insieme, è comprensibile» disse Evelyn, cercando di essere accondiscendente.

«Immagino di sì, ma sembrava arrabbiato quando gli ho detto di no e questa cosa non mi piace.»

«Arrabbiato?»

«Si è alzato e se n'è andato senza rivolgermi la parola!»

«Mi dispiace, Bri.»

Brianne fece spallucce. «Te l'ho detto, non sono così coinvolta. Se non era per la situazione con Jeff, non ci sarei mai andata a letto.»

«Andy è un bel ragazzo. È naturale che ti sia sentita attratta da lui, finché non hai avuto modo di conoscerlo meglio.»

«Sono contenta di averlo fatto, adesso posso dire che c'è qualcosa di strano in lui» aggiunse con una risatina.

«Un giorno incontrerai la persona che fa per te.»

Brianne ne sembrava convinta. «Voglio un uomo che mi ami come Amarok ama te.»

«Chiunque sarebbe fortunato ad averti accanto.» Evelyn si alzò per andare a letto, ma Brianne la richiamò.

«Ti prego, facciamo finta che non ti abbia detto niente, okay? Saresti una pazza a lasciare Amarok e questo posto.»

Evelyn sperava che non fosse necessario. Per la prima volta dopo molto tempo sentiva che finalmente lei e Amarok erano in grado di vincere la guerra contro Jasper e non solo per il loro bene, ma anche quello della sua famiglia. «Staremo a vedere.» Poi spense la luce. «Torna a dormire.»

Lasciare andare Brianne era stata la cosa più difficile che Jasper avesse mai fatto, soprattutto dopo aver saputo che Amarok aveva la prova che il suo DNA era sulla scena del crimine di Charlotte. Doveva fuggire. Il suo sogno di catturare Evelyn e di continuare a lavorare alla prigione, a pochi passi da Amarok, mentre la torturava nel seminterrato era sfumato. Quelle liste passeggeri di cui Evelyn aveva accennato a Brianne avrebbero mostrato un Andy Smith che aveva volato da Phoenix a San Diego e da San Diego a Boston e di nuovo a Phoenix proprio come aveva detto Evelyn. Aveva scelto un nome comune apposta, ma vederlo su quelle liste avrebbe dato a Evelyn e Amarok la conferma che Jasper era stato sotto il loro naso per otto mesi.

Se Amarok fosse tornato a casa con Evelyn quella sera e avesse trovato Brianne in un lago di sangue, la sua copertura sarebbe saltata subito. Jasper si sarebbe giocato il suo asso nella manica. Non c'era abbastanza tempo per catturare Evelyn e scomparire.

Jasper accese gli abbaglianti per avere una visuale migliore della stretta strada di montagna che lo riportava a casa. Brianne meritava di essere punita per essersi rifiutata di fare sesso con lui. La stronza lo aveva illuso per poi dirgli di no. L'avrebbe pagata cara. Se ne sarebbe occupato personalmente, ma in un altro momento.

Affrontare una cosa alla volta era l'unico modo per uscire vittorioso da quella battaglia. Doveva restare concentrato e, utilizzando tutte le sue energie, trovare un momento in cui Evelyn fosse sola per ucciderla e scappare via. Ottenere la lista passeggeri richiedeva almeno una settimana. Amarok doveva prima richiedere un mandato e poi aspettare che gliela inviassero. Una volta ottenuta avrebbe dovuto incrociare i dati, che non erano pochi. Questo dava a Jasper un'opportunità. Se manteneva la calma e pianificava con cura la mossa successiva, forse sarebbe riuscito a mettere in atto almeno una parte dei suoi progetti, prima di scappare. Essere andato a cena da loro e aver stretto un legame con la sorella di Evelyn lo escludeva da ogni sospetto.

Non tutto era perduto.

Ma occorreva agire in fretta, nel giro di pochi giorni.

Domenica fu la giornata più bella di quella vacanza insieme. Evelyn e Brianne avevano fatto colazione con i bagels e la cioccolata calda, poi avevano lavato i piatti sporchi della sera prima e avevano guardato i film tratti dai loro due libri preferiti da ragazze: *Jane Eyre* e *Cime tempestose*. Anche Amarok si era unito a loro, finalmente aveva fatto il possibile per accelerare le richieste sui casi d'omicidio di Sierra e Katherine ed era in attesa dei risultati del laboratorio, dei riscontri sulle foto degli pneumatici che aveva scattato al Moosehead venerdì sera e delle liste passeggeri che avrebbero inchiodato Jasper.

I tre risero e scherzarono insieme finché non fu l'ora di andare in aeroporto. Amarok caricò il bagaglio di Brianne nella Land Cruiser di Evelyn e si mise al volante, mentre le due sorelle continuavano a chiacchierare.

Appena arrivati ad Anchorage, dove il cellulare di Brianne aveva ripreso a funzionare, Evelyn decise di chiamare casa.

«Quando torni?» le domandò immediatamente sua madre.

Ogni volta era sempre la stessa storia. Evelyn detestava le pressioni di sua madre, ragione per cui faceva sempre una gran fatica a telefonarle. «Non lo so.»

«Verrai per il Ringraziamento?»

La festa del Ringraziamento era abbastanza lontana e per allora le liste passeggeri avrebbero già rivelato ciò che c'era da scoprire. «Mi piacerebbe molto, farò il possibile.»

«Hai intenzione di portare anche Amarok?»

Evelyn gli lanciò un'occhiata e lo vide ridere per qualcosa che Brianne aveva detto. Probabilmente gli aveva raccontato una delle incredibili storie di Andy. Fortuna che nessuna delle due si era lasciata abbindolare dalle sue manie di grandezza. «Di solito Amarok va a casa di suo padre per il Ringraziamento, ma glielo chiedo.»

«Mi piacerebbe conoscerlo, state insieme da un sacco di tempo. Direi che è giunto il momento di portarlo a casa, non trovi?» disse sua madre con una punta di rimprovero.

Ma Evelyn fece finta di niente. «Glielo propongo. Ad ogni modo, è stato bello rivedere Brianne. Sono molto felice che sia venuta. Anche tu e papà dovreste venire a trovarmi. L'Alaska è stupenda.»

«Magari in primavera.»

Non di quell'anno ovviamente. In quel periodo Brianne avrebbe partorito, anche se Lara non lo sapeva e lei non aveva alcuna intenzione di dirglielo. «Ne parliamo più avanti.»

«Il volo di Brianne arriva domattina alle sei, vero?»

Lara e Grant volevano andare a prenderla all'aeroporto. «Sì. Il volo dovrebbe essere in orario.»

«Dille di chiamarmi se cambia qualcosa.»

«Glielo dirò.» Evelyn ebbe un istante di esitazione. Voleva sapere come stava, ma non il solito *Ciao mamma, come stai?* con cui iniziava ogni telefonata. Ma non era il momento adatto. Preferiva aspettare che Brianne le confessasse di aver rotto il fidanzamento e di essere incinta. A quel punto l'avrebbe chiamata per aiutarla ad affrontare la notizia.

Lara le chiese del lavoro e come procedeva l'indagine di Amarok sugli omicidi. Evelyn le raccontò un po' della ricerca e le diede qualche informazione stringata su ciò che Amarok aveva scoperto, ma preferì tacere la notizia del ritrovamento del DNA di Jasper sulla scena del crimine di Charlotte e il fatto che si trovava in Alaska. Non voleva dare ai suoi genitori false speranze nel caso in cui le liste passeggeri non avessero portato al risultato sperato. Perciò tenne la bocca chiusa e rimase ad ascoltare sua madre che si lamentava del nuovo vicino con cui aveva avuto una discussione in merito a chi dovesse mantenere la siepe che divideva le due proprietà, di suo padre che trascorreva troppo tempo al golf (il che lasciava intendere che sua madre era spesso da sola, cosa che non la fece sentire meglio riguardo al suo desiderio di restare in Alaska) e della nuova fantastica ricetta del cheesecake alla banana che aveva trovato su Facebook.

Quando Evelyn chiuse la telefonata, erano già arrivati nella zona carico-scarico dei passeggeri e Amarok stava tirando fuori la valigia di Brianne dal bagagliaio.

«Com'è andata?» le chiese la sorella riprendendo possesso del cellulare.

«Avevi ragione, non sta bene. E mi sento in colpa.»

Brianne fece un sospiro. «Farò il possibile.»

«Lo so, come hai sempre fatto. Grazie per farti carico della parte più pesante.»

Brianne annuì, tirò su il manico del trolley e si incamminò verso l'ingresso, ma Evelyn la richiamò indietro.

Brianne si voltò. Quella era la prima volta che sembrava felice da quando era arrivata, nonostante il peso delle responsabilità della famiglia stesse già incombendo su di lei. «Quando pensi di dire del bambino a mamma e papà?»

«Non lo so. Appena ne avrò il coraggio.»

«Prima lo fai meglio è. Non puoi fingere che Jeff faccia parte della tua vita ancora a lungo.»

Brianne si lasciò sfuggire un sospiro. «Hai ragione.»

«Se lo fai subito sarà più facile. O speri ancora che Jeff torni da te?» Tacere aveva senso solo se Brianne nutriva ancora delle speranze di tornare insieme a lui. La mamma ci avrebbe messo perfino più tempo di Brianne a perdonarlo.

Brianne prese l'ultimo messaggio che Jeff le aveva inviato e lo mostrò a Evelyn. «Non lo sento da quando sono arrivata. Penso che sia davvero finita.»

Evelyn la strinse tra le braccia. «Peggio per lui. Presto troverai qualcun altro.»

«Questo è esattamente ciò che direbbe la mamma» brontolò Brianne. «Sono patetica.»

Evelyn la guardò dritta negli occhi. «Succede anche ai migliori di essere lasciati. Quindi tieni alta la testa.»

Brianne si avvicinò ad Amarok per abbracciarlo. «Mi dispiace per la scena a cui hai dovuto assistere al Moosehead. Sono mortificata.»

«Te l'ho detto, non sono affari miei» rispose lui con un sorriso che cancellava ogni traccia di giudizio.

«Ora capisco perché ti ama» disse lei.

Amarok passò un braccio dietro le spalle di Evelyn e Brianne spinse la valigia verso l'entrata. Ma Amarok la chiamò di nuovo. «Siamo in anticipo. Ti dispiace se controllo la segreteria prima che tu vada? Prometto di procurarmi un telefono satellitare...» disse a Brianne.

«*Davvero*?» gli chiese Evelyn. «Ma sono costosissimi.»

«È vero, ma non mi interessa. Se la tua vita è in pericolo devo essere sempre raggiungibile.»

«Dove pensi di trovarlo?»

«C'è un negozio qui ad Anchorage dove si servono molti cacciatori.»

Evelyn pensò alla paura che doveva aver provato Sierra nello chalet dei Barrymore. «Se solo Leland ne avesse avuto uno.»

«Già» rispose lui. «Ma per due dollari al minuto preferisco usare quello di Brianne, finché posso. Voglio controllare che non ci siano state svolte nell'indagine e che nessuno abbia cercato di mettersi in contatto con me.»

«Giusto.»

«Fai pure» disse Brianne tirando fuori il telefono dalla borsa.

«È domenica, forse è troppo presto per il mandato, ma non si sa mai...» disse lui.

Evelyn e Brianne ricominciarono a chiacchierare mentre lui digitava il suo numero di telefono per ascoltare i messaggi in segreteria. Evelyn aveva appena suggerito alla sorella di comprare qualcosa da mangiare per il viaggio, quando entrambe si voltarono a guardare l'espressione divertita sul volto di Amarok.

«Che c'è?» gli chiese Evelyn vedendolo sorridere.

«Niente» ripose lui, ma dopo un po' di insistenza le passò il telefono.

Il messaggio non riguardava il mandato, le liste passeggeri o l'indagine, come si sarebbe aspettata Evelyn. Quella che sentì era la voce di Samantha. «Amarok, *ti prego*. Sono cresciuta molto da quando stavamo insieme. Ero una sciocca immatura, ma adesso... sono cambiata. Saremmo perfetti insieme. Ti prego, dammi solo l'occasione di provartelo. Non capisco perché tu stia sprecando il tuo tempo con Evelyn. Ti spezzerà il cuore e basta. Passa da me stasera, o qualunque altra sera. Voglio farti vedere cosa ti stai perdendo. Se hai bisogno di tempo per pensarci, per scegliere chi sia meglio tra noi due, per me va bene. Non lo dirò a nessuno.»

Evelyn scosse la testa incredula. «*Wow*, non si vuole proprio arrendere. Come pensi di risponderle?»

«Non ho intenzione di farlo.» Amarok le prese il telefono di mano e cancellò il messaggio prima di restituirlo a Brianne.

Che fine aveva fatto Jasper Moore? Si chiese Samantha. Se era tanto pericoloso come dicevano, perché Evelyn era ancora viva e vegeta? Se davvero era uno psicopatico così spietato, come lo descriveva Evelyn, avrebbe già dovuto trovare un modo per farla fuori.

«Deve essere un cretino e basta» si disse mentre passava davanti a casa di Amarok. Era davvero ossessionata, non riusciva a stargli lontano.

La macchina di Evelyn non c'era, ma il pickup di lui sì. Era in casa da solo? Aveva già ricevuto il suo messaggio?

Come avrebbe risposto?

Era convinta che appena avesse realizzato che la relazione con Evelyn non andava da nessuna parte, Amarok si sarebbe presentato alla sua porta di casa, e quel pensiero le toglieva il respiro. Erano anni che non andava a letto con un uomo e dopo aver rincorso Amarok per mesi non stava più nella pelle. Sognava continuamente la sensazione di stare sdraiata accanto a lui, delle loro labbra che si toccavano… Sapeva cosa si stava perdendo, non erano molti gli uomini in grado di fare l'amore come lui.

Tentata dall'idea che potesse essere solo in casa, Samantha rallentò all'angolo della strada. Le luci di casa erano spente. Forse era uscito insieme a Evelyn…

Samantha si costrinse a tornare indietro. Non voleva che qualcuno la vedesse fare la posta davanti a casa di Amarok. Finalmente aveva trovato il coraggio di dirgli ciò che provava. Adesso doveva solo aspettare e sperare che lui accettasse la sua proposta.

27

Jasper aveva già prenotato il volo, giovedì mattina sarebbe partito per Città del Messico. Ben presto i dipartimenti di polizia che gli davano la caccia avrebbero ricevuto la sua foto e a quel punto la chirurgia plastica che per vent'anni lo aveva protetto sarebbe diventata inutile. Doveva lasciare gli Stati Uniti alla svelta, e la prospettiva non era poi così male. Dopo il freddo dell'Alaska non gli dispiaceva l'idea di trascorrere i successivi cinque o dieci anni in un paese dal clima mite, pieno di sole, sabbia e *cerveza*. E poi poteva trovarsi una donna che si prendesse cura di lui, come aveva sempre fatto. E niente gli impediva di continuare a uccidere, il ricordo di Evelyn lo avrebbe accompagnato per sempre, visto che ben presto avrebbe smesso di respirare. Aveva organizzato ogni dettaglio: l'omicidio avrebbe avuto luogo mercoledì notte e lui sarebbe partito la mattina dopo.

Jasper finì di preparare l'unica valigia che aveva intenzione di portare con sé e la lasciò aperta accanto al letto per poterci aggiungere le ultime cose che non era ancora pronto a mettere via, poi andò a farsi una doccia. Doveva essere alla prigione nel giro di due ore. Era un peccato dover trascorrere gli ultimi giorni che gli restavano in Alaska lavorando. Aveva così tante cose da sbrigare prima di mercoledì notte. Ma Jasper sapeva che se voleva che il piano funzionasse doveva portare avanti la sua messinscena.

Prima di entrare in bagno fece un giro della casa per dare un'ultima occhiata ai mobili e agli oggetti che aveva accumulato in quegli otto mesi. Gli dispiaceva lasciare quelle tutte cose, soprattutto la prigione nel seminterrato. Gli era costata un sacco di soldi e fatica e non aveva nemmeno fatto in tempo a collaudarla.

Ma qualcosa doveva pur essere sacrificato. Era meglio viaggiare leggeri e far perdere le tracce non appena messo piede in Messico. Magari sarebbe finito in qualche paese dell'America Centrale come Costa Rica o Nicaragua. Aveva sentito dire che erano entrambi stupendi.

Gli bastava trovare un nuovo alias e i documenti necessari. Ogni cosa aveva il suo prezzo, ma una volta risolto quell'aspetto sarebbe stato libero di andare dove voleva.

L'attesa delle liste passeggeri era un supplizio. Doveva esserci stato un intoppo durante il fine settimana, perché ci stavano impiegando troppo tempo. Lunedì e martedì passarono senza novità, nemmeno sul campione di sangue rinvenuto da Amarok sulla corteccia dell'albero e sulla neve. Silenzio anche dalle compagnie aeree.

Nonostante la mole di lavoro alla prigione, Evelyn aveva chiamato Ashton due volte per sapere come procedeva la verifica dei risultati del DNA attesa per lunedì, per non parlare di Amarok, al quale telefonava ogni due ore. Lui non faceva che rassicurarla che stava stressando ogni impiegato delle compagnie aeree che avesse voce in capitolo. Ma la risposta era sempre la stessa: tutti avevano ricevuto il mandato e stavano facendo il possibile per velocizzare la procedura. Eppure era mercoledì e non era ancora arrivato niente.

Dopo pranzo, Amarok la chiamò per dirle che aveva ricevuto le liste dal Southwest Airport e da alcune grosse compagnie aeree. «Me le hanno appena mandate» disse.

L'esitazione nella sua voce non era un buon segno. «È una buona notizia, no?»

«Certo, solo che i documenti sono molti di più di quanto mi aspettassi e non sono nemmeno tutti. Solo allo Sky Harbor Airport di Phoenix ci sono quasi cinquanta compagnie aeree.»

«Magari ha preso un volo di linea per comodità» disse Evelyn.

«Sì, ma gli spostamenti sono un delirio e mi mancano ancora le liste della Delta Airline.» Amarok si lasciò sfuggire un sospiro. «Pensavo che sarebbe stato più facile.»

«Che vuoi dire?»

«Sto dicendo che è più complicato di quanto credessi e che ti ho dato troppe speranze. Temo che ci metterò molto più tempo del previsto.»

«Amarok, non possiamo permettere che colpisca di nuovo, dobbiamo prenderlo. Non ho idea di quanto tempo passerà prima che uccida ancora. Ogni serial killer è diverso dagli altri, ma in assenza di qualcosa che lo ostacoli, una nuova fidanzata, una moglie, la prigione, una malattia, qualunque cosa, gli omicidi tendono a intensificarsi. Sono più di vent'anni che Jasper è a piede libero e posso solo immaginare quanto sia lunga la scia di sangue che si è lasciato alle spalle. Se Sierra è stata l'ultima, ho paura che la sua brama di uccidere avrà presto la meglio.» Per quanto ne sapevano, poteva aver già fatto un'altra vittima. Poteva esserci un corpo nascosto da qualche parte, forse perfino più di uno.

«A giudicare da quanto stava sanguinando l'uomo che mi ha sparato, è impensabile che non sia andato in ospedale» disse Amarok.

«Conoscendo Jasper ci sarebbe andato solo se costretto. Questo ci dice che chiunque fosse, non deve essere rimasto ferito gravemente.»

«Ho chiesto a tutti nella zona, nessuno si è assentato dal lavoro per malattia.»

«Magari l'assassino di Sierra e di Katherine non ha un lavoro. Forse ha i soldi che gli occorrono per vivere e non ha bisogno di lavorare. Ne abbiamo parlato. Potrebbe essere nascosto in attesa di fare la prossima mossa.»

«Perciò potrebbe trattarsi di chiunque si fermi al Moosehead per un drink.»

«Il calco delle ruote non ha rivelato niente?»

«Non ancora. Dunnigan, l'esperto a cui mi sono rivolto, ci sta lavorando. Se gli avessi mandato le foto della macchina di un sospettato gli avrebbe sicuramente dato la priorità. È un bravo ragazzo, ma ha un sacco di altri casi da gestire e nelle mie foto non c'è niente di concreto, per cui ci lavora nel tempo libero.»

«Be', non ti scoraggiare. Presto Ashton saprà dirci qualcosa. E con le liste ti aiuto io stasera.»

«Non ti preoccupare, ho chiesto a Phil di darmi una mano. Tu hai già fin troppo lavoro. Fammi sapere cosa dice Ashton» disse lui.

In quel preciso istante si affacciò Penny alla porta dell'ufficio di Evelyn dicendo che c'era l'avvocato sulla linea due.

«Mi sta chiamando proprio adesso» disse. «Ci sentiamo tra poco.»

Amarok riattaccò ed Evelyn prese la linea due. «Ashton?»

«Temo di avere brutte notizie» disse l'avvocato.

Evelyn strinse con forza la cornetta del telefono. «Che tipo di brutte notizie?»

«È lui. Jasper è in Alaska. Il test del DNA lo dimostra.»

Quindi lei e Amarok non si erano sbagliati. Jasper l'aveva seguita fino a Hilltop e la ragione era una e una soltanto. Stava pianificando di ucciderla. Altrimenti perché non rimanere nei Lower 48 continuando a uccidere donne che somigliavano a lei?

«Evelyn, ci sei?»

Lei sbatté le palpebre un paio di volte per rimettere a fuoco la stanza intorno a sé. «Sì, ci sono.»

«Mi dispiace» disse lui. «È pazzesco che tu debba avere di nuovo a che fare con lui...»

«Non ti preoccupare, sono felice che sia qui.»

«E perché mai...?»

Dal tono della voce, Ashton sembrava sorpreso. «Voglio prenderlo esattamente quanto lui vuole prendere me.»

«Sei sicura di essere pronta? Come farai a riconoscerlo? Come pensi di difenderti?»

La mente di Evelyn corse alle liste passeggeri. Chissà se grazie a quelle sarebbero riusciti a identificarlo...

L'unica altra pista percorribile era quella dello pneumatico, che fino ad allora non si era dimostrata di grande utilità visto che non avevano alcun veicolo con cui confrontarla. «Farò attenzione.»

«È una pazzia. Non mi sono mai trovato in una situazione del genere da quando faccio questo lavoro.»

«Hai parlato a Tim della prova rinvenuta nella casa in cui Charlotte è stata uccisa?»

«Sì, gliel'ho detto.»

«Sarà sollevato.»

«Lo è e ti ringrazia.»

«Tim è innocente, non dovrebbe stare in prigione.» Evelyn fece una pausa. «Meglio che vada. Devo dire ad Amarok che i nostri sospetti erano fondati.»

«Okay, fa' attenzione e fatti sentire.»

«Lo farò.» Evelyn richiamò immediatamente Amarok. «Jasper è qui» disse appena lui prese in mano la cornetta.

Amarok lanciò un'imprecazione. «Allora è davvero a lui che ho sparato.»

«Sì.»

«Se solo avessi avuto una visuale migliore!»

«Potrebbe essere ferito gravemente. Forse la ferita è il motivo per cui sono ancora viva.»

Amarok rimase in silenzio.

«A che stai pensando?»

«Sto pensando che non ci resta molto tempo. Non andare in giro da sola, mi raccomando.»

«Certo» promise lei.

Erano le quattro di pomeriggio e Jasper aveva appena concluso l'ultimo turno che avrebbe fatto ad Hanover House. Stare vicino a Evelyn negli ultimi otto mesi era stato bellissimo, salutarla e sorriderle ogni volta che entrava o usciva dalla prigione mentre a casa le stava preparando la stanza delle torture era stata una grande soddisfazione per lui. Immaginare e pregustare il giorno in cui avrebbe capito che l'uomo che l'aveva salvata da Lyman Bishop altri non era che il suo assassino era stato oltremodo eccitante. Tuttavia il peso di avere un lavoro vero era stato atroce, nonostante la libertà che gli dava il mantenersi con le proprie forze.

Jasper si sentiva pronto a tornare alle buone vecchie abitudini, con qualcun altro che si preoccupasse di pagare le bollette. Aveva già due matrimoni alle spalle e nessuna delle sue mogli aveva mai scoperto chi fosse davvero o ciò che aveva fatto.

Eppure… la sua prima moglie doveva essersi accorta che era un tipo pericoloso. Il giorno che se n'era andata aveva lasciato tutto ciò che aveva. E l'unica ragione per compiere un sacrificio simile era aver capito che facendolo arrabbiare una volta di troppo le cose sarebbero finite male per lei. Aveva intuito di cosa era capace o forse addirittura cosa aveva fatto. Da allora Jasper non aveva più saputo niente di lei, non gli aveva mai procurato problemi. Non aveva la più pallida idea di che fine avesse fatto. Se n'era andata dalla casa in cui vivevano senza lasciare recapiti. Invece di combattere aveva preferito scappare, a differenza di Evelyn che non si era mai tirata indietro nella sua crociata contro di lui. Forse era per questo che Evelyn contava più di qualunque altra donna per lui. Era l'unica che avesse mai avuto il coraggio di sfidarlo. Perfino i suoi genitori lo avevano assecondato.

Jasper si fermò a mangiare qualcosa al Dinky Diner, poi fece benzina e imboccò la Nektoralik Road. Ripassare il discorso che avrebbe fatto ad Amarok non era una cattiva idea. Sperava solo che il sergente non lasciasse la centrale per i successivi trenta minuti. Quando ci era passato davanti aveva visto il suo pickup nel parcheggio. La tentazione di fermarsi e parlargli era stata forte, ma doveva attenersi al piano ed evitare di mandare Amarok fuori città troppo presto. Questa volta il tempismo era fondamentale. Jasper aveva fatto un salto a Spenard Road e vicino al capanno della legna dello chalet a cui aveva dato fuoco aveva lasciato una bella sorpresa per Amarok, una cosa che lo avrebbe tenuto impegnato per almeno un paio d'ore. Jasper non poteva sprecare neanche un minuto del tempo in cui il sergente sarebbe stato impegnato, e aspettare che Evelyn finisse di lavorare era fuori questione.

Il piano doveva svolgersi secondo una tempistica ferrea.

Cinque chilometri più avanti Jasper svoltò. Stava iniziando a farsi buio. Avrebbe raggiunto la centrale di polizia alle cinque in punto, il momento ideale. Evelyn faceva spesso tardi al lavoro, ma quel giorno, prima di staccare dal turno, Jasper era passato dal suo ufficio e le aveva confidato che Brianne era preoccupata per lei e che lui sarebbe stato contento di accompagnarla a casa e aspettare che Amarok tornasse. Lei aveva risposto che non era necessario perché aveva fissato con Amarok alle cinque e mezza a casa.

Un'informazione preziosa. Ma c'era la possibilità che il sergente tornasse a casa in anticipo, ecco perché Jasper voleva arrivare alla centrale prima delle cinque. E se fosse già andato via? Jasper sperava altrimenti, ma in quel caso lo avrebbe cercato direttamente a casa.

In entrambi i casi sarebbe andato tutto bene, si disse Jasper quando, svoltando l'angolo, vide il pickup del sergente ancora parcheggiato.

Non si era mosso.

Amarok era talmente immerso nei documenti delle compagnie aeree che non voleva essere interrotto da nessuno. Ecco perché aveva mandato Phil, che aveva la tendenza a parlare troppo, a procurarsi qualcosa per cena. Lui ed Evelyn avevano fissato di mangiare insieme, avrebbe cucinato lei, ma prima di chiudere e andare a casa, Amarok aveva bisogno di un momento di tranquillità per lavorare in pace.

La porta si aprì e Makita iniziò ad abbaiare. Pensò che fosse Phil di ritorno, perciò la voce di Andy Smith lo colse di sorpresa.

«Sergente?»

Amarok allontanò la sedia dal computer su cui stava riordinando le liste passeggeri, zittì il cane e guardò in faccia l'agente penitenziario. «Cosa posso fare per lei?»

«Credo di aver avvistato il responsabile degli omicidi.»

Amarok scattò in piedi, dimenticandosi le liste. A parte Samantha, le cui dichiarazioni erano alquanto inverosimili, era la prima volta che qualcuno si faceva avanti con delle informazioni. «Cosa intende? Dove l'ha visto? Cosa le fa pensare che sia il nostro uomo?»

Smith sembrava scosso da ciò che aveva appena visto. «Stavo facendo benzina quando ho visto un tizio della mia età circa spuntare da dietro una Ford Excursion, alla pompa accanto.»

C'era solo una stazione di benzina in città e aveva solo due pompe, per cui non era strano che Andy si fosse accorto di chi aveva accanto.

«Vada avanti...»

«Gli è caduta la pompa per sbaglio e quando si è piegato per raccoglierla ho visto che aveva delle bende sotto la maglietta. Ci aveva detto di fare attenzione a chiunque risultasse ferito, si ricorda?»

«Certo che mi ricordo.»

«Insomma, ha attirato la mia attenzione. Il tipo si è alzato tirandosi velocemente giù la maglietta... Ho pensato che non fosse niente. Trovare l'assassino di quelle due ragazze in quel modo, alla stazione di servizio, mi sembrava troppo semplice, capisce? Non pensavo di essere tanto fortunato, ad ogni modo gli sono andato dietro.»

«E?» Amarok era ansioso di arrivare al punto.

«Mi stavo già convincendo di essere un idiota paranoico, quando mi sono accorto che c'era qualcosa nel retro della sua macchina.»

Ad Amarok batteva forte il cuore. «Di cosa si trattava?»

«Non ne sono certo. I finestrini della Excursion erano oscurati e si stava facendo buio, ma credo di aver visto qualcuno.»

«*Qualcuno*?»

«Una donna. Capelli lunghi, biondi. È comparsa dal nulla come se fosse appena riuscita a liberarsi e mettersi seduta, e aveva le mani legate premute contro il finestrino come se... come se fosse prigioniera e mi stesse chiedendo aiuto. Ho cercato di vedere meglio per essere sicuro di non averlo solo immaginato, pensavo di essere suggestionato dalla benda sotto la maglietta, ma la macchina era già ripartita. Non sono riuscito a scorgere niente dietro i vetri scuri. Allora sono montato in auto e l'ho seguito.»

«Dov'è andato?» chiese Amarok.

«Sulla Nektoralik Road. Andava piuttosto veloce. Lo chalet dove è scomparsa Sierra Yerbowitz è proprio in quella direzione e mi sono spaventato. Non sapevo se continuare o tornare indietro a chiedere aiuto.»

Amarok si irrigidì. «Sarebbe dovuto venire subito! Forse sarei riuscito a fermarlo prima che lasciasse la città.»

«Lo so, ma nessuno vuole fare la parte del cretino che ha lanciato un falso allarme. Non ero sicuro e non lo sono adesso.»

«L'uomo l'ha vista?»

«Penso di sì. È per questo che ho fatto marcia indietro. Non faceva che controllare lo specchietto retrovisore.»

Amarok avrebbe fatto qualunque cosa pur di avere una seconda occasione di beccare Jasper. Sperava solo che non fosse troppo tardi. La delusione di farselo sfuggire un'altra volta sarebbe stata troppo grande. «Ha fatto bene a tornare indietro. Almeno sappiamo in che direzione sta andando.»

«Pensa davvero che possa essere lui?»

«Sì.»

«È il bastardo che ha cercato di uccidere Evelyn?»

«Sì, è qui in Alaska. È stato lui a uccidere le due donne.»

«L'ho sentito dire, ma non credevo che ne foste certi.»

«Il DNA lo ha confermato stamattina. La targa del tizio ce l'ha?»

«Solo le prime lettere. Il resto era coperto di fango. A dire il vero tutto il veicolo era sporco, come se fosse stato in montagna.»

Amarok prese il cappotto, il cappello e le chiavi dalla scrivania. «Prendi quel taccuino laggiù e scrivi tutto ciò che ti ricordi dell'uomo che hai visto, del veicolo, della donna nel retro, tutto» ordinò Amarok indicando la scrivania di Phil. «Chiamerò Phil per farmi leggere il rapporto lungo la strada appena torna. Non posso perdere altro tempo, spero di riuscire a fermarlo.»

«Ha intenzione di inseguirlo?»

«Non ho altra scelta. Devo fare il possibile per salvare quella donna.» Amarok stava per uscire, era di fretta come mai prima di allora ma ebbe comunque la lucidità di ricordarsi il nuovo telefono satellitare nel cassetto della scrivania. Era contento di essersene procurato uno, nonostante gli fosse costato un occhio della testa. In quel momento entrò Phil con una lattina in mano.

«Phil, continua tu con le liste passeggeri. Non mi importa se fai tardi, finisci il lavoro. Nessuno sarà al sicuro finché non scopriamo l'alias di Jasper e lo fermiamo. Ti chiamo tra poco per avere aggiornamenti sulle notizie che Andy ti deve dare.»

Phil posò la lattina sullo scaffale accanto al distributore d'acqua. «*Wow!* Che succede? Dove stai andando?»

«Credo che Andy si sia appena imbattuto in Jasper. Il tizio che ha visto è ferito e corrisponde al profilo.»

«*Dove si trova*?»

«Con un po' di fortuna, allo chalet dei Barrymore.»

«Perché pensi che sia tornato lì? L'edificio è pericolante, non è sicuro entrarci.»

«C'è sempre il capanno della legna, o la capanna da caccia più su. Potrebbe addirittura cambiare chalet, per questo devo batterlo sul tempo. Non posso permettermi di perdere le sue tracce.» Forse era già troppo tardi, ma doveva almeno provarci.

«Vuoi che venga con te?» chiese Phil. «Non credo che andare da solo sia una buona idea. Sappiamo tutti di cosa è capace quel pazzo.»

Amarok scosse la testa. «Vado con Makita, vero bello?»

Il cane si era già messo sull'attenti nell'istante in cui il padrone aveva indossato il cappotto.

«E poi sono in grado di affrontarlo da solo. Tu continua con le liste e fai in modo di trovarlo.»

Amarok varcò la soglia per la seconda volta, ma il ricordo di Sandy Ledstetter appesa al ramo di un albero in pieno centro mentre Bishop si accaniva su Evelyn lo fermò.

«Anzi, Phil, ho cambiato idea.» Guardò l'orologio. «Lascia stare le liste. Evelyn sta uscendo dal lavoro, puoi andare da lei e aspettarmi finché non torno?»

«Non preferisce che ci vada io?» si intromise Andy. «Non so niente delle liste di cui parla, ma posso rendermi utile tenendo compagnia a Evelyn per qualche ora.»

Amarok si sentì improvvisamente sollevato. Sapeva che a Evelyn non stava simpatico, ma Andy era pur sempre una delle sue guardie, aveva ancora indosso l'uniforme, quindi con lui sarebbe stata al sicuro. E poi avevano cenato insieme a Brianne il sabato prima. Evelyn poteva ben sopportarlo per qualche altra ora.

«Sarebbe fantastico» rispose lui. «Mi faccio vivo il prima possibile.»

28

Evelyn non vedeva l'ora di tornare a casa. Voleva dare una mano ad Amarok con le liste, l'alias di Jasper doveva saltar fuori quella notte, in un modo o nell'altro. O trovavano chi aveva effettuato tutti e tre i viaggi per San Diego, Boston e Phoenix o dovevano trovare un'altra pista.

Evelyn era talmente preoccupata che quando Ricardo entrò nel suo ufficio per chiederle di fissare gli esami per Mary Harpe, cercò di rimandarli finché si fosse sentita pronta ad affrontarli.

«Diamole il tempo di ambientarsi prima» disse al neurologo mentre raccoglieva i documenti e li infilava nella cartella. Era improbabile che avrebbe avuto tempo di guardarli visto il lavoro che li aspettava sulle liste passeggeri, ma aveva deciso di portarli a casa comunque.

«Perché?» chiese lui con un tono lamentoso che la fece irritare.

«Perché non mi sono ancora fatta un'idea precisa sul suo conto. Non dobbiamo avere fretta.»

«Per la miseria, Evelyn! Che differenza fa se "non ti sei ancora fatta un'idea precisa"?»

«Non lo so. Immagino che…» lei scosse la testa. «Mi dispiace. Non sono in grado di prendere una decisione in questo momento. Sono troppo distratta.»

«Ti succede spesso, ultimamente.»

Evelyn chiuse la borsa. «Cosa vorresti dire con questo?»

«Si dice che tu stia pensando di andartene.»

Lei fece un sospiro e appoggiò le mani sulla cartella. Non aveva fatto un annuncio ufficiale all'équipe con cui collaborava solo perché non era ancora sicura di cosa volesse fare. Non c'era ancora niente di certo. «Ho alcune questioni personali da risolvere. Ma non c'è nulla di definito.»

«Se te ne vai, chi guiderà Hanover House?»

Evelyn inarcò un sopracciglio. «Vorresti sostituirmi?»

«Qualcuno dovrà pur farlo. E perché no? Io sono il più qualificato.»

«Ma se non fai altro che parlare di andartene. E tua moglie cosa direbbe? Pensavo che odiasse l'Alaska.»

«Resisterà.»

Voleva forse farle credere che all'improvviso Annie era diventata forte? Ricardo era stato sul punto di mollare tutto più di una volta. «Ammesso che tu abbia abbastanza potere qui dentro.»

«Ne vale la pena, se potrò finalmente essere padrone della mia carriera e pubblicare ciò che voglio.»

Evelyn guardò l'orologio. Erano le cinque e un quarto. Aveva promesso ad Amarok di preparare la cena e non voleva fare tardi nel caso fosse tornato affamato. «Jim, questo non è davvero il momento. Ti prometto che non appena la situazione si sarà calmata faremo una riunione tutti insieme per discutere gli obiettivi e i limiti di ciascuno di noi.»

«E quando pensi che succederà?»

«Jim, io...» Evelyn si trattenne dal tirargli uno schiaffo. «Ascolta, ho scoperto solo poche ore fa che Jasper si trova qui.»

Ricardo sembrò sorpreso. «Ne sei sicura?»

«Sì. Quindi perdonami se sono un po' distratta e brusca. Anche tu saresti scosso se l'uomo che vent'anni fa ti ha tagliato la gola e abbandonato pensando che fossi morto e che di recente ha provato di nuovo a farti del male fosse tornato a finire il lavoro.»

«Scusa. Ma non ci hai detto niente, come facevo a saperlo?»

«Sto facendo del mio meglio. Ho solo bisogno che tu continui a fare il lavoro per cui sei stato assunto e porti un altro po' di pazienza.»

«Okay. Ma se alla fine decidessi di andartene, metterai una buona parola per me con Janice?»

Evelyn non poteva credere a quanto maledettamente egoista fosse Jim. Avrebbe voluto licenziarlo in tronco, ma non lo fece. «Ci penserò» disse facendosi strada verso la porta. Forse avrebbe dovuto avvisare anche il resto dell'équipe della presenza di Jasper, ma aveva i minuti contati. Se non riuscivano a identificare Jasper e catturarlo, nient'altro avrebbe più avuto importanza, almeno per lei.

Bambi si era tolta le scarpe con i tacchi e le aveva lasciate in macchina: aveva i piedi congelati. «Datti una mossa! Non mi sento più le dita!»

Mason Anderson, uno dei baristi con cui lavorava al Dick's, era piegato sulla serratura della porta sul retro della casa di Andy Smith, mentre lei teneva d'occhio che non arrivasse nessuno. «Sto facendo più veloce che posso. Vuoi provarci tu?»

«Se sapessi farlo, non te lo avrei chiesto» mormorò Bambi, anche se dentro di lei sapeva che non sarebbe mai tornata in quel posto da sola. C'era qualcosa in Andy che l'aveva spaventata l'ultima volta che si erano visti, una sorta di… malignità nei suoi occhi di cui non si era accorta prima. Il ricordo dello sguardo disgustato che le aveva rivolto prima di sbatterle la porta in faccia le dava ancora i brividi. Non le era chiaro perché alla fine avesse deciso di allungarle un biglietto da venti, ma di certo non si trattava di compassione.

«Se non ti sbrighi, dovremo abbandonare l'impresa.» Bambi era nervosa, credeva che le sarebbe venuto un infarto.

«Sta' zitta!» sbottò lui. «Ci sono quasi.»

Pensava che Andy nascondesse delle metanfetamine e aveva confidato i suoi sospetti a Mason. In realtà non ne aveva la certezza, ma il giorno dopo che Andy l'aveva rimandata a casa a mani vuote aveva parlato con Mason e insieme avevano elaborato un piano. Arrivata a quel punto non poteva più ritrattare e non ce ne sarebbe stato neanche bisogno. Se non avessero trovato la droga, si sarebbero portati via le cose di valore che trovavano e una volta vendute avrebbero potuto comprarsi tutte le metanfetamine che volevano. Andy se lo meritava.

«Ecco fatto.» Mason diede una spallata alla porta mentre girava la maniglia.

Si precipitarono dentro. Lui si diresse subito al grande televisore a schermo piatto, l'oggetto di valore più visibile, mentre lei correva in camera da letto a frugare tra i cassetti e nella valigia aperta accanto al letto.

Sentì i passi di Mason avvicinarsi, prima ancora di vederlo. «Trovato qualcosa?»

«No, niente.»

Il barista si mise i pugni sui fianchi. Aveva i capelli scuri, una sfumatura degli occhi tendente al nero e la pelle butterata. Bambi pensava che tutti gli allenamenti che faceva servissero a compensare il suo aspetto. Sospettava addirittura che facesse uso di steroidi, perché era fin troppo muscoloso. «Dove l'avrà nascosta? Hai controllato nella valigia?»

«Certo.»

«A quanto pare se ne sta andando da qualche parte» disse lui pensieroso.

«E meno male.»

«Deve essere lì la roba.»

«Ti dico che ci ho già guardato. La prima volta che sono venuta l'ha tirata fuori dal primo cassetto, ma ho già controllato.»

«Accidenti.» Mason andò in cucina dove, a giudicare dai rumori che seguirono, si mise a frugare nei cassetti e ad aprire tutti gli sportelli, per poi passare al bagno.

Non c'era niente di interessante tra i medicinali, solo dei cerotti, un tagliaunghie, dei cotton fioc e del disinfettante. Non trovò niente nemmeno sotto il lavandino, tranne una confezione di decolorante per capelli che attirò la sua attenzione, visto che Andy era scuro di capelli.

«Accidenti! Non c'è niente nemmeno qui!» gridò Mason.

«Almeno hai preso la TV!» rispose lei.

«Prendo anche il portatile.»

«Dove l'hai trovato?»

«È sul tavolo in cucina.»

Fosse stato per lei, avrebbe potuto portarsi via tutto. Bambi prese lo shampoo nella doccia e lo sparse ovunque sul letto, sul tappeto e sui vestiti che Andy aveva tirato fuori dai cassetti. «Prenditi questa, bastardo spocchioso.»

Mason si fermò sulla porta a guardarla. «Che stai combinando?»

Lei gettò il flacone sul letto. «Mi sto solo divertendo un po'.»

«Forza, andiamocene. Non c'è niente per cui valga la pena restare.»

Bambi gli porse un orologio e un anello che aveva trovato sulla mensola del bagno. «Ecco qui.»

«Non me ne faccio niente di questa roba. È troppo facile da identificare» disse lui mentre Bambi se li infilava in tasca. Non poteva portarli al negozio dei pegni perché la polizia li avrebbe rintracciati subito, ma poteva sempre regalarli a suo fratello minore.

«Andiamo» ripeté Mason impaziente.

Mentre lo seguiva attraverso il salotto, Bambi si accorse di una porta che non era stata aperta. «Cosa pensi che sia?»

«Non ne ho idea. Non l'avevo neanche vista.»

Bambi girò la maniglia, ma la porta era chiusa. «Forse è qui che tiene la roba.»

«Nell'armadio della biancheria?»

«Perché no? E poi chi ha detto che è un armadio? Riesci ad aprirlo?»

Mason sbirciò fuori dalle finestre.

«Sta arrivando qualcuno?»

«No.»

«Allora? Vediamo cosa c'è qui dietro...»

«Visto che ci siamo...» Mason estrasse dalla tasca della giacca gli strumenti con cui aveva scassinato la porta sul retro.

Bambi sentiva il cuore batterle forte nel petto, come una vibrazione che le scuoteva il corpo dalla testa ai piedi. Aveva paura di essere beccata, ma la curiosità di scoprire cosa ci fosse dietro la porta era troppo forte. «Non penso che sia un armadio. Deve essere un seminterrato o qualcosa di simile.»

«Forse, ma perché chiuderlo a chiave?»

«Magari è lì che prepara le metanfetamine.»

Mason aprì la porta in pochi secondi. Le mani non gli tremavano più come quando era fuori al freddo e temeva di essere scoperto da un vicino.

«Sei davvero incredibile!» esclamò lei. «Avevo ragione, è un seminterrato.»

Bambi corse giù per le scale. Prima che lei scomparisse nell'oscurità, Mason accese la luce e la seguì.

Al posto dell'odore di muffa e umidità che si aspettava, Bambi avvertì l'aroma del legno appena tagliato. Qualcuno doveva averci fatto dei lavoretti di recente. Scendendo le scale vide prima il pavimento in cemento, niente di strano per un seminterrato, poi davanti a lei apparve il resto della stanza.

Bambi si bloccò all'improvviso. «Porca puttana! Che razza di posto è questo?»

Mason era proprio dietro di lei, abbassò la testa per vedere a cosa si riferisse e rimase paralizzato.

«Sembra una cazzo di camera delle torture!»

«Non è che lo sembra, lo è! Cos'altro potrebbe essere?»

Lo sguardo di Bambi si soffermò sulle fruste alle pareti, sulle catene che uscivano dal pavimento, sul letto per bondage e tutti i tipi di corde possibili, oltre ai coltelli. In quella stanza c'era ogni tipo di strumento pensato per infliggere dolore e sofferenza. «Sapevo che gli piaceva il sadomaso, ma questo mi pare un po' eccessivo.»

«Voglio sperare che non ti abbia portata quaggiù.»

«Certo che no. Altrimenti avrei saputo cosa c'era dietro la porta, non ti pare? E questo cos'è?» Bambi sollevò un oggetto simile a un uncino legato a una catena.

«È un gancio vaginale» disse lui. «Me lo ha fatto vedere una volta una mia amica.» Mason ricominciò a salire le scale. «Io me ne vado prima che quel pazzo torni e ci chiuda qui dentro.»

«Aspetta! Cos'è questo?»

«Cos'è *cosa*?» domandò lui girandosi.

«Sembra una specie di santuario.»

Mason si avvicinò esitante al punto della parete in cui erano appesi una serie di foto e di articoli di giornale.

«Ci saranno almeno una cinquantina di fotografie qui» disse lui, sbalordito dalla composizione.

C'erano candele, fiori e perfino gioielli appoggiati su un piccolo scaffale, ma erano i soggetti che attirarono l'attenzione di Bambi. «Sono tutte della stessa donna.»

Mason lesse la didascalia sotto a una delle foto. «Evelyn Talbot.»

«Dottoressa Evelyn Talbot» lo corresse lei, leggendo da un altro ritaglio. «È la psichiatra che gestisce la prigione dove lavora Andy.»

«Hanover House, a Hilltop.»

«Sì, quella dove sono rinchiusi tutti quei serial killer psicopatici.»

«Questa storia mi dà i brividi.» Mason la tirò per un braccio, ma Bambi lo spinse via per continuare a leggere i ritagli di giornale, distendendone gli angoli arricciati. Qualcuno, probabilmente Andy, aveva sottolineato alcune frasi. "Affermata psichiatra", "determinata a svelare i segreti delle menti malate", "questi uomini sono privi di coscienza, non rispondono dei propri istinti primari". Su alcuni era evidenziato anche un altro nome: sergente Benjamin Murphy.

Alcuni articoli sembravano essere stati scaricati da internet. C'era anche la pagina Wikipedia dedicata a Evelyn Talbot, con informazioni su dov'era nata, ciò che aveva subito e sulla sua carriera. «Perché Andy ha raccolto queste informazioni?» chiese lei. «E perché le ha disposte in questo modo, come se non facesse che pensare a lei?»

«Lo hai detto tu che lavora alla prigione, si conoscono di sicuro» rispose Mason. «Deve essere ossessionato da lei.»

«Guarda. Qui c'è anche un ritaglio sul ritrovamento del corpo di Kat.»

Mason non aveva mai lavorato con lei, non la conosceva bene come Bambi, ma in quanto barista del locale, la polizia aveva fatto delle domande anche a lui. «Perché dovrebbe conservare una cosa simile?»

«Forse è stato lui a ucciderla...»

«Ne ho abbastanza.» Mason le afferrò un braccio per trascinarla via. «Dobbiamo andarcene subito.»

«Oh, mio Dio! Sono andata a letto con un *assassino*? L'assassino *di Kat*?» gridò lei schifata all'idea che le mani che l'avevano toccata potessero aver tolto la vita alla sua amica.

«Non me ne frega niente.»

«Come puoi dire così?» chiese Bambi mentre lui la trascinava via. «Ha un sacco di armi. È un uomo pericoloso. La polizia dovrebbe saperlo.»

«Certo che la polizia dovrebbe saperlo, ma non saremo noi a dirglielo. Vuoi essere arrestata per violazione di domicilio?»

«No...»

«Allora è meglio se chiudi il becco» disse lui facendo un gesto eloquente con la mano libera.

Una volta sulle scale non ci fu più bisogno di spingerla. Bambi sembrava terrorizzata da ciò che aveva visto. Sentiva gocce di sudore correrle lungo la schiena, anche se quel posto era tutt'altro che caldo. «È un serial killer!»

«Mason?» chiamò non sentendo risposta. Ma lui continuò a ignorarla. Aveva troppa fretta di uscire da quella casa per poter pensare a qualunque altra cosa.

Jasper scese di macchina dopo aver parcheggiato davanti a casa di Evelyn. In fin dei conti, era stato invitato da Amarok in persona. Il sergente si era perfino portato dietro Makita, quindi in casa non c'era nessuno che avrebbe potuto difendere Evelyn, a parte il gatto.

Tutto procedeva secondo i piani, nonostante Amarok avesse già ricevuto le dannate liste passeggeri. Pensava che ci sarebbe voluto di più a ottenerle e a lavorarci, ma il fatto che avesse detto a Phil di continuare finché non avesse finito indicava che erano a buon punto.

Jasper doveva agire in fretta, molto più in fretta del previsto, e la cosa lo innervosiva. *Accidenti!* Amarok era una costante spina nel fianco, riusciva sempre a rendere le cose più difficili.

Mentre aspettava Evelyn sul portico, ripensò a tutte le stronzate che aveva raccontato a Phil alla centrale dopo che Amarok se n'era andato, alla falsa descrizione dell'uomo alla stazione di servizio e della presunta vittima nel veicolo. Non ne aveva dubbi, Phil si era bevuto tutto quanto, proprio come il sergente. La cosa avrebbe dovuto divertirlo. Amarok aveva una tale smania di catturarlo che si era lanciato all'inseguimento del misterioso uomo alla guida della Ford Excursion. C'era cascato in pieno, eppure la cosa non lo faceva ridere.

Questa battaglia tra di loro… Jasper non era più sicuro di poterla vincere. Le tempistiche che aveva in mente quando aveva lasciato la valigia e il computer a casa erano sbagliate. Avrebbe dovuto portarseli dietro subito ed evitare di dover tornare ad Anchorage. Ci aveva pensato, ovviamente; in quel modo avrebbe avuto più tempo se le cose si fossero messe male. Ma all'ultimo minuto aveva deciso che non era una buona idea: dopo gli omicidi, tutti gli abitanti di Hilltop erano in allerta. Se qualcuno si fosse accorto che aveva una valigia nel portabagagli avrebbe iniziato a fargli domande. E poi la sua macchina veniva sottoposta ai controlli del posto di guardia della prigione sia in entrata che in uscita.

Con il senno di poi, sarebbe stato meglio portarsi dietro tutto, ma ormai era andata così, si disse scrutando la strada. Aveva bisogno di essere più positivo e di liberarsi dalla rabbia che gli ruggiva dentro. Amarok aveva mandato all'aria il piano inziale, quello in cui avrebbe passato mesi a torturare Evelyn nel seminterrato. Ma non gli avrebbe tolto il piacere di ucciderla quella sera.

Jasper chiuse gli occhi e immaginò come si sarebbero svolti i fatti. Appena l'avesse vista arrivare le avrebbe sorriso e insieme si sarebbero incamminati verso il portone. Lei lo avrebbe fatto accomodare, in fin dei conti erano amici. Entrare in casa era la parte più semplice. Poi, mentre lei appoggiava le chiavi o gli andava a prendere qualcosa da bere in cucina, le sarebbe saltato addosso da dietro. Solo allora Evelyn avrebbe capito il pericolo al quale era stata esposta nell'ultimo anno.

Avrebbe gridato e chiesto aiuto, avrebbe implorato Amarok di salvarla, ma lui le avrebbe risposto che il sergente non sarebbe mai arrivato in tempo, e in fondo era la verità. Solo allora, finalmente, dopo aver desiderato per anni di sentire il suo sapore, Jasper l'avrebbe afferrata per i capelli costringendola a baciarlo, un bacio con la lingua, morboso e profondo. Ma non si sarebbe fermato lì, l'avrebbe obbligata a fare cose ben più degradanti. Jasper avrebbe soddisfatto le sue più grandi fantasie, nonostante avesse a disposizione meno di un'ora. Poi l'avrebbe uccisa, sarebbe scappato in Messico e avrebbe ricominciato una nuova vita. Al diavolo i documenti delle compagnie aeree! Avrebbe comunque finito prima che Phil scoprisse che era lui, Andy Smith, e desse l'allarme.

Per abitudine Jasper si guardò il polso per controllare l'ora, ma aveva dimenticato l'orologio a casa nella fretta di arrivare al lavoro in tempo e se n'era accorto quando ormai era già arrivato alla prigione. Quello era un altro inconveniente. Per fortuna c'era l'orologio digitale dell'auto.

Jasper tornò al fuoristrada e inserì le chiavi nel cruscotto per vedere l'ora. Cinque e mezza. Evelyn sarebbe arrivata da un momento all'altro.

Jasper richiuse la portiera e si sporse a guardare in fondo alla strada, poi sorrise.

Eccola, pensò vedendo i fari spuntare da dietro l'angolo.

Non aveva fatto in tempo. Non c'era traccia di Jasper per tutta Nektoralik Road. Ciò che Andy Smith sosteneva di aver visto non gli tornava: la donna che aveva appena rinvenuto nel capanno della legna dello chalet dei Barrymore non poteva essere morta da così poco tempo. Non poteva trattarsi della stessa donna che premeva le mani contro il finestrino della Excursion che Andy aveva visto alla stazione di servizio. Non c'era già più rigor mortis. Perfino con il freddo a rallentare la decomposizione, l'effetto del rigor mortis diminuiva dopo ventiquattr'ore. E poi c'era un'altra cosa che non tornava. Dai pochi segni di rigor mortis rimasti, si intuiva che la donna era spirata in una posizione diversa da quella in cui si trovava adesso. A giudicare dai depositi di sangue che si intravedevano sottopelle doveva essere morta distesa su un lato e non sulla schiena. Questo poteva significare soltanto che la vittima era stata uccisa altrove e poi scaricata in quel posto.

Era anche singolare che Jasper non si fosse preso la briga di torturarla. Probabilmente le aveva tagliato la gola e stuprata pre o post mortem, ma niente di più. E poi, a differenza di tutte le altre vittime, non assomigliava affatto a Evelyn. Aveva i capelli biondi tinti ed era piuttosto sovrappeso.

Jasper doveva averla usata per raggiungere un altro scopo, pensò Amarok. O almeno questa era la sua impressione. Ma quale scopo? Cosa aveva in mente?

Makita se ne stava in disparte per non inquinare la scena, come gli aveva ordinato il padrone. Acquattato in un angolo, osservava il cadavere. E se quella nel veicolo fosse stata un'altra vittima ancora? Una che non aveva ancora ucciso? Se così fosse, non poteva farci niente. Aveva già controllato gli chalet più in alto, lungo la strada, e comunque i sentieri non erano battuti e non c'era traccia di ruote sulla neve.

Quindi l'unica cosa che aveva potuto fare era stata tornare indietro per vedere se riusciva a trovare qualche altra pista che lo conducesse a Jasper.

Amarok stava andando al pickup a prendere l'attrezzatura forense quando il telefono satellitare che aveva con sé perse il segnale. Non funzionava molto bene nei posti al chiuso e in mezzo agli alberi, aveva bisogno di una zona aperta e sgombra. Phil non era ancora riuscito a fornirgli una descrizione precisa del veicolo, né tanto meno dell'uomo alla guida o della donna nel retro. Ma per come si erano messe le cose, quei dettagli non erano più così importanti, avrebbe anche potuto leggerli una volta rientrato.

Amarok cercò un punto in cui il cellulare prendesse.

«Pronto?»

«Amarok?»

La rete era ancora pessima, per cui Amarok cercò di avvicinarsi alla strada. Forse era Phil, ma non ne era sicuro.

«Sì?»

«Non ci... crederai... Andy Smith.»

Era Phil. Questa era l'unica cosa di cui era sicuro, il resto era troppo confuso. Amarok si tappò l'orecchio libero. «Cos'hai detto? Andy Smith cosa?»

«Ho... le liste.»

«Hai controllato le liste?»

«Sì. Appena ho... Andy Smith... ho cercato... su tutti i voli.»

Amarok lanciò un'imprecazione e si spostò ancora. «Ripeti di nuovo.»

«Ho trovato qualcosa che dovresti vedere!»

Finalmente riusciva a sentirlo. «Calmati. Adesso ho segnale.»

«Ci sono solo due persone che hanno fatto la tratta Phoenix, San Diego, Boston e di nuovo Phoenix.»

«Allora dovremo fare degli accertamenti su entrambe.»

«Non credo che ne avremo il tempo.»

«Perché?»

«Una di queste è Andy Smith.»

Amarok sentì il terrore montargli dentro ed esplodere come una bomba a mano, aveva le gambe molli e rischiò di cadere a terra.

«Pensi che si tratti del nostro Andy?» disse Phil. «È vero che è un nome piuttosto comune, ma sarebbe una bella coincidenza.»

Amarok raccolse le forze, fece un fischio a Makita e corse al pickup. Era costretto a lasciare l'attrezzatura e il corpo della donna così com'erano, non aveva scelta. Niente lo avrebbe fermato. Era stato lui a mandare Andy da Evelyn e adesso lui era solo con lei, *a casa sua*.

Andy era Jasper.

Alcuni ricordi frammentari si affastellarono nella sua mente. Andy con in braccio Evelyn l'anno prima, Evelyn che gli raccontava della foto strappata da Andy, la ritrosia di Andy e il fatto che nessuno sapesse niente di lui e della sua vita prima del trasferimento in Alaska.

Se avessero avuto il tempo, avrebbero scoperto che veniva dall'Arizona, Amarok era pronto a scommetterci.

«Non è una coincidenza» riuscì a dire alla fine, mentre apriva la portiera del pickup e faceva salire Makita. «Vai a casa mia, *subito*!»

29

Quando Amarok imboccò la strada di casa, Phil era in piedi in giardino con un'espressione sconvolta. Senza muoversi guardò i fari del pickup che si avvicinavano. Poi tornò a fissare la casa, le mani sprofondate nelle tasche del cappotto, le spalle rigide per il freddo.

Per tutta la durata del viaggio, Amarok si era sentito un nodo allo stomaco. Il SUV di Evelyn non c'era, ma la Ford F-250 di Andy sì. Che fine aveva fatto la sua macchina? L'aveva presa lui? Era arrivato troppo tardi?

Se Andy, o per meglio dire Jasper, non si trovava più lì, le cose stavano così. Amarok lo capì nell'esatto istante in cui, dopo aver detto a Makita di aspettarlo lì, scese dall'auto e vide il viso contrito di Phil solcato dalle lacrime.

Amarok lo afferrò per il cappotto. «Evelyn?» gli chiese. Quel nome racchiudeva tutta la speranza che lo aveva spinto ad arrivare fino a Hilltop nella sua corsa contro il tempo.

Phil scosse la testa, non riusciva a guardarlo negli occhi. «Mi dispiace, Amarok. Se n'è andata.»

Amarok si batté il petto e barcollò all'indietro. «No!»

«Nessuno sarebbe sopravvissuto a ciò che le ha fatto. C'è sangue dappertutto. Che ferocia!» Phil inclinò la testa all'indietro e chiuse forte gli occhi come se la scena a cui aveva assistito fosse troppo da sopportare. «Non ho mai visto niente di simile. Le ho sentito il polso, per sicurezza. Avrei voluto... Avrei fatto il possibile, se fosse stata ancora in vita. Per te. Per lei. Ma era troppo tardi.»

«Lui non c'è.»

«No, se n'è andato.»

Aveva fatto in fretta. Amarok si sentì invadere da una rabbia profonda. Doveva trovare Jasper. Lo avrebbe seguito fino in capo al mondo se fosse stato necessario. Non importava quanto gli sarebbe costato, quanto ci sarebbe voluto: avrebbe annientato quel mostro.

Amarok si stava incamminando verso l'ingresso quando Phil, riscuotendosi improvvisamente dal torpore, lo fermò. «No, Amarok! Non entrare. Non vuoi vedere ciò che ho visto io. Non potrai più...» la voce gli si ruppe in gola. «Non riusciresti a dimenticarlo. Conserva il ricordo della donna bella, intelligente e brillante che era.»

Phil aveva ragione. Amarok non voleva vedere la donna che amava mutilata come altre vittime di Jasper, soprattutto con la consapevolezza di non aver riconosciuto il pericolo che Andy Smith rappresentava.

Ma non poteva nemmeno restare lì fermo, non poteva lasciare Evelyn da sola soltanto perché era troppo codardo per affrontare la situazione. C'era qualcosa di molto più potente della ragione che lo spingeva ad andare da lei. Amarok sentiva di doverla toccare per essere davvero sicuro che se ne fosse andata, doveva raccogliere quel che era rimasto di lei e stringerla tra le braccia un'ultima volta.

Si liberò dalla presa di Phil e salì sul portico. Sentiva la voce di Phil ripetere il suo nome e Makita che abbaiava in macchina. Ma decise di ignorare entrambi. Amarok doveva farlo.

Vide le impronte insanguinate sul pavimento ancor prima di varcare la soglia. Non sapeva se appartenessero a Jasper o a Phil, ma all'improvviso si sentì la testa leggera e il solo pensiero che quello fosse il sangue di Evelyn gli fece venire la nausea.

Amarok non poté resistere ed entrò.

La casa era stranamente silenziosa. Per quale ragione aveva portato Makita con sé? Se si fosse fermato a lasciarlo a casa, Evelyn avrebbe avuto qualcuno a proteggerla. E invece l'aveva lasciata sola e indifesa…

Quel pensiero lo straziava. Le lacrime gli sgorgarono copiose dagli occhi man mano che seguiva le impronte insanguinate fino alla camera da letto. Jasper l'aveva uccisa proprio nel suo letto, dove lei aveva imparato di nuovo cosa fosse l'amore dopo ciò che lui le aveva fatto da ragazza.

Gli tremavano le mani, Amarok sospinse la porta che si aprì solo a metà, ma abbastanza per lasciar intravedere il cadavere nudo e insanguinato sul letto. «Oh, mio Dio.»

Amarok non aveva mai visto tanto sangue. Le pareti e il soffitto erano ricoperti di schizzi, il corpo inerte di Evelyn giaceva nel bagno di sangue delle lenzuola e del materasso. Jasper l'aveva colpita talmente forte da cancellarle i lineamenti e i capelli non sembravano più del loro colore.

Come poliziotto, sapeva che non doveva toccare il corpo. Avrebbe dovuto mantenere un distacco emotivo, fotografare la scena, iniziare a raccogliere le prove e inseguire l'assassino. Ma Amarok non era una macchina e in quel momento non era in grado di pensare razionalmente. Non era altro che un uomo con il cuore a pezzi innanzi al corpo della donna che amava.

Si inginocchiò accanto al letto e le prese la mano. La vista dei segni di difesa sulle braccia gli procurava fitte alle viscere come se fosse lui a essere stato pugnalato. Il suo corpo privo di vita era ancora tiepido, il che peggiorava ulteriormente la situazione. Amarok aveva fatto quanto in suo potere per fermare Jasper, ma quest'ultimo alla fine aveva avuto la meglio. Non si aspettava che Jasper, o chi per lui, potesse essere diabolico e scaltro fino a quel punto. L'anno prima Andy Smith era passato per un eroe, salvandole la vita. In quel momento era sembrato così credibile, eppure doveva essere stata una montatura sin dall'inizio, una giustificazione al fatto che stesse uscendo dalla casa con Evelyn in braccio. Indossava l'uniforme da agente penitenziario e poi la sua versione era così convincente!

«Mi dispiace» sussurrò Amarok. «Mi dispiace così tanto.»

Jasper aveva interpretato bene la sua parte. Se solo fosse potuto tornare a otto mesi prima... magari avrebbe potuto accorgersi di qualcosa e incastrarlo. Ma i dettagli che potevano tradire la personalità di Andy Smith erano davvero insignificanti. Lui ed Evelyn erano stati troppo razionali...

Amarok si ritrasse all'improvviso. L'anello sulla sua mano, la mano che aveva appena baciato, non era di Evelyn. Dove l'aveva preso? Glielo aveva messo al dito Jasper? Era una specie di "regalo" d'addio?

No. Amarok si irrigidì e guardò meglio. Nonostante fosse difficile da valutare per via del sangue, diede un'occhiata più accurata e si rese conto che quella non era la mano di Evelyn.

Amarok studiò il volto tumefatto della donna alla ricerca di qualche indizio. In basso sulla spalla c'era un piccolo neo.

Evelyn non aveva nei in quel punto. Lui conosceva bene le sue spalle, le aveva accarezzate tante volte. Eppure in quell'anello e in quel neo c'era qualcosa di familiare...

I piedi erano aggrovigliati nelle lenzuola, Amarok scostò la trapunta per osservare il corpo. Le unghie, lo smalto sulle unghie dei piedi, la forma delle gambe, la corporatura. Non c'era niente che corrispondesse.

Quella donna non era Evelyn, era Samantha.

Quando Evelyn arrivò la porta di casa era aperta, Makita abbaiava come un pazzo da dentro il pickup parcheggiato accanto alla Ford di Andy Smith e Phil se ne stava fermo accanto alla sua macchina, con la testa tra le mani.

«Che succede qui?» chiese scendendo di macchina.

Phil corse ad abbracciarla. «*Evelyn*? Credevo che tu...»

«Cosa? Credevi cosa? Amarok dov'è? E perché hai il cappotto macchiato di sangue? Lui sta bene?»

«Lui...»

Prima che Phil avesse il tempo di dare spiegazioni, Amarok si precipitò fuori di casa. Anche lui era ricoperto di sangue, anche più di Phil, ma a giudicare da come si muoveva sembrava stesse bene.

«Amarok...» disse Evelyn, ma lui la interruppe subito. La prese tra le braccia e la tenne stretta al petto.

«Dove sei stata?» le chiese con voce rotta dall'emozione.

«Alla prigione» rispose Evelyn con il viso affondato nel suo petto. «Scusa se non ti ho chiamato, non credevo di fare così tardi. Stavo salendo in macchina quando uno degli agenti mi ha rincorso. Era Brianne al telefono, in lacrime. Aveva appena detto a mamma e a papà del matrimonio e del bambino. Non potevo lasciarla in quello stato e sono rimasta al telefono per più di un'ora e mezzo cercando di tranquillizzare lei e i miei genitori.»

«Sei rimasta ad Hanover House per tutto il tempo?»

Lei lo guardò dritto in faccia. «Sì. Mia sorella era in preda a una vera e propria crisi di nervi e non me la sentivo di liquidarla. Ho pensato che tu avessi da fare al lavoro e che se fossi stato preoccupato qualcuno della segreteria di Hanover House ti avrebbe detto che ero ancora lì. Ho provato a chiamare la centrale di polizia appena ho finito con Brianne, ma non mi rispondeva nessuno. Ho provato anche a casa, ma niente. Ti ho addirittura chiamato sul satellitare.»

«L'ho lasciato nel pickup con Makita. Prende solo quando è all'aperto. O magari hai provato mentre ero in casa.»

Evelyn guardò prima lui, poi Phil. «Cos'è tutto questo sangue? Si è fatto male qualcuno?»

«Samantha è morta» dichiarò Amarok.

«*Morta*?» ripeté lei. «Come fai a saperlo? Dove si trova?»

«Proprio qui, in casa.»

«Ma com'è possibile?»

«Non ne ho idea, ma è stato Jasper. Non ho dubbi.»

Elaborare la notizia della morte della ex di Amarok non era semplice per Evelyn. Per mano di Jasper, per giunta! «Ha ucciso Samantha...»

«Sì. Mi sento uno schifo, ma sono felice che non sia tu.»

«Povera Sam» disse Phil.

Evelyn scosse la testa. «Continuo a non capire!»

«Andy Smith in realtà è Jasper Moore» le spiegò Amarok.

«Ma non può essere!» esclamò lei facendo un passo indietro. «Andy mi ha salvato la vita l'anno scorso...»

«O forse ti ha solo salvata da Bishop. Magari ti avrebbe portato da lui, se io non l'avessi fermato. Cosa avrebbe fatto, se non fossi arrivato in tempo?»

Evelyn non sapeva cosa rispondere. All'arrivo di Andy era incosciente e non ricordava niente di quei momenti. «E noi che gli eravamo così grati!»

«Deve essere stato molto divertente per lui. Ma ciò che davvero non riesco a capire è... perché non ci ha riprovato? Perché ci ha lasciati in pace per tutto questo tempo?»

«Aveva un piano.» Evelyn si portò una mano alla bocca. «So che potrebbe sembrare una sciocchezza, visto quello che è successo a Samantha, ma Brianne ci è andata a letto!»

«Non è la cosa peggiore che le poteva capitare. Avrebbe benissimo potuto ucciderla pur di farti soffrire.»

«Se le avesse fatto del male, avremmo scoperto chi era e non sarebbe più stato in grado di prendermi.»

«Stava aspettando il momento giusto, le circostanze perfette.»

«Ha avuto un sacco di tempo. Non avevamo idea di chi fosse in realtà. Avrebbe potuto continuare a vivere in Alaska per sempre.»

«Se non fosse stato per gli omicidi.»

Il puzzle si stava ricomponendo e la mente di Evelyn correva veloce. «Era convito di farla franca con Katherine. Uccidendo Sierra, nessuno lo avrebbe scoperto. Ma allora cos'è andato storto? Qualcosa deve averlo messo in agitazione.»

«Sapeva che avevamo le liste delle compagnie aeree» disse Amarok. «Prima o poi lo avremmo beccato.»

«Forse è questo che lo ha spinto a fare la sua mossa. Ad ogni modo ha dimostrato molta più calma e pazienza di quanto mi sarei aspettata da uno come lui. Adesso dov'è?»

Amarok allargò le braccia. «Potrebbe essersi nascosto ovunque. Quando Phil è arrivato, lui era già sparito. Io sono arrivato dopo.»

«Non possiamo permettergli di scappare un'altra volta!» gridò lei. «Non ne posso più, devo sapere che non è più una minaccia. Lo devo alla mia famiglia. Hai già chiamato il dipartimento di Anchorage?»

«Non ancora» rispose Amarok. «Ho a malapena avuto il tempo di rendermi conto che la donna che tenevo tra le braccia non eri tu.»

«Il suo viso... è distrutto» spiegò Phil. «E poi c'è sangue dappertutto.»

Evelyn si incamminò verso la casa. «Dobbiamo chiamare subito!»

«Evelyn, non entrare.» Amarok fece scendere Makita e prese il cellulare. «Chiama la prigione e fatti dare l'indirizzo di casa di Andy dal suo fascicolo personale. Dobbiamo comunicarlo al dipartimento di Anchorage per mandare una pattuglia.»

Evelyn aggrottò la fronte. «Sempre che sia abbastanza stupido da tornare in quel posto.»

Merda! Merda, merda, merda! Jasper colpì il volante della Subaru di Samantha Boyce così forte da rompersi i capillari, mentre guidava attraverso le montagne in direzione della piccola città di Butte. Dopo tutta la fatica che aveva fatto! Dopo le credenziali perfette che si era costruito in Arizona! Dopo essersi trasferito lassù e aver speso una barca di soldi per costruire la sua stanza delle torture! Dopo aver sopportato il lavoro ad Hanover House e il luogotenente Dickey. Come poteva finire tutto in quel modo?

Il suo piano aveva iniziato a sgretolarsi a cominciare dalla morte insoddisfacente di Kat. La stronza se n'era andata troppo presto, in un giorno in cui lui doveva andare al lavoro. Per colpa sua non aveva avuto il tempo di disporre del corpo ed era stato costretto a nasconderlo nel capanno della legna. Quando era tornato a prenderlo qualcuno lo aveva già scoperto, cosa che lo aveva costretto a uccidere ancora. E così via. Non aveva avuto un attimo di tregua. Perfino quando aveva avuto l'occasione di far fuori Amarok lo aveva mancato!

Se avesse creduto nella divina provvidenza, avrebbe detto che un potere superiore stava agendo contro di lui. Quel giorno poi era stata una vera catastrofe. La macchina che aveva visto arrivare non era di Evelyn, ma di Samantha. Perché quella donna continuasse ad aggirarsi davanti a casa di Evelyn e Amarok non sapeva dirlo, ma iniziava a sentirsi controllato e la cosa lo faceva innervosire. Magari non avrebbe neanche notato la sua presenza se non avesse dovuto fare attenzione a chi arrivava, ma nel momento in cui si era accorto che Samantha lo stava osservando dallo specchietto retrovisore aveva deciso che gliel'avrebbe fatta pagare.

Dopo averla afferrata e trascinata in casa, lei gli aveva confessato di essere innamorata di Amarok e che se l'avesse lasciata andare gli avrebbe consegnato Evelyn. Sosteneva di volere la stessa cosa che voleva lui, la morte di Evelyn, e aveva fatto di tutto per convincerlo.

Ma a quel punto era già troppo tardi, doveva andarsene subito. Il suo piano, architettato con tanta fatica fin nei minimi dettagli, gli stava crollando addosso. Meglio scappare finché era ancora in tempo e rimandare la battaglia a un altro momento.

Quanto meno aveva tolto di mezzo una delle ammiratrici di Amarok, lasciandogli un nuovo omicidio da gestire. Il numero di morti stava crescendo e la cosa sicuramente mandava Amarok fuori di testa. Pensare alla rabbia del sergente era la sua unica consolazione.

Jasper rallentò per controllare che fosse l'incrocio giusto a cui svoltare. Visto che non aveva un telefono con il navigatore, prima di andare al lavoro aveva controllato e stampato il tragitto. Per fortuna era stato abbastanza previdente da infilare la mappa nella tasca del cappotto, nel caso non avesse fatto in tempo a tornare a casa. Era meglio stare il più possibile alla larga da quella zona della città, fare il giro lungo, guidare un'ora in direzione nord, verso l'aeroporto locale. Aveva noleggiato un piccolo aereo che lo avrebbe portato a Vancouver e da lì si sarebbe imbarcato per il Messico. Per sicurezza aveva riservato anche un volo da Anchorage, giusto per confondere le acque e rendere le cose più difficili ad Amarok o a chiunque altro si fosse messo sulle sue tracce. Di certo pensavano di fermarlo al Ted Stevens International Airport. Jasper odiava sprecare i soldi, ma creare diversivi era sempre una buona strategia. Sperava solo che i poliziotti sarebbero stati talmente impegnati a cercare di fermarlo all'aeroporto da non controllare il suo computer, che a quell'ora doveva già essere in loro possesso, prima che fosse arrivato in Messico.

Jasper armeggiò con la radio nel tentativo di trovare un canale decente. La Subaru era piuttosto nuova, non doveva avere più di tre anni. Aveva perfino il navigatore, ma se n'era accorto troppo tardi e poi non sapendo come usarlo avrebbe perso troppo tempo.

Doveva arrivare a Butte il prima possibile e trovare un posto in cui nascondere la Subaru in modo che non venisse ritrovata prima di alcuni giorni. Aveva preso la macchina di Samantha solo per depistare Amarok su chi fosse davvero la donna che giaceva nel letto, sperando che gli avrebbe causato uno shock. Jasper aveva cercato di rendere la scena il più truculenta possibile, una specie di monito su ciò che avrebbe fatto ad Evelyn non appena si fosse rimesso in sesto.

Finalmente trovò un canale di musica che gli piaceva e si mise comodo. Presto sarebbe arrivato a Butte. Era in anticipo, ma preferiva comunque togliersi dalla strada. Amarok doveva aver diramato il mandato di ricerca con i dettagli della macchina di Samantha e Jasper non poteva rischiare di incontrare la polizia.

Una volta arrivato in aeroporto avrebbe potuto rilassarsi e aspettare il volo.

Nel giro di poco non sarebbe più stato alla portata né di Amarok né di Evelyn.

30

«Non si è ancora visto» disse Amarok.

Evelyn fece un lungo sospiro. Phil era rimasto a casa loro ad aspettare la scientifica di Anchorage, mentre Amarok accompagnava lei, Makita e Sigmund alla centrale. La priorità di Amarok era fermare Jasper prima che potesse lasciare lo stato o addirittura il paese, ma doveva comunque tornare indietro e occuparsi della scena del crimine. Se non fossero riusciti a prenderlo, altre persone sarebbero morte inutilmente.

«Non è tornato a casa» disse lei assorta. Pretendere che gli cadesse dritto tra le braccia era troppo.

«Il detective che si trova a casa sua ha detto di aver trovato una valigia in camera da letto, per cui ritiene che avesse in progetto di tornare. Nel frattempo però sono entrati i ladri, lo so, pessimo tempismo, e la casa era tutta sotto sopra. La polizia ha cercato di rintracciare il computer o qualunque altra cosa che ci potesse aiutare a capire dove sia andato. Ma niente.» Amarok prese una sedia e si mise a sedere accanto a lei. «C'è dell'altro...»

Evelyn incrociò le braccia come per proteggersi dalla brutta notizia. Dal tono e da come si muoveva, era certa che Amarok stesse per dirle qualcosa che non le sarebbe piaciuto. «Dimmi...»

«Jasper aveva arredato il seminterrato.»

«In che senso?»

«Lo ha trasformato in una stanza delle torture.»

«Se aveva a disposizione un posto simile, perché ha ucciso Katherine nello chalet dei Barrymore?»

«La stanza sembra nuova di zecca e le pareti sono tappezzate di tue fotografie.»

«Era destinata a me» disse mentre quella nuova consapevolezza si faceva strada nella sua mente. «Ecco cosa faceva nel tempo libero, oltre a cercare di conquistare la nostra fiducia e quella degli abitanti di Hilltop.» Evelyn riprese fiato. «Da un punto di vista clinico, non mi sorprende.»

«E da quello personale?»

«Sono terrorizzata. Se non lo fermiamo adesso, tornerà.»

Amarok si sgranchì il collo. Si stava facendo tardi e la tensione accumulata fin dalla morte di Sierra Yerbowitz iniziava a farsi sentire. Erano state due settimane pesanti, cariche di stress e con poco riposo. Evelyn era dispiaciuta per lui, ma anche troppo in ansia e preoccupata per poterlo confortare.

«Hai ragione» disse lui. «Mi ha sentito parlare delle liste con Phil. Sa che le abbiamo. Penso che abbia ucciso Samantha per questo. Sapeva che eravamo a conoscenza di tutto, perciò non aveva più ragione di preoccuparsene. Gli stavamo col fiato sul collo e lui lo aveva capito. Per questo quando non ti ha vista arrivare perché – grazie a Dio – ti aveva chiamata Brianne, ha ucciso lei al tuo posto ed è scappato.»

«Cosa ci faceva Samantha a casa nostra?»

Amarok non sembrava molto a suo agio. «Non lo so, ma hai sentito anche tu il messaggio che ha lasciato in segreteria.»

«Era ossessionata da te quasi quanto Jasper lo è da me.»

«Immagino di sì.»

Per quanto odiasse Samantha, per quanto la infastidisse il modo in cui aveva braccato Amarok, Jasper non aveva il diritto di toglierle la vita. «Il dipartimento di Anchorage ha già allertato la polizia aeroportuale?»

«Sì. Lo arresteranno non appena mette piede su un aereo. Lo stanno aspettando al Ted Stevens International. Abbiamo ancora una speranza.»

Evelyn si morse nervosamente il labbro inferiore. Questa storia tra lei e Jasper doveva finire. Non poteva continuare a terrorizzarla per sempre.

Ma in realtà, aveva più probabilità di farla franca che di essere catturato. Jasper sapeva come sparire, era stata la sua principale attività per ventidue anni.

«E se non fosse diretto al Ted Stevens?» chiese lei. «Se si stesse nascondendo? Potrebbe decidere di rifarsi vivo in un qualsiasi momento. E se a questo punto si accontentasse di un semplice omicidio, invece che perdere tempo a costruire una nuova stanza delle torture? Per quanta attenzione io possa fare, non potrò mai sfuggire a un attacco inaspettato.»

Amarok le prese le mani. «Ma adesso sappiamo che faccia ha.»

«Non è la prima volta che Jasper cambia i connotati. Potrebbe farlo di nuovo. Quando l'ho visto qui non l'ho riconosciuto, si è sottoposto a una chirurgia plastica. Non assomiglia affatto al ragazzo che conoscevo.»

«Smettila di colpevolizzarti per non aver capito chi era, sono trascorsi più di vent'anni. E quel tipo di chirurgia richiede molti soldi. Jasper non può più contare sull'aiuto dei suoi genitori, ricordi?»

«Certo, perché li ha uccisi.»

«Sì, ma non capisci cosa significa? Si sta precludendo una strada dopo l'altra, e ciò limita il suo campo d'azione. È solo una questione di tempo prima che il vento soffi a nostro favore, vedrai.»

In quel momento squillò il telefono. Amarok si alzò e fece il giro della scrivania. «È il dipartimento di Anchorage» disse appena prese in mano la cornetta.

Evelyn rimase ad ascoltare la conversazione e quando Amarok riagganciò le ripeté ciò che lei aveva già capito. «Hanno trovato una prenotazione. Parte da Anchorage.»

Dal tono di voce Amarok sembrava ottimista, molto più di lei. «Ho sentito» rispose Evelyn. «Ma dov'è diretto?»

«Chicago.»

Lei scosse la testa. «No. Sarebbe troppo semplice. Sapeva che avremmo controllato Anchorage.»

«Forse spera di uscire dallo stato prima che lo arrestiamo.»

«Anche se non riuscissimo a fermarlo prima della partenza, la polizia di Chicago lo aspetterebbe all'arrivo. Questa prenotazione è una trappola. Non dobbiamo cascarci. Dobbiamo considerare altre opzioni.»

Amarok corrugò la fronte. «Le possibilità sono davvero troppe per verificarle tutte. Potrebbe essere diretto verso qualunque paesino artico senza nemmeno la TV. Come facciamo a trovarlo?»

«Non credo che lo farebbe.»

«Perché no?»

«Perché uccidere è l'unica cosa che lo rende felice e non potrebbe mai farlo in un contesto simile. Ha bisogno di gente, molta gente, per nascondere se stesso e le sue azioni.»

«Canada?»

«O Messico. Clima caldo, atmosfera rilassata e orde di turisti.»

«Okay, anch'io voto Messico. Ma avrebbe bisogno di un passaporto.»

«Ha un'altra carta d'identità, perché non dovrebbe avere anche un passaporto?»

«Vero.» Amarok le fece cenno di avvicinarsi al computer e cercò la lista degli aeroporti di stato. «Tutti quanti conoscono il Juneau, il Fairbanks e il Ketchikan. Sono aeroporti internazionali, ma guarda qui, ce ne sono di più piccoli sparpagliati ovunque. Niente gli impedirebbe di partire da uno qualsiasi di questi.»

Il cuore di Evelyn ebbe un tuffo. Si era convinta che la scarsa densità di popolazione dell'Alaska avrebbe facilitato loro il lavoro, ma non poteva essersi sbagliata di più. Le eventualità erano troppe per poterle considerare in un lasso di tempo tanto breve. «Ci sfuggirà anche stavolta...» Evelyn scoppiò in lacrime. Il telefono squillò ancora, ma lei era troppo affranta per farci caso, almeno finché il tono di voce di Amarok non la mise in allarme. Evelyn si ricompose.

«Ti ha detto chi era? Okay, dammi un minuto.» Amarok scarabocchiò un numero di telefono e poi riattaccò.

«Chi era?»

«Una donna ha chiamato alla prigione. Non ha dato il suo nome, ma dice di volerti parlare assolutamente, si rifiuta di parlare con chiunque altro. Dice di non poter aspettare domani, sostiene che è urgente.»

«Quello è il suo numero?» chiese lei indicando il blocco degli appunti.

«Sì.»

«Cosa può essere?» mormorò tra sé mentre faceva il giro della scrivania per raggiungere il telefono e comporre il numero.

Qualcuno, una voce femminile, rispose immediatamente.

«Sono la dottoressa Evelyn Talbot della prigione di Hanover House. Mi è stato detto che qualcuno a questo numero vuole parlare con me.»

«Sì, sono io.»

«Come si chiama?»

Un suono soffocato dall'altra parte della cornetta rivelò che la donna non era sola. Poi disse: «Preferirei restare anonima».

«Cosa vuole?»

«Metterla in guardia.»

«Contro che cosa...»

«C'è un tizio chiamato Andy Smith. Ha il seminterrato pieno di coltelli e macchine di tortura.»

Il cuore di Evelyn iniziò a battere all'impazzata. «Lei lo ha visto?»

«Sì. E ci sono sue fotografie e articoli di giornale sugli omicidi di quelle due donne che sono state ritrovate di recente.»

«L'ha portata lui in quel posto?»

«No, ma l'ho visto.»

«Quando?»

«Oggi.»

Andy era rimasto a Hilltop tutto il giorno, quello era certo. Allora come faceva questa donna a essere entrata in casa sua? «È lei che ha violato il suo domicilio?» chiese non appena le venne in mente la risposta al suo dubbio.

La donna riattaccò ed Evelyn gemette disperata. Provò a richiamare.

Il telefono squillò varie volte senza risposta, ma Evelyn insistette.

Finalmente la donna rispose. «Volevo solo avvisarla» disse lei. «Non voglio problemi. La prego non vada dalla polizia.»

«Non lo farò, ma ho bisogno di sapere una cosa.»

«Che cosa?»

«Ha lei il suo computer?»

Ci fu un altro momento di silenzio. «Se anche fosse?» disse dopo un po'.

«Andy Smith ha ucciso un'altra donna. Non sappiamo ancora chi sia. Se non facciamo qualcosa tornerà a prendermi. È tutta la vita che scappo e che mi nascondo da lui. Voglio mettere fine a questa storia. Sono certa che lei possa capire.»

«È la ragione per cui ho chiamato.»

«La ringrazio.» La mente di Evelyn scandagliò le varie opzioni possibili: certo, la cosa migliore sarebbe stata far avere il computer alla polizia di Anchorage, ma non ce l'avrebbero fatta. Il tempo di riuscire a trovare la donna con cui era al telefono, impossessarsi del computer e cercare le informazioni di cui avevano bisogno, e Jasper sarebbe già stato in volo. «Apprezzo il suo aiuto. Ma ho bisogno di qualcosa di più di ciò che mi ha detto fin ora. Crede di riuscire a entrare nel suo account email o è protetto da una password?»

«Non occorre la password. Era aperto quando l'abbiamo... quando l'ho preso.»

«Allora guardi tra le sue email, viaggi, prenotazioni aeree, un biglietto dell'autobus. Qualunque cosa. Controlli nella cronologia del browser le pagine che ha visitato. Senza queste informazioni rischiamo di perderlo.»

«Un attimo.» Evelyn sentì qualcun altro parlare sottovoce dall'altra parte. Stava per impazzire, non sapeva nemmeno se la donna sarebbe mai tornata al telefono. Poi all'improvviso sentì di nuovo la sua voce.

«C'è un volo per Chicago dal Ted Stevens International, parte domani mattina presto.»

«Non credo che salirà su quel volo. C'è altro? Qualsiasi altra cosa?»

La seconda attesa fu ancora più snervante della prima. Evelyn stava iniziando a perdere le speranze quando la donna tornò all'apparecchio. «A quanto pare ha noleggiato un charter privato per Vancouver.»

Evelyn afferrò la penna e il foglio che aveva usato Amarok per appuntare il numero di telefono. «Si sa da dove parte? Ho bisogno del nome dell'aeroporto.»

«Butte Municipal Airport.»

«C'è una compagnia aerea associata al volo?»

«Sembra che abbia prenotato su un sito di charter privati. Una specie di servizio di piloti indipendenti.»

Evelyn scrisse tutte le informazioni che riuscì a ottenere, poi chiese alla donna di inviare tutta la documentazione all'indirizzo mail di Amarok, in modo da avere a disposizione i documenti originali. «Risponderà ancora se la richiamo?»

«Dirà alla polizia come ha avuto queste informazioni?»

«No» rispose Evelyn. «E le darò un altro computer in cambio di quello che ha adesso. Non posso rischiare che le informazioni contenute lì dentro vadano perse. Per quanto mi riguarda, può anche tenersi tutto il resto. La sola cosa che mi interessa è prendere quel bastardo.»

Jasper non aveva niente da dire al pilota che lo avrebbe condotto fuori dall'Alaska. Aveva già pagato online e l'unica cosa che restava da fare era montare a bordo.

«Niente bagagli?» chiese il pilota mentre camminavano sulla pista.

«Niente bagagli.» Ma solo perché era stato un idiota. La preoccupazione di dover portare al capanno dello chalet il corpo della prostituta che aveva ucciso la notte prima gli aveva fatto prendere la decisione sbagliata riguardo la valigia e il computer.

Il pilota, di cui Jasper non ricordava il nome e nemmeno gli importava, fece spallucce come a dire che a lui non faceva nessuna differenza e gli indicò l'ultraleggero a quattro posti.

«Bell'aereo» commentò Jasper. «Quanto costa un gingillo del genere?»

«Nuovo? Mezzo milione, forse di più.»

Jasper fece un fischio. «Niente male.»

«Sì, ma io sono meccanico, oltre che pilota, e questo è un vecchio modello che ho risistemato io.»

Se l'avesse saputo in anticipo, Jasper ci avrebbe pensato due volte prima di salire a bordo. Ma a quel punto non aveva scelta. «Ma è sicuro, vero?»

«Certo. Lo uso di continuo.»

«Com'è oggi il tempo? Per andare in Canada, intendo.»

«Ci sarà qualche turbolenza qua e là, ma ce la faremo.»

«Ha controllato?»

«Certo che ho controllato. Volare le mette ansia?»

«Sui voli di linea no, ma così è un po' diverso.»

«Su questo non c'è dubbio.» Il tizio gli rivolse un sorriso inquietante. «È molto più divertente.»

«Allora, possiamo partire? Ha già fatto tutti i controlli del caso?»

«Sì, signore.»

Ottimo. Erano in perfetto orario. Dieci minuti e sarebbe stato in volo per Vancouver. Erano talmente tante le destinazioni in cui sarebbe potuto andare che era praticamente impossibile che all'arrivo ci fosse la polizia ad aspettarlo. Certo, una volta a Vancouver lo aspettavano quattro ore di scalo, ma da lì sarebbe volato dritto in Messico. E una volta raggiunta la capitale sarebbe stato al sicuro, fintanto che avesse continuato a spostarsi e non avesse combinato casini.

Dopo averlo aiutato ad allacciarsi la cintura, il pilota si frugò in tasca e, bofonchiando di aver dimenticato qualcosa, scese e tornò verso l'aeroporto.

Mentre aspettava, Jasper si rilassò contro lo schienale e osservò il cielo. Il sole non sarebbe sorto prima delle dieci. Gli piaceva l'idea di andare in un posto pieno di sole, finalmente. L'Alaska gli piaceva, ma la sua oscurità era insopportabile.

Erano trascorsi più di dieci minuti e del pilota non c'era ancora traccia. Jasper iniziò ad agitarsi. Che fine aveva fatto? Jasper lo aveva pagato profumatamente e adesso doveva fare il suo lavoro.

Stava per slacciarsi la cintura di sicurezza per andare a cercarlo quando sentì una voce familiare.

«Jasper Moore? Scendi dal velivolo e metti le mani in alto. Sei fortunato se non ti sparo.»

Amarok! Jasper sentì il cuore arrivargli in gola; guardò fuori dal finestrino e vide il sergente della polizia di stato dell'Alaska in piedi sulla pista con un fucile puntato contro di lui. Nonostante l'oscurità, le luci di controllo dell'edificio e quelle della pista erano più che sufficienti per consentirgli di mirare dritto alla testa.

Come aveva fatto a trovarlo?

Aveva lasciato il computer a casa, era stato quello. Un errore fatale.

Jasper valutò la possibilità di scappare dall'altra parte: c'erano degli alberi al limitare della pista, se fosse riuscito a raggiungerli, sarebbe stato in salvo. Ma il pilota aveva fatto il giro e imbracciava anche lui un'arma.

«Non provare a fare il furbo» gridò Amarok. «Altrimenti ti sparo dritto in faccia, farei un favore alla società!»

Jasper gli lanciò un'occhiata: a giudicare dalla sua espressione, il sergente non stava scherzando.

Non c'era più niente da fare. Era finita.

Almeno per ora, si disse.

Amarok condusse Jasper nella prigione di Anchorage, dove erano meglio attrezzati per gestire un detenuto come lui. Chiunque avesse un'indagine aperta su di lui – a Boston, a San Diego o in Arizona – aveva finalmente la possibilità di perseguirlo. Ma questo non lo interessava. Amarok era incredibilmente felice di averlo sbattuto dentro. Mettergli le manette era stata una soddisfazione incredibile, un'esperienza addirittura catartica. Aveva atteso quel momento così a lungo…

«Non credere che sia finita qui» bisbigliò Jasper girandosi verso Amarok mentre lo portavano dentro.

«Invece credo proprio di sì.» Amarok gli sorrise beffardo. «Divertiti con i tuoi nuovi amici.»

In risposta ricevette un'occhiata di odio affilata come un coltello, ma al sergente non importava. Adesso Evelyn e la sua famiglia avrebbero finalmente trovato pace, Jasper non le avrebbe più terrorizzate.

Il telefono satellitare era rimasto in macchina, ma non c'era bisogno di spendere due dollari al minuto quando poteva usare il telefono della prigione per molto meno.

Amarok inserì la carta di credito nell'apparecchio e digitò il numero di casa di Phil. Gli aveva chiesto di fare foto e video della scena prima che il corpo di Samantha venisse rimosso, ma c'erano ancora un sacco di cose da fare sulla scena del crimine. Amarok voleva assicurarsi che Jasper venisse condannato anche per l'omicidio di Sam, oltre che per gli altri capi d'accusa. Ecco perché aveva insistito che Evelyn passasse la notte a casa di Phil.

Phil rispose dopo il primo squillo. «Lo hai preso?» chiese senza tanti preamboli.

Amarok si sentì improvvisamente sopraffatto dalla stanchezza della notte insonne e dal rilascio dell'adrenalina, e dovette appoggiarsi al muro per restare in piedi.

«Sì.»

«Ce l'ha fatta» Amarok lo sentì ripetere, poi Evelyn prese la cornetta.

«È già sotto custodia?» chiese lei.

«Sta facendo ora la procedura d'ingresso.»

«Era sorpreso di vederti?»

«Non se lo aspettava. Ma Fitz, il pilota, ha interpretato il ruolo alla perfezione.»

«Cosa ha detto Jasper quando ti ha visto?»

«Non molto. È ancora convinto che mi ucciderà, prima o poi. Ha giurato che tra noi non è finita. Ma passerà il resto della sua vita dietro le sbarre, questo è certo.»

«Ce l'hai fatta» disse lei. «Grazie, Amarok. Ci sono state volte, tante volte, in cui ho creduto che questo giorno non sarebbe mai arrivato. Non so come ringraziarti.»

Lui sorrise. «Io un modo lo conosco…»

A Evelyn sfuggì una risatina. «Non preoccuparti. Vorrà dire che la mia famiglia la aiuterò a distanza, non potrei mai lasciare un uomo come te.»

EPILOGO

Sei mesi dopo...

Evelyn se ne stava seduta dietro la parete di plexiglass studiando il nuovo detenuto. Jasper non aveva un aspetto pericoloso, non lo aveva mai avuto. Aveva l'aspetto di un uomo attraente ma piuttosto normale, di uno che, forse, aveva addirittura paura di cosa lo attendeva, ma che faceva di tutto per non darlo a vedere. La vita in prigione non era facile, nemmeno per un serial killer. Forse aveva addirittura provato cosa significava essere stuprati, se non peggio. D'altronde gli altri prigionieri di Hanover House erano uomini abietti quanto lui e, per quanto le prigioni cercassero di vigilare sui propri detenuti, era inevitabile che avvenissero cose come quelle.

«Benvenuto a casa, Jasper» disse Evelyn appena il secondino che lo aveva condotto nella sala se ne fu andato. «Spero che ti troverai bene.»

«Immagino che per te sia divertente avermi sotto controllo, per una specie di giustizia divina» disse lui.

Evelyn si sistemò dietro l'orecchio le ciocche di capelli che le erano sfuggite dalla coda. «Credo di sì.»

Molti amici e parenti erano rimasti scioccati alla notizia del trasferimento di Jasper ad Hanover House. Non riuscivano a capire perché mai Evelyn ne avesse fatto richiesta, temevano che non sarebbe stata in grado di tollerare il ricordo costante di ciò che lui aveva fatto a lei e alle persone che amava. Ma gli altri non potevano capire. Ciò che Jasper aveva fatto era impossibile da dimenticare, indipendentemente da dove lui si trovasse. E poi desiderava studiare il suo cervello più di tutti gli altri. Chi poteva dire di conoscerlo bene quanto lei? Evelyn avrebbe lavorato su di lui meglio che su qualsiasi altro psicopatico proprio perché era stata una delle sue vittime. Era a lei che Jasper aveva rivelato la sua vera natura e lei era una delle poche sopravvissute all'esperienza.

Non era poi da trascurare il fatto che Jasper detestasse il potere che lei riusciva a esercitare su di lui. Evelyn aveva finalmente avuto giustizia e trovato pace, due cose di cui aveva un estremo bisogno e che per lungo tempo le erano state negate. Inoltre era più al sicuro di quanto non fosse mai stata prima. In quel modo avrebbe potuto tenerlo sempre sott'occhio. Se per qualche motivo Jasper fosse uscito di prigione, Evelyn sapeva che sarebbe tornato a cercarla. Quindi perché tenerlo dietro le sbarre da qualche altra parte? Da lì poteva controllare in ogni momento che stesse andando tutto bene.

Evelyn fece finta di risistemare i documenti del fascicolo. «Sono cambiate un sacco di cose da quando eri Andy Smith, non c'è che dire. Ho sentito che il tuo processo a Boston procede bene.»

Lui rimase a fissarla in silenzio.

«Tim è molto felice del suo rilascio. Me lo ha detto lui stesso. E se ti può essere di consolazione, non credo che io e te ci vedremo molto spesso nel corso del prossimo anno. O anche di più. Hai un bel po' di appuntamenti in agenda, visto il numero di processi a tuo carico.» Evelyn li contò sulla punta delle dita. «Vediamo un po'… sei accusato dell'omicidio di quelle cinque donne a Peoria. Poi a San Diego per l'assassinio dei tuoi genitori. E, ciliegina sulla torta, c'è il processo di Katherine, di Sierra e di quella povera prostituta che hai fatto fuori alla fine. Ruth, se non sbaglio? Quella che hai scaricato nel capanno della legna dello chalet dei Barrymore, ricordi? Oh, e Samantha, naturalmente. La donna che hai massacrato nel mio letto.»

Queste ultime parole gli strapparono un leggero sorriso.

«Non saresti così compiaciuto, se sapessi quanto poco mi piaceva quella donna. Ma non avrei mai voluto la sua morte, perché io non sono come te. Io non auguro cose orribili alla gente, nemmeno ai miei nemici. Diciamo che... mi dispiace di più per le altre vittime.» Evelyn incrociò le mani sul tavolo davanti a sé. «Insomma... ci aspettano altre sorprese? Qualche altro capo d'accusa?»

«Fottiti» sbottò lui.

«Mi pare di intuire di sì» proseguì lei ignorando il suo turpiloquio. «Tutti i dipartimenti di polizia delle città in cui hai abitato stanno mettendo mano ai vecchi casi irrisolti per cercare di stabilire di quali altri omicidi o sparizioni tu possa essere responsabile. Secondo me batti ogni record, qui ad Hanover House. E vista la razza di uomini che ospitiamo in questa struttura, puoi considerarla una vittoria davvero speciale.»

Silenzio, nessuna risposta.

«Sai... So che non dovrei, ma in un certo senso mi dispiace per i tuoi genitori. Ti volevano molto bene. Cos'è successo? Erano diventati un peso troppo grosso per te?»

«Va' all'inferno» ringhiò lui.

«Cos'è, hai perso il senso dell'umorismo adesso che i ruoli si sono ribaltati?» Evelyn gli agitò un dito davanti al volto. «Non ti piace perdere, eh? Avrai un sacco di tempo per abituarti alle nuove circostanze. Secondo le mie previsioni, a poco a poco diventerai più trattabile.»

Jasper si alzò in piedi di scatto. «Non sarò mai più trattabile! Non diventerò mai una delle tue stupide cavie! La ricerca che fai è ridicola! Uno spreco di tempo!»

«Può darsi, ma dobbiamo almeno provarci. Ad ogni modo, sono certa che ti offrirai volontario abbastanza presto.»

«Non puoi dirlo. Non sai niente di me.»

«È qui che ti sbagli. Ti conosco meglio di chiunque altro, ragion per cui prevedo che la noia prenderà ben presto il mio posto come tuo peggior nemico.»

«Te lo puoi scordare» insistette lui. «Sei un'illusa.»

«Staremo a vedere.» Evelyn si incamminò verso la porta, ma all'ultimo secondo si voltò di nuovo verso di lui. «Oh, in caso tu mi voglia fare gli auguri...» Evelyn si accarezzò il ventre con una mano. «Ho appena saputo di essere incinta di Amarok. Glielo dirò stasera.»

Evelyn era riuscita a coglierlo alla sprovvista, lo vedeva dall'espressione sul suo volto.

«Puoi concepire nonostante tutto ciò che ti ho fatto?»

«A quanto pare sì» rispose lei con un sorriso a fior di labbra.

MISTO
Carta da fonti gestite
in maniera responsabile
FSC® C023419

FSC
www.fsc.org

Stampato presso Lego S.p.A.
Stabilimento di Lavis